KB111716

누군가 내 몸에
빙의했다

누군가 내 몸에
빙의했다 vol.3

신솔라 장편소설

초판 1쇄 찍은 날 | 2023년 7월 14일
초판 1쇄 펴낸 날 | 2023년 7월 21일

지은이 | 신솔라
발행인 | 이진수
펴낸이 | 황현수

펴낸곳 | 주식회사 카카오엔터테인먼트
등록번호 | 제2015-000037호
등록일자 | 2010년 8월 16일
주소 | 경기도 성남시 분당구 판교역로 221 6(일부)층

제작·감수 | KW북스
E-mail | paperbook@kwbooks.co.kr

ISBN 979-11-385-8942-0 04810
      979-11-385-8939-0 (set)

누군가 내 몸에 빙의했다 VOL.3

신솔라 장편소설

Post-Possession Damage Control

Yeondam

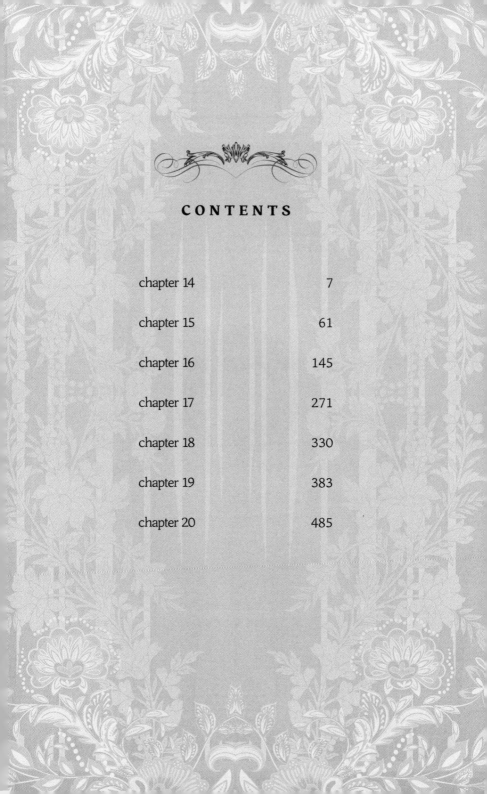

CONTENTS

chapter 14   7

chapter 15   61

chapter 16   145

chapter 17   271

chapter 18   330

chapter 19   383

chapter 20   485

chapter 14

연구실이 완전히 무너져 내렸다.

어린 시절부터 지금까지 만들어 놓은 모든 연구물이 부서졌다. 마석 또한 성한 것을 찾기 힘들 정도로 파손되었다. 연금술 도구들도 모두 엉망으로 부서지거나 망가졌다.

'빌어먹을 자식들.'

지금 당장 고대 연금술을 구현해 보고 싶은데 그럴 만한 환경이 갖춰지질 않았다. 칸나는 이 일을 강하게 항의했다.

"너랑 오르시니가 책임지고 복구해 놔."

칼렌의 집무실로 들어가 따진 것이다.

"부서진 연구실부터 시작해서 망가진 도구들까지 다 원상태로 만들어 놔. 그리고."

탁! 칸나는 그의 책상 위로 서류를 거칠게 내려놓았다.

"이건 너희들이 부순 내 연구물의 값을 책정한 거야. 고스란히 배상해 줘야겠어."

칼렌은 서류를 내려다보았다. 그리고 그녀가 요구한 액수를 읊었다.

"300억 골드?"

"그래. 내가 만든 연구물에는 그 정도 가치가 있어."

"300억 골드는 소액이 아닙니다."

"나도 알아."

"이 돈으로 무엇을 하실 겁니까?"

칸나는 인상을 찡그렸다. 지금까지 칼렌이 이런 질문을 한 적이 있던가?

"왜 이렇게 기를 쓰고 돈을 모으시는 겁니까?"

그가 느리게 말했다.

"루시의 진찰비, 그리고 향수 판매비까지. 돈벌이에 혈안이 된 사람 같군요."

"잊은 모양인데 향수 판매금은 네가 주겠다고 한 거야."

"제가 그렇게 말하게끔 유도하시지 않았습니까?"

그가 태연하게 말하자 칸나는 내심 황당해졌다. 그걸 눈치채고 있으면서도 순순히 당해 줬다고?

"물론 그때는 몰랐습니다만 시간이 흐른 후 돌이켜 보면 언제나 누님께 득이 되게끔 움직인 후더군요. 마치……."

그가 입꼬리를 올린다.

"마리오네트 인형처럼 말입니다."

"무슨 소리를 하는지 모르겠네."

칸나는 지루한 표정으로 한숨을 내쉬었다.

"나는 내 노동의 대가를 받는 것뿐이야. 내 재능을 무료로 나눠 줄 생각 따윈 없어."

"그런 뜻이 아닙니다."

"그럼 대체 뭔데?"

칼렌이 자리에서 일어났다. 그리고 차분하게 걸어와 그녀의 앞에 섰다.

"저는 그저 궁금한 것뿐입니다. 누님이……."

말끝이 흩어진다. 그의 시선이 칸나의 뺨을 훑고 지나가 눈가에 이르렀다. 천천히 말을 이었다.

"누님이 그 돈으로 이루고자 하는 것이 무엇인지."

그의 입꼬리가 슬쩍 올라갔다.

"이 작은 머리 안에 뭐가 들었을까?"

순간 소름이 발꿈치를 타고 올라왔다. 강렬한 위화감이 휘몰아쳐 한 발짝 뒤로 물러섰다.

그러자 그 거리감이 아쉬운지 칼렌이 미묘하게 웃었다. 아무 의도도 없음을 보여 주듯 두 손을 펼쳐 보였다.

"그저 궁금할 뿐입니다. 오해하지 마시길."

방금 뭐였지?

칸나는 어째서인지 몹시 오싹해졌다. 뭐랄까, 방금, 굉장히…….

"수표로 드리죠."

칼렌이 그녀의 생각을 끊듯, 단호하게 말했다. 그리고 다시 책상으로 돌아갔다. 서랍에서 하얀 종이를 꺼내 서명했다.

"원하시는 금액을 적어 사용하시면 됩니다."

그러고는 수표를 내민다. 칼렌이 눈을 접어 웃었다.

"자, 어서 가져가세요."

칸나는 그를 한 대 치고 싶었다. 돈을 어디다 쓰는지 묻는 대신 수표를 주다니. 아주 교활한 수법이지 않은가? 저걸 썼다가는 언제 어디서 무엇을 샀는지 고스란히 칼렌의 귀에 들어가게 될 것이다.

'보석을 사서 파는 수밖에 없나?'

그럼 라파엘을 시켜야 하는데. 칼렌이 일을 복잡하게 만들고 있다.

칸나는 욕설을 집어삼키며 수표를 획 낚아챘다.

"더 필요하신 것은?"

그가 더없이 정중하게 물었다. 그 공손함이 불쾌한지라 칸나는 참지 못하고 쏘아붙였다.

"칼렌. 설마 나랑 나눴던 대화 기억 안 나니?"

"대화?"

"그래. 너랑 나는 아무 관계 아니라고. 난 네 누님이라고 불릴 자격이 없어. 우린 피 한 방울 안 섞였으니까."

"……."

"혹시 못 믿는 거야?"

칼렌의 미소가 짙어졌다. 그 찰나 그의 눈에서 기묘한 열기가 일렁인 것도 같았다.

"믿습니다."

믿고말고요. 그가 나지막이 덧붙였다.

칼렌이 이상해졌다.

예전 같았더라면 시도 때도 없이 찾아오거나 함께하길 청했는데 지금은 먼저 접근하는 일이 없었다.

그러다가 가끔 뒤를 돌아볼 때 몇 걸음 떨어진 곳에서 자신을 지켜보고 있는 칼렌을 발견했다. 눈이 마주쳐도 피하지 않는다. 집요할 정도로 응시하며 그저 웃었다.

그것이 묘하게 불안했다.

'가족이 아니라는 말을 듣고 왜 저렇게 변한 거지?'

거리를 두는 건 이해한다만 왜 사람을 사냥감처럼 관찰하느냔 말이다.

칸나는 신경이 날카로워졌으나 곧 무시하기로 작정했다.

'어차피 버린 패야. 더는 신경 쓰지 말자.'

그것 말고도 신경 써야 할 것이 산더미였다. 일단 연구실이 복구되면 탈출을 위한 실험을 시작할 것이다. 칸나는 열심히 탈출 시나리오를 짰다. 알렉산드로 아디스조차 그녀를 붙잡을 수 없는 완벽한 시나리오였다.

'내 탈출에는 요안나 공주가 필요해.'

듣자 하니 그날 오르시니를 불러 준 사람이 요안나 공주라고 한다. 아니나 다를까 그 이후 요안나는 그녀와 마주칠 때마다 아주 걱정스러운 표정을 짓고 있었다. 이목이 많아서 제대로 된 대화는 나눠 보지 못했지만.

'언제 한번 둘만 있을 기회를 만들어 봐야겠어.'

그리고 역시 무엇보다 중요한 건 돈이다.

이 세계에서 아디스라는 거대한 방패막이 사라지면 그녀는 온갖 위험에 노출될 것이다.

'그러니까 돈이라도 많이 쌓아 놔야지.'

향수를 팔아 번 돈은 금고에 보관하고 있는 상태다. 문제는 그 어마어마한 거액을 어떻게 빼돌리는가인데.

'라파엘을 이용하는 수밖에 없겠어.'

칸나는 창가에 손수건을 매달았다.

그로부터 몇 시간이 지난 어두운 밤, 그가 찾아왔다.

"진짜 빨리 왔네."

빨라도 내일쯤일 줄 알았는데 몇 시간 만에 찾아올 줄이야. 칸나는 내심 감탄하며 방긋 웃었다.

"어서 와, 라파엘. 기다렸어."

"부르셨습니까."

"응. 일단 여기 앉아. 차 한잔하면서 얘기하자."

그가 앉자 칸나는 얘기를 시작했다.

"일전에 줬던 보석은 어떻게 됐어?"

"말씀하신 대로 금으로 바꿨습니다."

"좋아. 일단 네가 보관하고 있어 줘. 그리고 오늘 갈 때 이것도 가져가."

칸나는 미리 준비해 놓은 궤짝을 가리켰다.

"앞으로 네가 올 때마다 하나씩 전달해 줄 거야. 안전한 곳에 보관했다가 내가 필요할 때 돌려주면 돼."

"알겠습니다."

칸나는 차를 홀짝 마시며 그를 살폈다.

'좀 수척해진 것 같기도 하고.'

그새 얼굴 살이 살짝 빠졌는지 턱선이 더 날카로워졌다. 그래서인지 그 특유의 퇴폐적인 느낌이 강렬해져서 언뜻 위험해 보일 정도였다.

"무슨 일 있었어? 안색이 좋지 않은데."

"괜찮습니다."

"흐응……."

괜찮다고 했지 없다고는 말하지 않았다. 칸나는 그를 훑어보다가 명령했다.

"옷 벗어 봐."

"……."

"어서."

재촉하자, 라파엘은 곧장 그녀가 시키는 대로 했다.

그의 복장은 신부복과 비슷해서 겉에는 발끝까지 내려오는 검은 수단을 입고 그 안에 검은 셔츠와 바지를 입는 형식이었다. 그가 수단을 벗자 칸나는 또다시 눈짓했다.

"셔츠도."

"예."

툭, 툭. 단추가 하나하나 풀리자 이윽고 완벽한 근육이 잡힌 맨 상체가 드러났다.

칸나는 못마땅한 얼굴로 그를 흘겨보았다. 너무 얌전히 따르는 거 아닌가? 자신이 뭘 시킬 줄 알고 옷을 군말 없이 벗는단 말인가?

'아니면 내 앞에서 벗는 게 아무렇지도 않나?'

하기야 지난번에 그녀의 알몸을 보고도 눈썹 하나 까딱하지 않던 사람이니까. 자신을 이성으로 보지 않는 게 분명했다.

그건 그렇고.

'내가 이럴 줄 알았지.'

그의 가슴팍과 배, 그리고 팔꿈치에는 피 묻은 붕대가 감겨 있었다.

"치료는? 받았어?"

"아뇨."

"제정신이야?"

칸나는 라파엘을 흘겨보며 제 옆자리를 툭툭 두드렸다. 그가 군말 없이 다가와 앉았다. 칸나는 붕대를 조심조심 풀었다.

"이런……."

쯧, 혀를 찼다. 상처가 깊다. 당시 출혈도 상당했을 거다. 곪지는 않은 걸 보니 소독 하나는 깨끗하게 한 모양이었다.

"침실에 상비해 두고 있던 약이 남아 있어서 다행이지."

칸나는 그의 상처 위로 정성껏 약을 발라 주며 투덜거렸다.

"대체 어쩌다가 이렇게 됐어?"

"대신전에서 사람을 보냈습니다."

클로드의 말이 옳았다. 역시나 대신전에서는 라파엘을 처리하기 위해 온갖 애를 쓰는 모양이었다.

"열일곱 살 때 대신전을 나왔다면서. 그럼 12년 동안……?"

"예."

"대신전도 정말 대단하네."

그리고 그동안 살아남은 라파엘도 대단했다.

"평소에는 어디서 지내?"

"……."

"차라리 이 저택에서 머무는 건 어때? 이곳이라면 안전할 거야."

아디스 저택만큼 안전한 곳은 없을 것이다. 라파엘이 이곳에서 머문다면 대신전의 공격을 받는 일도 없겠지.

그러나 라파엘은 요지부동이었다. 그가 표정 없는 얼굴로 대답했다.

"괜찮습니다."

"왜?"

"……."

"나랑 같이 사는 게 너에게도 좋지 않아? 안전하기도 하고, 또 나를 지켜보기에도 편하잖아. 내 바로 옆방을 줄게. 어딜 가도 이곳보다 안전하지는 않을 거야."

다음 순간, 라파엘이 아래로 내리깔았던 시선을 천천히 들어 올렸다. 그리고 아주 오랜만에 그의 보라색 눈동자와 마주쳤다.

어째서인지 칸나의 호흡이 느려졌다. 눈이 마주쳤을 뿐인데, 그가 손으로 자신의 목을 꽉 잡은 듯한 압박감이 느껴졌다.

"그건 명령이십니까?"

라파엘이 느리게 물었다. 언제나처럼 공손한 음성이다. 그런데 왜 위화감이 느껴지는 걸까.

"명령이시라면 따르겠습니다."

몇 초가 흐르고 칸나는 입술을 열었다.

"……명령이 아니야. 의사를 물어본 것뿐이니 마음대로 해."

"제게 거절할 자유를 주셨으니, 그리하겠습니다."

그가 다시 시선을 내렸다. 그것이 끝이었다. 이후로 더는 아무런 말도 오가지 않았다.

"다 됐어. 옷 입어도 좋아."

"감사합니다."

칸나는 그의 긴 손가락이 셔츠 단추를 하나하나 잠그는 것을 보며 상념에 잠겼다.

'방금 뭐였지?'

분명히 언제나처럼 정중해서 흠을 잡을 곳이 없었는데, 어딘가 평소와는 다른 뒤틀림이 느껴졌다.

'의외로 성깔이 있나?'

하지만 주화가 짱돌로 머리를 찍어도 찍소리도 안 했잖아? 구정물을 뒤집어씌워도 묵묵히 받아들였던 사람이다. 그런데 고작 같이 살자는 말에 성깔을 내보인다고?

'알 수가 없네.'

칸나는 라파엘을 문 앞까지 배웅했다.

"그럼 잘 가, 라파…… 엘."

말끝이 흐려졌다.

저 녀석이 왜 여기에 있지?

칸나는 인상을 찡그렸다. 오르시니가 문 옆에 팔짱을 낀 채 기대어 있었다. 그는 침실에서 나오는 칸나와 라파엘을 번갈아 보더니 기가 찬 듯 웃었다.

"너희 뭐야."

"……."

"침실에서 뭐 했냐?"

"라파엘, 어서 가."

칸나는 오르시니를 상대하는 대신 라파엘을 마저 배웅했다.

"신경 쓰지 말고 어서 가."

라파엘은 정중하게 허리를 숙여 인사했다. 그가 떠나고 나서야 칸나는 오르시니에게 시선을 주었다.

"……."

말 섞기도 싫다. 칸나는 그를 버러지 보듯 흘겨보다가 다시 방 안으로 들어갔다. 그런데 오르시니가 그녀의 뒤를 따라 들어왔다.

"뭐야? 왜 들어와?"

오르시니는 그녀의 말을 무시하고는 방을 관찰하듯 살폈다. 반듯하게 펴져 있는 침대를 보더니 곧장 소파 쪽으로 시선을 옮겼다. 그리고 약병과 피 묻은 붕대를 확인하고는 픽 웃었다.

"저 새끼는 왜 여기 와서 너에게 치료받는 거지? 널리고 널린 게 의원인데 말이야."

대답할 가치도 없다. 칸나는 방문을 가리키며 말했다.

"나가."

그러나 오르시니는 나가는 대신 소파에 편히 앉았다.

'소파에 오르시니가 또 묻었어!'

일전에도 저 녀석이 묻어서 바꿨는데, 또 묻다니!

오르시니는 태평하게 앉아 두 사람이 함께 즐겼던 다과에 손을 뻗었다. 쿠키를 통째로 여러 개 잡아 아그작 아그작 씹어 먹었다. 칸나를 노려보면서.

"……"

오드득. 그의 입안에서 쿠키 씹는 소리가 살벌하게 울렸다.

"뭐 하는 짓이야?"

"맛있어 보이기에."

그가 입가에 묻은 부스러기를 대충 털어 냈다.

"왜? 나한테는 쿠키 따위도 아깝냐?"

"용건이 없다면 나가 줘."

"용건. 있지. 많지."

그는 갑자기 제 오른쪽 바짓단을 무릎 위까지 확 접어 올렸다. 탄탄한 허벅지가 반쯤 드러나자 칸나는 저도 모르게 시선을 획 피했다.

"야. 여길 봐."

"뭐?"

"네가 나에게 남긴 걸 보라고."

다시 시선을 내리자, 그제야 보였다. 작지만 깊어 보이는 상처가.

"기억나냐?"

칸나는 대답하는 대신 그의 눈을 응시했다.

순간 그날의 빗소리가 들리는 듯했다. 몸을 부술 듯 쏟아지는 빗줄기, 질척이는 진흙, 무릎을 꿇고 자신을 올려다보고 있는 오르시니.

칸나는 오르시니를 모욕하며 허벅지를 사정없이 짓밟았다. 날카롭고 뾰족한 구두 굽으로 있는 힘껏 후벼 팠다. 그는 눈썹 하나 까닥 않고 얌전히 그 통증을 받아들였다. 그래서 이 정도로 상처가 났을 줄은 몰랐다.

칸나는 눈을 깜빡였다. 어째서인지 기억 속 그 시간에서는 더운 열기가 풍기는 듯했다. 실상은 춥기 그지없던 날씨였는데.

"그래서?"

칸나는 무미건조하게 되물었다.

"사과라도 받고 싶어?"

"그딴 거 필요 없다."

"그럼 왜 이래?"

"적어도 네 손에 치료받을 권리는 있는 것 같은데."

그는 느긋하게 소파에 등을 기대었다. 그리고 제 무릎 위 상처를 가리켰다.

"잘됐네. 마침 붕대도 있고 약도 있으니."

"……."

"설마하니 저 자식은 되고 나는 안 되냐?"

"저 자식이라고 하지 마."

순간 오르시니의 눈빛이 매섭게 변했다.

"뭐?"

"라파엘. 저 자식이 아니라 라파엘이야."

"개소리하는군."

그가 기가 찬 듯 거칠게 머리칼을 쓸어 넘겼다.

"저 같잖은 사제 새끼를 내가 뭐라고 부르든 네가 뭔 상관이냐."

"네가 내 방에 들어오지 않았다면 상관할 일이 없었겠지."

칸나는 그와 대화를 나누는 이 시간이 거슬려서 견딜 수 없었다.

"너 그렇게 할 일 없니? 심심하면 연애라도 좀 해."

얼마나 할 일이 없으면 이렇게 찾아와서 싸우려고 하는 걸까. 칸나는 혀를 쯧쯧 찼다.

"너 때문에 상사병을 앓는 영애들이 한둘이 아니라던데 관심 좀 가져 봐. 가족도 뭣도 아닌 여자한테 신경 쓰지 말고."

꼴에 허우대는 근사해 가지고는, 저 성깔을 알면서도 푹 빠진 영애들이 제법 많다고 들었다. 하기야 그 심정을 이해 못 하는 건 아니었다. 겉모습 하나만큼은 제 부친을 닮아 흠잡을 데가 없으니까.

"너 같은 거 치료해 줄 생각 없어. 그러니 시간 낭비하지 말고 빨리 꺼져."

그러자 오르시니는 코웃음을 치며 비아냥거렸다.

"의원 흉내를 내면서 사람은 가려 받나 보군."

순간 짜증이 울컥 치솟았다. 그냥 확 찻물을 부어 버릴까?

칸나는 찻잔을 흘끗 확인했지만, 아쉽게도 다 마신 상태였다.

"아, 그래. 그렇게나 나한테 치료받고 싶다는 거지?"

칸나는 중얼중얼 말하며 그의 옆에 털썩 앉았다. 치료해 달라고 징

징거렸으면서 그녀가 막상 가까이 다가오니 긴장한 기색이었다.

'설마 내가 상처를 쑤시기라도 할 것 같나?'

그것도 오르시니를 괴롭히는 좋은 방법이긴 하지만 그녀의 취향은
아니었다.

"한번 볼게."

칸나는 손을 뻗었다. 그리고 그의 상처 아래, 무릎 위로 조심스럽
게 얹었다. 순간 그의 온몸의 근육이 급속도로 경직하는 것이 손가락
아래로 고스란히 느껴졌다.

"상처가 생각보다 깊네. 아팠겠다."

안쓰러운 척 목소리를 꾸미며 말했다.

"물론 난 관심 없지만."

손을 확 뗐다. 미소를 싹 지우며 심드렁하게 말했다.

"그러니 다른 데 가서 알아봐. 정 나에게 치료받길 원하면 돈을 지
불하든가."

한참의 침묵이 흘렀다. 칸나를 쏘아보던 그가 낮게 가라앉은 목소
리로 말했다.

"얼마."

"1억 골드."

"좋아."

"뭐?"

"좋다고."

칸나는 그를 미친놈 보듯 노려보았다. 시비 걸려고 한 말인데, 좋다
고? 그렇단 말이지. 그렇다면……

"미안. 잘못 말했네. 실은 5억 골드야. 참고로 수표는 취급 안 해.

현금으로만 받을 거야."

"오늘 안으로 준비하지."

뭐야. 진짜 미쳤나 봐……. 고작 약 발라 주고 붕대 감아 주는 것에 누가 그 정도 거금을 쓴단 말인가! 칸나는 기가 막혀서 퉁명스럽게 대꾸했다.

"너 지금 내가 장난하는 걸로 보여?"

"쓸데없는 소리 그만 지껄이고 빨리 치료나 해."

진심인가 보다. 미친놈인가. 그를 치료해 주고 싶은 마음은 전혀 없지만.

'5억.'

조만간 이곳에서 도망쳐 홀로 서야 하는 그녀에게는 현금이 절실했다.

'약 한 번 발라 주고 그 정도면 나에게는 이득이지.'

그리고 저 녀석은 천하의 얼간이고. 고작 이까짓 것에 그런 거액을 쏟다니, 세계 최고의 호구 등신임이 틀림없다!

"좋아. 나중에 말 바꾸지 마."

칸나는 즉시 약병으로 손을 뻗었다. 연고 형태의 약을 퍼내어 대강 발라 주는 순간. 지독한 현실이 그녀의 머리를 후려쳤다.

'아, 제기랄. 먹고살기 힘드네 진짜.'

오르시니의 상처를 치료해 주다니. 다른 사람도 아니고 오르시니를!

부아가 치밀어서, 칸나는 약을 치덕치덕 발라 주는 손에 힘을 주었다. 그러나 오르시니는 표정의 변화가 없었다. 이 순간에 박제된 것처럼 멈춘 채 가만히 그 장면을 지켜보았다.

'아픈 척이라도 해, 개자식아.'

그때, 문이 벌컥 열렸다. 칼렌이었다.

"칼렌?"

그는 칸나와 오르시니를 보더니 싸늘한 얼굴로 성큼성큼 다가왔다.

"지금 뭐 하시는 겁니까?"

"뭐 하긴, 칼렌. 너야말로 갑자기……."

칸나는 말을 잇지 못했다. 칼렌의 눈에서 화마 같은 열기가 이글거리고 있었던 것이다. 칸나는 그가 저 정도로 화난 것을 처음 보았다.

"왜 누님이 그따위 짓을 하는 겁니까?"

"그따위 짓이라니. 성스러운 치료 현장에서 그런 말 하면 쓰나?"

오르시니는 이미 칼렌의 접근을 알고 있었는지 놀라긴커녕 빈정거리며 웃어 댔다.

"네가 몰랐나 본데 얘가 마음씨 고운 의원이거든. 다쳤으니 마땅히 치료를 해 주는 거지."

"저택에 의원이 상주하고 있습니다. 그런데 굳이 누님께 치료받는 그 더러운 저의가 뭡니까?"

칼렌이 한 글자 한 글자 씹어 뱉듯 말했다.

"당장 그 손 떼십시오, 누님."

칸나는 기분이 확 상했다. 저까짓 게 뭔데 이래라저래라 명령한단 말인가? 그래도 이것을 호의로 오해받고 싶지 않았기에 칸나는 사실을 분명히 밝혔다.

"치료비로 5억 골드를 받기로 했어. 그러니 참견하지 마."

그 말에 칼렌의 입술이 벌어졌다. 충격으로 할 말을 잃은 듯했다.

"5억 골드라고요?"

하긴, 놀랍겠지. 고작 이까짓 것에 그런 거액을 쏟는 등신은 없을 테니까.

"그래."

칸나는 무덤덤하게 대꾸하며 마저 붕대를 감아 주었다. 다음 순간 온몸의 솜털이 곤두섰다. 깜짝 놀라 고개를 올려 보니, 칼렌이 오르시니를 찢어 죽일 듯한 눈으로 노려보고 있었다!

"더러운 수작을 부리시는군요, 형님."

"그렇게 속이 뒤집히면 너도 아픈 데를 만들어 오는가."

순간 불길한 예감이 스멀스멀 치밀어 온다.

'설마.'

지금 두 사람, 싸우기 직전인 것 같은데.

'내 방은 안 돼!'

연구실에 이어 침실마저도 부서지게 둘 수는 없다! 칸나는 붕대를 서둘러 감은 후 벌떡 일어났다.

"다 됐으니까 나가. 둘 다 나가서 얘기해!"

"누님, 경고하건대 다시는 형님에게 이런 짓 하지 마십시오."

칼렌이 뚝뚝 끊어지는 목소리로 말했다.

"아시겠습니까?"

그리고 그 말이 칸나를 걷어찼다.

뭐라고? 경고라고?

"너 지금 뭐라고 했어?"

해서는 안 될 말이었다. 칸나의 심기를 완전히 건드리는 단어라는 것을, 칼렌도 알았다. 지금까지 누이에게 잘 보이려고 노력했던 동생이라면 절대 하지 않았을 말.

그러나 지금은 다르다.

완전히, 다르다.

"다시 한번 듣고 싶습니까?"

그의 화는 오르시니에게만 향하는 것이 아니었다. 불똥이 뚝뚝 떨어지는 눈. 열렬한 분노, 그 파괴적인 감정이 칸나에게도 쏟아지고 있었다.

"다시는 형님의 몸에 손대지 마십시오. 다시는."

칼렌의 말이 칸나의 이성을 가위질했다. 칸나는 그대로 자리를 박차고 일어나 칼렌에게 다가갔다.

"내가 누굴 치료하든, 결정하는 사람은 나야. 네가 이래라저래라 명령할 일이 아니라고."

살벌한 표정으로 쏘아붙였지만 칼렌은 물러서지 않았다. 도리어 한 발짝 성큼 걸어왔다.

"그렇게."

그의 얼굴이 확 다가왔다. 비로 앞에서 멈춰 선 칼렌의 눈이 용암처럼 들끓었다.

"그렇게 돈이 좋습니까?"

그 열렬한 분노에 칸나는 내심 당황했다. 왜 이렇게까지 화가 난 걸까?

지금 칼렌은 이성을 잃기 직전이다. 칸나는 그 원인을 도저히 짐작할 수 없었다.

"5억 골드면 누님의 자존심을 꺾을 수 있는 겁니까?"

하지만 이유는 중요하지 않다. 그가 자신을 모욕하는 데 이유는 필요 없으니까.

"말이 심하구나, 칼렌."

"제가 틀린 말을 했습니까? 누님은 형님을 혐오하지 않습니까. 그럼 다치든 말든 개의치 마셔야죠. 그런데 직접 치료를 해 준다?"

그가 헛웃음을 내뱉으며 빈정거렸다.

"돈에 자존심을 판 것과 뭐가 다릅니까?"

칸나의 얼굴이 차분하게 가라앉았다. 분노가 지나쳐서일까, 오히려
냉정해졌다.

"똑같은 말을 몇 번이나 반복하는지 모르겠네. 내가 뭘 하든 그건
내가 결정해. 네가 관여할 일이 아니야."

"그러십니까. 그렇단 말이지요."

그가 답지 않게 삐뚜름하게 웃었다.

"살 수 있는 자존심이라면, 저도 기꺼이 구매하죠."

"……뭐?"

"5억 골드, 아니, 그 두 배를 드릴 테니 다시는 형님을 직접 치료하
지 마십시오. 아시겠습니까?"

그 말에 마침내 오르시니가 몸을 일으켰다.

"이 개자식이 죽고 싶어서 환장했나."

당장 한 대 칠 생각이었지만, 칸나가 팔을 들어 올려 그를 막았다.

"야, 손 치워. 저딴 개소리를 참아 줘야 할 이유 없⋯⋯."

촤악!

오르시니의 말이 끊겼다. 칸나가 탁자 위의 꽃병을 집어 올려 칼렌
의 얼굴을 향해 냅다 뿌린 것이다.

툭. 꽃송이들이 힘없이 떨어져 내렸다.

"정신이 좀 드니?"

칸나는 조용히 되물었다.

"난 이성 잃은 사람이랑 얘기하는 취미 없어."

“…….”

“나에게 할 얘기가 있으면 제정신 차리고 와.”

칼렌은 대답하지 않았다. 그 대신, 제 얼굴을 흠뻑 적신 물기를 손으로 쓸었다. 젖은 머리칼을 뒤로 넘겼다. 다시 손을 내렸을 때 그의 눈은 한층 가라앉아 있었다.

“실례했습니다. 제가 무례했습니다.”

“아니까 다행이구나.”

이제 사과하겠군. 그렇게 생각했으나…….

“이 저택에는 아카데미에서 정식으로 의술을 배운 의원이 다섯이나 있습니다.”

오산이었다.

“누님께서 나설 일이 없다는 소리입니다.”

칼렌의 눈에는 미처 꺼지지 않은 불씨가 다닥다닥 타오르고 있었다.

“그러니 허가 없이 함부로 의술을 행하지 마십시오.”

“지금 날 돌팔이 취급하는 거야?”

기가 막혔다. 루시를 치료한 걸 고스란히 봤으면서? 이후 루시의 건강 관리를 자신에게 일임했으면서 저따위 소리를 한단 말인가?

“오르시니 형님은 아디스 가문의 소중한 인재입니다. 근원 모를 약을 써도 될 분이 아니지요.”

그 말에 오르시니는 콧방귀를 뀌었다. 그러나 더는 칼렌에게 달려들 생각이 없어 보였다. 도리어 그의 파멸을 즐기기로 작정한 듯 팔짱을 끼고 구경하기 시작했다.

“……근원 모를 약이라고?”

칼렌의 말은 아주 효과적으로 그녀의 기분을 짓밟았다.

"그렇다면 날 내쫓지 그러니?"

칸나는 속삭이듯 조용히 말했다.

"네가 뭐라 하든 나는 내 뜻대로 할 거야. 분명 네 의지에 반하는 일이라도 꺼리지 않겠지. 그러니 나를 이 저택에서 내쫓아."

그제야 처음으로 칼렌의 말문이 막혔다.

"네 시야에서 치워 버려. 그러면 되잖아?"

"……."

"순순히 네 말을 듣지 않으면 어떡할 거니? 나를 강제할 거야? 이자벨에게 그러는 것처럼, 근신 명령이라도 내릴 생각이야?"

목소리가 점점 높아졌다.

"나도 이자벨처럼 집 밖으로 못 나가게 묶어 둘 생각이니? 네 말을 듣지 않는다는 이유 하나만으로?"

"……그건."

칼렌이 입술을 깨물었다.

"이자벨은 다릅니다. 누님께 사과하지 않으니까."

"웃기지 마. 사과하라는 네 말을 듣지 않았으니까 그런 거겠지."

"……."

"난 이자벨의 사과 따위 바란 적도 없고 필요도 없어."

사과, 그까짓 것은 아무것도 아니다. 그런 말로는 아무것도 바꿀 수 없다.

"날 이자벨처럼 다루려 했다면 잘못 생각한 거야. 이런 내가 거슬리면, 내쫓아. 네가 날 강제하는 방법은 그 수밖에 없어."

다음 순간 칸나의 시선이 문 쪽으로 향했다. 어째서인지 그곳에는 요안나 공주와 이자벨이 함께 서성이고 있었다. 그들이 여기에 왜 있는 걸까?

'나에게 용건이 있나?'

왜 이곳에 왔는지 모르겠다만, 이 난장판을 목격한 게 분명했다. 요안나의 충격 받은 얼굴에 칸나는 만족했다. 이런 꼴을 많이 목격하면 목격할수록 그녀를 이용하기 쉬워진다. 그런데⋯⋯.

'쟨 왜 저래?'

이자벨이 눈물을 글썽이며 감동한 얼굴로 자신을 바라보고 있었다.

그날 저녁, 칼렌은 밀린 서류를 처리하고 있었다.

아니, 처리하려고 했다. 그러나 그는 아무것도 하지 못했다. 손안에 쥔 만년필이 목적을 잃고 멈춰 선 지 오래였다.

몇 시간 전, 요안나 공주가 이자벨과 함께 칸나를 찾아와서 대화를 마무리 짓지 못했다. 그들은 무슨 이야기를 나눴을까. 왜 누님을 찾아왔던 걸까.

자리를 피해 줘야 했기에 무슨 대화를 나눴는지 알 수가 없었다. 아니, 그것보다도⋯⋯.

'심한 말을 해 버렸어.'

분명 상처 받았겠지. 그럴 의도는 아니었는데.

사과해야 한다. 그렇게 생각하면서도 칸나가 오르시니의 허벅지를 만지고 있던 걸 생각하면 머리에 열불이 치솟았다. 그녀의 손길이 닿았던 형님의 피부를 벗겨 내고 싶은 난폭한 충동이 치솟았다.

그리고 동시에 칸나를 향한 원망이 피어올랐다. 왜 그런 뻔한 수작에 넘어간 걸까? 일부러 넘어가 준 거겠지. 오르시니, 그 개자식이 돈으로 그녀를 유혹했으니까.

돈. 그까짓 게 뭐라고.

원하는 것은 가문에서 무엇이든 지원해 줄 텐데, 왜 자꾸 사재를 늘리려고 하는 걸까.

대체 그녀는 무엇을 원하는 걸까? 무엇을 원하기에 그렇게나 돈벌이에 혈안이 되어 있는 걸까?

'설마⋯⋯?'

아직도 분가를 꿈꾸고 있는 건 아니겠지?

아버지가 허락하지 않았다. 그 역시도 동의하지 않을 작정이었다. 그들이 반대가 있는 한 칸나는 아무 데도 갈 수 없을 것이다. 그녀도 그 사실을 잘 알고 있을 텐데.

'설마 도망을 갈 생각인가?'

그런 의심이 슬쩍 들었지만 곧장 사라졌다.

누님은 바보가 아니다. 아디스의 추적을 피하는 것이 불가능하단 것을 잘 알고 있을 것이다.

그런데 대체 왜 돈을 모은단 말인가?

왜 자신을 버렸을까? 왜⋯⋯.

수많은 의문 끝에, 결국 그는 몸을 일으켰다. 칸나에게 사과하러 갈 생각이었다. 여기서 더 미움받고 싶지 않았다.

칼렌은 칸나의 침실 앞에서 하녀 레아와 마주쳤다.

"누님은?"

"주무십니다. 잠자리를 확인하고 오는 길이에요."

"가 봐."

칼렌이 고개를 까닥 흔들자 레아가 불안한 눈초리로 그를 응시했다. 잠시 갈등하는가 싶더니 간신히 대꾸했다.

"칼렌 님, 지금 아가씨께서는 깊이 잠드셨습니다."

칼렌은 레아를 빤히 응시했다. 시선을 견디던 레아가 결국 고개를 푹 수그렸다.

"……죄송합니다."

방해꾼이 사라지자, 칼렌은 거리낌 없이 칸나의 침실로 들어갔다.

어두운 방 안, 칸나는 침대 위에 누워 잠들어 있었다.

칼렌은 기척을 죽이며 다가가 침대맡에 조심스럽게 앉았다. 깊게 잠들었다는 말이 사실인지 칸나는 눈을 뜨지 않았다.

칼렌은 조용히 그녀를 내려다보았다. 잠든 그녀는 아이 같기도 했다. 너무나 순해 보이는 모습이 신기해서 시선을 뗄 수 없었다.

지독하게 아름답다. 그리고 무서울 만큼 매혹적이다.

칼렌은 그녀의 얼굴을 제 눈으로 그리듯 하나하나 뜯어보았다. 그러다 저도 모르게 칸나를 향해 손을 뻗었다. 손끝에 뺨이 닿는 순간 아찔한 전류가 머리끝까지 관통했다. 실크처럼 부드러운 감촉. 어찌나 매끄럽던지 이대로 자신의 손이 녹아 없어져도 좋다고, 그는 그렇게 생각했다.

그리고 상상이 물 흐르듯 자연스럽게 이어졌다. 뺨이 이렇게 부드러운데, 다른 곳은 어떨까. 가령 입술이라든가…….

순간 칼렌은 눈을 질끈 감았다. 상상만으로도 죄악의 영역에 발을 디딘 것만 같았다. 그는 서둘러 그녀에게서 손을 뗐다. 그러나 곧 허탈한 한숨을 내쉬었다.

자신이 무엇을 상상하든, 현실에서 이루는 날은 오지 않는다.

이 여자는 자신을 혐오하니까. 경멸하고 증오하고 언제든 쓰다 버릴 수 있는 도구 따위로 취급하니까. 그 사실이 너무나도 분명한지라 쓸데없는 희망을 품을 수가 없다.

처절한 현실에 칼렌의 가슴이 뭉개지듯 아파 왔다. 뜨거운 돌덩이가 목에 박힌 듯 숨을 쉴 수가 없었다. 그저 한없이 슬프고 절망스러웠다. 저항할 수 없는 구덩이에서 몸부림치는 것 같았다.

'차라리 아무것도 몰랐더라면 좋았을 텐데.'

그랬더라면 당신을 영원히 누님으로 숭배하며 살아갔을 것이다. 완벽한 삶이 펼쳐졌겠지. 자신은 요안나와 약혼했을 것이고, 칸나의 재혼을 위해 훌륭한 신랑감을 찾아 주었겠지…….

"으음."

그때, 칸나가 몸을 뒤척였다. 그리고 베개 위에 늘어져 있던 칼렌의 손아귀에 뺨을 기대었다.

그 순간 칼렌의 눈앞이 아찔해졌다. 손아귀에 가득 찬 부드러운 살결, 따뜻한 체온, 그리고 스치는 입술. 손끝만 살짝 닿았을 때와는 비교할 수 없는 황홀경이 밀려와 온몸이 떨려 왔다. 그리고 벼락처럼 깨달았다.

'아니.'

갈증이 불처럼 타올랐다. 칼렌은 침을 삼켰다. 형형한 눈으로 그녀를 내려다보았다. 제 손아귀에 의지한 채 잠든 칸나를.

'아니. 결국 이렇게 됐을 거다.'

재혼을 바랐을 거라고? 웃기는 소리. 입술을 비집고 뜨거운 실소가 튀어나왔다.

'결국 이렇게 됐을 거야.'

칼렌은 자신의 심장 소리를 들었다. 크게 울리는 그 고동 덕에 그의 머리는 차갑게 가라앉았다. 그는 엄지로 그녀의 눈가를 쓸었다. 손가락 아래, 풍성하게 늘어진 속눈썹의 감촉이 너무나 사랑스러웠다.

눈을 뜨면 어떡하지?

아니, 차라리 눈을 떴으면 좋겠다.

지금 이 순간의 자신을 봐 주었으면.

그러면 당신은 놀라겠지.

나를 더욱 혐오할까?

그러면 뭐 어때. 이미 미움 받고 있는데.

그렇게 생각하는 순간, 칼렌은 자신의 머릿속에서 무언가가 무너지는 굉음을 들었다. 찌꺼기처럼 남아 있던 일말의 도덕심, 죄책감, 자괴감, 갈망하는 대상을 쟁취하는 데 하등 도움이 되지 않는 쓸모없는 것들.

산산이 조각조각 부서졌다.

동시에 이제 도저히 멈출 수 없다는 것을 알았다. 멈추고 싶지도 않았다.

칼렌은 자신이 무엇을 해야 할지 알았다. 너무나도 명쾌해진 답안에 마음이 가벼웠다. 이제 더는 슬프지도 화나지도 않았다.

그는 원하는 것을 놓쳐 본 역사가 없었다.

"좋은 꿈 꾸십시오."

칼렌은 부드럽게 속삭이며 그녀의 얼굴 아래에서 손을 뺐다. 체온이 떨어져 나가는 순간, 강렬한 허전함에 가슴이 뻥 뚫린 것 같았다. 그러나 그는 기꺼이 감내했다.

더한 것을 가지기 위해서는 준비를 해야 했다.

아주 많은 준비를.

"뭐?"

요안나의 손가락이 떨렸다.

"지금 뭐라고 했죠, 칼렌 경?"

"내년에 약혼을 진행하기 어렵게 됐습니다."

요안나는 차갑게 그를 응시했다. 서리 맺힌 시선에도 불구하고 칼렌 아디스의 얼굴은 평온하기 그지없었다.

"어째서죠?"

"말씀드렸다시피 가문 내부의 문제입니다."

"그래서 약혼식을 미루자고요?"

"예."

침묵이 떨어졌다. 요안나는 모멸감에 휩싸여 찻잔을 내려다보았다.

"언제까지 미뤄야 하는 거죠?"

"기약하기 어렵겠습니다."

파기하자는 것과 다름없는 선언이었다. 요안나는 허탈감에 사로잡혔다.

"지금껏 원활하게 진행하고 있다고 생각했는데, 이렇게 일방적으로 중단하실 줄 몰랐습니다."

"죄송합니다. 전하께서 입으신 피해는 충분히 보상해 드리겠습니다."

"보상?"

요안나는 자리에서 일어나며 비웃었다.

"당신은 내 시간과 평판을 잡아먹었어요. 얄덴으로 돌아가면 난 지독한 수치를 당하겠지."

"죄송합니다."

"아니, 사과하지 말아요, 칼렌 경. 어차피 용서하지 않을 테니까."

"예, 그리하십시오."

태연한 대답이다. 요안나는 웃으며 그를 응시했다.

"당신은 나를 두려워하지 않는군요. 내 분노가 하찮은가 봐요."

후회하게 만들 거야. 요안나는 결심하며 돌아섰다.

'어떻게 복수하지?'

좋은 방법이 없을까? 칼렌에게 상처 줄 좋은 방법이…….

문득, 얼마 전 칸나와의 대화를 떠올렸다. 며칠 전 이자벨이 찾아와 아주 철없는 부탁을 했다.

"칼렌 오빠에게 제 근신을 해제해 달라고 말씀해 주시면 안 될까요? 약혼녀의 이야기라면 들어줄 거예요."

황당했다. 처음엔 거절했으나, 이자벨은 울면서 막무가내로 부탁했다.

그러다 문득 궁금해졌다. 칸나의 말이라면 뭐든 다 듣는 칼렌 아디스. 과연 약혼녀인 자신의 요청은 어디까지 들어줄까?

그래서 칼렌을 찾아갔다. 그가 칸나의 침실로 향했다는 말을 듣고,

그곳으로 향했다. 그리고 난장판을 목격했다. 제 누이의 일에 혈안이 되어 이성을 잃은 칼렌의 모습을.

그들이 찾아오자 칼렌과 오르시니는 자리를 떠났다. 그리고 어째서 인지 이자벨은 눈물을 터뜨리며 사라졌다.

"아무도, 심지어 엄마도 내 편을 들어 주지 않았는데, 어떻게 언니가······."

그런 말을 남기고 도망치듯 떠난 것이다.

그 때문에 칸나와 단둘이 남게 됐다. 칸나는 그녀에게 차를 대접했다. 긴말은 하지 않았다. 그러나 그녀의 얼굴에서, 눈빛에서, 입가에서 메마른 황폐함이 느껴졌다.

요안나는 다시 한번 깨달았다.

'저 여자, 이 저택에서 아주 불행하구나.'

칼렌과 오르시니의 기묘한 집착이 칸나를 좀먹고 있다. 그런 칸나를 이용하면, 칼렌에게 상처를 줄 수 있지 않을까? 그렇게 생각하며 걷다가 복도에서 엘피와 마주쳤다. 몸이 안 좋아서 쉬고 있던 시녀였다.

"공주 전하, 오셨습니까?"

"응."

엘피는 그녀와 함께 온 시녀로 요안나를 어릴 적부터 보필해 온 친구 같은 존재였다.

"엘피, 내 약혼이 깨졌어."

"예?"

"파기당했어, 일방적으로."

"맙소사······ 어떻게 이런 일이."

그렇게 대답하는 엘피의 목소리에는 힘이 없다. 그제야 뭔가 이상하다는 것을 깨닫고 엘피를 주의 깊게 살폈다.

"엘피? 아직도 많이 아파?"

"아뇨, 괜찮아요. 그저 가슴이 약간 아파서……."

그리고 다음 순간, 엘피의 몸이 모래성처럼 무너졌다.

"엘피!"

쓰러지는 엘피를 황급히 부축했다. 그리고 화들짝 놀랐다. 옷이 땀으로 흠뻑 젖어 있었다!

"엘피! 엘피, 정신 차려!"

엘피가 가쁘게 숨을 내쉬며 어깨를 벌벌 떨었다. 심장이 아픈 듯 가슴을 쥐어뜯는다. 그 모습을 보는 순간 불안이 해일처럼 밀려왔다.

엘피의 모친은 요안나의 유모였다. 그리고 유모는, 이렇게 죽었다. 지금 엘피처럼. 갑자기 풀썩 쓰러져 가슴을 쥐어뜯다가 그대로 죽어 버린 것이다! 어쩌면 엘피도 그렇게 죽을지도 모른다!

"의, 의원을! 의원을 불러와라!"

몇 분이 흘렀을까? 한 의원이 허둥지둥 다가와 빠르게 엘피를 진찰하기 시작했다.

"혹시 이 시녀분께서 가슴의 통증을 호소했습니까?"

"그, 그래. 갑자기 가슴이 아프다고 했다."

"이런."

그러자 의원이 혀를 차며 고개를 저었다.

"죄송합니다, 전하. 이건 심장 마비입니다."

"뭐?"

"이건 방도가 없습니다. 죄송합……."

그때였다. 의원을 밀치며 한 여자가 불쑥 끼어들었다.

"아디스 공작 영애?"

요안나는 눈을 휘둥그레 떴다. 의원을 밀치고 끼어든 여자는 칸나였다! 칸나는 엘피의 상태를 살피더니, 몸을 짚어 맥을 확인했다.

"급성 심근 경색……."

낮게 중얼거린 후 품 안에서 작은 원형의 통을 꺼냈다. 그리고 기다란 바늘 같은 것을 집어 올렸다. 그 흉흉한 도구에 요안나는 깜짝 놀랐다. 저 긴 바늘로 뭘 하려고!

"지금 뭘 하는 거냐!"

그때, 날카로운 목소리가 쩌렁쩌렁 울렸다. 클로이 아디스 공작 부인이었다.

"당장 그만둬, 칸나!"

"이대로 두면 죽습니다."

"얼마 전 칼렌이 한 말을 잊었니? 별도의 허락 없이는 나서지 말라고, 그렇게 말했다고 들었다."

클로이는 숨을 헐떡기리며 죽어 가는 시녀를 내려다보며 고개를 저었다.

"위중한 환자다. 제대로 교육받지도 않은 네가 끼어들 자리가 아니야, 칸나. 어서 물러나 전문 의원에게 맡겨."

칸나는 클로이의 말을 싸그리 무시했다. 그녀를 상대하는 대신 요안나에게 시선을 옮겼다. 그 순간 타오르는 검은 눈과 마주친 요안나의 어깨가 떨렸다. 불길 같은 눈이었다.

"공주 전하, 어떻게 하시겠습니까?"

"예?"

"전하의 시녀를 이대로 내버려 두시겠습니까? 아니면, 제게 치료를 맡기시겠어요?"

요안나의 머리가 뒤죽박죽으로 엉켰다. 치료하겠다고? 그 이상한 바늘 같은 것으로? 갈등하는 틈을 타 클로이가 끼어들었다.

"전하, 아디스 가문의 의원에게 맡겨 주십시오. 비전문가에게 전하의 귀한 시녀의 목숨을 맡길 수 없습니다."

요안나의 머리가 멍해졌다. 그래, 엘피는 자신의 친구 같은 시녀다. 비전문가에게는 맡길 수 없어.

하지만 방금 아디스의 의원들은 고칠 방도가 없다고 했다…….

고민은 짧았다.

"예, 제 시녀를 치료해 주세요. 아디스 공작 영애."

"안 됩니다!"

그녀의 결정에 클로이가 기겁하며 반박했다.

"안 됩니다, 공주 전하! 저 아이는…….'

"조용히 하세요!"

칸나의 짜증스러운 외침에 클로이가 입을 꽉 다물었다. 그러고는 매섭게 칸나를 노려보았다. 그러나 칸나는 더는 클로이에게 시선조차 주지 않았다. 단숨에 엘피의 몸을 뒤로 뒤집더니 상의를 찢어발기듯 벗겨 냈다.

대체 뭘 하는 거야? 옷은 왜 벗기는 거지? 요안나가 혼란에 빠진 사이, 칸나는 기다란 바늘 같은 것을 엘피의 날갯죽지쯤에 푹 꽂아 넣고 있었다!

"지, 지금 뭘 하는 거예요!"

그뿐만이 아니었다. 다른 바늘을 꺼내 엘피의 손에도 쑤셔 넣고 있었다!

"뭐 하고 있는 거야! 당장 칸나를 붙잡아!"

클로이가 외치자 하인들이 엉거주춤 다가와 칸나의 어깨를 붙잡았다.

"어서 칸나를 끌고 가!"

클로이의 말에 하인들이 칸나의 몸을 거칠게 잡아당겼다.

"공주 전하!"

하인들의 손에 저지당한 칸나가 외쳤다.

"전하의 시녀를 똑바로 보세요. 지금 죽어 가고 있습니다! 지켜만 보실 건가요?"

그 말에 넋이 나가 있던 요안나가 정신을 번쩍 차렸다.

칸나의 말이 옳았다. 엘피는 죽어 가고 있었고, 아디스의 의원은 치료 방법이 없다고 말했다. 그러니 뭐든 해야 한다. 그것이 지푸라기일지라도 잡아야만 했다!

"당장 그 손 놓으십시오!"

공주의 일갈에 하인들이 멈칫했다. 그러자 클로이가 답답한 듯 설득했다.

"공주 전하, 칸나는 제대로 의술 교육조차 받은 적이 없습니다! 그리고 얼마 전, 칼렌이⋯⋯."

"제 시녀입니다, 아디스 공작 부인!"

더는 참견을 허용하지 않겠다. 그 뜻이 담긴 선언에 클로이는 마침내 할 말을 잃었다. 요안나는 심호흡하며 칸나를 응시했다. 그리고 허리를 굽혀 부탁했다.

"부디 제 시녀를 살려 주세요, 아디스 공작 영애."

"빚을 졌습니다."

그날 밤. 요안나는 규칙적인 호흡을 내뱉으며 잠든 시녀, 엘피를 내려다보며 중얼거렸다.

"영애에게 빚을 졌어요."

고군분투 끝에 엘피의 호흡이 정상으로 돌아왔다.

요안나는 너무나 안심해 아직도 다리가 후들거렸다. 유모를 잃었듯 엘피마저도 그렇게 잃을 뻔한 것이다. 칸나가 아니었다면 그대로 죽었겠지.

요안나는 뒤를 돌아보았다. 지친 안색의 칸나가 소파에 앉아 쉬고 있었다. 굉장한 여자였다. 요안나는 칸나가 보여 준 그 집중력을 잊을 수가 없었다.

그 어수선한 복도에서. 클로이가 옆에서 땍땍거리고, 의원이 그러면 안 된다고 훈수를 두는 와중에서도, 숨결 한 번 흐트러지지 않고 치료를 이어 간 것이다.

워낙에 시급한지라 제대로 된 장소로 이동할 여유도 없었다. 이 침실로 옮겨 온 것도 얼마 되지 않았다.

'신기한 의술이었어.'

이런 인재를 왜 집 안에서 썩게 하는 걸까?

얄덴 왕국이었다면 가문의 전폭적인 지지를 받으며 의원 일을 했을 것이다. 그런데 형제들의 기묘한 집착 속에서 메말라 가고만 있었다.

아디스 가문에서, 아슬란 제국에서 썩기 아까운 여자였다.

"저는 빚은 반드시 갚는 사람입니다. 그러니 원하는 것을 말하세요. 그것이 무엇이든 제가 이뤄 드리겠습니다."

요안나는 그렇게 말하면서도 칸나가 무엇을 요구할지 알고 있었다. 칸나와 눈이 마주쳤다. 그녀가 미소를 지었다.

"그리 말씀해 주셔서 감사합니다, 전하. 제가 바라는 것은……."

그 시각, 칼렌 아디스가 남쪽에 작은 섬을 사들였다.

작지만 아름다운 휴양지였다.

<칸나 아디스 공작 영애의 재혼 임박? 상대는 아르곤 이자베르크 황자 전하!>

<파티장에서 은밀하게 빠져나온 두 남녀는 마차를 타고 어둠 속으로 사라졌다. 과연 그들은 어디로 향했을까? 그리고 어떤 시간을 보냈을까?>

실비엔은 미간을 좁혔다. 그리고 종을 울려 집사를 호출했다.

"부르셨습니까, 각하?"

"언제부터 제 책상에 이런 저질스러운 신문이 올라왔는지 모르겠군요."

신문의 이름을 본 집사가 깜짝 놀랐다.

<아슬란 스캔들>

불확실한 잡설들을 마구잡이로 기사화하기로 유명한 저급 신문이었다.

"죄송합니다. 제 실수입니다."

"실수라."

실비엔이 웃음기 섞인 목소리로 중얼거렸다.

"이런 실수를 하는 자가 발렌티노의 집사라니, 고용주인 제 안목이 유감스럽군요."

그 말에 집사의 심장이 덜컹 내려앉았다. 10여 년이 넘게 집사 일을 해 왔지만, 실비엔이 이렇게까지 질책을 해 온 적은 손에 꼽을 정도로 드물었다.

집사는 즉시 무릎을 꿇었다.

"부디 용서해 주십시오, 공작 각하. 다시는 같은 일을 반복하지 않겠습니다."

"예, 그러셔야 할 겁니다."

그러나 다행히도 더 문제 삼지 않았다. 실비엔이 손짓했다.

"일어나십시오."

"감사합니다, 각하."

"조세핀 엘레스터 백작께서 편지를 보내셨다지요?"

"예, 그것이……."

집사는 엉거주춤 몸을 일으키며 말을 흐렸다.

"품위 유지비를 늘려 달라 요청하셨습니다."

"품위 유지비?"

그 단어가 우스운 듯, 실비엔이 입꼬리를 늘렸다.

"품위 유지비라……."

실비엔은 두 손을 깍지 낀 후 생각에 잠겼다.

"지금은 어느 정도 지급하고 있습니까?"

"2000골드입니다."

"이런, 상당히 불편하시겠군요. 예전 같으시면 그 정도 금액은 한두 시간 만에 쓰셨던 분이니……."

그랬다. 2000골드면 조세핀이 입었던 드레스 한 벌값 정도밖에 되지 않았던 것이다.

그러나.

"삭감하십시오."

"예?"

"지금 예산의 3분의 1 정도가 적당하겠군요."

집사의 말문이 막혔다. 절반도 아닌 3분의 1이라니? 그러면 평민들의 생활비 정도밖에 되지 않을 텐데……. 온갖 사치를 부리며 살아온 조세핀이 그 정도 금액으로 버틸 수 있을 리 없다!

"……알겠습니다."

그러나 집사는 토를 달지 않았다. 집사가 나간 후 실비엔은 다시 업무에 집중했다. 그러길 몇 시간, 피로가 밀려와 만년필을 내려놓은 후 눈가를 마사지했다.

그 순간 다시 시야에 신문이 들어온다.

<칸나 아디스 공작 영애의 재혼 임박?>

하.

실비엔의 입술에서 웃음이 비집고 흘러나왔다. 그는 충동적으로 신문을 획 낚아채 벽난로 안으로 처박았다. 그답지 않은 거친 동작이었다.

신문을 집어삼킨 불길이 거칠게 타오른다. 실비엔은 조용히 그 불씨를 지켜보았다. 그리고 곧 결론을 내렸다.

그녀가 재혼하든 말든, 자신과는 상관없는 일이었다. 그는 일말의 관심도 없었다.

그렇게 생각할 때 문득 얼마 전의 일이 떠올랐다. 성혼 파기식을 앞두었던 순간.

잠깐은, 그녀와 이혼하기 싫었던 것 같기도 했다. 자신답지 않은 초조함이 밀려왔던 것 같기도 했다. 익숙한 삶이 변화를 맞이하는 것이, 오래된 타성에서 벗어나는 것이 싫어서겠지.

"정말 죄송해요. 귀부인과 몸이 부딪혀서 중심을 잃었어요."
"등에는 손이 안 닿으실 텐데, 제가 닦아 드릴게요."

그러고 보니 그 손수건, 어디에 뒀더라? 기억이 나질 않는다. 버리지 않았으니 어딘가에 보관해 놨겠지.

아주 쓸모없는 짓을 했다.

'찾아내서 버려야겠군.'

실비엔은 두 손으로 얼굴을 감싸며 관자놀이를 문질렀다. 오늘따라 피곤이 몰려온다. 그래서일까, 머리가 사정없이 지끈거렸다.

그날 밤 실비엔은 두통에 시달렸다. 아주 오랫동안.

"예?"

칸나는 자신의 귀를 의심했다.

"황후 폐하, 그게 무슨 말씀이신가요?"

"자네도 슬슬 혼처를 알아봐야 하지 않겠나? 결혼에 한 번 실패하긴 했지만, 그것으로 끝내기에 자네는 너무나도 젊지."

황후는 인자하게 웃으며 찻잔을 내렸다.

"크레센트가 자네에게 좋은 배필이 되어 줄 것 같은데."

"……."

"그 아이도 자네를 아주 좋게 생각하더군."

묵직한 침묵이 내려왔다. 칸나는 도저히 대답할 말을 찾지 못했다.

'이 아줌마가 미쳤나 봐.'

간신히 평온한 표정을 유지하고 있었지만, 속은 바짝바짝 타들어 갔다.

왜 아니겠는가? 크레센트, 황후의 아들과 재혼을 제안했는데! 심지어 정비도 아닌 후궁으로!

"정말 좋은 제안입니다만, 폐하……."

칸나는 욕을 지껄이고 싶은 것을 애써 참으며 단어를 골랐다.

"저는 아직 결별의 상처를 씻어 내지 못했습니다. 아시다시피 아주 오랜 시간 동안 발렌티노 공작 각하를 연모해 온 터라⋯⋯."

"때로는 새로운 만남이 최고의 보약이 될 수 있다네."

황후는 웃는 얼굴로 그녀의 말을 잘랐다.

"크레센트는 나를 닮아 아주 착해. 공작 영애가 받은 상처를 따뜻하게 보듬어 줄 수 있을 거야."

이 독거미 같은 여자가 뭐라는 거야!

칸나는 황후의 두꺼운 얼굴 가죽에 감탄했다. 제 딸을 독살하려 한 악독한 여자가 본인을 착하다고 말하다니!

"죄송합니다, 폐하."

칸나의 단호한 거절에 황후의 눈이 차갑게 가라앉았다.

"지금 내 아들을 거절하는 건가?"

감히, 네까짓 게?

황후는 그리 말하고 싶은 것을 참았다. 아직 칸나는 자신에게 필요한 인재다. 함부로 대할 수 없었다.

'이혼한 주제에 후궁 자리도 감지덕지. 감사히 받아들이진 못할 망정!'

크레센트는 차기 황제가 될 황자다. 그런 남자의 첩 자리라면 영광으로 여겨야 옳거늘!

'차기 황후는 메르시 가문에서 나와야 해.'

자신의 조카를 황후로, 그리고 칸나를 귀비로 만든다. 아주 완벽한 계획이었다!

"죄송합니다, 폐하. 이 일은 못 들은 것으로 하겠습니다."

그러나 칸나는 아주 단호하게 거절한 후 돌아갔다. 홀로 남은 황후의 분노가 부글부글 끓어올랐다.

'감히 내 아들을 거절해?'

그 순간 황후의 눈에 구겨진 신문이 들어왔다.

<칸나 아디스 공작 영애의 재혼 임박? 상대는 아르곤 이자베르크 황자 전하!>

설마 아르곤과의 염문설이 진짜인 걸까?

'아니지, 그것만은 안 돼. 절대로 안 된다.'

최근 칸나의 입지는 이혼을 했음에도 불구하고 놀라울 만큼 견고해졌다. 칼렌 아디스의 전폭적인 지지를 받는 데다가 파티를 싫어하기로 유명한 알렉산드로 아디스가 에스코트까지 해 오지 않았던가!

'지금의 칸나는 아디스 가문을 움직일 수 있다.'

그런 칸나가 아르곤과 맺어진다면? 만약 아디스 공작 가문이 아르곤을 지지한다면?

'아니, 그것만큼은 절대 안 된다!'

눈에 흙이 들어가도 그 꼴은 못 봐! 황후는 책상을 쾅 내려쳤다.

아르곤과 염문설 난 칸나는 지금 황후에게 치명적인 위험 분자였다. 마음 같아서는 암살이라도 해 버리고 싶었지만 자신은 그녀의 약에 의지하고 있는 처지였다. 없어서는 안 될 존재였던 것이다.

'아르곤 황자는커녕 어느 가문과도 혼인을 맺을 수 없을 정도로 추락시키면 된다. 그렇게 되면, 크레센트의 후궁 자리를 감사히 받아들이겠지.'

귀족 여성을 혼처를 찾을 수 없을 정도로 추락시키는 방법. 무엇이 있을까?

황후는 가장 강력하고 확실한 방법을 찾아냈다. 예를 들면, 시정잡배들에게 납치당하여 겁간을 당한다든가. 그런 소문이 쫙 퍼지면 칸나는 아르곤은 물론 그 누구와도 혼인할 수 없을 것이다.

'물론 그런 더러운 것을 크레센트의 후궁으로 들이는 것도 싫지만.'

칸나는 위험하지만 그만큼이나 자신에게 필요한 사람이다. 그러니 두 다리를 꺾어서라도 자신의 사람으로 만들어야 했다.

황후는 시종에게 명령했다.

"클로이 아디스 공작 부인에게 초대장을 보내거라."

클로이 아디스, 칸나의 계모라면 자신을 도울 것이다.

황후는 흐뭇하게 웃었다. 칸나가 자신을 위해 약을 만들고 있다는 것은 알지만, 한때 그 점이 너무나도 고마웠지만…….

생각해 보면 그건 당연한 일이었다.

황족을 위해 성심을 다하는 것. 그건 귀족의 의무이지 않은가? 그 점을 귀엽게 여겨 제 아들의 첩으로 들여 주겠다는데 거절한 것이 괘씸했다.

'은혜도 모르는 계집 같으니라고.'

요안나 공주가 떠난 지 일주일이 지났다. 떠나기 직전, 칸나는 요안나와 은밀한 협약을 맺었다.

'그리고 내일쯤이면 연금술 연구실도 완공된다고 하니까.'

이제 정말 코앞이다. 칸나의 가슴이 두근거렸다.

'아디스 가문을, 아슬란 제국을 떠날 수 있어.'

그렇게 생각하니 오늘 황후의 미친 제안 따위는 머릿속에서 다 날아갔다.

"누님, 안 주무십니까?"

그때 문이 벌컥 열리고 칼렌이 들어왔다. 고대 연금술 책을 읽고 있던 칸나는 즉시 표지를 덮었다.

"무례하구나, 칼렌. 예의범절을 다시 배워야겠어."

"죄송합니다. 한시라도 빨리 누님을 뵙고 싶은 마음에."

칸나는 인상을 찡그렸다. 느글거리는 말을 내뱉은 칼렌의 손에는 선물 상자와 장미꽃 다발이 한 아름 안겨 있었다.

"필요 없어."

"아뇨, 필요 있을 겁니다."

칼렌은 부드럽게 웃으며 장미꽃 다발부터 내밀었다. 그 순간 칸나는 자잘한 상처로 엉망이 된 그의 손을 목격했다.

"제가 정원에서 직접 꺾어 와서 만든 꽃다발입니다."

칼렌은 그 상처가 자랑스러운 듯 말했다.

"이 꽃다발을 만들다가 이렇게 다쳤지요. 어때요, 기쁘십니까?"

미친놈인가? 칸나는 경멸의 시선을 숨기지 않았다.

"내가 왜 기뻐?"

"그야 누님은 절 싫어하지 않습니까? 제가 고통스러워하면 좋아하실 줄 알았는데요."

아무렇지도 않게 말하며 그가 맞은편에 앉았다.

"누님은 절 싫어하시지요."

칸나는 부정하지 않았다. 그 반응에 칼렌이 쓴웃음을 지었다.

"하지만 저는 누님을 사랑합니다."

우욱. 칸나는 속이 울렁거리는 것을 애써 참았다. 이제 와서, 심지어 피 한 방울 안 섞인 남남임이 밝혀졌는데도 가족애를 운운하는 게 듣기 힘들었다.

칼렌이 앉은 상태로 허리를 굽혔다. 일그러진 칸나의 얼굴을 감상하듯 빤히 응시했다. 깊게 가라앉은 저음을 토해냈다.

"사랑합니다."

진짜 토할 것 같다.

"그만해. 속 안 좋아."

"제가 역겨우시죠?"

"잘 아네."

"그러실 만합니다. 제가 생각해도 과거의 저는 아주 형편없었으니까요."

칼렌이 나지막이 말하며 천천히 허리를 폈다. 그리고 제 무릎 위에 놓은 선물 상자를 쓰다듬었다.

"그래서 생각해 봤습니다. 어떻게 해야 누님께 용서를 받을 수 있을까……. 그리고 결론을 냈죠. 누님이 아팠던 만큼 저도 아프면 되지 않습니까?"

그러고는 그녀에게 선물 상자를 내밀었다.

"누님께서 제게 형벌을 내리시면 됩니다."

"그게 무슨……?"

"물론, 심적으로는 충분히 벌을 받았다고 생각합니다. 하지만 제 고통으로 얼룩진 마음을 눈으로는 보실 수 없을 테니 당연히 만족하지 못하시겠죠."

칸나는 껄끄러운 얼굴로 그가 내민 상자를 받아 들었다. 칼렌의 얼굴이 기묘한 열기로 번들거리고 있었다.

"하지만 눈에 보이는 고통이라면 누님의 마음이 풀리지 않을까요?"

칸나는 상자를 열었다. 그리고 숨을 멈췄다.

"마음에 드십니까?"

칼렌이 고요하게 속삭였다.

"그걸로 누님의 분이 풀리실 때까지 저를 벌해 주시면 됩니다."

상자 안에는 채찍이 들어 있었다.

말문이 막힌 사이 칼렌이 재킷의 단추를 툭 풀었다. 재킷을 벗자, 탄탄한 몸을 휘감은 셔츠가 드러났다.

"지금 바로 시작합시다."

"시작하긴 뭘 시작해?"

기가 막혀서 손이 떨려 올 지경이다. 칸나는 신랄하게 욕을 내뱉었다.

"너, 완전히 돌았어. 제정신이 아니야."

"이렇게 해서라도 용서받고 싶으니까요."

칼렌의 눈에는 맑은 진심만이 고여 있었다.

"물론 이 정도로 지난날의 과오를 용서받을 수 있을 거라고는 생각하지 않습니다. 그저 조금이라도 좋으니 누님의 분이 풀리길 바랄 뿐입니다."

"집어치워."

칸나는 상자를 탁상 위로 버리듯이 내려놓았다.

"칼렌, 나는 너랑 잘 지내볼 생각이 없어. 내게 용서를 강요하지 마."

"하지만 우리는 계속 함께 살아야 할 텐데요."

계속 함께 산다고? 웃기는 소리.

'한 달 후만 해도 난 이곳에 없을 거야.'

그것도 모르고 저렇게 확언하는 꼴이 우스웠다.

"감히 말로만 용서를 구하지 않을 겁니다. 저는 제 죄의 대가를 치르고 싶습니다."

"대단하네. 하늘도 감동하겠어."

칸나는 빈정거리듯 중얼거렸다. 이래서야 용서하지 않는 자신이 나쁜 년 같지 않은가?

"죗값을 치르고 싶다고 했지? 얼마 전 나한테 속아서 이용당한 것, 그게 죗값이었다고 생각해."

"하지만 누님은 그러고도 절 용서하지 못하셨죠. 죗값이 부족했던 겁니다. 그러니 만족하실 때까지 벌해 주십시오."

"나는 그러고 싶지 않아."

"누님, 부디."

순간 짜증이 확 치밀었다. 저 자식은 말귀를 못 알아먹는 건가? 싫다고 했는데, 분명히 싫다고 했는데!

'내 말이 말 같지가 않나?'

빌어먹을 용서, 빌어먹을 죗값.

자신은 그따위 것에 눈곱만큼도 관심 없는데, 칼렌은 갈구하고 또 갈구한다. 칸나의 감정, 의지, 그런 것은 고려조차 하지 않는다.

중요한 것은 언제나 칼렌의 뜻이었다. 그가 저를 싫어할 때는 고통에 시달리고, 화해를 원할 때는 용서하려고 노력해야만 한다.

칼렌 아디스는 예전과 조금도 변하지 않았다. 조금도.

칸나는 평생을 이기적으로 살아 온 남자의 얼굴을 조용히 응시했다. 그러다 문득 그런 생각이 들었다. 죽이고 싶을 만큼 미워하는데, 못 때릴 건 뭐람? 어차피 곧 영원히 이별할 텐데 이 정도 화풀이는 해도 좋잖아?

"좋아. 네 소원이라면 들어줄게."

하지만 이건 죗값 따위가 아니다. 순전히 분노로 내린 분풀이에 불과했다.

"셔츠 벗어."

그래도 제정신으로는 도저히 할 수 없을 것 같아서 칸나는 위스키 한 잔을 따라 단숨에 마셨다. 그사이 칼렌은 셔츠를 벗고 몸을 일으킨 상태였다.

"벽 보고 서."

칼렌이 벽에 손을 짚고 기대어 섰다. 칸나는 넓게 벌어진 그의 어깨와 잔근육이 단단하게 잡힌 등을 찢어 버릴 듯 노려보았다.

'제길.'

칸나는 채찍을 잡아 든 채 입술을 짓씹었다. 막상 하려니까 망설여졌다. 제 손으로 직접, 누군가의 몸에 손상을 입히는 건 쉬운 일이 아니었다. 만약 때린다면 칼렌은 만족할 거다. 한 대 한 대 휘갈길 때마다 그의 죄책감은 줄어들겠지.

그리고 언젠가는 '이렇게까지 했는데 왜 용서하지 않으시는 겁니까?' 하고 대들 것이 분명했다. 얼마 전 지하 연구실에서 그랬던 것처럼.

그렇게 생각하니 자신의 처지가 한없이 비참했다.

이 집에서 계속 있다가는 용서하지 않을 권리마저도 빼앗겨 버리겠지.

'괜찮아. 난 곧 이곳에서 떠날 거야.'

그러니까 그는 영원히 용서받지 못할 것이다.

이것 역시 벌이 아니다. 칼렌은 죗값을 치르는 게 아니다. 그저 한 순간의 분풀이고 화풀이일 뿐.

쫙! 채찍이 그의 등을 후려치고 지나갔다. 그러자 그의 살갗 위로 붉은 자국이 새겨졌다. 쫙, 쫙, 쫙! 연달아 있는 힘껏 때렸는데 칼렌의 어깨는 흔들리지도 않았다.

칸나는 인상을 찡그렸다. 칼렌을 두들겨 패면 기분이 좋아질 줄 알았는데, 도리어 불쾌해졌다.

"됐어? 이제 죗값을 좀 치른 것 같아?"

"아뇨."

"뭐?"

"솔직히 말씀드려도 됩니까?"

반면 칼렌의 목소리는 아주 여유로웠다.

"제가 드린 채찍은 살상용입니다. 피부를 찢고 뼈를 부수는 무기죠."

살상용 무기라고? 이게?

"하지만 통증이 미약한 것을 보니 생채기가 생긴 게 전부인 것 같군요."

"……."

"솔직히 그다지 아프지도 않습니다. 더 강하게 하십시오."

그러나 칸나는 완전히 의욕을 잃었다. 칼렌의 몸에 치명적인 상처가 난다면. 혹시라도 척추를 잘못 다치면 반신불수가 될 수 있다.

만약 그 때문에 자신이 죄책감을 느끼게 되면? 그것이야말로 칼렌이 원하는 바겠지.

'죽어도 싫어.'

칸나는 채찍을 벽난로 안으로 집어 던졌다.

"누님, 왜 멈추십니까?"

"시시해. 기분만 더러워졌어."

칸나는 소파 위에 펼쳐진 그의 옷가지를 집어 획 던졌다.

"꺼져."

"누님."

"안 나가? 그럼 내가 나갈까?"

"……."

칼렌은 더는 밀어붙이지 못하고 조용히 방을 나갔다. 별 거지 같은 경험을 해서일까? 잔뜩 불쾌해진 칸나는 위스키를 한 잔 더 따라 마셨다.

'조금만 버티자. 그러면 끝나.'

조만간 모든 것이 끝난다.

곧 이 빌어먹을 아디스와 영원히 작별할 것이다.

다음 날, 마침내 연금술 연구실 공사가 끝났다. 칸나는 즉시 실험에 들어갔다.

"이게 정말 되려나……?"

칸나는 손바닥 크기의 종이 위에 복잡한 분양을 그리고 있었다.

동그란 원형 안에 육각성을 그린 후 본인도 알지 못하는 기이한 문자들을 빼곡히 채워 넣었다. 사용하는 잉크 역시 평범한 잉크가 아니었다. 마석을 녹인 후 자신의 피 몇 방울을 섞어 만든 것이었다.

'안 될 것 같은데.'

책에 따르면 연금술은 이 세계의 힘이 아니라고 한다. 즉 다른 세계의 지식인 것이다. 그리고 이 문양은 이계의 힘을 가져오는 통로라고 한다.

'힘을 소환하는 마법진 같은 건가? 대충 그런 거로 생각하면 되려나?'

'이곳'의 평범한 사람이 하면 소용없고 칸나나 선희처럼 특수한 경우, 즉 '이물질'들만이 사용 가능한 모양이었다.

<그래서 이 고대 연금술 책은 대신전에 있는 동안 병풍처럼 늘어져 있다가, 내 손에 들어와서야 제대로 쓰이고 있다.>

선희가 이렇게 짤막하게 써 놓은 메모도 있었다.

"이게 정말 된다고?"

문양을 다 그린 후 칸나는 불신의 눈으로 종이를 노려보았다.

이 문양에 자신의 피를 문지르면, 어떤 것이든 황금으로 바꿀 수 있다고 했다.

'그게 가능할 리가 있나?'

어쩐지 사기당하는 기분이다. 그래도 일단 해 보자는 마음으로, 종이 위에 만년필을 올려놓았다. 그리고 바늘로 손가락 끝을 쿡 찔러 피를 낸 후 문양 위에 조심스레 문질렀다.

"아!"

다음 순간, 칸나는 자신의 눈을 의심했다. 문양에서 검은색 연기가 피어오르기 시작한 것이다! 그런데 그것은 마치…….

'검은 안개 같잖아?'

잠시 후, 검은 연기가 사라졌을 때 만년필은 황금색으로 번쩍이고 있었다. 그냥 황금색이 아니다. 황금이다.

진짜 황금.

"정말 금으로 변했어……."

깨닫는 순간, 우습게도 현실적인 안도감이 가장 먼저 밀려왔다. 이걸로 됐다. 앞으로 평생, 돈 걱정 없이 살아도 된다!

칸나는 잔뜩 흥분해서 책장을 넘겼다.

'그런데 이게 가장 기본적인 기술이라니.'

금을 만드는 것은 가장 기초였고, 이보다도 더 신기하고 충격적인 지식이 이 책에 담겨 있었다. 물질을 다른 속성으로 변환하는 것뿐만 아니라 불이나 물 같은 원소를 창조해 내는 문양도 있었다.

심지어 사람이나 다름없는, 살아 있는 인형 같은 것을 만들어 내는 술법도 있었다. 그 부분을 읽던 칸나의 등골이 오싹해졌다.

물질을 변환하고, 창조하고, 인간 비슷한 것을 만들고.

칸나가 보기엔 고대 연금술은 신의 영역이나 다름없었다.

'내 피, 소중히 여겨야지. 함부로 흘려서도 안 되겠어.'

그렇게 생각하는 순간 어떤 기억이 스쳐 갔다. 성혼 파기식. 성전에 입장하기 위해 피를 바쳐야 했던 순간의 기억이.

'앞으로는 그런 일이 있으면 안 돼.'

혹시 모르지 않는가? 연금술에 혈안이 된 어떤 미치광이 사이코가 그녀의 피를 훔쳐 악행을 벌일지도 모른다.

앞으로는 절대, 그렇게라도 피를 넘기는 일이 있으면 안 되겠다고, 칸나는 단단히 결심했다.

'그런데 책 중간중간 찢어진 부분이 있어.'

찢어진 부분은 어디로 사라진 걸까? 부디 정신병자의 손에 들어가지 않았기를, 칸나는 간절히 빌었다.

그때였다.

"아가씨, 아르곤 황자 전하께서 찾아오셨습니다."

아르곤이?

칸나는 곧장 책을 덮었다. 문양을 그려 놓은 종이를 책 안에 끼워 놓고는 대답했다.

"응접실로 모셔. 곧 가지."

"죄송합니다, 공작 각하."

실비엔은 집사를 조용히 응시했다. 시선을 받은 집사의 얼굴은 창백했다.

"죄송하다? 최근 들어 그 단어를 많이 듣는 것 같군요."

"면목이 없습니다."

"그러셔야 할 겁니다. 이런 기본적인 실수를 하시다니."

실비엔은 웃을 수가 없었다. 도저히 웃을 수 없는 실수를 집사가 저지른 것이다.

"이혼에 필요한 서류를 빠뜨렸다고요?"

그는 피식 실소를 흘렸다.

"발렌티노와 아디스의 이혼이 그리 가볍게 보였습니까?"

"그것이 아니라……."

집사는 변명하려다 입을 다물었다. 왜 그런 실수를 했을까? 이혼에 필요한 서류 중 하나를 빼먹고 전달한 것이다!

실비엔은 대귀족 가문의 가주답게 허드렛일은 고용인들에게 시켰다.

예를 들면 행정처를 방문하여 이혼에 필요한 서류들을 받아 오는 잡무 같은 것을.

집사는 행정처에서 받은 서류를 실비엔에게, 실비엔은 칸나에게 나누어 주었다. 그러니까 칸나 입장에서는 실비엔이 잘못 처리한 거나 마찬가지였다.

실비엔은 이 상황이 난감했다. 아주 많이.

"이래서야 아디스 공작 영애가 착각하지 않겠습니까? 제가 이혼하기 싫어서 허튼 수를 쓴다고 여길 만하군요."

"애초 행정처에서 서류를 누락한 것이기에, 두 분의 이혼에는 절대 문제 삼지 않겠다고 했습니다."

"당연히 그래야 할 겁니다."

집사는 안도의 한숨을 내쉬었다.

"그럼 제가 지금 당장 아디스 저택에 다녀오도록 하겠습니다. 공작 영애에게 서명을 받고……."

"됐습니다."

실비엔은 몸을 일으켰다. 의자에 걸쳐 놓았던 겉옷을 입으면서 말했다.

"더는 집사에게 일을 맡길 수 없습니다. 이 일은 제가 직접 하지요."

"예?"

"해고라는 뜻입니다."

실비엔이 신사용 모자를 눌러쓰며 말했다.

너무나 부드러운 어조인지라, 집사는 곧바로 알아듣지 못했다. 그러나 곧 한숨을 내쉬며 고개를 숙였다. 하기야 이건 누가 봐도 해고감이었다.

"그동안 모실 수 있어서 영광이었습니다, 공작 각하."

잠시 후 실비엔은 서류를 품 안에 넣고 마차를 탔다. 그리고 마부에게 명령했다.

"아디스 저택으로."

chapter 15

"뭐라고 하셨죠?"

아르곤이 아주 황당한 소식을 전해 주었다.

"제가 곧 납치당한단 말이지요?"

"응. 사탕 먹어도 돼?"

아르곤이 탁자 위에 올라간 별사탕을 가리켰다. 칸나는 짜증이 확 밀려와 그를 노려보았다.

"안 됩니다. 제 거예요."

"치사해."

아르곤이 투덜거리며 어깨를 으쓱했다.

"황후 폐하와 클로이 아디스 공작 부인이 흉계를 꾸민다는 사실까지 알려 줬는데, 상으로 별사탕 하나 정도는 줄 수 있잖아?"

"저번 일을 사과하는 의미로 알려 주는 정보라면서요. 마땅한 대가를 받는 건데 제가 왜 상을 줘야 하죠?"

심기가 불편해진 칸나는 필요 이상으로 차갑게 쏘아붙였다. 그럴 만했다.

'황후, 이 독사 같은 년.'

크레센트의 첩 자리를 거절했다고 이런 일을 꾸미다니. 심지어 클로이마저도 합세한다고 했다.

칸나는 헛웃음을 터뜨렸다. 어리석은 여자들 같으니라고. 그냥 내 버려 두었으면 얌전히 사라져 줬을 텐데.

'평화롭게 작별하도록 내버려 두질 않는구나.'

사실 황후의 피부병을 완전히 치료해 줄 생각이었다.

자신이 떠나면 그녀는 약을 얻을 수 없다. 그동안 관계가 좋아지기 도 했고, 도움을 받기도 했으니 이제 고통에서 구제해 주려고 했는데.

'뭐? 나를 납치한 후에, 뭐 어쩐다고?'

그런 추잡하고 잔인한 짓을 꾸미려 하다니! 증오가 활활 타올랐다. 황후도, 클로이도 가만두지 않을 것이다.

"여기 증거 서류들."

아르곤이 종이를 내밀었다. 황후가 예명으로 고용한 용병의 목록, 의뢰한 내용, 그들에게 의뢰비를 지불한 경로, 그리고 클로이의 변심 을 막기 위해 서로의 인장을 찍어 작성한 계약서 등의 서류였다.

"이걸로 일전의 내 실수는 용서해 주겠어?"

"좋아요. 이 정도면 보상이 될 만하군요."

"그렇다면 이제 본 의뢰의 대가를 받을 차례지?"

이 얘기를 할 줄 알았다.

칸나는 빙긋 웃었다. 자신의 정체, 아무도 모르는 비밀을 말해 주기 에 이보다도 더 좋은 시기는 없었다. 어차피 자신은 곧 떠날 테니까.

칸나는 몸을 기울였다. 그리고 아르곤의 귓가에 속삭였다.

"사실, 저는……."

흥미진진한 얼굴로 속삭임을 듣던 아르곤의 눈이 커졌다.

"그게 정말이야?"

"믿기지 않으시겠지만 사실이랍니다."

"아니야, 믿어."

아르곤이 얼떨떨한 목소리로 중얼거렸다.

"그런 이야기를 들은 적이 있어. 다른 세계가 존재하고, 가끔은 그 세계에서 사람이 넘어오기도 한다는 이야기들……."

그런 이야기를 들었다고?

"누가 그런 이야기를 했는데요?"

"어머니가 어릴 적에 종종 해 주셨어. 잠들기 전에, 이야기책 읽어 주듯이 말이야."

테레사 귀비가? 그녀가 그런 일을 어떻게 안단 말인가?

'하기야 후궁이 되기 전까지는 대륙을 떠도는 무희였다고 했지. 그래서 이런저런 민담을 많이 알고 있었을지도.'

그렇게 생각할 때.

"아가씨, 발렌티노 공작 각하께서 찾아오셨습니다."

그 말에 아르곤이 놀라서 물었다.

"발렌티노 공작이 왜? 뭐야? 둘이 다시 만나?"

"말도 안 되는 소리 하지 마시고, 용건이 끝났으면 이만 가 주세요."

칸나가 아르곤을 내보내자마자 곧바로 실비엔이 들어왔다.

"어서 오세요, 공작 각하. 앉으세요."

"죄송합니다. 제가 방해한 모양이군요."

"아녜요, 괜찮아요."

레아가 차를 건네준 후 방을 나갔다. 그러나 실비엔은 차에는 손끝 하나 대지 않았다.

"무슨 일로 찾아오셨나요?"

"죄송하게도 실수가 있었습니다."

실비엔은 차분하게 말한 후 탁상 위로 서류를 내밀었다. 그리고 사정을 설명했다.

"아아, 그렇군요. 뭐, 괜찮아요."

예전처럼 이혼에 혈안이 되어 있었을 때라면 눈에 불을 켜고 항의했겠지만, 지금은 달랐다.

'칸나 아디스'의 삶은 어차피 이제 곧 끝날 테니까.

"이번 건 제가 확실하게 제출하도록 하지요. 각하의 서류를 제게 건네주시겠어요?"

"그렇게 하십시오."

실비엔은 순순히 자신의 서류를 건넸다. 칸나는 그의 서명을 확인했다.

"이걸로 된 건가요?"

"예."

그것으로 끝이라는 듯 실비엔은 자리에서 일어났다. 그러나 곧장 다시 앉았다. 칸나는 의아한 얼굴로 그를 쳐다봤다. 방금 일어나자마자 앉은 건가?

'뭐 한 거야?'

실비엔은 다시 일어날 생각이 없는지 소파 등받이에 편히 몸을 기대었다. 무언가 골똘히 생각에 잠긴 듯 손가락으로 제 무릎을 두드리다가 고개를 들어 올렸다.

눈이 마주쳤다.

"아디스 공작 영애."

"네?"

"이혼이 성사된 지 얼마나 된 줄 아십니까?"

그러고는 예상치도 못한 말을 꺼냈다.

"글쎄요. 이제 한 달 좀 넘지 않았나요?"

"예. 맞습니다. 정확히 오늘로 45일째입니다."

칸나는 그의 세심함에 감탄했다. 그런 사소한 것도 기억하고 있단 말인가?

"7년이 넘는 결혼 생활이 끝난 지 45일밖에 되지 않은 거지요."

"그래서요?"

"그런데 벌써 재혼 자리를 물색하시는 겁니까?"

실비엔의 얼굴 위로 조롱 한 줌이 걸렸다. 비아냥거리는 표정에 칸나는 깜짝 놀랐다.

그 실비엔이다. 성혼 파기식 전날에 보았던 실비엔, 한 꺼풀 가면이 벗겨진 그의 민낯이 드러나고 있었다.

"신문에 광고를 하다 못해 이제는 집에까지 들이신다?"

차분하게 중얼거린 실비엔이 코웃음을 쳤다. 그답지 않은 불손한 태도였다.

"지나치게 빠르다고 생각하지 않으십니까?"

칸나는 할 말을 잃었다. 뭔가 대단한 오해를 하는 것 같았지만, 그건 둘째 치고.

'왜 저래?'

그걸 실비엔이 왜 불쾌해하는 건지 이해할 수 없었다. 그의 말대로 너무 일러서?

'내가 재혼을 하든 말든 무슨 상관인데?'

그렇게 생각하자 짜증이 솟아올랐다. 칸나는 차갑게 대꾸했다.

"제 사생활에 간섭할 권리를 갖고 계신 줄은 몰랐군요."

"저는 최소한의 예의에 대해 말하는 겁니다."

"지금 예의라고 하셨나요?"

"그렇습니다."

칸나는 기가 막혀서 그를 빤히 응시했다. 저 입에서 최소한의 예의라는 말이 나오다니. 자신이 죽든 말든 상관도 안 했던 남자가! 어찌나 뻔뻔한지 감탄이 나올 지경이었다.

하기야 이혼한 전 아내가 곧바로 다른 남자와 염문설이 퍼지면 그의 체면이 안 살 수도 있다. 그러나 그건 그저 마음속의 불만으로만 끝내야 했다.

이렇게 입 밖으로 내뱉을 자격, 그에게는 없다.

"저는 충분히 예의를 지켰어요. 초야조차 치르지 않고 줄곧 외면해 온 남편을 7년 넘게 기다렸죠. 그런데 당신 체면을 위해 더 인내해야 할 이유가 있나요?"

그 말에 실비엔의 입술에서 실소가 흘러나왔다. 노골적인 비웃음이었다.

"그렇게 남자가 필요하십니까?"

칸나는 자신의 귀를 의심했다.

잘못 들은 걸까? 제대로 들었다고 하기엔, 실비엔에게 어울리지 않는 원색적인 비난이었다. 그러나 다음 순간 그가 의심을 처참하게 깨부쉈다.

"칸나 아디스, 당신은 남자 없이는 못 사는 모양이군요."

차라리 따귀를 맞는 게 나았을 것이다. 그 정도의 모욕이었다.

칸나의 입매가 비틀렸다. 얼굴 위로 감추지 못한 노기가 흘러나왔다.

"지금 뭐라고 하셨죠?"

"들었잖습니까."

그녀의 반듯한 표정이 일그러지자, 만족한 걸까. 실비엔의 입가에 다시금 미소가 맺혔다.

"그래서 이혼을 하자마자 새로운 남성을 물색하시는 것 아닙니까?"

아름다운 푸른 눈에 잔혹한 경멸이 일렁였다.

"그래서, 이번엔 아르곤 황자가 당신의 새로운 동아줄입니까? 저를 대신한?"

탁! 칸나는 찻잔을 내려놓았다. 그러고는 부드럽게 미소 지었다.

"그렇다면 어쩌실 건데요?"

자신은 곧 떠난다. 그러니 이것이 실비엔과의 마지막 대화겠지. 오늘 이후 그와 더는 만날 일도 없을 것이다.

즉, 무엇 하나 참을 필요가 없다는 소리다.

"제가 아르곤 황자와 연애를 하든 재혼을 하든, 당신과는 아무런 상관도 없어요. 설령 그것이 당신을 불쾌하게 만들지언정……."

칸나는 심드렁하게 어깨를 으쓱였다.

"제가 알 게 뭔가요?"

"……."

"저는 당신의 그 어떤 것에도 관심이 없어요. 그러니 신경 쓸 필요도 없죠."

실비엔은 혀가 잘린 듯 아무 말도 내놓지 못했다. 칸나는 잠시 기다려 주었다가 다시 말을 이었다.

"제가 다른 남자를 만나는 게 그렇게나 불쾌하다면 당신도 새 여자를 만나도록 해요. 그러면 되잖아요?"

그 후로 침묵이 흘렀다. 칸나는 그 적막이 두렵지도 어색하지도 않았다. 그저 여유롭게 차를 마시며 기다렸다.

"나는."

실비엔의 입술이 열렸다.

"당신에게 아무 감정이 없었습니다."

"알아요."

"하지만 지금은 당신이 굉장히 거슬립니다."

칸나가 눈썹을 슬쩍 들어 올렸다. 그가 다시 한번 말했다.

"당신이 거슬립니다."

강조하고 나서야 실비엔은 이 감정이 진심이란 것을 확신했다. 성혼 파기식 때도 느꼈던 이 기이한 감정. 이것은 한순간의 충동이 아니었다.

실비엔은 칸나의 결정에 반대하고 싶었다. 저를 떠나려는 뒷모습을 붙잡고 앞을 막아서고 싶었다. 자신에게 아무것도 느끼지 못하는 듯한 저 무감정한 얼굴에 균열을 일으키고 싶었다.

왜 이렇게나 방해하고 싶은 걸까?

답은 하나뿐이다. 아마도 그녀를 싫어해서.

누군가를 진심으로 격렬하게 좋아해 본 적도 싫어해 본 적도 없었지만, 실비엔은 이것이 후자임을 알고 있었다.

그렇기에 사사건건 훼방을 놓고 싶은 거겠지. 생전 겪어 본 적 없는 심술이었다. 어찌나 유치한지 스스로도 믿기지 않을 정도였다.

"그거 굉장히 놀라운 고백이네요."

칸나 역시도 실비엔의 말을 믿기가 힘들었다. 자신이 싫다고 솔직하게 말하는 실비엔이라니. 좋아한다고 말하는 것만큼이나 현실감 없는 장면이었다.

하지만 그뿐, 그 이상의 감상은 없었다.

"저는 당신의 감정에도 관심 없어요."

칸나는 잠시 말을 멈췄다.

"발렌티노 공작 각하, 지금까지 충분히 무례하셨습니다. 그러니 저역시 더는 예를 차리지 않겠어요."

아마도 다음 순간 내뱉을 말이 이번 생에 그에게 건네는 마지막 한마디겠지. 그러나 망설이고 싶지 않았다.

칸나는 문을 가리켰다.

"당장 내 방에서 나가세요."

그것으로 끝이었다. 그와 자신에게 참으로 잘 어울리는 결말이었다.

"며칠 후, 메르시 후작 부인이 별장에서 티 파티를 열 것이야."

황후가 조용한 목소리로 말했다.

"공작 부인도 여러 번 가 봐서 알고 있겠지만, 그 별장에 가기 위해서는 엘리튼숲을 지나쳐야 하지."

메르시 후작 부인은 매년 별장에서 티 파티를 열었다. 오로지 귀족여성들을 위한 파티였다.

"공작 부인은 반드시 그 파티에 칸나를 데려가야 해. 그리고 칸나와 같은 마차를 타게나."

황후는 체스판 위의 졸 두 개를 앞으로 쭉 밀었다.

"숲에서 산적 떼가 들이닥칠 거야. 처음에는 나이 든 중년의 부인을 납치하라 일렀네. 그러면 호위들이 공작 부인을 지키기 위해 몰려들겠지?"

여러 개의 나이트가 하나의 졸 앞을 막아섰다.

"호위들이 칸나에게 상대적으로 덜 신경 쓸 때."

황후는 홀로 덩그러니 남은 졸을 콕 짚었다.

"그때 뒤에서 또 다른 산적 떼가 나타날 걸세. 그들에게는 젊은 아가씨를 납치해 가라 일렀네."

황후가 활짝 웃었다.

"칸나가 납치당할 때쯤 내 마차가 나타날 것이야. 아디스의 호위들은 공작 부인을 지키고, 내 기사들에게는 칸나를 추적하라고 명령하겠네."

하지만 황후의 기사들은 추적하는 척만 하다가 빈손으로 돌아올 것이다.

"어떤가. 참 쉽지?"

"……."

"이 일을 아무 의심 받지 않고 처리하기 위해서는, 공작 부인이 어느 정도 희생을 해 줘야 해."

클로이가 머뭇거리자 황후는 인상을 찡그렸다. 설마 이제 와서 망설이는 건가? 황후는 재빨리 미끼를 던졌다.

"말했다시피 이 일이 끝나면 내 반드시 이자벨 영애를 크레센트의 정비로 들일 것이야."

"……약속하신 거지요?"

"그래. 내 이름, 내 가문의 명예를 걸고 맹세하지. 함께 문서도 작성하지 않았던가?"

클로이가 순진하게도 고개를 끄덕이자 황후는 내심 그녀를 조롱했다. 어리석기는. 그 문서를 믿는 건가?

'내가 훗날 말을 바꿔도 너는 그 문서를 공개하지 못할 거야. 네가 더러운 일을 꾸몄다는 걸 만천하에 알릴 생각이 아니라면 말이지.'

황후는 이런 중상모략과 배신에 익숙했다. 그러나 클로이는 아니었다. 싸움이라고는 사교계에 겪은 신경전이 전부인 평범한 귀부인이었던 것이다. 그렇기에 인장이 찍힌 문서를 철석같이 믿어 버리고 말았다.

'바보 같은 것.'

❧

그 일로부터 며칠이 지나 후작 부인의 티 파티가 내일로 다가왔다.

'칸나를 내버려 둘 수 없어.'

시간이 지날수록 클로이의 결심은 나날이 단단해지고 있었다.

칸나는 아디스 가문을 망치고 있다. 그녀로 인해 자식들 간의 사이가 냉랭해지지 않았던가.

그뿐만이 아니었다. 얼마 전, 알렉산드로가 칸나를 파티장에 에스코트해 온 일은 클로이에게 크나큰 충격이었다. 알렉산드로가 자신을 에스코트 한 일이 있었던가? 한 번도, 단 한 번도 없다!

'그래서는 안 되지.'

모든 것은 아디스의 평화를 위해서다. 아디스를 지키기 위해서 칸나를 먼 곳으로 치워야만 한했다.

'하지만 칸나가 크레센트 황자의 첩이 된다고 할지언정 아디스와의 연이 끊어지는 건 아니야.'

그렇게 생각하자 황후의 계략이 몹시 부족해 보였다.

'그래, 그걸로도 부족해. 어찌 됐든 칸나도 결론적으로 황족이 되

는 거잖아.'

칸나의 명예가 깎여 나가 사교계에서 퇴출당하는 것은, 아주 좋다. 아디스에서 떠나 누군가의 첩이 되는 것도, 좋았다. 생각만 해도 속이 시원했다.

그러나 상대가 크레센트라는 것이 못마땅했다. 첩이라고 할지언정 어쨌든 황족이지 않은가. 무엇보다 이자벨은 크레센트의 정비가 될 예정이다.

'아무리 황족들에게는 흔한 일이라고는 하지만, 그래도 같은 남자에게 자매가 시집 가는 걸로 뒷말하는 사람들이 있을 거야.'

게다가 분명 칸나 쪽이 이자벨보다 더 사랑받을 것 같았다. 그녀의 외모와 묘한 분위기는 사람을 홀리는 구석이 있었으니.

'이자벨이 허울뿐인 황후가 될 수도 있겠어.'

칸나가 황가로 시집가는 것도, 아디스에 남는 것도 용납할 수 없다.

그러면 대체 어떻게 해야 할까? 고민하며 정원을 산책하던 중 칼렌과 마주쳤다.

"어머, 칼렌."

칼렌은 그녀를 흘끗 보더니 그대로 쓱 지나쳤다. 그 냉랭함에 클로이는 깜짝 놀라 소리쳤다.

"칼렌, 지금 날 무시하는 거니?"

칼렌이 우뚝 멈춰 선다. 뒤를 돌아 경멸 어린 시선을 던졌다.

"예."

뭐?

"무슨 일 있니? 갑자기 왜……."

"아무리 생각해 봐도 이해가 가지 않습니다."

"대체 뭐가?"

"제가 어릴 때 어머니께 받은 교육 말입니다."

"뭐?"

"저희에게 누님의 험담을 하며 가까이 지내지 말라 세뇌하지 않으셨습니까. 다시 생각해 봐도 그때의 어머니는 잘못된 행동을 하셨습니다."

지금의 칼렌은 칼날 같았다. 그 매서운 말투에 클로이의 입술이 바들바들 떨렸다.

"어머니는 좋은 어머니가 아닙니다. 오히려 나쁜 쪽에 가깝지요."

그러고는 획 등을 돌려 지나쳤다. 아들의 폭언에 눈물이 고였다. 클로이는 이를 악물며 눈물을 뚝뚝 흘렸다. 그리고 불현듯 결심했다.

'죽여야겠어.'

칸나. 칸나. 칸나.

너는 네 어미처럼 내 소중한 것을 빼앗고 아디스를 망치려 하는구나.

'곱게 죽일 수는 없지. 황후와의 일은 그대로 가되, 그 후 크레센트 황자와 결혼하기 전에 죽여 버려야겠어.'

때마침 이용하기 좋은 하녀도 있지 않은가.

며칠 전, 자신의 보석을 훔치려 한 하녀가 있었다. 평소 같았으면 당장에 매질을 한 후 재판에 넘겼겠지만.

'혹시 황후와의 협잡질에서 이용할 수 있을지도 몰라.'

그런 생각에 내버려 뒀던 하녀였다. 클로이는 하인에게 명령했다.

"하녀 에리엘을 내 방으로 데려와라."

클로이는 에리엘을 협박했다.

"내가 그 일을 고발하면 너는 몇 년간 감옥에서 썩을 거야. 출소한 후에는 어느 집안에서도 널 고용하지 않을 거다."

안색이 창백해진 에리엘이 무릎을 꿇었다.

"제발 용서해 주세요, 마님!"

"난 널 다시는 걷지 못하도록 매질한 후 내쫓을 수 있어. 그런데 왜 용서해야 하지?"

"시키는 건 다 하겠습니다. 제발 용서해 주세요!"

하녀가 울먹이며 두 손을 싹싹 빌 지경까지 가자, 클로이는 선심 쓰듯 제안했다.

"네가 내 말을 잘 들으면 용서해 줄지도 모르지."

"예?"

"거기에 상으로 네가 훔치려 했던 보석을 주마."

"저, 정말이신가요?"

"그래."

클로이는 은밀한 미소를 지었다.

"네가 할 일이 뭐냐면……."

"그랬단 말이지?"

칸나는 웃음을 참았다. 어쩜 예상과 단 하나도 어긋나지 않게 행동하는 걸까.

클로이가 황후가 일을 꾸미는 사실을 알아차린 칸나는 에리엘을 활
용했다. 일부러 도둑질을 시켜 클로이의 곁에 붙여 놓은 것이다. 자신
이 남몰래 일을 꾸밀 때 그러했던 것처럼, 클로이도 뒤가 구린 일을
할 때 사용할 하녀가 필요할 거라고 여겼으니까.

'설마 이렇게나 바로 일을 시킬 줄 몰랐지만.'

게다가 날 죽이려고 하다니, 이건 예상 이상이다.

"일단 클로이가 시키는 대로 다 해. 증거 남기는 거 잊지 말고."

"알겠습니다."

에리엘은 얌전히 말을 들었다. 당연히 충성심 때문은 아니었다. 최
근 칼렌 아디스의 태도를 보고 클로이보다 칸나 쪽에 붙는 게 더 장
래가 밝다고 판단한 것이다.

그리고.

"여기, 약속했던 보수."

칸나는 황금이 가득 든 상자를 내밀었다.

"가, 감사합니다. 충성을 다하겠습니다!"

"내일 내가 티 파티에 가면 뭘 해야 하는지 기억하고 있지?"

"예, 알고 있습니다."

"실수 없이 제대로 해야 할 거야. 성공하면 충분히 보상해 줄게."

"명심하겠습니다!"

칸나는 에리엘을 내보낸 후 생각에 잠겼다. 아르곤이 사죄의 의미
로 준 정보 덕분에 칸나는 그들의 계획을 사전에 알게 되었다. 더럽다
못해 추악한 모략이었다.

'벌써 내일이네.'

메르시 후작 부인의 티 파티. 가는 길에서 아주 끔찍한 사고가 일

어날 것이다. 사실 참가하지 않으면 그만이지만, 칸나는 고분고분 가
줄 생각이었다.

'물론 그들 뜻대로는 흘러가지 않겠지만.'

이미 다 손을 써 놨다. 하지만 그들은 꿈에도 모를 테지.

'나를 가만히 내버려 두지 그랬어요.'

그랬더라면 잠자코 사라져 줬을 텐데, 굳이 손수 복수할 계기를 만
들어 주다니.

'이렇게 나온다면 절대 얌전히 못 사라져 주지.'

클로이, 그리고 황후. 그들에게 파멸을 선물해 준 후 사라질 것이다.

마침내 그날이 다가왔다.

'칸나가 함께 가서 다행이야.'

클로이는 내심 안심했다. 혹시나 칸나가 불참하거나 다른 마차를 타
고 가겠노라고 우기면 어쩌나 했는데, 순순히 같은 마차에 탄 것이다.

마차가 출발하기 직전.

"기다려!"

문이 벌컥 열리고 이자벨이 뛰어 들어왔다. 그리고는 칸나의 옆에
앉았다.

"이자벨? 네가 왜……."

이자벨은 근신 중이다. 그런데 왜 마차를 탔단 말인가? 심지어 파
티복까지 차려입고?

"제가 칼렌을 설득했어요."

그때 칸나가 부드럽게 말했다.

"가엾잖아요. 한창 사교계의 주인공이 되어야 할 나이인데 근신을 한다는 게."

그 말에 이자벨의 얼굴이 붉어졌다. 그리고 모기만한 목소리로 "고, 고, 고마워."라고 중얼거렸다. 반면 클로이의 안색은 순식간에 창백해졌다.

'안 돼!'

이자벨이 함께 가는 건 계획에 없는 일이다. 게다가 황후는 분명 '젊은 여자'를 납치하라고 지시했다 하지 않았던가!

'만약, 그들이 이자벨과 칸나를 헷갈리면?'

안 돼, 그건 절대 안 된다!

"하, 하지만…… 조금 더 근신하는 게 좋지 않겠니? 칼렌이 아직 많이 화가 난 것 같던데."

"맙소사. 엄마는 정말 칼렌 오빠 눈치밖에 안 보는구나? 내 기분 같은 건 신경도 안 쓰지?"

쌓인 게 잔뜩 많았던 이자벨이 차갑게 쏘아붙였다.

"하긴 엄마는 항상 그랬어. 언제나 오빠들 우선이고 난 뒷전이었지. 엄마는 아들밖에 몰라."

그때, 마차가 출발했다.

'어떡하지?'

클로이는 입술을 잘근잘근 깨물었다. 칼렌이 근신을 해제한 지금 이자벨을 돌려보낼 명분이 없었다.

'잘못하면 이자벨이 납치될 수도 있어.'

초조함에 입안이 바짝 타들어 갔다. 클로이가 눈을 굴렸다. 제발 황후가 '젊은 여자'가 아닌 '검은 머리의 젊은 여자'라든가 '눈 아래에 점이 있는 젊은 여자'를 납치하라고 시켰기를 간절히 기도하는 수밖에 없었다.

'만약 이자벨이 납치되면…… 이자벨뿐만 아니라 내 명예 역시 땅으로 추락할 거야!'

온갖 걱정들이 밀려와 가는 내내 클로이는 거의 제정신이 아니었다. 그럴수록 칸나에 대한 원망이 활활 타올랐다. 칸나가 쓸데없는 짓만 하지 않았더라면 이렇게 불안할 일도 없는데!

그렇게 미칠 것 같은 시간이 흐르고, 마침내 약속한 장소에 도달했다. 클로이의 심장이 쿵쿵 빠르게 뛰었다. 속이 타들어 가는 것 같았다.

그리고.

"산적이다!"

마침내 일이 시작됐다. 클로이의 눈썹이 가느다랗게 경련했다. 그녀는 레이스 장갑을 쥐어뜯듯 움켜쥐며 떨었다.

"마차를 지켜!"

기합 소리와 쇠붙이가 부딪치는 소리, 그리고 비명이 뒤섞였다. 그 소음에 클로이는 완전히 공황에 빠졌다. 마차 안에서 듣기에도 산적의 수가 압도적으로 많았다. 아무리 아디스의 기사라 할지언정 고작 다섯으로 해결할 수 있는 수가 아니었다!

"이, 이게 뭐야?"

이자벨이 밖에서 들리는 소란에 잔뜩 겁에 질려 중얼거렸다.

"이 숲 메르시 후작의 사유지잖아! 이곳에서 산적들이 나왔다는 이야기는 처음 들어! 대체 이게……."

그때였다. 마차를 이끌던 말이 다쳤는지 거센 울음소리가 들렸다.

그리고 마차가 번쩍 올라갔다.

"꺄악!"

클로이는 비명을 지르며 눈을 질끈 감았다. 마차가 왈칵 뒤집힌 것이다! 순간 몸이 허공으로 붕 떠올라 벽에 쾅 충돌했다.

"아, 아……."

격렬한 고통에 클로이는 정신조차 차릴 수 없었다. 머리가 어질어질, 눈앞이 새하얗게 타올랐다.

문득 황후의 말이 스쳤다. 어느 정도 희생을 해야 한다는 그 말.

'이건 어느 정도가 아니잖아!'

그때, 누군가가 자신의 팔을 거칠게 잡아 올렸다.

"이 여자를 끌고 가!"

클로이는 비틀거리며 간신히 눈을 떴다. 험악한 인상의 남자가 그녀의 팔을 잡고는 짐승처럼 끌고 가고 있었다. 그 억센 손아귀에 클로이는 사무치게 후회했다.

'내가 왜 이러고 있는 거지?'

왜 이런 일을 꾸며 사서 고생하는 걸까? 하지 말걸. 하지 말걸!

"뒤를 쫓아!"

"공작 부인을 지켜라!"

아디스의 기사들이 질질 끌려가는 클로이의 뒤를 쫓아 달려왔다. 그러자 산적들은 계획대로 욕설을 내뱉으며 도망갔다.

"부인, 괜찮으십니까!"

황급히 달려온 금발의 기사가 그녀의 몸을 부축했다. 구출될 줄 알고 있었으면서도, 클로이는 깊은 안도감에 차라리 쓰러져 버리고 싶었다. 그러나 안심할 때가 아니었다.

"공작 영애!"

"공작 영애를 납치했어! 어서 뒤를 쫓아!"

드디어, 가장 걱정했던 일이 터졌다. 클로이의 손발이 덜덜 떨렸다. 두려움이 왈칵 밀려와 울음을 터뜨리고 싶었다.

둘 중 누굴 데려갔을까? 대체 누구를!

클로이는 자신을 부축한 금발의 기사를 밀치며 재빨리 고개를 들었다. 그리고 확인했다.

"안 돼!"

그들이 이자벨을 끌고 가는 것을.

"아, 안 돼!"

이자벨이 끌려가고 있다. 내 딸이, 내 딸 이자벨이 끌려가고 있어!

'안 돼.'

머릿속이 새하얗게 변했다. 끌고 간 후, 저들이 무슨 일을 하기로 되어 있었지?

순간 이성이 뚝 끊어졌다.

"그만둬!"

더는 눈에 보이는 것이 없었다. 아무 생각도 할 수 없었다. 남은 것은 오로지 머리가 타들어 가는 듯한 공포뿐이었다.

"그 애가 아니야!"

클로이는 절박하게 비명을 질렀다.

"그 애가 아니란 말이다! 잘못 짚었어! 다른 쪽이란 말이다!"

그러나 들리지 않는 걸까? 이자벨을 둘러멘 산적은 그대로 말 위로 훌쩍 올라타 고삐를 후려쳤다.

"안 돼, 안 돼!"

클로이는 정신이 나가 버릴 것 같았다. 그들이 자신의 딸을 납치하고 있었다!

"이 멍청한 놈들! 그쪽이 아니야, 그쪽이 아니란 말이다! 너희들이 데려가야 할 애는 내 딸이 아니야!"

"이게 무슨 소란인가!"

그때, 황후의 일갈이 들려왔다.

클로이는 눈물이 범벅되어 뒤로 획 돌았다. 약속대로 황후가 기사들과 함께 도착해 있었다. 체면이고 뭐고, 클로이는 거의 기다시피 달려가 황후의 옷자락을 잡았다.

"폐하! 그들이 착각했습니다! 칸나가 아닌 이자벨을 데려갔습니다, 이자벨을!"

이 멍청한 년, 대체 뭐라고 지껄이는 거야!

황후는 이를 악물었다. 아무리 제 새끼가 납치당했다고는 해도 이렇게 형편없이 이성을 잃다니!

황후는 안색 하나 변하지 않고 외쳤다.

"황실 기사들은 뭐 하는가! 당장 산적들을 쫓아라!"

"아뇨."

그때, 낮은 음성이 뚝 떨어져 내렸다. 이 목소리는…….

"그럴 필요 없습니다."

그때 다시 한번 같은 음성이 들려왔다. 황후는 자신의 귀를 믿을 수 없었다.

느린 말발굽 소리가 침묵 위로 울렸다.

황후는 얼빠진 얼굴로 고개를 들어 올렸다. 거대한 흑마 위, 붉은 머리칼의 남자가 다가오고 있었다. 눈으로 보고도 도저히 믿을 수 없는 장면이었다.

'저 사람이 왜 여기에 있지?'

순간 황후의 마음속에 불길함이 피어올랐다. 잘못됐다. 뭔가, 굉장히 잘못됐다.

"공작이 여긴 어떻게?"

알렉산드로 아디스는 대답하는 대신 말에서 훌쩍 뛰어내렸다. 황후는 서둘러 정신을 차리고는 제안했다.

"공작, 일단 내가 황실의 기사들을 보내서……."

"그럴 필요 없습니다, 폐하."

알렉산드로는 정중하게 그녀의 말을 끊었다.

그 순간, 눈이 마주쳤다.

황후의 등골 위로 소름이 확 돋았다. 날카로운 초록색 눈동자. 알렉산드로 아디스가 자신의 껍질을 뜯고 속까지 간파한 것만 같았다.

황후는 당황을 감추기 위해 허겁지겁 말했다.

"그럴 필요 없다니! 지금 이자벨 아디스 영애가……."

황후의 말끝이 흐려졌다. 어디선가 또다시 말발굽 소리가 들렸던 것이다. 소리가 겹겹이 겹쳐져 파도처럼 밀려왔다. 산적 떼가 사라졌던 길 너머 말을 탄 기사들이 다가왔다. 쏟아지는 빛줄기 아래 아디스의 문양이 찬란하게 번뜩였다. 넋 나간 황후의 얼굴을 바라보며 알렉산드로가 중얼거렸다.

"제 아들들이 데려올 겁니다."

그 선두에는 오르시니와 칼렌이 있었다. 기절한 이자벨을 안은 채로.

◦◦⸎◦◦

하녀 에리엘은 줄곧 창문을 내다보고 있었다.

'출발했다!'

마침내 칸나와 이자벨, 클로이를 태운 마차가 떠났다.

"마차가 출발하자마자 알려야 해. 알겠지?"

칸나가 남긴 당부를 떠올리며, 에리엘은 서둘러 칼렌 아디스의 집무실로 달려갔다.

"드, 드릴 말씀이 있습니다."

"용건이 뭐지?"

칼렌은 서류를 처리하던 중이었다. 시선조차 주기 아까운 듯 눈조차 마주치지 않는다.

"사실 저는 최근 클로이 마님을 곁에서 보필하고 있습니다."

"그래서?"

"최근에 아주 이상한 일을 꾸미시는 듯합니다. 칸나 아가씨와 관련한 일인데……."

순간 칼렌의 시선이 날아왔다. 또렷한 눈빛에 놀라는 찰나 그가 자리에서 벌떡 일어나 성큼성큼 다가와 물었다.

"그게 무슨 말이지? 설마 어머니께서 누님을 괴롭히기라도 하시나?"

"그것이……."

"뜸 들이지 말고 당장 말해."

에리엘은 칸나가 지시한 대사를 그대로 더듬더듬 읊었다.

"화, 황후 폐하와 이상한 편지를 주고받으시는 것 같았습니다. 칸나 아가씨를 납치하려는 자작극인데……."

이어지는 말을 들을수록 칼렌의 표정이 사나워졌다. 누님을 납치해서, 명예를 추락시키고, 크레센트의 첩으로 만들 작정이라고? 너무나도 역겨운 계획이라 치가 떨릴 지경이다.

"증거는?"

"어, 없습니다. 편지는 바로 태워 버리셨기 때문에……."

"네 말이 거짓일 시에는 내가 직접 너를 벨 것이다."

칼렌은 즉시 방을 뛰쳐나갔다.

'평범한 산적들이 아닐 거다. 아디스의 기사들을 상대할 테니, 분명 일급 용병을 고용했겠지.'

그러니 기사단을 대동해야 했다. 그는 서둘러 연무장으로 내려갔다. 마침 그곳에서 대련 중인 알렉산드로와 오르시니를 발견했다.

"그게 무슨 개소리냐. 어머니께서 그런 미친 짓을 벌인다고?"

이 일을 들은 오르시니가 끔찍한 표정으로 말했다.

"물론 증거는 없습니다만, 만에 하나라도 사실일 경우를 대비해야 합니다."

조용히 듣고 있던 알렉산드로가 고개를 끄덕였다.

"미리 앞질러 가서 상황을 지켜보는 것이 좋을 것 같군."

제국에서 손에 꼽힐 만큼 기마술이 뛰어난 세 남자에게 방금 출발한 마차 하나 추월하는 건 아주 쉬운 일이었다.

"지금 당장 가장 말을 잘 타는 기사를 보내 호위에 합류시켜야겠다. 클로드가 좋겠군. 녀석을 불러라."

잠시 후 클로드가 다가오자 알렉산드로가 명령했다.

"호위에 합류해라. 그리고 다른 기사들에게 산적들이 출몰해도 적극적으로 대응하지 말라고 전해라."

알렉산드로는 경고하듯 말했다.

"정말 그 하녀의 말대로 흘러가는지 확인해야겠다."

꧁ஜ꧂

그리고 알렉산드로와 칼렌, 오르시니는 먼발치에서 모든 것을 지켜보았다. 정말로 산적들이 나타나 클로이를 먼저 끌고 갔고. 뒤에서 또 나타난 산적 떼가 이자벨을 납치했으며.

"그 애가 아니야! 다른 애란 말이다!"

클로이가 발악하는 장면까지.

모두 다 지켜보았다.

모두 다.

"그쪽이 아니다."

클로드가 조용히 말했다.

"너희들이 데려가야 할 애는 그쪽이 아니다. 다른 애다, 라고 말씀하셨습니다."

그 말을 바로 옆에서 들었으므로 잊을 수 있을 리가 없다.

"그 하녀의 말이 맞는 것 같습니다, 각하. 공작 부인께서 일을 계획하신 듯합니다."

알렉산드로는 굳이 대답하지 않았다. 이미 그 역시 모든 것을 듣고 보았으니.

"어떻게 어머니께서 이런 짓을."

칼렌은 경멸을 감추지 않았다. 오르시니 역시 말은 하지 않았지만,

끔찍한 오물 보듯 클로이를 응시하고 있었다.

클로이는 할 말을 잃었다. 무슨 말을 해야 할지 몰랐다. 입안이 몽땅 파괴된 것처럼, 신음조차 내뱉을 수 없었다.

"대답해 보십시오, 어머니. 이자벨이 아닌 어느 쪽이 납치되길 바라신 겁니까."

"……."

"어느 쪽이 납치될 예정이었냐고 물었습니다!"

"나는."

노력 끝에 클로이가 떨리는 목소리를 내뱉었다.

"이자벨이 납치되는 것을 보고만 있을 수 없었다. 그래서 차라리 칸나를, 그게 아니면 차라리 나를 납치하라고 말한 거다."

"아닙니다."

그때 클로드가 정색했다.

"분명히 '칸나가 아닌 이자벨을 데려갔다'라고 말씀하셨습니다."

"……."

자신이 그런 말을 했다고? 클로이의 머릿속이 엉망으로 뒤엉켰다. 이자벨, 자신의 딸이 납치당한다는 생각에 제정신이 아니었다. 완전히 이성의 끈을 놓아 버리고 말았다.

알렉산드로가 그녀를 노려보았다. 칼렌이, 오르시니가, 그리고 가문의 기사들이 노려본다. 마치 흉악한 범죄자를 보는 듯한 시선이었다.

'아니야.'

클로이는 고개를 저었다.

'아니, 아니다.'

범죄자라니. 그렇지 않아. 나는.

'나는, 그저 시킨 대로 했을 뿐이다!'

궁지에 몰린 클로이의 머리에 유일한 살길이 번쩍 내리꽂혔다. 그래, 이 모든 일의 시작은 황후이지 않은가! 클로이는 충혈한 눈으로 황후를 바라보았다. 절박하게 외쳤다.

"이건 모두 다 황후 폐하께서 명령하신 일입니다!"

그래, 다 황후가 꾸민 일이다. 자신은 그저, 그녀가 깔아 놓은 판을 받아들인 죄밖에 없다!

'사, 사실은 받아들이고 싶지 않았어!'

생각해 보니 내키지 않았던 것 같기도 했다. 그래서 산적들이 들이 닥쳤을 때 여러 번 후회를 하지 않았던가? 내키지 않은 일을 억지로 하니까 후회했던 거겠지!

"어쩔 수 없었습니다. 명령을 따르지 않으면 이자벨의 앞길을 망치겠다고, 그렇게 저를 협박했어요!"

그러자 황후가 눈을 날카롭게 치켜떴다.

"닥치게! 어디서 그런 망발을 지껄이는가!"

완전히 이성을 잃은 클로이와는 달리 황후의 얼굴에는 흔들림 한점 없었다.

"아디스의 위세가 하늘을 나는 새도 떨어뜨린다고 할지언정, 감히 제국의 황후에게 죄를 뒤집어씌우다니! 이것이야말로 역모가 아니겠는가!"

역모! 그 단어에 클로이의 머릿속이 새하얘졌다. 역모? 설마 이걸 역모로 몰아가려 하는 건가?

'아니야, 나에게는 증거가 있어!'

황후와 서로의 인장을 찍어 나눠 가진 증거가 있다.

그러나 클로이의 입술은 딱딱하게 굳었다. 더는 움직이지 않았다. 역모라는 살벌한 단어 때문일까, 완전히 엉망으로 녹아내렸던 이성 한 줌이 돌아온 것이다.

클로이는 침을 삼키며 주위를 둘러보았다.

"……."

보는 눈이 지나치게 많았다. 황실의 기사들과 아디스의 기사들까지. 완전하게 책임질 수 있는 말이 아니라면 지금은 삼가야 했다. 함부로 말을 내뱉어서는 안 된다.

'그, 그래. 일단 진정하고, 저택으로 돌아가서 차분하게 생각해 보자.'

황후는 서둘러 황실로 돌아왔다.

"일단, 내 인장을 파괴해야겠다. 도둑맞은 지 한참 되었다고 해야겠어. 클로이와의 문서도 내가 작성한 게 아니라고 시치미 떼면 그만이다."

한참 씩씩거리던 황후는 화를 이기지 못하고 꽃병을 집어 던졌다.

쨍그랑!

"대체 왜 일이 이렇게 꼬인 거야! 왜 이자벨 영애가 납치당한 거냔 말이다! 아디스 공작은 어떻게 온 거고!"

"그것이…… 조금 이상합니다."

그녀의 동생, 메르시 후작이 어두운 안색으로 말했다.

"소식을 듣자마자 용병 길드에 확인해 보았습니다."

"그래! 분명 그들에게 검은 머리 젊은 여자를 납치하라고 명령했을 텐데!"

"그게 바로 이상한 점입니다. 며칠 전, 검은 머리가 아닌 붉은 머리의 여인을 납치하라는 편지가 와 있었다고 합니다."

"그래서 그 천하의 얼뜨기들이 제대로 확인도 안 해 보고 그 지시를 따랐다고?"

황후는 기가 막혀서 허탈한 목소리로 중얼거렸다. 메르시 후작은 고개를 푹 수그렸다.

"죄송합니다. 제가 별도의 지시가 없는 이상, 절대 접촉을 시도하지 말라고 엄명해 놓은 터라……."

사실 그건 당연한 일이었다. 꼬리를 감추기 위한 기본이었으니.

"게다가 이 계획을 아는 것은 우리밖에 없으니 당연히 저희 측의 지시일 거라 여긴 모양입니다."

"빌어먹을!"

황후는 이를 악물었다. 분노로 머리가 터져 버릴 것 같았으나, 이성은 빠르게 돌아가고 있었다.

"누군가가 이 일을 사전에 알아차리고 훼방을 놓은 모양이구나."

"예, 그렇습니다."

황후는 거친 숨을 몰아쉬었다. 그리고 조용히 생각했다.

"듣자 하니 이자벨의 근신을 풀어 준 사람이 칸나라던데."

"그렇다고 하더군요."

"용병들에게 붉은 머리의 여자를 납치하라는 편지는 일주일 전에 도착했다 했지?"

"예."

"그리고 이자벨 아디스의 근신은 오늘에서야 풀렸다."

쾅! 황후는 책상을 내려쳤다.

"신이 아닌 이상 이자벨의 근신이 풀려 파티에 참가할 걸 미리 알 수 있을 리 없지!"

그뿐만이 아니다.

"게다가 기가 막힌 타이밍에 아디스 부자들이 나타났어! 마치 이 꼴을 보여 주듯이 말이다!"

황후는 돌연 깔깔깔 웃음을 터뜨렸다. 그러다가 뚝 정색했다.

"그년이야!"

칸나. 칸나밖에 없다.

"그년이 날 가지고 놀았어!"

황후의 어깨가 잘게 떨렸다. 살면서 이토록 누군가에게 농락당해 본 적이 없었다. 칸나. 그 계집애를 당장 죽이고 싶었다! 그런데…….

그런데 그럴 수가 없다.

황후의 얼굴에 허탈함이 스쳤다. 도저히 그럴 수가 없다. 아니, 칸나를 죽이긴커녕.

'만약 내게 약을 주지 않으면 어떡하지?'

순간 공포가 덜컥 밀려왔다. 칸나가 이 모든 것을 알고 있다. 황후는 이 상황이 얼마나 심각한지 뒤늦게 깨달았다.

대체 어떻게 알게 됐는지 모르겠지만, 칸나는 황후와 클로이의 계략을 사전에 간파했다.

즉, 황후가 저를 해치려 했다는 걸 안다는 소리인데.

과연 그런 여자에게 약을 제공해 줄까?

'안 돼!'

순간 과거의 공포가 스쳐 지나갔다. 타들어 가는 듯한 소양감. 차라리 죽길 바랐던 그 아픔!

‘그것만은 안 돼!’

황후의 안색이 시퍼렇게 질리자 메르시 후작이 고개를 기울였다.

“폐하, 왜 그러십니까?”

“아, 아니. 아무것도 아닐세.”

황후는 황급히 고개를 저었다. 메르시 후작은 자신이 칸나의 약에 의존하고 있다는 사실을 몰랐다. 약 없으면 못 사는 황후. 이것은 굉장한 약점인지라 제 동생에게도 감추고 있었다.

이 일을 아는 것은 오로지 아들, 크레센트뿐이었다.

‘칸나가 약을 주지 않으면 어떡하지?’

초조해진 황후는 입술을 꾹 깨물었다.

“하아암.”

칸나는 크게 하품했다.

“아아, 졸려 죽겠다.”

뜨끈한 물에 목욕해서일까, 온몸의 근육이 흐물흐물 풀린 것 같다. 칸나는 욕조에 몸을 기대며 고개를 젖혔다.

‘드디어 해야 할 일들을 다 했어.’

모두 다 끝났다.

고대 연금술 서적도 손에 넣었고 황후와 클로이에게 폭탄도 안겨 주었다. 칸나는 클로이가 가장 아끼는 것이 무엇인지 알고 있었다.

바로 아디스의 세 남자. 하지만 오늘부로 영원히 잃게 되겠지.

황후가 두려워하는 것 역시도 아디스였다. 그런 아디스를 적으로 만들어 주었다. 그리고 다시는 자신에게 약을 받지 못하고 평생을 고통에 몸부림치며 살아갈 것이다.

그러니까 됐다. 이걸로 복수는 끝이다. 더는 이곳에서 할 일도, 일말의 미련도 남아 있지 않았다.

'이제 떠나는 일만 남았어.'

얄덴 왕국으로.

미워하는 사람들로 가득한 이 지옥만 아니라면 어디든 상관없다. 이곳, 이 끔찍한 아디스에서는 절대 행복해질 수 없을 테니.

최근 들어 칸나는 사람과의 관계만큼 중요한 게 없다는 것을 여실히 깨닫고 있었다. 자신이 좋아하는 사람이 없다면, 마음을 열 수 있는 사람이 없다면 결코 완전하게 행복해질 수 없을 것이다. 이 끔찍한 아디스에서 벗어나 영영 연을 끊지 않는 이상 언제까지나 불행하겠지.

칸나는 천장을 올려다보며 막연하게 꿈꿨다. 얄덴에서 새로운 신분으로 새로운 인생을 사는 꿈을.

'가서 의원 일을 하자. 새로운 취미도 찾아보고. 그러다 보면 좋은 사람들과도 만나게 되겠지. 누군가를 진심으로 좋아하게 될 수도 있어.'

칸나는 희망을 품으며 욕조에서 몸을 일으켰다. 어서 빨리 침실로 가 잠들어 오늘 하루를 끝낼 생각이었다. 그러나.

"누님, 괜찮으십니까?"

"……"

지긋지긋한 녀석. 어쩐지 있을 것 같더라니.

"나보다는 이자벨을 더 걱정하는 게 어때? 잠깐이나마 납치를 당했잖아."

"이자벨은 괜찮을 겁니다."

칼렌은 한숨을 내쉬며 다가왔다.

"무사하셔서 다행입니다. 그 하녀가 아니었더라면…… 생각하기도 싫군요."

"하녀? 아아, 네 어머니의 하녀 말하는 거지?"

"어머니라고 하지도 마십시오!"

칼렌은 진저리치듯 소리쳤다.

"그 여자는 제 어머니가 아닙니다. 저는 그런 사람 모릅니다."

칸나는 어깨를 으쓱였다. 그리고 은근히 떠보았다.

"그런데 어머니, 아니, 클로이는 뭐라고 하셨지? 순순히 다 인정했어?"

"아뇨. 하녀에게 독초를 구하라고 지시한 적은 있지만, 황후 폐하와 밀서를 주고받은 적은 없다고 끝까지 부인하십니다. 하녀가 거짓말을 하는 거라고 하시더군요."

칼렌이 차가운 얼굴로 빈정거렸다.

"양심이 없으신 분이죠."

"……."

그 부분은 억울하긴 할 것이다. 실제로 클로이는 황후와 밀서를 주고받은 적은 없으니까. 그것은 하녀 에리엘을 시켜 칸나가 모함한 것이었다.

하지만 이 상황에서 그녀의 말을 믿을 사람은 아무도 없었다.

"누님께서 많이 놀라셨을까 걱정이 됩니다. 그래서 말인데."

칼렌이 부드럽게 웃었다.

"잠시 휴양을 떠나시는 건 어떻습니까?"

"뭐?"

"당분간 이곳은 시끄러울 겁니다. 아버지는 이혼하실 생각이신 듯하고, 이번 일은 황후와도 관련이 있으니……."

"……."

"그러니 잠시 피신을 가 있는 것도 좋은 방법이지요."

"피신?"

"예. 실은 누님에게 드릴 선물이 있습니다."

선물. 그 단어에 얼마 전의 기억이 스쳐 지나갔다. 설마 또 채찍인 건가!

"난 그런 취미 없어, 칼렌."

"예?"

"또 채찍 같은 거 준비해 온 거 아니니?"

그 말에 칼렌의 미소가 짙어졌다.

"누님께서 원하신다면 지금 당장 대령하겠습니다."

다행히 채찍은 아닌 모양이다.

"자, 이걸 보십시오."

그가 내민 것은 종이 두 장이었다. 하나는 지도였고, 하나는 땅문서였다.

"실은 얼마 전에 누님의 이름으로 섬을 샀습니다."

"……."

"그 섬은 누님 것입니다."

칸나는 서류를 응시했다. 섬의 이름은 리벤, 소유주는 칸나 아디스……. 그 글자를 뚫어지게 바라보다가 천천히 고개를 들어 올렸다.

"나에게 이 섬을 준다고?"

"예."

"왜 이래?"

"예?"

"왜 내게 이렇게까지 하는 거니?"

"말했잖습니까? 저는 누님을 사랑한다고."

"그 말 역겨우니까 하지 말라고 했어."

"어쨌든, 당분간 그곳에서 휴식을 취하십시오."

본래 같았더라면 필요 없다고 말하며 서류를 집어 던졌을 것이다. 당장 꺼지라고 소리치며 쫓아냈겠지. 하지만.

'나쁘지 않은데?'

꽤 괜찮은 제안이었다.

알렉산드로와 오르시니, 그리고 최정예 기사들이 득실거리는 아디스 저택보다는 이 섬이 탈출하기 쉬울 테니까. 칸나는 못 이기는 척 어깨를 으쓱였다.

"음, 생각해 볼게."

며칠 사이 클로이의 세상이 완전히 무너져 내렸다. 황후가 이 납치극이 본인과 관계없는 일임을 강력하게 주장한 것이다.

"내 인장은 도둑맞았다고 하지 않았는가!"

그러면서 오히려 클로이가 인장을 훔쳐 간 게 아니냐고 죄를 뒤집어씌우려고 했다.

'억울하다!'

그러나 이 일을 정식 재판에 넘길 수도 없었다. 그랬다가는 만천하에 클로이의 죄악이 알려지게 될 테니까.

이 일로 알렉산드로 아디스는 이혼을 제안했다.

"너는 칸나가 아닌 아디스 가문을 위험에 빠뜨렸다."

칼렌 역시도 이혼에 동의했다.

"더는 누님과 어머니를 한집에 살도록 내버려 둘 수 없습니다."

칼렌뿐만이 아니었다. 오르시니 역시 마찬가지였다.

"생각보다 추잡하셨군요, 어머니."

그뿐인가. 딸아이, 이자벨까지.

"엄마 때문에 내가 무슨 일을 당할 뻔했는지 알아? 자칫 잘못하면 납치당할 뻔했어! 엄마가 내 인생을 망칠 뻔했다고!"

클로이는 울음을 터뜨렸다. 맞는 말이었다. 그녀의 딸, 이자벨이 자신의 사욕 때문에 망가질 뻔했다.

'내가 잘못한 거야.'

하지만 단 한 명, 칸나에게는 미안하지 않았다. 오히려 증오스러웠다. 아주 오래전부터 그랬다.

칸나 아디스. 선희의 딸.

"그리고 당신에게도 미안하지 않아."

클로이는 알렉산드로 아디스를 찾아갔다.

"애초부터 당신이 칸나를 들이지만 않았어도 이런 일은 없었어."

그녀는 떨리는 목소리로 비난했다.

"어떻게 칸나를 아디스에 들일 수 있어?"

이제 더는 잃을 게 없는 클로이는, 알렉산드로에게 경어조차 쓰지 않았다.

"칸나는 선희의 딸이잖아. 라르고스를 죽인 여자의 딸이잖아."

클로이의 눈에 눈물이 고였다.

"내 약혼자를 죽인 여자의 딸이야."

"……."

"그런 여자의 딸을, 넌 내 손으로 기르게 했어."

라르고스 아디스. 그의 약혼녀가 바로 클로이였다.

라르고스와 클로이는 혼인할 예정이었다. 흔한 정략결혼이었다. 선희, 그 이국의 여자가 나타나지 않았더라면 라르고스와 결혼했겠지. 라르고스는 살아 있었겠지.

그러나 그는 죽고 선희는 사라졌다. 그리고 알렉산드로는 라르고스의 모든 것을 이어받았다. 라르고스의 약혼녀였던 클로이, 라르고스가 이을 예정이었던 가주직, 그리고 라르고스가 사랑했던 여자의 딸까지.

클로이는 선희에 대해 아는 것이 거의 없었다. 선희를 너무나도 사랑한 라르고스가 거의 감금하다시피 그녀를 보호한 것이다. 그래서 선희의 얼굴을 본 것은 단 두 번뿐이었다. 그중 한 번이 선희가 라르고스를 독살했던 그 순간이었다.

그런 선희의 딸을 자신이 키웠다. 알렉산드로의 뜻이었다. 클로이는 그 역시도 깊게 사랑했지만, 동시에 미워서 견딜 수가 없었다.

"알렉산드로 아디스, 내가 칸나를 학대하고 있다는 걸 알고 있었지?"

"그래."

저 태연한 얼굴. 견딜 수 없이 밉다. 모두 다 칸나 때문인데. 알렉산드로 때문인데. 그들로 인해 자신은 지옥으로 떨어졌는데, 끝까지 저 혼자만 고상하다.

"아니, 넌 몰라. 너는 그저 그 애가 홀대받고 애들이랑 싸우면서 크는 정도로 알고 있었겠지."

클로이는 그의 평온을 산산이 부수고 싶었다.

"어리석은 알렉산드로. 내 말 똑똑히 잘 들어."

클로이는 눈물을 흘렸다. 그리고 간절히 바랐다. 부디 자신의 혀가 칼날이 되어 그에게 상처를 주길.

"난 네가 생각하는 것 이상으로 칸나를 괴롭혔어. 그 애를 갈기갈기 찢었지."

제발 이 진실이 조금이라도 아프길.

"그 애는 사는 게 지옥 같았을 거야. 차라리 죽고 싶었을걸. 넌 몰랐지?"

조금이라도 좋으니까, 당신도 아픔이란 것을 겪어 보길.

"당연히 모르겠지. 내가 그 애를 어떻게 괴롭혔는지, 네 귀에는 단 한 번도 들어가지 않았어."

클로이는 웃음을 터뜨렸다. 우스워서 견딜 수 없었다.

"난 네가 없을 때만 노려서 학대했거든. 그리고 고용인들에게 입단 속을 시켰어."

그 위대하다는 알렉산드로 아디스 공작은 집 안에서 철저하게 소외당했다. 자신이 소외시켰다.

"넌 모르겠지만, 고용인들은 집에 잘 들어오지도 않는 가주보다 항상 집에 거주하는 안주인을 더 무서워하는 법이란다."

오로지 그것만이 자신이 할 수 있는 유일한 복수였다.

"하지만 알렉산드로, 나는 나 혼자 학대했다고 생각하지 않아. 너는 칸나에게 무관심했어."

"……."

"네가 관심을 가지고 지켜 줬다면, 나도 걜 괴롭히지 못했을 거야. 네가 그 애의 근황을 고용인들에게 한 번이라도 물어봤더라면, 그들은 결코 거짓말은 못 했을 거야."

"……."

"넌 그 애를 사자 우리에 던져 놓고 방치했지. 내가 걔를 물어뜯어 죽이도록 내버려 둔 거나 마찬가지야."

그리고 한 글자 한 글자에 힘을 주어 말했다.

"그러니까 너도 나와 똑같은 학대범이야."

클로이는 거친 숨을 씨근덕거렸다. 폭격처럼 쏟아지는 말에 얻어맞은 알렉산드로는 한동안 대답이 없었다. 그리고 마침내 고개를 끄덕였다.

"네가 옳다, 클로이."

"그래, 내가 옳아. 그런데 왜 나만 괴롭지? 모든 것을 망친 건 넌데,

파멸해야 하는 건 넌데!"

"그건 걱정하지 마라."

"……뭐?"

알렉산드로의 입꼬리가 비스듬히 올라갔다.

"머지않아 네 소원대로 될 테니까."

황후는 초조했다.

'역시나 약을 안 보내 주는군.'

불길한 예감은 그대로 적중했다. 칸나가 그 이후로 약을 딱 끊은 것이다. 약이 떨어지기 2주 전쯤이면 미리미리 보내 주던 과거와는 완전히 달랐다.

'약이 다섯 개밖에 안 남았어.'

앞으로 닷새밖에 버틸 수가 없다. 그 사실을 깨닫자 황후는 극도의 공포를 맛보았다. 그동안 잊고 지냈던 고통이 생생히 떠오른 것이다.

'무서워.'

차라리 죽음이 달갑게 느껴질 만큼 끔찍한 아픔이었다. 며칠 후 이 약이 떨어지면 다시금 겪어야 할 일이라고 생각하니 벌써부터 겁이 났다. 눈물이 찔끔 흘러나왔다.

'내가 어리석었어. 칸나를 해하려고 하다니, 생각이 짧았다!'

그렇게 울고 있을 때 크레센트가 찾아왔다.

"어머니, 괜찮으십니까?"

"크레센트!"

"메르시 후작에게 이야기 들었습니다."

크레센트는 깊은 한숨을 내쉬었다.

"칸나 아디스 영애가 이 일을 꾸몄다고 하셨지요."

"그래."

"확실하십니까?"

"그래, 확실하다. 심지어 칸나는 제가 한 일인 걸 나에게 숨길 생각도 없어. 그러니 더는 약을 안 보내는 거야!"

"곤란하게 됐군요."

크레센트가 난감한 듯 미간을 좁혔다.

"불행 중 다행인 것은, 아디스 영애가 아직 이 사실을 주위에 알리지 않았다는 겁니다."

"알리지 않은 게 아니라 알리지 못한 거다. 본인이 아닌 이자벨을 납치하도록 바꿔치기했으니, 칸나 역시 공범이나 마찬가지야."

그러니 이 일이 퍼져 나갈 걱정은 없었다. 황후의 걱정은 오로지 단하나. 칸나의 약이었다!

"하지만 그녀는 여전히 어머니와 메르시 후작의 약점을 쥐고 있습니다. 계속 살려 둬도 되겠습니까?"

"뭐?"

"아직 비밀이 퍼져 나가지 않았을 때 제거하는 것이……."

"칸나를 건드리면 안 된다!"

크레센트의 제안에 황후는 펄쩍 뛰었다.

"그 약은 칸나만이 만들 수 있는 약이다! 그러니 허튼 생각 하지 마라, 크레센트!"

"당연히 어머니의 약이 우선입니다. 그저 걱정되어 한 말일 뿐이에요."

크레센트는 예의 바르게 웃었다.

"어쨌든 너무 염려하지 마십시오. 저희에게는 아멜리아 누님이 있지 않습니까?"

순간 황후의 눈이 번쩍였다. 그래, 아멜리아가 있었지. 어떻게 그 아이를 잊고 있었을까!

"두 사람의 사이가 돈독한 것으로 알고 있습니다. 제가 누님께 부탁해 보지요."

"그래, 역시 내 아들이구나! 현명해!"

"그리 여기신다면 부디 다음부터는 이런 일을 벌이시기 전에 상의해 주세요."

크레센트가 부드럽게 웃었다.

"정말이지, 어머니는 저를 항상 곤란하게 만드신다니까요. 귀찮게."

"……."

순간 황후는 할 말을 잃었다. 방금 크레센트가 뭐라고 했지?

"왜 그러십니까, 어머니?"

크레센트가 천연덕스럽게 물었다. 어째서일까. 황후의 팔 위로 소름이 돋았다.

크레센트의 얼굴이 이렇게…… 이렇게 자신과 닮았었던가?

"기분이 상하셨나 보군요. 용서해 주세요. 어머니의 건강이 심히 걱정되어 말이 헛나왔나 봅니다."

그래. 당연히 그렇겠지. 크레센트는 착한 아들이니까.

황후는 덜컥 밀려온 불안을 부정했다.

'그래, 크레센트는 훌륭한 아들이야. 그럴 리 없어.'

<잭슨, 난 너에 대해 더 자세히 알게 됐어. 정말 놀랍더라.>

<아주 훌륭한 집들을 지었던데? 대단해. 실은 우리 동네에는 잭슨 너처럼 훌륭한 목수가 없거든. 어서 놀러 와서 좋은 집을 지어 줘. 다른 목수들에게도 네 기술을 알려준다면 더 바랄 게 없겠어.>

<내 형님도 이 이야기를 듣고는 너에게 흥미가 생긴 것 같더라. 형님은 집 짓기에 관심이 아주 많거든. 이제 나보다도 형님이 너를 더 기다리는 것 같아.>

<물론 부담스러워할 필요는 없어. 우리 형제는 네 선택을 존중할 거야.>

칸나는 편지를 뚫어지게 쳐다보았다. 이건 요안나가 보낸 편지로 일종의 암호로 장식되어 있었다.

'그러니까 잭슨이 나, 형님이 요안나의 오빠, 즉 얄덴의 왕세자인 거지?'

그리고 목수는, 아마 의원을 얘기하는 거겠지.

아무래도 그녀는 자신이 그동안 한 일들을 조사한 듯했다. 동대륙 무역 선원들을 치료한 일이라든가, 페일런섬의 광증을 해결한 일 같은 것들.

'내가 얄덴의 의료 발전에 기여하길 바라는 것 같은데……'

그래도 마지막 문장, <네 선택을 존중할 거야.>를 보니 강요할 생각은 없어 보였다. 물론 완전히 믿을 수는 없지만.

어쨌든 이런 제안을 하는 걸 보니 자신에게 아주 큰 감명을 받은 것은 분명했다.

하기야, 그때 요안나의 시녀를 살린 걸 눈앞에서 목격했으니 무리도 아니다. 요안나가 보기엔 마법 같았을 것이다.

'그때는 운이 좋았어. 심근 경색 환자는 처음이었는데.'

급성 심근 경색의 경우 심수혈과 구급혈 등에 시침하면 살아날 가능성이 있다고는 배웠다. 그저 이론으로만 아는 응급 처치법이었는데, 확실히 운이 따랐다. 아마 치유 마석으로 만든 침이 한몫한 거겠지.

'이제 얼마 남지 않았어.'

칸나는 편지를 모닥불 안으로 획 집어 던졌다.

곧 이 징그러운 아디스에서 벗어나 새 인생을 살 수 있다. 얼마 후면 칼렌이 선물한 섬으로 떠날 것이고, 그곳에서 휴양하는 척하다가 얄덴으로 도주할 생각이었다.

완벽하게 계획을 짰으니 실패하는 일은 없을 것이다.

"그나저나 이건 어떻게 처리한다⋯⋯."

칸나는 오늘 오전에 받은 초대장을 들어 올렸다. 아멜리아에게서 온 초대장이었다.

'황후의 약을 요구해 올 텐데.'

물론 아멜리아가 아무리 부탁해도 주지 않을 작정이다.

'하지만 마지막으로 얼굴 한번 보는 것 정도는 괜찮지 않을까?'

자신은 곧 아슬란 제국을 떠날 거고, 다시는 돌아오지 않을 거다. 아멜리아와도 영원히 헤어지는 것이다. 잠시 고민하던 칸나는 몸을 일으켰다.

'마지막으로 만나고 오자.'

마지막. 그 단어의 힘은 제법 강했다.

"어서 와, 칸나!"

아멜리아가 활짝 웃으며 그녀를 맞이했다.

"내 궁에 온 것을 환영해. 그동안 잘 지냈어?"

"네, 잘 지내셨어요?"

티 테이블에는 차와 쿠키가 준비되어 있었다.

'마셔도 될까?'

아멜리아라면 몰라도, 황후라면 허튼짓을 했을지도 모른다.

'마시는 척만 하자.'

칸나는 찻잔을 들어 한 모금 마시는 척하고는 내려놓았다.

"칸나는 아주 바쁜가 봐. 그동안 초대장을 여러 번 보냈는데 한 번도 응해 준 적이 없어."

아멜리아가 서운한 듯 투덜거리자 칸나는 멋쩍게 웃었다.

"죄송해요. 제가 좀······."

"좀?"

"음, 바빴어요. 이런저런 일이 있어서 말이지요."

"아, 미안. 내가 생각이 짧았어."

아멜리아가 곤란한 얼굴로 사과했다.

"그동안 많은 일이 있었다는 걸 아는데, 나도 모르게 투덜거리고 말았네. 게다가 얼마 전에는······."

아멜리아가 조심스럽게 말을 이었다.

"산적들을 만났다고 들었어. 괜찮은 거야?"

내막을 모르는 아멜리아의 눈은 순진해 보일 정도였다.

"걱정해 주셔서 감사해요. 저는 괜찮아요."

"그거 다행이다. 있지, 사실 칸나에게 상의할 일이 있어."

드디어 황후의 약을 달라고 말하려는 건가? 칸나는 거절할 말을 고르며 고개를 끄덕였다.

"예. 그게 뭐지요?"

"어머니가 나를 곧 결혼시키실 것 같아."

결혼? 약이 아니라?

"실비엔 발렌티노 공작과의 재혼을 추진하셨어. 물론 공작이 거절했지만."

"그렇군요."

"응. 사실 난 기왕 결혼하게 된다면 얄덴 왕국의 왕족과 하고 싶어."

뜨끔했지만, 칸나는 태연한 표정을 유지했다.

"솔직히, 최근 국력만 보면 아슬란 제국 못지않게 성장했잖아? 물론 제국 사람들은 인정하고 싶지 않겠지만 말이야."

"그런가요? 저는 그런 일은 잘 몰라서……."

최근 얄덴 서적을 열심히 뒤적이며 공부하고 있지만 칸나는 시치미를 뚝 뗐다.

"얄덴은 신기한 나라야. 듣기로는, 평민에게도 귀족과 똑같은 교육 정책을 펼친다더라. 제국에서는 상상도 할 수 없는 일이지."

"정말요? 몰랐어요."

"현재 여왕이 통치하고 있는 건 알고 있지? 거긴 여자들에게도 똑같이 왕위 계승권이 주어진대. 이것 역시 제국에서는 상상도 못 할 일이지."

아멜리아의 표정엔 묘한 조롱이 깃들어 있었다. 아무래도 그녀는 자신의 나라를 별로 좋아하지 않는 것 같았다.

'하기야 아멜리아의 삶도 순탄치 않았으니까, 그럴 만하지.'

그러나 밝은 아멜리아는 다시 환하게 웃었다.

"하지만 역시 가장 훌륭한 건 얄덴 왕세자의 얼굴이야. 혹시 초상화 본 적 있어?"

"아뇨, 한 번도 없어요."

"정말? 보여 줄까? 진짜 굉장한 미남인데……. 아, 하지만 칸나 눈에는 안 찰 것 같아."

"네? 왜 그렇게 생각하세요?"

"전남편이 발렌티노 공작이었잖아. 누가 눈에 차겠어?"

그 말에 칸나는 저도 모르게 코웃음을 쳤다.

"그럴 리가요. 저는 그 남자, 가끔 너무 잘생겨서 소름 끼칠 때가 있어요. 사람 같지가 않달까."

"하기야 그렇긴 해. 발렌티노 공작은 사람이라기보다는 다른 고등 생명체 같지. 눈의 신 같다고 해야 할까?"

"맙소사."

칸나는 한숨과 함께 불만을 토해 냈다.

"아멜리아, 저 그 사람이랑 이혼한 지 얼마 안 됐거든요. 그런 시적인 표현 붙이지 말아 줘요."

"앗, 실례했어."

"네, 실례하셨어요."

칸나는 장난스럽게 대답하며 찻잔을 들어 올렸다. 입술을 가져다 대는 순간, 흠칫 놀라 정지했다.

'이런.'

하마터면 마실 뻔했다. 그와 동시에 깨달았다. 아주 잠깐이지만 경계를 풀고 말았다는 것을.

'이러면 안 되지. 정신 똑바로 차려.'

방심하는 순간 언제나 칼날이 날아왔다. 지금까지 항상 그랬다.

'그러니까 방심하지 말자.'

칸나는 이번에도 마시는 척한 후 찻잔을 내려놓았다. 그리고 다시 얼굴을 들어 올렸을 때 그녀의 눈은 언제나처럼 차갑게 얼어붙어 있었다.

이를 눈치채지 못한 아멜리아가 뺨을 붉히며 웃었다.

"신기하다. 칸나랑 남자 이야기를 하다니."

"예?"

"칸나가 지금은 평범한 내 또래 여자애 같아."

아멜리아가 배시시 웃었다.

"그동안은 어쩐지 멀게 느껴졌거든. 하지만 지금은 아니야."

"……."

"앞으로도 자주 만나서 이야기 나누자. 난 칸나를 좋은 친구로 생각하고 있어."

좋은 친구라고?

아멜리아가 던진 단어들이 마음에 잔잔한 파문을 일으켰다. 그러나 곧 흔적 없이 가라앉았다.

"그렇게 말씀해 주셔서 감사해요."

지금껏 단 한 번도 아멜리아를 친구로 여긴 적 없다. 진심을 준 적도, 보여 준 적도 없다.

'아멜리아뿐만이 아니지.'

심지어 루시에게조차도 그러했다. 도저히 그 누구에게도 마음을 열수가 없었다. 적들과 싸우고, 살아남기 위해 싸우고, 미워하는 자들과 싸우기에 벅찼다.

온통 싸움뿐이었다.

이 세계에서 단 한순간이라도 편안하게 웃어 본 적이 있었던가?

"그리고 죄송해요."

"아냐. 그런 말 칸나에게 듣고 싶지 않아."

아무것도 모르면서, 다 아는 것처럼 아멜리아가 웃었다.

"칸나는 내 생명을 구했어. 그리고 인생을 구했지."

"……."

"칸나가 아니었더라면 난 여전히 피부병을 앓는 괴팍한 황녀였을 테고…… 그리고 진즉에 어머니의 손에 죽었을 거야."

아멜리아가 칸나의 손을 붙잡았다. 어느덧 눈에 눈물이 고여 있었다.

"나에게 살아 갈 기회를 줘서 고마워, 칸나."

그녀가 떨리는 목소리로 말했다.

"이 말, 언젠가는 꼭 제대로 한번 하고 싶었어."

"……."

"아, 너무 감상적이 됐나?"

아멜리아는 쑥스러운지 손으로 얼굴을 부채질했다. 그리고 멋쩍은 듯 찻잔을 들어 올려 홀짝홀짝 들이마셨다.

"쿨럭!"

그러다가 기침을 토해 냈다.

칸나는 미간을 좁혔다. 어쩐지 사레들릴 것 같더라. 아무리 민망해도 그렇지, 그렇게 급하게 마시면…….

"쿨럭, 쿨럭!"

아멜리아가 손으로 입을 틀어막았다. 그러나 미처 막지 못한 액체가 손가락을 타고 후두둑 쏟아졌다. 칸나는 그 궤적을 좇아 시선을 내렸다.

붉다. 너무나도 붉어서, 마치 피처럼 보일 정도로…….

"아멜리아!"

고함치며 자리에서 벌떡 일어나는 순간, 아멜리아가 의자 아래로 무너져 내렸다. 칸나는 서둘러 그녀를 붙잡고 맥을 짚었다.

살아 있다. 아직은, 살아 있다.

'차에 독이 있었나?'

칸나는 허겁지겁 목걸이를 빼냈다. 이 안에 어지간한 독은 모조리 해독하는 해독제가 들어 있다. 혹시 몰라서 준비해 왔는데 이렇게 써 먹을 줄이야!

"아멜리아, 내 말 들려요? 정신 잃지 말아요!"

칸나는 아멜리아의 입에 해독제를 흘려 넣었다. 그리고 그때.

끼이이익. 등 뒤에서 문이 열리는 소리가 들렸다.

자그마한 소리였지만 칸나의 귀에는 그 무엇보다 선명하게 들려왔다. 왜냐하면.

'문은, 앞에 있는데?'

앞의 문은 닫혀 있다.

그럼 뒤에서 뭐가 열린 거지?

칸나는 천천히 얼굴을 돌렸다. 그리고 하마터면 비명을 지를 뻔했다. 옷장의 문이 천천히 열리고, 그 안에서 사람이 기어 나왔다.

"이런."

남자가 안타깝다는 듯 혀를 쯧 찼다.

"왜 영애는 차를 안 마신 겁니까?"

아멜리아의 동생이.

"그러면 서로 편했을 텐데 말입니다."

2황자, 크레센트 이자베르크였다.

그가 뚜벅뚜벅 걸어오자 칸나는 아멜리아를 보호하듯 부둥켜안았다. 크레센트를 형형한 눈으로 노려보며 쏘아붙였다.

"황자 전하, 지금 옷장 안에 숨어 계시다가 나온 건가요?"

"예. 다리에 쥐가 심하게 났을 때는 이게 뭐 하는 짓인가 후회했습니다만, 역시 탁월한 선택이었군요."

그가 파티장에서처럼 예의 바르게 웃었다.

"이것 봐요. 당신이 아직 살아 있잖아요. 귀찮게."

"아인 경!"

더 들을 것도 없었다. 칸나는 복도에서 대기하고 있을 호위 기사들을 불렀다.

"아인 경, 루스벨 경!"

그러자 크레센트가 고개를 기울였다.

"순진하시군요. 설마 그들이 아직도 살아 있을 것 같습니까?"

"……뭐?"

"물론 아디스의 기사들이 강하기는 합니다만, 황실 기사들도 만만치 않습니다. 특히나 제가 엄선한 최정예들은 말이지요. 고작 두 명으로는 못 버티죠."

칸나의 얼굴이 희게 질렸다. 믿고 싶지 않았다. 믿을 수가 없었다.

하지만 살아 있었다면, 당장 뛰어들어 왔겠지. 그러나 아무도 들어오지 않았다. 그저 조용했다.

칸나는 있는 힘껏 주먹을 콱 쥐었다. 지금은 감정에 사로잡힐 때가 아니다. 지금은, 아니다.

"당신이 이러고도 무사할 것 같아요?"

"네."

크레센트가 부드럽게 웃었다.

"어차피 이 일은 아무도 모를 겁니다."

그 순간이었다.

콰콰쾅! 귀를 부술 듯한 굉음과 함께 바닥이 진동했다. 이 궁전이, 이 세상이 무너질 것 같은 소리였다.

"동대륙의 무기 중에는 건물을 무너뜨릴 정도의 강력한 폭탄이 있더군요. 아주 어렵게 구했습니다."

그러고는 회중시계를 꺼내 확인했다.

"시간을 너무 끌었습니다. 이쯤 되면 저는 빠져나가야 했는데, 두 사람이 워낙에 차를 마시지 않아서 말이지요. 곤란하게 됐습니다."

그러나 곤란한 기색은 조금도 없었다.

"마지막 예를 갖춰, 당신의 죽음이 어떻게 포장될지 알려 드리겠습니다."

그가 차분하게 걸어왔다. 그 모습이 벌레처럼 혐오스러웠다.

"곧 이 궁전에서 황실 역사상 최악의 화재가 일어날 겁니다. 당신과 누님은 그 화재의 희생양이 될 예정이지요."

그가 손을 획 뻗어 칸나를 잡아당겼다.

"당신의 시신은 건물의 잔해에 깔려 망가지거나 불에 바짝 타들어

가겠죠. 즉, 안타까운 사고로 죽는 겁니다."

"이것 놔!"

버텼으나, 그가 힘을 한 번 주는 순간 대치는 끝났다. 칸나의 몸이 바닥으로 쓰러졌다. 그가 그녀의 배 위로 올라타 목을 조르기 시작했다.

"영애는 너무 많은 것을 알고 있습니다. 알아서는 안 될 것을, 너무 많이 알아요."

"컥, 커헉!"

목을 꽉 짓누르는 압박감. 숨이 턱 막혀 왔다.

"컥, 날 죽이면, 황후 폐하, 약을……!"

"그게 문제죠. 당신은 어머니의 약점을 쥐고 있습니다. 어머니의 약점은 제 약점이기도 하지요."

"크흑!"

"물론 약 없이 살아가게 될 어머니는 힘드시겠지만, 저를 위해서 그 정도는 인내해 주실 겁니다. 어머니는 저를 사랑하시거든요."

황후는 이 일을 모르고 있다. 혹시나 해서 떠봤는데, 아마도 그 혼자서 벌이는 일인 것 같았다. 그러나 확신할 수는 없는 일이다. 조금 덜 고통스러웠다면 더 정보를 캐내 보겠지만.

'이 이상은 못 버티겠다.'

칸나는 질끈 감았던 눈을 번쩍 떴다. 손에 낀 반지를 그의 손등 위에 꽉 짓눌렀다. 그러자 보석이 아래로 쏙 들어가고 극독이 묻은 침이 튀어나왔다.

"크윽!"

날카로운 고통에 크레센트는 신음을 내뱉었다. 칸나의 목을 뿌리쳤다.

"이게 무슨 짓……."

그러다가 말이 턱 막혔다. 불시에 공기를 빼앗긴 것처럼 숨이 막혔다.

"컥, 커헉."

크레센트는 이 상황을 이해할 수 없었다.

뭐지? 왜 숨이 안 쉬어지는 거지?

"내, 내, 내게 무슨 짓을!"

그는 칸나를 노려보았다.

아니, 노려보았나? 모르겠다. 도저히 알 수 없었다. 눈앞이 급격히 흐려진 것이다. 누군가가 모든 감각을 통째로 도둑질한 것처럼 어둠이 들이닥쳤다.

이게 뭐야? 갑자기 왜 이러지? 뭐지?

대체, 이게, 무슨……?

그것이 그의 마지막 사고였다. 쿵. 크레센트의 몸이 고꾸라졌다. 그리고 영원히 정지했다.

칸나는 숨을 헐떡이며 그를 노려보다가 맥을 짚어 보았다. 죽었다. 자신이 크레센트 이자베르크를 죽였다. 그리고 지금은 감상에 젖어 있을 때가 아니었다.

'탈출해야 해.'

칸나는 아멜리아의 팔을 어깨에 걸쳐 부축했다. 그녀를 질질 끌다시피 하며 문 쪽으로 걸어갔다. 문의 손잡이를 잡으려는 순간.

'아!'

즉시 밀려오는 화끈한 열기에 칸나는 서둘러 손을 뗐다. 손잡이가 뜨겁게 달아올라 있었다.

'복도가 불타고 있어.'

게다가 이곳은 높아서 창문으로 뛰어내렸다가는 크게 다치거나 죽을 것이다. 즉, 모든 탈출구가 막힌 것이다.

칸나는 침착하게 생각했다.

'크레센트는 이렇게 될 줄 알면서도 남아 있었지. 분명 탈출 경로를 따로 만들어 놓았을 거야.'

대체 뭘까?

'창문밖에 없어.'

칸나는 서둘러 창문으로 달려갔다. 커튼을 확 걷고 살펴보았지만, 아무것도 없었다. 그렇다면.

'저 버러지 같은 새끼가 숨어 있었던 곳에 뭔가 있겠지.'

이번엔 장롱의 문을 왈칵 열었다. 그리고 발견했다.

역시나, 그곳엔 천을 여러 개 엮어 만든 긴 밧줄이 뱀처럼 똬리를 틀고 있었다. 칸나와 아멜리아의 죽음을 확실히 확인한 후 저 혼자 유유히 떠날 생각이었겠지.

밧줄을 타고 내려가는 걸 누군가에게 들키더라도 즉석에서 만든 것처럼 보이도록 이불 자락으로 엮어 만들었다. 어찌나 철두철미한지, 정말이지 역겨운 자식이다.

"아멜리아! 움직일 수 있어요?"

칸나는 아멜리아의 몸을 흔들었다. 움직이긴커녕 의식도 희미해 보였나.

'어떻게 하지?'

순간 격렬한 갈등에 부딪혔다. 자신 혼자라면 지금 당장 빠져나갈 수 있다.

'나 혼자라면 가능해.'

하지만 아멜리아는 이대로 내버려 둬야겠지.

'그래, 그렇게 해서라도 살아남아야 해. 방법이 없잖아.'

지금까지 어떻게 살아남았는데, 여기서 죽을 수는 없다. 절대로 죽을 수 없다.

그럴 생각, 전혀 없는데…….

그러나 몸은 생각과는 달리 움직였다. 이래서는 안 된다고, 그렇게 생각하면서도 아멜리아의 몸을 밧줄로 단단히 동여매고 있었던 것이다. 밧줄의 반대쪽으로는 기둥을 휘감으며 말했다.

"아멜리아, 무게가 아래로 쏠려서 힘들 거예요. 조금만 견뎌요."

축 늘어진 아멜리아를 간신히 들어 올린 후 창문 밖으로 밀었다.

"윽!"

그러고는 재빨리 밧줄을 붙잡았다. 허공에 대롱대롱 매달려 있는 아멜리아를 확인하며, 아주 천천히 밧줄을 내렸다.

'제길, 너무 무거워!'

손아귀가 바들바들 떨렸다. 칸나는 한 발을 벽에 꽉 짓눌러 무게를 지탱하면서 아멜리아를 내려 주었다.

'거의 다 됐어, 조금만 더 내리면 땅에 닿을 거야.'

그러나 그때.

"아악!"

콰콰쾅! 그 어느 때보다도 큰 굉음이 울렸다. 칸나는 그 충격을 이기지 못하고 밧줄을 놓쳤다. 동시에 날카로운 섬뜩함이 머리 위에서 번뜩였다. 칸나는 본능적으로 뒤로 펄쩍 물러났다. 다음 찰나, 그녀가 있던 자리로 천장이 와르르 무너져 내렸다.

"아아……."

바닥에 엎어진 칸나는 신음을 흘렸다. 온몸이 욱신거리고 귀가 먹먹하다. 칸나는 힘겹게 눈을 떴다. 시야를 뿌옇게 가린 흙먼지 속에서, 쏟아진 돌무더기들이 창문을 막은 것을 보았다.

그리고.

"으."

자신의 발 역시 거대한 돌에 꽉 짓눌려 있었다. 칸나는 이를 악물며 발을 빼내려 버둥거렸다. 그러나 꼼짝도 하지 않았다.

"제발, 빠져라."

한동안 끙끙거리며 애쓰던 칸나는 결국 포기했다. 이건 도저히 자신의 힘으로 될 일이 아니었다. 칸나는 허탈한 무력감에 사로잡혀 주위를 두리번거렸다.

'어떻게 해야 하지?'

창문 앞은 돌무더기로 막혔다. 복도는 아마도 불바다로 변해 있겠지. 그리고 자신의 다리는 돌에 깔려 버렸다.

최악의 상황이었지만 칸나는 냉정을 잃지 않았다. 대신 아주 침착하게 주변을 살폈다. 하나하나 꼼꼼히 검토하다가, 마침내 결론을 내렸다.

'탈출할 수 없어.'

완전히 갇혀 버리고 말았다.

'나갈 방법이 없어.'

아니, 사실은 있었다. 이 혼란 속에서 살아남을 기회가 분명히 있었다. 그러나 그 유일한 기회를 걷어찬 것은 자신이었다.

'아멜리아.'

그녀를 내버려 두고 홀로 빠져나갔더라면.

그랬더라면 이곳에서, 크레센트의 시신과 함께 비참한 죽음을 맞이하지는 않았을 것이다. 밖에서 사람들에게 둘러싸여 치료받고 있었 겠지.

그 사실을 깨닫자 웃음이 터져 나왔다.

'봐. 경계를 늦추니까 이렇게 되잖아.'

방심하지 말았어야 했는데.

'애초부터 아멜리아를 보러 오지 말 걸 그랬어.'

그제야 칸나는 자신이 아멜리아를 진심으로 좋아했음을 깨달았다. 사실은 그녀와 친구가 되고 싶었다. 함께 웃고 떠들며 시답잖은 수다 를 떨고 싶었다. 단 한순간의 방심, 단 한 줌의 온정, 그것이 자신의 발목을 잡았다.

'마지막까지 모든 것을 경계했어야 했는데.'

그러지 못한 것이 패인이었다. 쓴웃음이 밀려왔다.

콰과쾅! 또다시 벽이 무너져 내린다. 천장을 지탱하던 돌기둥이 쩌 적쩌적 갈라진다. 그대로 기우뚱 기울어 크레센트의 몸뚱이가 위로 무 너져 내렸다.

쿵! 그의 시신이 돌덩이에 짓뭉개졌다. 그 시체를 보며 칸나는 그들 을 떠올렸다. 오늘 자신을 지키다가 죽은 두 기사. 지금쯤 그들의 시 신도 잔해에 깔렸을까, 아니면 활활 불타고 있을까?

'미안해요.'

칸나는 그들에게 사과했다.

'내가 아멜리아를 보러 오지 않았더라면 죽지 않았을 텐데.'

나 때문에. 내가 방심해서. 내가 적이 많아서……

그때 와르르, 천장이 또다시 무너진다. 칸나는 크고 작은 잔해에 얻 어맞았다. 머리에서 피가 흐르는 게 느껴졌다.

'난 틀렸어.'

하지만 아멜리아는 아니다. 조금 다쳤겠지만 생명에는 지장이 없을 거다.

'그래도 아멜리아 한 명은 살렸어.'

"칸나는 내 생명을 구했어. 그리고 인생을 구했지."

그 말.

아멜리아의 진심 어린 말이 지금 이 순간, 어둠 속 횃불처럼 활활 타올랐다. 그래서일까. 죽음이 코앞에 다가왔음에도 불구하고 무섭지 않았다. 그저 묵묵히 받아들였다.

자신은 오늘, 지금, 이곳에서 죽을 것이다. 그래도 한 생명을 구했다.

'그러니까 난 의사로서 죽는 걸지도 몰라.'

비록 스스로를 구하는 데는 실패했지만 그래도 좋아하는 친구 한 명은 살렸다. 그러니 적어도 개죽음은 아니지 않을까?

칸나는 눈을 감았다. 기다렸다는 듯 어둠이 그녀의 손을 잡았다. 칸나는 기꺼이 그 안으로 빨려 들어갔다……

"정신 차리십시오."

이 목소리가 아니었더라면, 그랬겠지.

"정신 차리십시오!"

순간 칸나는 눈을 번쩍 떴다. 시커먼 연기, 그리고 뿌연 돌먼지 속에서 남자의 보랏빛 눈이 또렷했다.

"라파엘……?"

내가 라파엘을 이렇게 좋아했나? 그래서 마지막 순간, 환각을 보는…….

"아흑!"

칸나의 입에서 비명이 터져 나왔다. 고통이 작렬했다. 라파엘이 칸나를 짓누른 거대한 돌을 번쩍 들어 올린 것이다. 압박감이 사라지자 뒤늦게 통증이 밀려왔다. 그 덕에 희미해지던 정신이 번쩍 들었다.

라파엘이다. 라파엘이 이 지옥 속에 들어와 있었다!

"라파엘, 여기 왜 온 거야!"

이 스토커 같은 남자, 어떻게 왔는지는 이제 궁금하지도 않았다. 그는 대답하는 대신 긴 겉옷을 벗어 칸나의 몸 위로 풀썩 씌웠다. 물을 끼얹고 들어온 것인지, 아직 희미한 물기가 남아 있었다.

"창은 막혔습니다. 불길을 뚫고 나가야 하니 최대한 숨을 참으십시오."

칸나는 시선을 돌렸다. 그가 걷어차고 들어왔는지, 문이 열려 있었다. 예상대로 복도는 새빨간 화마 그 자체였다. 확 밀려오는 열기에 칸나는 경악했다.

"맙소사……."

그제야 칸나는 라파엘의 얼굴과 목, 손이 붉게 달아오른 것을 보았다. 화상 자국이었다.

"너 미쳤어?"

라파엘은 저걸 뚫고 온 거다. 저 불길을 뚫고. 저 불을.

"죽고 싶은 거라면, 내가 볼 수 없는 곳에서 죽어!"

칸나는 그에게 옷을 집어 던졌다. 천운이 도와 여기까지 용케 온 모양이지만, 몸을 가릴 것이 없으면 운도 통하지 않을 것이다.

"미쳤다고 여기까지 들어와? 당장 이걸 뒤집어쓰고 빠져나가!"

그가 따를 거라고 생각했다. 라파엘은 부담스러울 정도로 자신의 말을 고분고분 잘 들었으니까. 하지만 예상과는 다른 대답이 들려왔다.

"따르지 않겠습니다."

"라파엘!"

"몇 번을 말씀하셔도 따르지 않을 테니 더는 명하지 마십시오. 그리고 연기가 들어가니 부디 입 다무십시오."

정중한 어조로 내뱉는 살벌한 말에, 칸나는 저도 모르게 입을 꽉 다물었다. 그러자 그가 다시 옷을 집어 올렸다. 꽃병의 물을 끼얹은 후, 칸나의 몸 위로 갑옷처럼 뒤집어씌웠다. 번쩍 안아 올린다. 단단한 가슴에 안기는 순간 칸나는 어째서인지 눈물이 나올 것 같았다. 울컥 뜨거운 감정이 치밀었다.

"넌 미쳤어."

"예."

"넌 제정신이 아니야."

"압니다."

그리고 라파엘은 불길 속으로 뛰어들어 갔다.

세상이 무너지는 굉음이 울렸다. 지나치는 곳마다 부서지고 무너졌다. 그리고 사방에서 불길이 타올랐다. 라파엘의 팔, 등, 목덜미, 성큼성큼 뻗는 다리, 그의 온몸을 날름거리며 스친다. 집어삼켰다. 지독하게도, 그럼에도 불구하고 칸나를 안은 손아귀에는 단 한 줌의 흔들림도 없었다.

칸나는 옷 틈새로 그 장면을 눈을 부릅뜨고 지켜보았다.

라파엘이 불에 타들어 가는 그 모습을.

"사람이 나온다!"

"의원! 의원은 어서 이쪽으로!"

칸나는 밭은기침을 토해 냈다. 사람들이 몰려오고 있었다.

'라파엘.'

칸나는 라파엘의 옷깃을 움켜잡았다. 머리가 빙글빙글 돌았다. 너무나도 많은 연기를 흡입했다.

'라파엘.'

내가 이런데, 라파엘은 더 심하겠지. 어쩌면 죽을지도 몰라.

"의원님, 이쪽입니다!"

칸나의 의식이 희미해졌다.

'라파엘, 라파엘부터⋯⋯.'

라파엘의 옷을 꽉 쥐었다. 나는 괜찮으니까. 그러니까⋯⋯.

그러나 곧 손아귀에서 힘이 스르륵 흩어졌다.

놓쳤다.

정신을 잃은 사이 칸나는 꿈을 꾸고 있었다. 옛 기억이었다.

열네 살 때였던가? 생전 처음으로 아디스를 탈출하려고 시도했던 순간. 칸나는 가출을 계획하며 빈민가를 여러 번 오갔다. 그리고 그곳에서 수많은 사람을 만났다.

그들 중 절반은 거지였고 절반은 병자였다. 돈도 음식도 병을 치료할 약도 없는 자들이었다. 가진 것이라고는 오로지 죽음만을 기다리는 몸뚱이뿐.

'가여워라.'

칸나는 그곳에서 난생처음 동정심을 배웠다. 그리고 그 이후, 매번 빈민가에 갈 때마다 음식을 챙겨 빠져나왔다. 음식뿐만이 아니었다. 자신이 만든 온갖 치료약을 한 아름 챙겨 왔다.

그리고 필요한 자들에게 나눠 주었다. 굶주린 자들에게는 음식을, 아픈 자들에게는 약을 나눠 주었다. 기억할 수 없을 만큼 수많은 사람을 상대했다.

"정말 고마워요, 언니. 이렇게 친절한 사람은 태어나서 처음으로 만나 봐요."

"꼬마 아가씨는 내 생명의 은인이야. 이렇게 아무 대가도 없이 치료해 주다니, 세상이 생각보다 아름답구먼."

"저는 죽으려 했습니다. 하지만 당신은 저를 살고 싶게 만들었습니다."

셀 수 없이 많은 감사의 인사들이 스쳐 지나갔다. 열네 살. 칸나는 그때 처음으로 누군가를 동정했고, 누군가를 도왔다. 그리고 처음으로 감사의 인사를 들었다.

"언니, 내가 나중에 돈 많이 벌면 꼭 치료비를 줄게요."

"이 늙은이가 살면서 이런 호강을 다 겪는군. 고맙네."

"제 삶을 당신에게 드리고 싶습니다. 그리고 언젠가는 이 은혜를 갚겠습니다."

죽음을 앞둔 사람을 살린다는 건 아주 멋진 일이었다. 이 세상

무엇보다도 성스럽고 경이로웠다.

"반드시."

"라파엘!"

어째서인지, 정신이 드는 순간 그 이름부터 나왔다.

칸나는 침대에서 벌떡 일어났다. 그 순간 찌르듯 파고드는 격통에 비명을 삼켰다.

"누님, 일어나셨습니까!"

칼렌이 서둘러 다가왔다. 칸나는 숨을 헐떡이며 주위를 둘러보았다. 자신의 침실이었다. 쓰러진 새 치료를 받은 듯 다리와 팔, 머리에는 붕대가 감겨 있었다.

"라파엘은?"

"예?"

"날 구해 준 사람."

순간 칼렌의 얼굴이 흐려졌다. 그는 잠시 침묵한 후 천천히 대답했다.

"누굴 말하는지 모르겠습니다. 제가 갔을 때 누님은 의원들에게 치료를 받고 있었습니다."

순간 허탈함이 밀려왔다.

역시 그럴 것 같았다. 제대로 된 치료도 안 받고, 포상도 안 받고 홀연히 사라질 것 같았다. 그는 항상 그랬으니까.

'무사하긴 한 걸까?'

초조함이 밀려왔다. 칸나는 너무 피곤하니 혼자 있게 해 달라는 핑계로 칼렌을 내보냈다. 그리고 창문에 손수건을 매달았다. 어쩌면 오지 못할 수도 있다. 왜냐하면 라파엘은 엄청나게 많이 다쳤을 테니까. 아니, 어쩌면.

'죽었을지도 몰라.'

순간 두려움이 번개처럼 내리쳤다. 칸나의 손끝이 미세하게 떨렸다. 그녀는 이불 속에서 숨을 죽이며 그를 기다렸다. 일분일초가 끔찍하게 길었다. 고통스러운 시간이었다. 모두가 잠든 새벽까지도 칸나는 눈을 부릅뜨고 기다렸다.

그렇게 얼마의 시간이 흘렀을까? 끼이익, 문이 열리는 소리가 들렸다. 칸나는 벌떡 몸을 일으켰다.

"라파엘?"

큰 키의 남자가 어둠 속에서 서 있었다.

"라파엘이야?"

"예."

묵직하게 내려오는 저음. 역시나 라파엘이다. 칸나는 무너지는 듯한 안도감을 맛보았다.

죽지 않았다. 적어도 죽지는 않았다.

"이리 와. 얼굴을 보여 줘."

"그러지 않는 게 좋으실 겁니다."

"왜?"

"보시기에 불편하실 겁니다."

"부탁이야."

잠시 침묵하던 그가 세 걸음 앞으로 걸어왔다. 네 번째 걸음을 뻗는 순간, 창문으로 쏟아진 달빛이 그에게 드리웠다.

"……!"

칸나는 이불을 꽉 움켜쥐었다.

라파엘은 일그러져 있었다.

번듯했던 턱선의 피부는 녹아내렸고, 목덜미 역시 벗겨진 듯 새빨간 속살이 드러나 있었다. 보기만 해도 아찔한 화상. 온통 붉은 상처가 그의 전신을 점령하고 있었다.

칸나의 손등이 새하얘졌다. 오로지 그것만이 유일하게 드러난 감정이었다. 그녀는 무표정한 얼굴로 침착하게 물었다.

"치료는 왜 안 했어?"

"내버려 두면 알아서 아뭅니다."

"알아서 아문다니, 그게 무슨 뜻이야?"

"이틀이면 충분합니다. 그러니 염려하지 마십시오."

평범한 인간에게는 불가능한 일이었다. 라파엘은 아무렇지도 않게 도저히 믿을 수 없는 말을 했다.

그러나 그보다 더 놀라운 것은, 자신이 그 말에 그다지 관심이 없다는 거였다. 지금 그녀의 신경은 다른 쪽에 쏠려 있었다.

"그래도 아픔이 없는 건 아니잖아."

얼마나 아팠을까?

"흉이 지기 시작하면 나도 손쓸 수 없어. 하지만 지금이라면 완벽하게 고칠 수 있으니까, 내게 맡겨 줘."

"……."

"여기 와서 앉아. 응?"

다행히 그는 순순히 따랐다. 칸나는 그의 옆에 앉아 일단 얼굴의 화상부터 살폈다. 가까이에서 보니 더 처참했다. 심장이 쥐어짠 듯 욱신거려 칸나는 입술을 깨물었다. 그리고 깊이 안도했다.

'다행이다.'

자신에게 이 화상을 고칠 능력이 있어서, 정말 다행이었다.

칸나는 그의 얼굴과 상체의 화상에 조심스레 약을 발랐다. 하체는 그의 시야와 손이 닿는 부분이므로 약을 넘겨주었다.

"이 세 개의 약을 순서대로 사용하면 돼. 붉은 약을 먼저 바른 후에, 그다음에 푸른 약, 그다음에 이 하얀색 약을 도포한 후에 붕대로 감아. 그리고……."

칸나의 말끝이 흐려졌다.

"……라파엘?"

제대로 듣고는 있는 걸까? 자신을 응시하는 라파엘의 시선이 그 어느 때보다도 짙게 느껴졌다.

왜 그렇게 보는 걸까, 물으려는 찰나.

라파엘이 예고도 없이 칸나를 향해 손을 뻗었다. 칸나는 멍하니 자신에게 다가오는 손끝을 응시했다.

순간 시간이 느리게 흐르는 것 같았다. 그의 손이 그녀의 어깨 위로 쏟아진 머리칼에 닿았다. 그대로 머리카락 사이사이로 파고들어 정중하게 쓸어 올린다.

당황하는 찰나, 그가 머리채를 부드럽게 움켜잡는다. 그리고 끌어당겼다.

추호의 망설임 없는 단호한 힘. 그것은 무언의 명령 같았다.

어째서인지 칸나는 거부할 수 없었다. 거부해야 한다는 생각조차 들지 않아서, 그저 순순히 그 힘에 이끌려 고개를 비틀었다. 엄숙하게 다문 입술이 시야를 사로잡았다.

순간 그가 키스하려는 줄 알았다.

어찌나 바보 같은 착각이었는지.

그의 관심이 내려앉은 곳은 그녀의 목덜미였다. 그의 눈이 훤히 드러난 그녀의 목, 부어오른 손자국을 살핀다. 그것은 영원처럼 길었지만, 실상 아주 짧은 찰나였다.

"누구입니까?"

마침내 그가 손을 놓았다. 머리칼이 사르륵 흩어져 목덜미를 덮었다.

"누가 이랬습니까?"

칸나는 천천히 숨을 토해 냈다. 그리고 대답했다.

"걱정하지 마. 이미 죽었으니까."

아주 낯선 목소리였다. 자신의 음성인데도.

침묵이 흘렀다. 정적 속에서 칸나는 시선을 내리깔았다.

아주 한심한 착각을 해서일까. 무언가에 얻어맞은 듯 정신이 번쩍 들었다. 라파엘에 대한 동정심. 미안함. 안타까움. 그런 감정들에 완전히 잠식되어 스스로를 잃었던 것 같다.

인식하는 순간, 아련함에 젖었던 눈이 단숨에 차갑게 메말랐다. 순식간의 평소의 온도로 돌아왔다. 그리고는 아주 객관적인 시선으로 라파엘을 응시했다. 엉망으로 일그러진 그를, 이 상황을.

몇 번을 봐도 역시나 가여웠다. 그리고 깨달았다.

이건, 도저히 말이 안 된다는 것을.

"라파엘, 궁금한 게 있어."

"하문하십시오."

"내가 신령의 딸이 아니었다면 너는 내게 신경 쓰지 않았겠지?"

"아니요."

"뭐가 아니라는 거야?"

"그것 때문만은 아닙니다."

그것 때문만은 아니다.

그의 결벽적일 정도의 깍듯함, 공손함은 아마 자신이 신령의 딸이기 때문일 것이다. 그래서 공손하게 받드는 것이다. 거기까지는 이해할 수 있었다. 하지만.

'목숨을 거는 것은 차원이 다른 이야기지.'

그것 때문에 생명을 버려 가면서 살리려 든다고? 파계 사제가?

제 목숨보다 신앙이 중요했다면, 애초에 대신전을 벗어나지도 않았을 것이다.

'뭔가 이상해.'

아귀가 맞지 않았다. 그의 행동이 어떤 감정에서 기인했는지 납득할 수 없었다. 칸나는 그의 옆모습을 물끄러미 응시하다가 물었다.

"혹시, 우리 오래전에 만난 적 있어?"

그 순간 라파엘의 눈썹이 미세하게 떨렸다.

"내가 발렌티노 공작과 결혼하기 전에 만난 적 있니?"

"……."

"라파엘은 대신전을 12년 전에 빠져나왔다고 했지?"

그때 자신의 나이가 열네 살이다. 가출 계획을 세웠던 때였다.

"그때 날 만났어?"

갑작스럽게 던진 질문이었다. 그러나 그는 당황하지 않았다. 도리어 내리깔았던 눈을 들어 올려 맞이했다. 그녀를 정면으로 응시했다. 마주친 시선이 뿌리 깊게 얽혀 들어갔다.

칸나는 이 엉망진창으로 일그러진 사나이가, 긴장했음을 알아차렸다.

"예."

"내가 널 구해 줬어?"

그가 깊게 숨을 호흡했다. 그리고 짧게 토해 냈다.

"예."

그렇구나. 문득 웃음이 나왔다. 동화책 같은 이야기였다. 어린 시절, 궁지에 몰렸던 순간 내려온 동아줄을 잊지 못한 남자.

어쩜 이리 착할까. 그 순진함이 안쓰러울 정도였다.

"나는 네가 기억이 안 나."

"알고 있습니다."

"미안해."

"괜찮습니다."

너무 오래전 일이었다. 도왔던 사람이 한둘도 아니었다. 게다가 가출에 실패한 순간의 분노가 모든 것을 압도한지라, 다른 것은 희미하게 퇴색했다.

흐릿하게 지워진 기억 속 어딘가에 이 남자가 있겠지. 자신은 기억조차 못 하는데, 고작 그까짓 것 때문에 이 남자는 뜨거운 불길 속을 걸었다.

'가엽게도.'

그 순간 아주 나른한 충동이 밀려왔다.

참을까?

잠시 고민했으나 찰나의 갈등이었다. 칸나는 참을 이유를 찾지 못했다. 참고 싶지 않았다. 그래서 손을 뻗었다. 그가 자신에게 그러했듯, 머리칼 속으로 손가락을 파묻었다. 그대로 강하게 끌어당겨 제 어깨에 묻었다.

그 순간, 라파엘의 손이 감전된 것처럼 움찔 경련했다. 그러다가 다시 죽은 듯 조용해졌다. 칸나는 그의 머리칼에 턱을 세웠다. 조그맣게 속삭였다.

"고마워."

"……."

"이번에 네 덕분에 살았어. 정말 고마워."

하지만 다시는 날 위해 목숨을 걸지 마.

나는 너를, 너는 나를. 서로 한 번씩 주고받았으니 이제 빚은 없는 걸로 하자. 왜냐하면.

'난 이제 떠날 거야.'

그리고 아무것도 가지고 가지 않을 거야. 그 안에는 너도 포함되어 있지. 미처 꺼내지 못한 진심을 칸나는 입안으로 삼켰다. 꺼내 봤자 소용없을 말임을 알았다.

"저와……."

이런 속내를 알 리 없는 라파엘이 입술을 열었다. 목을 긁는 듯한 뜨거운 음성이었다.

"저와 함께 떠나시겠습니까?"

눈치채지 못할 만큼의 미세한 떨림이 묻어나는 목소리였다.

"함께 떠나자니, 그게 무슨 소리야?"

"이곳에서 힘드신 것으로 알고 있습니다."

들뜬 숨결이 목덜미로 흩어졌다. 그가 답지 않게 빠르게 말했다.

"언젠가는 저를 믿어 주시길 기대했습니다. 그날이 온다면, 평화롭게 지내실 수 있는 곳으로 모시고 싶었습니다."

칸나는 그의 말을 곰곰이 되짚었다. 언젠가 자신이 라파엘을 믿어 주는 날.

'그런 날이 올 걸 기대했다고?'

그동안 이 몸에는 주화가 들어와 있었다. 주화가 그를 그토록 경멸하고 싫어했는데, 그런 소망을 가지고 있었다니. 가련한 희망을 품고 자신의 곁을 맴돌았을 라파엘이 안타까웠다. 그러나 내색하지 않고 조용히 되물었다.

"평화롭게 지낼 수 있는 곳이라니? 그럴듯한 장소라도 구해 놨어?"

"예."

"하지만 난 공작 가문의 영애야. 그 정도 수준의 부귀 없이는 살아 본 적 없어."

"염려 마십시오. 불편 없이 지내실 수 있도록 준비해 놨습니다."

"준비해 놓다니. 설마 날 위해 돈이라도 벌어 놓기라도 했어?"

"예."

파계 사제가 어떻게 돈을 벌었을까? 아무리 노력해 봤자, 공작 가문 재산에는 비할 바가 아닐 것이다. 아마 귀족의 거대한 재산을 잘 모르니 하는 소리겠지. 칸나는 또다시 그의 순진함에 웃음이 나올 것 같았다.

하지만 정성이 갸륵했으므로 노골적으로 비웃지는 않았다. 그 대신, 그동안 노력했을 그의 고생을 포상하듯 달콤하게 말해 주었다.

"고마워. 감동했어."

"……허락하신 겁니까?"

"물론이지."

아니.

"널 따라갈게."

그런 일은 없을 거야.

넌 실비엔의 친구고, 게다가 대신전의 추적을 받고 있지. 그런 너와 함께했다가는 언젠가는 내 위치가 드러날 수도 있어. 더는 온정 때문에 위험에 빠지는 건 사절이야.

그러니까 안 돼. 너와도 다시는 만나지 않을 거야.

'그리고 날 살리기 위해 목숨을 거는 건 나 혼자로도 충분해.'

불 속에서 타들어 가던 라파엘. 다시는 그런 모습을 보고 싶지 않다. 하지만 이 사람은 지나치게 순진해서 어린 시절의 은혜를 도무지 잊지 못할 것 같았다. 언제든 자신을 위해 목숨을 걸 것 같았다. 칸나는 그게 싫었다.

"그런 제안을 해 줘서 고마워."

하지만 라파엘은 자신을 귀신처럼 찾아내는 자였으므로, 칸나는 그를 속여야 했다. 그래서 듣기 좋은 말을 늘어놓았다.

"내 다리가 다 나은 후에 출발하자. 그전까지는 잠시 요양을 다녀올 것 같아."

"예."

"금방 돌아올게. 잘 지내고 있어."

"기다리겠습니다."

부디 너무 오래 기다리지 말길. 칸나는 마음속으로 소망했다.

이것으로 끝이었다. 이것이 라파엘과의 마지막이다.

마지막이라는 단어가 가진 힘 때문일까. 칸나는 그의 존재가 조금은 슬프게 느껴진 것 같았다.

그러나 그뿐이었다.

'미안해.'

칸나는 눈을 감았다. 마음속으로 작별의 인사를 건넸다.

'안녕, 라파엘.'

크레센트 이자베르크의 예언은 적중했다.

이번 사건은 황실 역사상 다시없을 최악의 대화재로 기록되었다. 유력한 황위 계승자인 2황자, 크레센트. 그가 화재에 휘말려 비명횡사한 것이다.

그뿐만이 아니었다. 궁전을 방문한 아디스의 기사들 역시 사망했다. 칸나 아디스는 살아남았지만, 무너지는 건물 잔해에 짓눌려 다리에 부상을 입었다.

불행 중 다행으로 궁전의 주인인 아멜리아만이 무사했다. 창밖으로 탈출할 때 입은 가벼운 타박상이 전부였다.

그날로부터 며칠 후 크레센트 이자베르크의 국장이 치러졌다. 황후는 참석하지 않았다. 도저히 참석할 수가 없었다.

"아아아악!"

드디어 모든 약이 떨어졌다. 그동안 잊고 지냈던 고통이 밀려왔다. 통증은 황후의 머리부터 발끝까지 갉아먹으며 점령했다.

"아악, 아아악!"

황후는 방 안에서 비명을 질렀다. 눈물이 줄줄 흘러나왔다.

미친 듯이 긁어 댄 피부는 벗겨져 피가 맺혔고, 손톱은 부러진 지 오래였다. 그러나 조금도 아프지 않았다. 온몸이 불타는 듯한 소양감, 그에 비하면 그런 고통 따위는 아무것도 아니었다!

고문당하는 듯한 가려움에 황후는 크레센트의 장례식에도 참석하지 못했다. 아들을 잃은 아픔, 그리고 육체적인 고통에 황후의 이성이 완전히 무너져 내렸다.

결국 황후는 칸나를 찾아갔다. 그녀의 앞에 무릎을 꿇든, 아니면 머리채를 휘어잡든, 무슨 짓을 해서라도 약을 얻어야 했다!

그러나.

"용서하십시오. 아디스 공작 각하께서 황후 폐하를 들이지 말라 직접 명하셨습니다."

돌아온 것은 문전박대였다.

"뭐라!"

황후는 새빨갛게 충혈된 눈으로 소리쳤다. 평소의 체통은 이미 잃은 지 오래였다.

"감히 황후의 명령을 무시하는 건가! 문을 열어라! 당장 아디스 공작 영애를 내 앞으로 데려와!"

그러나 저택의 문은 꿈쩍도 하지 않았다. 명령이 거듭 무시당하자 황후는 태도를 바꿨다.

"제발! 제발 아디스 공작 영애를 만나게 해 주게!"

"폐하."

황후는 고개를 획 돌렸다. 계속되는 소란에 드디어 가주가 나선 것이다.

"문은 열어 드릴 수 없습니다. 환궁하십시오."

"아디스 공작! 부디 아디스 영애를 만나게 해 주게. 내가 이렇게 부탁할 테니!"

"칸나의 상태가 위중하여 휴식이 필요합니다. 부디 돌아가 주십시오."

이 소식은 곧 황제의 귀에 들어갔다.

"지금 뭐라고 했나? 황후가 아디스 공작에게 빌고 있다고?"

아들의 장례식도 불참하면서 뭘 하는가 했더니. 아디스의 저택 앞에서 애원하고 있어?

황제는 잔뜩 화가 나서 명령했다.

"기사들은 뭐 하는가! 당장 가서 황후를 모셔 와라!"

결국 황후는 황제가 보낸 기사들의 손에 끌려갔다.

"정신이 나간 것이오? 때가 어느 때인데 무슨 짓을 하고 다니는 건가!"

그러나 황후는 제정신이 아니었다. 그저 모욕을 위한 표현이 아닌, 정말로 미친 것처럼 보였다.

"황후, 대체 이러는 이유가 뭐지?"

이쯤 되니 황후도 더는 참을 수가 없었다. 자신의 치명적인 약점임을 알기에 숨겨왔다. 오로지 크레센트만이 아는 일이었다.

그러나 크레센트는 죽었고, 더는 그 누구도 자신을 도와줄 수 없었다.

"폐하, 부디 황명을 내려 주십시오! 그 약이 없으니 살아도 산 것 같지가 않습니다!"

황후는 황제의 발아래에 납작 무릎을 꿇었다. 그리고 처음으로 애원했다.

"……아디스 공작 영애의 약이 필요하다고?"

자초지종을 들은 황제는 떨떠름하게 중얼거렸다. 칸나가 의술에 재능이 있음은 알고 있었지만, 황후가 이 정도로 의존하고 있을 줄 몰랐던 것이다. 그런데.

'내가 이 여자를 도와줘서 얻는 이익이 뭐지?'

황제는 냉정하게 실익을 따졌다. 그리고 빠르게 머리를 굴렸다. 황후에게 무엇을 얻어 낼 수 있을까?

그는 곧 빠르게 찾아냈다.

"그 오만방자한 아디스 공작이 칙서로 내리는 황명을 받아들일 것 같소? 짐이 직접 행차하여 설득하지 않는 이상 꿈쩍도 하지 않을 것이오."

이 빌어먹을 개자식!

눈물을 흘리는 황후의 두 눈이 활활 타올랐다. 그녀는 제 남편을 아주 잘 알았다. 제국의 황제라는 자가, 제 남편이라는 자가 공짜로 움직이지 않겠으니 뭔가 내놓으라고, 천하의 비열한 왈패처럼 굴고 있었던 것이다!

황후는 고통을 참지 못하고 신경질적으로 소리쳤다.

"그래서 무엇을 원하시는 겁니까? 단도직입적으로 말씀하십시오!"

황제는 입꼬리를 올려 웃었다.

역시 저와 똑같은 여자여서일까, 말은 잘 통했다. 그는 이 기회에 황후의 외가, 메르시 가문을 철저하게 옭아맬 생각이었다. 다시는 제 손아귀를 빠져나갈 수 없도록.

'장기적으로 짐의 편에 설 수밖에 없게끔 만들 방법이 있지.'

한배를 타는 가장 쉬운 방법. 그것은 바로 투자였다.

"짐은 곧 국책 사업을 진행하려고 하오. 제국의 하천을 정비하여 강의 물자를 활용하는 대대적 사업이지. 그런데 국가 예산만으로 진행하기에는 터무니없이 부족하더군."

황제는 두 손을 펼쳐 보이며 인자하게 웃었다.

"메르시 후작을 설득하여 귀족들이 이 사업에 투자하도록 만드시오. 물론, 메르시 후작이 가장 적극적이길 기대하고 있소."

"그렇게 하면, 아디스 공작에게 황명을 내려 약을 구해 주실 겁니까?"

"그리하지."

"약속하신 겁니다! 무슨 수를 써서라도 약을 구해 주셔야 합니다, 폐하!"

"메르시 후작이 보이는 성의만큼 내 똑같이 보이리라."

정말이지 끝까지 제 득만 생각하는 남자였다. 황후는 그의 얼굴 가죽을 뜯어 버리고 싶었다. 그만큼이나 증오스러웠다. 그러나 지금 이 순간, 황제만이 유일한 살길이었다.

그리고 황제는 훗날 이 순간을 후회했다. 그러지 말았어야 했는데.

❧

칸나는 부상을 핑계로 크레센트의 장례식에 참석하지 않았다.

다만, 순직한 아디스 기사들의 장례식에는 참석했다. 크레센트의 국장이 끝난 후 아멜리아가 병문안을 왔다. 그러나 칸나는 황후를 거절했듯 그녀 역시 거절했다.

'더는 실수하고 싶지 않아.'

거사가 코앞이다. 칸나는 감정에 치우쳐 혹여 일을 그르칠까 봐 두려웠다.

드디어 내일이다. 내일 오전, 리벤섬으로 출발한다. 오늘이 아디스 저택에서의 마지막 밤이었다.

그날 밤, 연구실 정리를 끝내고 침실로 돌아가는 길. 칸나는 어두운 복도에서 알렉산드로를 마주쳤다.

'이 시간까지 안 자고 뭐 하는 거야.'

그대로 지나치려는 찰나.

"떠난다고?"

칸나는 자리에서 멈춰 섰다. 그러고는 심드렁한 얼굴로 그를 돌아보았다. 당연히 내일 리벤섬으로 요양 가는 일에 대해 말하는 걸 테지.

"예. 당신도 곧 대신전으로 떠나죠?"

당신. 그날 이후로 아버지라 부른 적 없다. 평생을 딸로 키워 온 사람에게 듣기 거북한 호칭일 텐데, 알렉산드로는 스스럼없이 고개를 끄덕였다.

"그곳에서 네 친부를 볼지도 모르겠군."

"……"

"그에게 전할 말이라도 있나?"

칸나는 미간을 좁혔다.

"진심으로 하시는 말씀이세요?"

"듣고 결정하지."

"아버지의 귀여운 딸이 미치광이들에게 붙잡혀 있으니 와서 구해 주세요, 라고 전해 주시겠어요?"

순간 알렉산드로의 눈에 이채가 스쳐 지나갔다. 칸나는 그 감정의 움직임에 깜짝 놀랐다.

설마 방금 웃은 건가?

"재미있는 농담이구나, 칸나."

아니구나. 역시 착각이었다. 그의 얼굴은 언제나처럼 황폐할 정도로 바짝 메말라 있었으니.

"이상하네요. 왜 농담으로 들으실까."

"농담이 아니라면, 진심인가?"

칸나는 대답하지 않았다. 그저 입술을 오므리며 불쾌감을 내비칠 뿐. 농담은 아니지만 진심도 아니었다. 신령에게 갈 생각은 조금도 없으니까.

대신전의 숨 막히는 규율을 견딜 자신이 없을뿐더러 무엇보다 자신의 친부라는 그 남자를 도무지 믿을 수가 없었다.

신령. 그를 떠올리면 귀신을 본 것처럼 등골이 오싹했다. 그는 오백 년이 넘게 살아왔다고 한다. 그 머리 안에 무엇이 도사리고 있을지, 칸나로서는 짐작도 할 수 없었다.

'그러면 이 사람도 신령처럼 된다는 거지?'

칸나는 알렉산드로 아디스의 얼굴을 물끄러미 바라보았다. 기억 속의 그는 언제나 아름다운 청년의 모습이었다. 언제까지나 찬란한 원석처럼 빛날 것이다.

영원이란 아마도 이런 것일 테지.

영생은 그에게 축복일까, 혹은 저주일까?

두 사람의 시선이 뿌리 깊이 얽혀 들어가던 어느 순간, 그가 먼저 입술을 움직였다.

"이상하군."

알렉산드로가 한 발짝 가까이 다가왔다. 순간 확 밀려오는 위압감에 칸나는 저도 모르게 뒤로 물러났다.

"왜 얌전할까?"

"……그게 무슨 소리죠?"

"최근 들어 갑자기 조용해졌구나."

칸나는 그의 예리한 감에 속으로 욕설을 지껄였다.

"착각하지 마세요. 제가 얌전한 게 아니죠."

그리고 그의 관심을 다른 쪽으로 돌리기 위해 일부러 도발했다.

"당신의 부인께서 지나치게 활동적이신 거죠. 저를 해치기 위해 가문의 안위를 걸었잖아요?"

그렇게 말을 하다 보니 짜증이 솟구쳤다. 자신이 왜 이런 변명을 해야 한단 말인가?

"그래도 이번 일은 당신도 아차 싶었겠죠? 저야 어떻게 되든 상관없지만, 당신의 소중한 가문이 위기에 빠질 뻔했으니까."

그는 대답하지 않았다. 자세히 보니, 그는 이 대화에 큰 흥미가 없어 보이기도 했다. 어쩌면 벌써 지루해진 걸까.

'관심도 없으면서 왜 지나가는 사람을 잡아서 말을 건 거야?'

그럴 거면 애초부터 말을 걸지 말든가! 칸나는 주먹을 으드득 말아 쥐었다.

하기야 이런 적이 한두 번도 아니다. 그는 아주 가끔 관대했고, 또 아주 가끔은 저를 아끼는 것처럼 행동하기도 했다. 그러나 칸나는 단 한순간도 그의 변덕을 믿은 적이 없었다.

역시나 현명한 판단이었다. 만약 자신이 그에게 조금이라도 희망을 품었더라면 지금 발밑이 무너지는 슬픔을 맛보았겠지.

그렇게 생각하니 눈앞의 남자가 너무나도 미웠다. 미워 견딜 수가 없어서.

"난 당신이 정말 싫어요."

충동적으로 내뱉었다.

"차라리 죽어 버렸으면 좋겠어."

선을 넘었다. 어쩌면, 그가 화를 낼지도 모른다고 생각했다.

그러나 그것으로 끝이었다. 알렉산드로는 다시 뒤로 물러났다. 감정 없는 얼굴로 그녀를 응시하다가, 인사도 없이 스쳐 지나갔다. 저벅저벅 걸어간다. 그렇게 떠나갔다.

그 뒷모습을 응시하던 칸나도 몸을 돌렸다. 그에게서 멀어졌다.

'이걸로 끝이야.'

하지만 알렉산드로 아디스와는 달리 자신은 평범한 인간인지라, 온갖 감정이 소용돌이쳤다. 얼마 전만 해도 그를 아버지라고 믿었다. 그리고 그보다도 더 전에는, 훨씬 더 전에는…….

저 남자를 사랑했던 것도 같다.

난생처음 연금술에 성공한 날. 연구물을 끌어안고 그의 방을 향해 달려갔던 그 순간의 설렘을 아직도 생생히 기억하고 있었다. 그러나 지금 와서는 모두 오래전에 죽은 찌꺼기일 뿐.

칸나는 실소를 머금었다.

다 끝났다. 끝났으니 치워야지.

잔뜩 썩어 들어가서, 악취가 풍기기 전에.

칼렌은 줄곧 기분이 좋지 않았다.

아니, 사실은 엉망진창이었다.

"라파엘!"

화재에서 간신히 살아남은 그녀가, 눈을 뜨자마자 저 이름을 불렀다. 라파엘. 줄곧 거슬렸던 파계 사제. 그리고 그날 밤, 라파엘이 칸나의 방을 찾았다는 이야기를 들었다.

칼렌은 순간 눈이 뒤집힌다는 것이 어떤 기분인지 처음으로 경험했다.

그는 초조하게 방을 빙글빙글 걸어 다녔다. 빌어먹게도 자신에게는 그를 쫓아낼 권리가 없었다.

라파엘은 알렉산드로 아디스의 권한 아래 자유로운 출입이 허가된 사내였다.

'참아야 한다.'

여기서 누님의 방에 들어가 두 사람의 관계를 추궁했다가는 그녀의 분노만 살 뿐이다.

'그래, 지금은 참아야 하는 순간이다.'

시간이 흐르길, 라파엘이 저택을 떠났다는 소식이 들리길 기다렸다.

지옥 같은 시간이었다. 그 시간을 어떻게 견뎠는지 그는 기억하지 못했다. 그러나 그날 이후, 종종 그 순간이 떠올랐고, 그때마다 어김없이 열불이 치솟았다.

우드득. 서류를 살피던 중 칼렌은 손아귀로 시선을 내렸다. 만년필이 반으로 부러져 있었다. 칼렌은 무표정한 얼굴로 제 손을 응시했다. 만년필이 부러지며 손바닥에 날카로운 파편이 박혔다. 피가 뚝뚝 흘러내렸다.

며칠이 지난 지금까지도 칼렌은 그 기억에서 벗어나지 못했다.

'그들은 그때 무엇을 했을까.'

야심한 밤에, 그 남자와 단둘이, 침실에서.

'이러면 안 되지, 누님.'

날 이렇게 만들어 놓고. 그러면 안 되지.

문득 그는 리벤섬을 떠올렸다. 칸나를 수도에서 멀찍이 떨어뜨려 놓기 위해 사들인 섬이었다. 칸나를 아디스 가문의 호적에서 빼낼 생각이었으니까. 더는 그녀를 가족으로 생각하지 않는데, 그들의 관계는 여전히 가족이라는 테두리에 묶여 있으니.

칼렌은 그것부터 파괴할 생각이었다. 그 시끄러울 기간 동안 칸나를 피신시키려 했다. 다른 뜻은 추호도 없었다.

그것이 전부였다. 정말이지 그것이 전부였건만……

칼렌은 피에 번져 가는 손수건을 응시했다.

생각이 바뀌었다.

chapter 16

마침내 날이 밝았다. 아침 일찍 아디스 저택에서 나서려던 때 루시가 달려왔다.

"언니, 잠시만요!"

칸나는 떨떠름하게 웃으며 그녀를 맞이했다.

"루시구나."

루시와 거리를 둔 지는 꽤 됐다. 자칫 잘못하면 그녀에게 정을 줄 것 같아서 일부러 만나지 않은 것이다. 그래서 이번에도 인사 없이 가려고 했는데…….

"언니, 조심해서 다녀오세요. 이거는 선물이에요."

루시가 레이스 달린 손수건을 내밀었다. 앙증맞은 곰돌이를 수놓은 손수건이었다.

'곰돌이라.'

그러고 보니, 예전에 루시의 곰돌이 인형 배를 찢고 호신용 약물을 넣어 준 적이 있다.

"그거 썼니?"

"예?"

"내가 준 호신용 약물 말이야."

"아, 아뇨. 그게 필요한 일은 아직 없었어요. 그래도 곰돌이를 볼 때마다 든든해요! 언니가 절 지켜 주는 것 같아서요."

귀엽긴. 루시의 머리를 쓰다듬어 줄까 하다가, 참았다. 책임질 수 없는 애정이었다.

"언니, 조심해서 다녀오세요!"

"응, 그럴게."

이 말은 지키지 못할 거야.

칸나는 쓴웃음을 지었다. 몸을 돌리려 할 때.

"자, 잠깐만."

다른 음성이 그녀를 붙잡았다. 이번엔 이자벨이었다.

"무슨 일이야, 이자벨?"

"그게……."

칸나는 고개를 기울였다. 이상하게도 이자벨이 양 뺨을 붉히며 머뭇거리고 있었다.

"오, 오르시니 오빠는?"

"뭐?"

"오르시니 오빠가 요새 안 보이던데."

"그걸 왜 나한테 물어?"

"……그러게."

이자벨이 자조적으로 웃었다. 무언가 더 말하려 하는 듯했지만 더는 시간 낭비하고 싶지 않아 칸나는 그대로 몸을 돌렸다.

'왜 저래?'

보아하니 진짜 하고 싶은 말은 못 하고 아무 말이나 막 던진 듯했는데, 지나치게 맥락 없는 이야기였다.

'그러고 보니 오르시니 녀석이 최근에 안 보이네.'

이자벨을 산적들에게서 구출한 그 사건 이후 오르시니는 자취를 감췄다.

'그 녀석이 멋대로 돌아다니는 건 하루 이틀이 아니지.'

문득 지난날의 빗소리가 들리는 것 같다.

힘껏 짓밟았던 허벅지의 단단한 감촉. 그리고 무릎을 꿇고 자신을 올려다보던 고열 같은 눈도.

아주 찝찝한 기억이다. 지울 수 있다면 지워 버리고 싶을 정도였으니.

'그 녀석의 재수 없는 얼굴, 안 보고 가면 나야 좋지.'

칸나는 힘차게 걸었다. 그리고 망설임 없이 떠나갔다.

아디스, 자신의 지옥으로부터.

◦◦◦❦◦◦◦

"섬은 어떠십니까? 마음에 드십니까?"

섬에 도착한 날 저녁, 칸나는 칼렌과 함께 식사했다.

"넌 언제 돌아간다고 했지?"

"길어 봤자 사흘입니다."

칼렌은 섬에서 처리할 일이 있다 했다.

'사흘이라. 그때 난 이곳에 없겠지.'

칸나는 칼렌의 동행이 나쁘지 않다고 생각했다.

얼마 후 자신은 이 섬에서 탈출한다. 그 장면을 보는 목격자가 많으면 많을수록, 그녀에게 유리했다. 그런 의미에서 칸나는 이번 호위로 클로드를 데려왔다.

'클로드는 알렉산드로 아디스의 눈이니까.'

이 섬에서 일어나는 일을 보고 알렉산드로에게 보고할 것이다. 자신이 사라지는 그 순간을.

"제가 빨리 떠나시길 바라십니까?"

칼렌이 장난처럼 웃었다.

"혹시 제가 떠나면 누굴 부르실 생각이신 건 아니지요?"

"뭐?"

"누님이 자주 부르는 사내가 있지 않습니까?"

칸나는 미간을 좁혔다. 기분 탓인지 그 어감이 몹시 공격적으로 들린 것이다.

"그 검은 사제복을 입은 사내 말입니다."

그가 나이프로 스테이크를 차분하게 썰며 말했다.

"그 사제와는 어떤 관계입니까?"

"네가 신경 쓸 일 아니야."

"신경이 쓰입니다. 저는 누님을 사랑하는걸요."

또 그 역겨운 소리.

"그 남자와는 무슨 사이입니까?"

무시해야겠다. 칸나는 들은 척도 안 했다.

"보아하니 그 사제는 발렌티노 공작과 각별한 관계인 것 같던데요. 전남편의 친우라니, 도덕적으로 지탄받을 만한 일입니다."

더는 못 들어 주겠다. 칸나는 와인 잔을 탁 내려놓았다.

"칼렌 아디스, 라파엘을 모욕하지 마. 라파엘은 그런 사람이……."

쨍!

그 순간, 무언가가 날카롭게 깨지는 소리가 들렸다.

칸나는 흠칫 놀랐다. 방금 그 파열음은 칼렌의 나이프에서 들린 소리였다. 그의 나이프가 육질을 썰고 도자기 그릇마저도 깬 것이다.

"라파엘."

칼렌이 촛불처럼 작은 목소리로 중얼거렸다.

"라파엘, 라파엘."

"……."

"이전부터 그자의 이름을 아주 친숙하게 부르시더군요."

그러고는 노골적으로 비아냥거렸다.

"하기야, 야밤에 침실로 초대하는 사내인데 당연한 일이죠. 그 남자도 누님의 이름을 부릅니까?"

입맛이 확 떨어졌다. 칸나는 의자를 뒤로 끌며 벌떡 일어났다.

"누님."

그의 부름을 무시했다. 등을 돌려 만찬실을 빠져나가려 했다.

"누님."

뒤에서 칼렌이 쫓아오는 소리가 들렸지만, 더는 대꾸하지 않을 생각이었다. 칸나가 문고리를 잡는 순간.

칼렌이 낮게 중얼거렸다.

"문 잠가."

찰칵! 자물쇠가 걸리는 금속음이 들렸다.

바깥에서 문이 잠겼다. 칸나는 문고리를 쥔 채 위아래로 돌렸다. 철컥, 철컥. 금속이 부딪치는 소리가 들린다. 역시나 문은 굳건하게 잠겼다.

"이게 무슨 짓……."

항의하려는 순간. 어느새 접근한 그림자가 자신의 몸을 삼켰다. 그

시커먼 형체에 칸나는 저도 모르게 숨을 죽였다.

평소와는 달랐다.

그 그림자. 등 뒤에 선 그 기척이, 그의 숨결이. 그들을 둘러싼 공기의 무게가 묵직하게 어깨를 내리찍었다.

그때 칼렌이 뒤에서 손을 뻗었다. 손잡이를 잡은 그녀의 손등 위로 지그시 내리눌렀다. 살결이 겹쳐지는 순간, 닿은 기점부터 소름이 확 돋아 올랐다.

"칸나."

그의 호흡이 목덜미로 내리 떨어졌다. 칸나는 그대로 경직했다. 칼렌이 그녀의 손을 말아 쥐고는 손잡이에서 떼어 냈다. 그러고는 한숨처럼 웃었다.

"그도 당신을 이렇게 부릅니까?"

툭. 칼렌의 턱이 그녀의 머리 위로 올라왔다. 그는 기대듯이, 혹은 그녀를 안듯이, 아니, 그 무엇도 아닌 자세로 그녀에게 자신의 무게를 실었다.

"그 사내가 당신의 침실에 머무른 그 세 시간 동안, 저는 제정신이 아니었습니다."

"……."

"두 사람은 뭘 하고 있을까."

"……."

"뭘 할까."

칸나의 목이 막혔다.

공기에 가시가 돋친 것처럼 호흡할 때마다 폐가 따끔거렸다. 지금 칼렌이 무슨 소리를 하는 건지 믿기지 않았다. 아니, 믿을 수가 없었다.

믿고 싶지 않았다.

"그 자식이 당신을 만졌을까. 이 부드러운 머리카락을, 이 눈부신 피부를⋯⋯."

칼렌의 손끝이 팔목을 타고 올라왔다. 거미처럼 기어올라 어깨를 스치고 목덜미에 닿았다.

"긴장하셨군요."

그가 그녀를 내려다보았다. 칸나는 완벽하게 얼어붙어 호흡조차 멈추고 있었다. 칼렌은 실소했다.

"긴장하지 마세요."

"너⋯⋯."

칸나의 목소리가 떨렸다. 지금껏 숱한 고난을 만났지만, 그 어떤 죽음의 위기 앞에서도 그녀는 떨지 않았다.

"너 대체⋯⋯."

그런데 지금은 너무나 끔찍해서 차라리 공포스러웠다. 칸나의 얼굴이 새하얗게 질렸다. 손아귀에 식은땀이 맺혔다.

"무슨 소리를 하는 거야?"

"글쎄요. 제가 무슨 소리를 하는 것 같습니까?"

"너 미쳤어?"

"그렇게 물으시면, 당신에게 미쳤다는 뻔한 대답을 돌려드릴 수밖에 없습니다."

순간 눈앞이 새하얘졌다. 다리가 휘청거렸다. 칸나는 벽을 손으로 짚었다. 토악질이 밀려 나올 것만 같았다.

칼렌이, 나를. 나를, 그런 눈으로.

"우욱!"

구역질을 참지 못했다. 칸나가 허리를 굽히자 칼렌이 부드럽게 등을 쓸어 왔다. 그 감촉에 오한이 일었다.

"만지지 마!"

칸나는 거칠게 그의 손을 뿌리쳤다. 예전과는 다른 역겨움이 밀려왔다.

"더러워."

그녀는 벽에 몸을 바짝 붙이며 그를 노려보았다.

"칼렌 아디스, 네가 어떻게 날 그런 식으로……!"

"왜 안 됩니까?"

칼렌이 단칼에 그녀의 말을 잘랐다.

"그러면 안 될 이유, 없는 것 같은데."

소름 끼칠 만큼 태연한 얼굴이었다. 그 평온한 낯이 도저히 믿기지 않았다. 그가 다가오자 칸나는 뒷걸음질 쳤다. 그러나 물러설 곳이 없었다.

"다가오지 마."

"그 사제에게도 그리 차갑게 대하십니까? 접근도 못 하게 막으십니까?"

차분하게 말했지만, 칼렌의 눈은 질투로 일렁였다.

"그 좁은 침실에서 몇 시간을 멀찍이 떨어져 있지만은 않았겠죠."

등이 문에 부딪히자, 칸나는 주먹을 말아 쥐었다. 강렬하게 갈등했다.

'죽일까?'

손가락에 낀 반지. 이것은 크레센트를 죽인 독침이 숨겨진 반지였다. 만약 칼렌이 허튼짓을 하려 한다면…….

'안 돼.'

칸나는 이를 악물었다. 지금 이 순간, 이 자리에서는 안 된다. 일이 지나치게 커진다. 망가진다.

칼렌을 죽이면, 그다음은? 문밖의 기사는? 클로드는? 수많은 고용인은?

그녀가 준비한 탈출 계획이 완전히 틀어져 버린다. 완전히.

'안 돼. 계획을 망가뜨릴 순 없어.'

그러니까 지금은 참아야만 했다. 일단 칼렌을 달래서 진정시켜야만⋯⋯.

'아니. 못 해.'

도저히 참을 수 없다. 칸나는 기어코 진심을 내뱉었다.

"넌 미쳤어."

"그렇게 생각하십니까?"

"그래. 내 몸의 손끝 하나 건드리지 마. 이 더러운 짐승 새끼야."

칼렌은 이번에도 웃었다. 적나라한 비난이 아무렇지도 않은지 눈썹 하나 까닥하지 않았다.

"당신을 사랑할 수 있다면 짐승도 나쁘지 않지요."

그는 그녀의 어떤 말로도 더는 상처 받지 않는 것만 같았다. 그저 말갛게 미소 지으며 다가왔다.

"마음에 안 드십니까? 이건 누님의 작품입니다. 누님이 저를 이렇게 만들었습니다."

한 발자국. 또 한 발자국.

"당신이 나를 도덕도 이성도 없는 금수로 망가뜨렸습니다."

다음 순간, 그가 가슴팍의 손수건을 꺼냈다. 그러고는 빠르게 손수건으로 칸나의 입을 틀어막았다. 버둥거리는 그녀를 짓누르며 칼렌이 귓가에 속삭였다.

"당신 때문입니다. 당신이 내 모든 것을, 완전하게 사로잡았죠."

진한 희열이 섞인 음성이었다.

"사로잡았으면 지배를 해야지."

칸나는 눈을 떴다. 온몸이 무거웠다.

"으……"

어지러워. 토할 것 같아.

칸나는 지독한 현기증에 시달리며 머리를 짚었다. 그러고는 몸을 일으켰다. 그 순간, 손 아래 부드러운 감촉에 화들짝 놀랐다.

'……여긴.'

침대…… 잖아.

'어떻게 된 거지?'

칸나는 두통을 꾹 참으며 주위를 둘러보았다. 이곳은 침실이었다. 리벤섬의 저택에서 자신에게 주어진 방.

"일어나셨습니까?"

칸나는 급하게 뒤를 돌았다. 그녀의 눈이 경악으로 흐트러졌다.

"……레아."

하녀 레아가 그곳에 있었다. 하지만 어떻게? 그녀는 수도의 저택에 있을 텐데?

"칼렌 님께서 아가씨를 성심껏 모시라 명하셨습니다."

칼렌. 그 단어가 버튼을 누른 것처럼 기억이 확 쏟아졌다.

그 녀석과 식사를 했고, 라파엘에 대해 말하는 것을 참지 못하다가 자리를 박차고 일어났고, 또…….

'아.'

그 녀석의 역겨운 고백을 들었지. 그러고는 정신을 잃었다. 칸나는 이 현기증의 원인을 알아차렸다. 칼렌이 제 입을 틀어막았던 그 손수건에 약이 묻어 있었을 것이다.

"옷은 제가 갈아입혀 드렸습니다."

"……."

"불편하신 곳이 있으면 말씀해 주십시오, 아가씨."

칸나는 레아를 빤히 올려다보았다. 레아. 칼렌이 자신에게 붙여 준 유능한 하녀. 칼렌의 사람인 건 처음부터 알고 있었다. 그래서인지 이제 와 배신감 따위는 들지 않았다. 그저 우스울 뿐.

"아가씨라고?"

칸나는 픽 비웃으며 중얼거렸다.

"칼렌이 이딴 짓을 벌이는 걸 묵인했으면서 날 아가씨라고 불러?"

"식사는 어떻게 하시겠습니까?"

"나가."

"필요하신 게 있으면 언제든 불러 주십시오."

예상했던 비난이었는지 레아는 표정 하나 변하지 않았다.

그녀가 나가자 칸나는 그대로 침대 위로 무너졌다. 속이 울렁거린다. 온몸이 욱신거리고 안 아픈 곳이 없었다. 이곳의 수면제는 독성이 강한 편이라 후유증이 꽤 심했다.

칸나는 이불을 움켜쥐었다. 끔찍했다. 이 모든 것이.

칼렌이 자신을 그런 눈으로 보고 있었다니. 생각하자 또다시 역함이 밀려왔다.

남매가 아닌 것을 알게 된 건 얼마 되지 않았다. 칼렌도 그녀도 마찬가지. 불과 얼마 전까지만 해도 한평생 서로를 가족으로 알고 살아온 것이다.

그런데 이런 일이 벌어진다고?

'그 자식은 완전히 미쳤어.'

아무리 남보다 못한 사이라지만, 그래도 가족으로 인식하고 살아왔는데.

'그런 놈이 속에 흑심을 품고 있었을 줄 어떻게 알아? 그런 생각을 한다는 게 비정상이잖아!'

칸나는 화를 참지 못하고 베개를 후려쳤다.

'그 개자식이!'

그 자식이, 기어코 끝까지 방해하는구나! 끝까지, 끝까지!

'아니, 녀석은 내 일을 못 망쳐. 그렇게 두지 않을 거야. 절대로.'

칸나는 분노를 내리눌렀다. 빠르게 냉정을 되찾았다. 몸을 일으켜 짐을 점검했다.

역시나, 예상했던 것처럼 연금술 도구들과 호신용 약물들이 몽땅 사라졌다. 그녀를 억지로 잠재우고 일을 벌인 것이다.

칸나는 허탈한 웃음을 내뱉었다.

"완전히 작정했구나, 칼렌 아디스."

노력이 무상하게도 가장 중요한 것들은 그대로 남겨 됐지만 말이다. 마석과 피를 섞어 만든 연금술용 잉크는 의심하지 못하고 그대로 두었다.

그뿐만 아니라 별사탕이 가득 든 유리병도 그대로였다. 그저 싸구

려 사탕으로 보이겠지만 이것은 그녀의 머리칼과 눈동자 색깔을 바꿔
주는 약이었다. 혹시 모를 사태를 대비해 이런 식으로 위장한 것이다.
빼앗아 갈 가치도 없어 보이도록 꾸며 놨다.

'하지만 설마하니 칼렌이 그럴 줄은 몰랐지.'

그녀의 머릿속 상대는 황후라든가, 황제라든가, 클로이라든가, 그들
의 끄나풀이었다. 자신에게 이성적 욕망을 품고 눈이 뒤집힌 남동생
이 아니라!

그래도 철저하게 준비해 둔 덕에 계획대로 일을 벌이는 데에는 지
장이 없다.

'하지만 만약에 칼렌이 나를 이 저택에 무력으로 가둬 둔다면.'

칸나는 반지를 내려다보았다.

칼렌은 아디스 가문의 후계자다. 그를 죽이는 것은 자신의 도주극
과는 비교조차 되지 않을 정도로 큰 사건인 것이다. 자칫 잘못하면
계획이 꼬일 수도 있다.

'그것만큼은 피해야 해.'

하지만 칼렌이 끝까지 자신을 방해한다면……

'다른 방법이 없어.'

탈출 직전, 아무도 없는 아주 조용한 곳으로 유인한 후.

칼렌 아디스를 죽일 것이다.

칼렌은 포만감에 가득 차 있었다.

큰 만족감에 배가 불렀다. 며칠 동안 아무것도 먹지 않아도 될 것

같았다. 칸나가 그의 섬에 있다. 더는 그 라파엘이라는 남자를 만날 일도 없겠지.

이제야 살 것 같았다.

물론 일시적인 기분이라는 것을 알지만, 그래도 그는 이 행복을 만끽했다. 날이 밝고 칸나가 깨어났다는 소식을 들었다. 그는 곧장 그녀에게 찾아갔다.

"누님, 들어가겠습니다."

문을 열고 들어가자 꽃병이 날아왔다. 그냥 맞아 줄까 하다가, 매번 그럴 수는 없으므로 고개를 슬쩍 틀어 피했다.

쨍그랑! 문에 부딪힌 유리병이 산산조각이 났다.

"꺼져."

칸나가 그를 노려보며 외쳤다. 그러나 칼렌은 부서진 유리 조각을 아무렇지도 않게 밟으며 다가갔다.

"어제는 제가 심했습니다. 죄송합니다. 다시는 그리 무례하게 굴지 않을 테니 안심하십시오."

"무례?"

고작 그 단어로 제 행동을 설명하는 칼렌이 역겨웠다.

"너 이러려고 섬을 사들였어? 날 가두고, 내 물건을 빼앗고, 네 멋대로 다루려고?"

"아뇨."

칼렌은 진지한 얼굴로 대답하며 그녀에게 다가왔다.

"처음부터 이럴 생각은 아니었습니다."

"그걸 지금 믿으라고 하는 소리야?"

"정말입니다. 저는 그저 누님에게 피신할 장소가 필요하다고 생각했을 뿐입니다. 저는……."

칼렌이 말끝을 흐리며 조심스럽게 말했다.

"저는 누님을 아디스 가문에서 **빼낼** 생각입니다."

"……뭐?"

"아디스의 혈족이 아님을 밝힌 후 호적에서 제할 겁니다."

생각지도 못한 발언이었다. 칼렌이 말을 이었다.

"당연히 이 일의 여파는 엄청날 겁니다. 누님에게 수많은 시선이 몰리고 손가락질이 쏟아지겠죠. 그래서……."

"그래서 나를 이곳으로 보낼 생각이었어?"

"예. 당신을 보호하기 위해서."

가증스럽게도, 그렇게 말하는 칼렌의 눈에 짙은 애정이 일렁였다. 소름이 끼칠 만큼 농도 깊은 감정이었다.

"……생각이 바뀐 것은 그 파계 사제 때문입니다."

그러나 다음 순간 그의 눈빛은 영하의 지점으로 뚝 떨어졌다.

"그자와 가까이하는 것을 두고 볼 수 없었습니다. 그는 위험합니다."

"위험?"

그 말에 칸나는 참지 못하고 비웃었다. 그리고 비아냥거렸다.

"나에게 너보다 더 위험한 사람은 없어."

"어제 일은 제가 나빴습니다. 인정합니다. 하지만 누님, 저는 사람입니다. 그 같은 괴물이 아니죠."

칸나는 코웃음을 쳤다. 라파엘의 이야기로 논점을 흐트러뜨릴 생각인 것 같은데, 칸나는 넘어갈 생각이 없었다.

"감히 라파엘을 너 따위와 비교하지 마."

이기적인 칼렌 아디스, 저밖에 모르는 저 녀석과 라파엘은 같은 선상에 올려서도 안 된다. 그것은 라파엘에 대한 모욕이었다. 그러나 칼렌은 조금도 타격을 받지 않은 듯 혀를 찼다. 오히려 그리 말하는 그녀가 안타까운 듯했다.

"그 파계 사제에 대해 무엇을 알고 계십니까?"

"너보다 훨씬 좋은 남자라는 것 정도는 알아."

"그건 모르는 거죠, 누님."

그가 아주 상냥하게 웃었다.

"누님은 제가 어떤 사람인지, 어떤 남자인지 관심도 없지 않습니까? 누님에게 저는 언제까지나 철없는 시절의 어린 소년이겠죠."

"잘 알고 있네. 그러니 쓸데없는 발악 하지 마."

칼렌의 얼굴에서 미소가 천천히 사라졌다. 칸나는 할퀴듯이 말했다.

"내가 널 다르게 보는 날은 평생 오지 않을 테니까."

칼렌의 눈썹이 구겨졌다. 그러나 그는 곧 웃는 것에 성공했다.

"제게 상처를 주고 싶으신 모양인데, 저는 누님이 주시는 거라면 그것이 고통일지라도 기껍습니다."

그렇게 말한 칼렌이 손을 뻗었다. 그녀의 머리칼 끝자락을 어루만지며 중얼거렸다.

"지금 제가 무슨 생각 하는 줄 아십니까?"

"안 궁금해."

"궁금해하셔야 할 텐데."

그의 입가에 얼마간의 장난기와 약간의 조롱이 깃들었다. 제 손아귀에 흩어진 검은 머리칼을 응시하며 중얼거렸다.

"만약 제가 누님께 입 맞추려 하면, 제 뺨을 때리시겠죠?"

"아니."

칸나는 담담하게 말했다.

"널 죽일 거야."

"……."

칼렌이 시선을 들어 올렸다. 눈이 마주쳤다.

온통 진심뿐인 검은 눈동자 안에는 완전하게 포획된 붉은 머리 짐승이 갇혀 있었다. 그것이 서글퍼서 칼렌은 힘없이 미소 지었다.

"누님의 손에 죽는다면 그것도 좋지요."

사르륵. 손가락 사이로 머리칼이 흩어졌다. 칼렌은 무해함을 증명하듯 두 손을 펼쳐 들어 보였다.

"맹세하건대, 다시는 어제처럼 굴지 않겠습니다. 그러니 걱정하지 마십시오."

"얘기 다 끝났어?"

그의 개소리를 한 귀로 흘리며 칸나는 문을 가리켰다.

"끝났으면 나가."

그러나 칼렌은 일어나지 않았다. 그 대신 아무 일도 없었다는 듯 화제를 돌렸다.

"이 섬은 누님의 것입니다. 편하게 지내세요."

"……."

"섬의 모두가 누님을 알아보고 깍듯하게 대할 테니 염려 마세요."

그 말은 즉 이 섬 전체가 칼렌과 한통속이라는 뜻이었다. 이미 마을의 모든 주민을 매수해 놨겠지.

"저는 사흘 후 수도로 돌아가 호적을 정리할 생각입니다. 당분간 돌아오기 힘들 테니, 부디 이곳에서 마음 편히 쉬시길 바랍니다."

대답 없는 그녀를 향해 칼렌은 사무적으로 말을 이었다.

"모든 것이 끝나고 소란이 가라앉으면 수도로 모시겠습니다. 그때까지만 이 섬에서 머물러 주십시오."

그 말을 끝으로 칼렌은 몸을 일으켰다. 그녀의 소원대로 방을 나가 주었다. 그러나 곧 멈춰섰다.

복도에 멈춰 선 칼렌은 멍하니 제 발을 내려다보았다.

"……."

가슴이 뻐근하게 저려 왔다.

아주 거대한 손이 심장을 꽉 붙잡고 비트는 것 같았다. 단 한 줌의 핏방울마저 짜낼 요량으로 쥐어짠다. 삐꺽거리는 아픔에 칼렌의 입매가 일그러졌다.

그러나 곧 옅게 웃었다. 다시 걷기 시작했다.

시간은 자신의 편이다. 이미 칸나의 몸은 손에 넣었다. 제 시야에, 언제든 닿을 수 있는 곳에 두었다. 그러니 마음은 조금씩 조금씩, 시간을 들여 열어 가면 된다.

'그래, 기회는 있다.'

이 방법밖에 없다. 이러지 않았더라면 자신에게는 그 어떤 기회조차 주어지지 않았을 것이다.

그렇게 이틀이 흘렀다.

"괜찮으십니까?"

클로드가 들어왔다. 칸나는 그를 본 척도 안 하며 창밖을 내다보고 있었다.

"괜찮아 보여요?"

"전혀요."

칸나는 클로드를 짜증스럽게 노려보았다.

"클로드 경은 알고 있었어요?"

"몰랐습니다."

"……클로드 경은 대체 누구 편이에요? 공작 각하의 사람이에요, 아니면 칼렌 사람이에요?"

"정확히 말하자면, 저는 알렉산드로 아디스 공작 각하의 사람입니다. 그런데 그분께서 칼렌 경을 따르라 명하셨으니 칼렌 경의 사람이기도 하지요."

"내 사람이 아닌 건 확실하네요."

그러니 좀 꺼져 주렴. 칸나는 손을 획획 저었다. 그러나 클로드는 나가는 대신 싱긋 웃으며 물었다.

"이 섬을 나가고 싶으십니까?"

칸나는 그를 물끄러미 올려다보았다. 설마 농담하는 걸까?

"아디스 공작 각하께서 칼렌 경을 따르라고 하시긴 했습니다만."

클로드가 헛기침하더니 허리를 숙였다. 그녀의 귓가에 조용히 속삭였다.

"아가씨의 명을 최우선으로 따르라고 하셨거든요."

"……."

"물론 칼렌 경한테는 비밀입니다."

알렉산드로 아디스가 그런 명령을 내렸다고?

"그러면 내 명령이라면 뭐든 들을 거예요?"

"예."

"그게 무엇이든?"

"무엇이든요."

"칼렌을 죽여 달라고 해도?"

그 말에 클로드가 난감한 듯 뺨을 긁적였다.

"그건 제 목숨이 위험할 것 같습니다만, 시도는 해 보겠습니다."

"……."

"죄송하게도 성공한다는 보장은 못 드립니다. 상대는 무려 칼렌 경이라고요…… 왁!"

칸나가 갑자기 멱살을 잡아당기자 그가 기겁하며 끌려왔다.

"아가씨? 우리 말로 할까요? 저는 평화주의자인데요."

"지금 그 말 진심이에요?"

"아이고, 무서워, 흑흑, 아가씨, 폭력은 안 돼요, 제발……."

"장난치지 마, 클로드."

그러자 클로드의 얼굴에서 장난기가 싹 사라졌다.

"진심입니다. 아디스 공작 각하께서 아가씨의 명을 따르라고 했습니다."

웃지 않는 클로드는 꽤 진짜처럼 보였다.

잠시 후 칸나의 손아귀에서 힘이 풀렸다. 클로드는 그제야 살았다는 듯 과장해서 숨을 내쉬었다.

"아아, 착하신 아가씨께서 이렇게 폭력적으로 나오시다니. 아무래도 한시라도 빨리 이곳에서 빼내 드려야겠습니다."

"됐어요."

"됐…… 네?"

"됐다고."

칸나는 다시 창밖으로 시선을 옮기며 말했다.

"미안하지만 클로드 경, 경은 나에게 박쥐나 다름없어서 말이야. 도저히 신뢰가 가질 않네."

"제가 인간도 아니라는 소리인가요?"

"이해가 빠르네. 그럼 박쥐 경, 내 방에서 나가 줘."

다음 순간, 돌연 클로드가 무릎을 꿇었다.

"부디 아가씨를 돕게 해 주세요."

"……왜 이래?"

"저는 아가씨를 꽤 좋아합니다. 이렇게 고통받는 모습은 두고 보기가 힘들어요."

"……."

"칼렌 경에게서, 그리고 아디스에서 도망치세요. 제가 곁에서 모시겠습니다."

칸나는 웃음을 터뜨릴 뻔했다.

'요새 왜 이렇게 같이 도망치자는 녀석들이 생기는 거야?'

더 웃긴 것은 클로드의 얼굴이 꽤 심각하다는 것이었다.

"클로드 경의 충심이 대단하네요. 공작 각하의 명령을 목숨처럼 따르는군요."

"아가씨, 저는 개가 아닙니다. 오히려 아가씨 말씀대로 박쥐에 가깝죠. 가치 없는 일에는 절대 목숨을 걸지 않습니다."

"저에게 그 정도 가치가 있다는 소리군요. 굉장한 칭찬이네요."

칸나는 그의 이마를 손가락으로 콕 집었다.

"하지만 나는 경을 못 믿어요, 클로드 아젤."

그러자 클로드의 눈에 불만이 깃들었다.

"뭐가 문제입니까?"

"경이 나를 어디로 데려갈 줄 알고? 셀리아인가 뭔가, 경의 고모인지 이모인지 모를 사람한테 데려갈 수도 있잖아요?"

순간 클로드의 눈매가 굳었다. 칸나는 어깨를 으쓱했다.

"그 사람은 나를 상당히 못마땅하게 여기는 것 같던데요. 게다가 상당한 실력의 연금술사인 것 같으니 어쩌면 나를 해칠 수도 있죠."

"아뇨. 저는 결단코……."

"무슨 말을 해도 소용없어요. 믿음이 없으니까."

"……."

"내 방에서 나가요."

여지를 주지 않는 단호한 명령이었다. 클로드는 그녀의 의지를 완전히 이해했다. 그래서 더는 군말 없이 몸을 일으켰다. 그가 문을 열고 나가기 직전, 칸나가 덧붙였다.

"하지만 만약 경의 마음이 진심이라면, 고마워요. 경의 기사도에 감탄했어요."

"……그럼 같이 도망가요."

"나가요."

그러자 클로드가 나지막한 웃음을 흘렸다.

"매정하셔라."

탁. 문이 닫혔다.

'드디어 갔네.'

칸나는 몸을 일으켜 창문을 열었다. 그리고 클로드가 오기 전 하고 있었던 일을 계속했다.

'어디 보자.'

칸나는 창밖으로 얼굴을 길게 빼어 아래를 내려다보았다.

'이 정도면 충분해.'

칸나는 커튼과 침대 위의 이불을 번갈아 응시했다. 우습게도, 크레센트에게 배운 것이 있었다.

그날 밤.

"칼렌 님!"

하녀 레아가 급하게 달려갔다. 노크도 없이 칼렌의 집무실 안으로 뛰어들어 갔다.

"레아?"

"칼렌 님, 크, 큰일 났어요!"

레아가 거친 숨을 헐떡였다.

"칸나 아가씨께서……!"

"누님이 왜?"

칼렌이 의자에서 몸을 일으켰다. 레아가 외쳤다.

"아가씨께서 사라지셨습니다!"

"사라졌다고?"

"예, 예에."

"어떻게?"

"차, 창문으로 빠져나가신 것 같습니다. 이불과 커튼을 엮어 만든 밧줄을 발견했어요."

"그래?"

칼렌의 얼굴은 무표정했다. 솔직히 그다지 놀랍지도 않았다. 한 번쯤은 이런 일이 일어날 거라 예상했으니까. 그는 태연하게 종을 울려 클로드를 불렀다.

"경, 기사들을 풀어. 누님을 찾아내."

"예."

"레아, 너는 마을로 내려가라. 주민들에게 누님을 발견하면 즉시 보고하라고 명령해."

클로드와 레아가 방을 나갔다. 혼자 남자, 칼렌은 깊은 한숨을 내쉬었다. 그래. 당연하지. 가만히 있으면 내 누님이 아니지.

당연히, 한 번쯤은, 이럴 줄 알았지…….

칼렌은 한 손으로 얼굴을 가렸다. 그러나 격렬하게 끓어오르는 분노를 도저히 억누를 수 없었다. 어찌나 화가 나던지 팔이 후들후들 떨려 왔다.

'대체 왜?'

칸나는 대체 왜?

단 한 번이라도, 제 뜻에 따라 주지 않는 거지?

자신이 무엇을 하든, 어떻게 하든, 돌아오는 것은 철퇴 같은 거부였다. 도저히 받아들이지를 않는다. 단 한 번도 용납하질 않는다.

매번 저항하고, 매번 거절하고, 매번 밀쳐 내고.

매번, 매번, 매번……!

매번!

칼렌의 목이 시큰거리며 달아올랐다. 그의 눈이 시뻘겋게 충혈되었다. 칼렌은 책상에 올려놓았던 검집을 허리에 찼다. 성큼성큼 걸어 방을 빠져나갔다.

참으로 한결같으시지, 나의 누님은. 자신이 노예처럼 헌신적으로 굴어도 흔한 동정 한번 주지 않는다.

그 반대도 마찬가지. 천하의 악당처럼 강압적으로 굴어도 도저히 두려워하지를 않는다. 굴복하지를 않는다. 굽히지를 않는다.

그렇다면 차라리.

'꺾어 버릴까.'

뜨거운 분노에 머리가 아찔했다. 도저히 어찌해야 할지를 몰랐다. 어찌해야 할지를…….

"칼렌 경! 아가씨를 찾았습니다!"

"어디지?"

"해변에서 발견되셨습니다. 저, 그런데…….”

"내가 가지."

칼렌은 기사의 안내를 받아 걸어갔다. 그들의 말대로, 칸나는 해변에 주저앉아 있었다.

"누님."

그녀의 주위를 기사들이 둘러싸고 있다. 칼렌은 그들을 손짓으로 물렸다.

"누님."

"다가오지 마!"

쏴아아. 그녀의 등 뒤로 밀려오는 파도 소리가 격렬했다. 칸나의 머리칼이 거친 밤바람에 휘날렸다.

"다가오지 마, 칼렌 아디스!"

칸나가 모래밭에 주저앉아 소리쳤다. 칼렌은 짜증스러운 눈으로 그 모습을 응시하다가 한숨을 내쉬었다.

"다가가지 않으면요."

그리고 삐뚜름하게 웃었다.

"도망이라도 가실 겁니까?"

"……."

"여길 보세요, 누님."

그는 두 팔을 펼쳐 보였다. 자신의 등 뒤로 수많은 기사가 진을 펼치고 있었다. 그리고 칸나의 뒤로는 시커먼 밤바다가 파도쳤다.

"어디로 가실 생각입니까?"

"……."

"누님은 어디에도 갈 수 없어요."

이 당연한 걸 왜 모르는 걸까. 왜 포기하지를 않는 걸까. 칼렌은 인내심을 짜냈다.

"그러니 부디 이리 오세요. 대화로 해결합시다."

그 말에 어둠 속 칸나의 얼굴에서 절망이 엿보였다.

"……싫어."

"누님."

"그러느니 차라리."

그 순간 칸나가 웃었다. 눈이 마주쳤다. 빛 한 줌 없는 구렁텅이에 빠진 사람처럼, 짙은 어둠이 일렁이는 눈이었다.

그 순간 그 어느 때보다도 불길한 위화감이 그를 꿰뚫었다. 칼렌의 뒷덜미가 뻐근해졌다. 무언가, 아주 불길한 일이 일어나려 한다.

그가 손을 뻗을 때.

"차라리 죽겠어."

칸나가 품 안에서 단검을 들어 올렸다. 검날을 제게 기울인다. 높이 치켜든다. 그리고.

"누……!"

내리찍었다.

"……!"

확 뿌려지는 붉은 피.

그 시뻘건 액체가 허공을 수놓는 순간, 그의 세상이 정지했다.

닿지 못하고 멈춰 선 손이 휘청였다. 거대한 압력이 시간을 짓누른다. 아주 천천히 흘러갔다. 순간순간이 지독하게 느려서, 칼렌은 그 모든 것을 시선으로 좇을 수 있었다.

피가 분수처럼 뿜어져 나오고, 느릿느릿 추락해서, 모래 위로 부서지는 것까지…….

후두둑! 모래가 짙게 젖는 순간, 칼렌의 목에서 이상한 신음이 울렸다.

아니. 잠깐.

잠깐만.

누님.

"아가씨!"

그때 누군가가 그의 몸을 밀치고 달려 나갔다. 금발의 남자. 클로드였다. 그가 무너지는 칸나의 몸을 들어 올렸다. 칼렌은 멍하니 그 꼴을 응시했다. 축 늘어진 칸나. 그녀의 검은 머리칼이 어지럽게 나부꼈다. 비명을 지르는 것처럼 흩날렸다.

"아가씨!"

잠깐만.

"아가씨, 안 돼요…… 아가씨!"

잠깐만. 잠깐만. 잠깐만. 잠깐만.

칼렌은 머리를 뒤흔드는 현기증에 눈을 깜빡였다. 눈을 감았다 뜨는 순간, 쿵쿵거리는 심장 소리가 들리기 시작했다. 자신의 것이었다. 순식간에 온몸에 식은땀이 맺히기 시작했다. 그는 꿈꾸는 사람처럼 홀린 듯 걸어갔다. 툭 주저앉았다.

"누님."

손을 뻗었다.

"누님?"

입가가 피로 젖어 있다. 만지는 순간, 칼렌은 흠칫 놀랐다. 손끝에 뜨끈한 혈액이 묻어 나왔다.

혈액이. 피가. 혈액이⋯⋯.

"누님?"

"심장이⋯⋯."

클로드의 어깨가 떨렸다.

"멈췄습니다."

"⋯⋯."

"죽었습니다."

"⋯⋯."

"이제 만족하십니까?"

칼렌의 귀에는 들리지 않았다. 그럴 리가 없는 이야기였다. 그는 클로드에게서 그녀를 빼앗았다. 그리고 직접 확인했다. 목덜미에, 손목에, 그리고 코 아래에도 손을 대 보았다.

그러나⋯⋯.

"누님."

숨결이 들리지 않는다.

"누님, 잠깐만요."

맥박이 뛰질 않는다.

"잠깐만요, 누님, 아."

입술이 떨렸다. 머리가 고장 난 것처럼 제대로 된 문장이 이어지지 않았다. 모든 것이 흐릿했다. 이성도, 사고도, 눈앞도.

칼렌이 정신없이 중얼거렸다.

"누님, 잠깐만, 갑자기 이러시면……."

갑자기 이러시면 어떡합니까. 갑자기 이렇게.

이렇게 자결하시면.

순간 머리가 깨질 듯이 아파 왔다. 누가 도끼로 뒤통수를 내리찍은 것만 같았다. 그는 그 끔찍한 격통에 숨을 헐떡였다. 비명조차 내지르지 못했다. 그리고 깨달았다.

"누님."

칸나 아디스가 자결했다.

칸나는 달렸다. 온 힘을 짜내어 달렸다.

얼마 전 다친 다리가 아팠지만, 심장이 터질 것 같았지만 참아야 했다. 지금 이 순간을 놓치면 다음은 없다.

'빨리, 빨리.'

해안가를 따라 달리던 그녀는 중간에 잠시 멈춰 섰다. 그리고 품 안에 꼬깃꼬깃 숨겨 둔 지도를 펼쳤다. 희미한 달빛에 의지해 읽었다.

'거의 다 왔어.'

조금만 가면, 자그마한 쪽배가 자신을 기다리고 있을 것이다. 미리 섭외해 놓은 배였다. 그 배를 타고, 그녀는 제국이 아닌 라마스 왕국으로 향할 것이다. 라마스의 국경을 지키는 자와도 이미 다 협의가 된 상태였다.

그 후 라마스에서 얄덴으로 넘어가는 관문에서, 요안나가 보낸 부하와 만나 합류할 예정이었다.

모든 것은 순조롭게 흘러갈 거다. 지금, 자신을 기다리고 있는 배만 놓치지 않는다면!

"아!"

보인다, 저 배!

뱃사공 하나가 덩그러니 타고 있는 작은 배가 보였다.

칸나는 정신없이 달리다가 한 번 엎어졌다. 다리에 불이 난 듯 화끈거렸다. 그러나 고통을 무시하고는 곧장 벌떡 일어나 달려갔다.

"허억, 허억……."

그리고 마침내 도착했다. 칸나는 거의 쓰러지듯 배 위로 올라탔다.

"출발, 어서, 빨리 출발……."

뱃사공이 말없이 노를 젓기 시작했다. 배가 움직이기 시작하자, 칸나는 지독한 안도감에 휩싸여 졸도할 뻔했다.

성공했다. 성공했다!

그러나 기쁨을 누릴 정신도 없었다. 한계 이상으로 달려서인지 심장이 터질 것처럼 아팠고 헛구역질이 밀려왔다. 세상이 빙글빙글 도는 것 같았다.

칸나는 배에 엎어지듯 누워 짐 꾸러미를 꽉 끌어안았다. 정신없이 숨을 몰아쉬다가, 한참 후에 간신히 정신을 차렸다. 그리고 천천히 몸을 일으켰다.

"아……."

그사이, 어느새 배는 섬에서 꽤나 멀어진 상태였다. 칸나는 희미하게 웃으며 자그마해진 섬을 응시했다.

저 섬 어딘가에서 지금쯤 그 일이 벌어졌겠지.

'부디 잘돼야 할 텐데.'

내 인형. 내가 주입한 대로 잘 행동했겠지.

고대 연금술 중에는 흙으로 인간과 다름없는 인형을 만드는 술법이 있었다. 다행히 해변에 널리고 널린 게 흙이라 재료는 충분했다. 칸나는 붕대를 감은 손바닥을 내려다보았다. 인형을 만드는 건 고급술법이라 상당량의 피가 필요했다.

'이런 희생쯤이야 아무것도 아니지.'

이 정도 피는 얼마든지 흘려 줄 수 있다. 칸나는 활짝 미소 지었다. 이것으로 칼렌에게서, 그리고 아디스에서 벗어났다!

"하하……."

칸나는 참지 못하고 작게 웃음을 터뜨렸다. 그리고 그 순간.

"좋냐?"

순간, 들려온 목소리. 칸나는 비명을 지를 뻔했다.

"좋냐고."

아주 익숙한 목소리였다. 그리고 그것은, 바로 등 뒤에서 들렸다. 이배에서, 노를 젓고 있는 뱃사공에게서.

칸나는 아주 천천히 몸을 돌렸다. 그리고 그제야 뱃사공을 제대로 눈에 담았다.

밀짚모자를 푹 눌러쓰고 있는 남자였다. 그가 고개를 들어 올리는 순간, 모자 아래 초록색 눈동자가 번뜩였다.

마주쳤다.

"아."

입가에 힘이 풀렸다. 칸나의 입에서 한숨도 탄성도 아닌 신음이 흩어졌다.

"오르시니……."

칸나는 간신히 목소리를 짜냈다.

"여기서 뭘 하는 거야?"

"그건 내가 묻고 싶은데."

오르시니는 밀짚모자를 배의 바닥에 툭 던지며 중얼거렸다.

"너야말로 뭐 하냐?"

칸나는 새하얗게 질린 얼굴로 천천히 고개를 돌렸다. 멀어진 섬. 끝없이 펼쳐진 바다. 다른 세계처럼 동떨어진 작은 배에, 오르시니와 단둘만이 있다.

이게 어떻게 가능한 일이지? 이건 말도 안 된다.

"만나기로 한 자식이 아니라 놀랐나?"

그녀의 경악을 즐기듯 오르시니가 아주 불량하게 웃었다.

"그놈은 지금쯤 섬의 뒷골목에 쓰러져 있을 거다."

"……."

"실망하게 해서 미안하게 됐군."

칸나는 멍하니 그를 응시했다. 대체 어떻게 된 일인지, 어디서부터 꼬인 것인지, 도저히 알 수 없지만. 결과는 확실했다.

'실패했어.'

자신은 리벤섬에서 죽어야 했다.

모든 이에게 그렇게 알려져야만 했다. 아무도 그녀를 찾을 생각도 못 하도록, 어딘가에 살아 숨 쉬고 있을 거라는 상상조차 못 하도록. 그런데 오르시니가 봐 버렸다.

모두 다 끝났다…….

'아니야!'

칸나는 이를 악물었다. 와르르 무너지려는 정신을 다잡았다.

'아니, 끝나지 않았어.'

아직 포기하기엔 이르다. 저 섬에 있는 사람들은 모두 자신이 죽은 것으로 알고 있지 않은가? 오로지 단 한 명, 오르시니만이 어긋났을 뿐.

'그러니까, 이 녀석만 해결하면 돼.'

오르시니만 처리한다면 모든 것은 완벽해진다.

'오르시니만 없으면.'

순간 위험한 선택지가 스쳐 지나갔다.

마침 바다 한가운데다. 사람 하나 죽어도 아무도 모를 테지…….

칸나는 꽉 멘 목구멍으로 침을 삼켰다. 그리고 태연한 목소리를 만들어 냈다.

"내가 여기 올 줄은 어떻게 알았어?"

"글쎄."

"그래서 이제 어쩔 생각이야?"

"글쎄."

오르시니는 무성의하게 대답했다. 벼랑 끝에 선 그녀와 달리 그는 지루해 보일 정도로 여유로웠다.

"그건 차차 생각해 봐야지."

"……"

"다시 아디스로 돌아가는 것도 나쁘지 않겠군."

칸나는 주먹을 으스러지라 쥐며 그를 노려보았다.

"난 안 가."

"노는 내가 젓고 있는 것 같은데."

빌어먹을 자식! 분노가 왈칵 솟구쳤다. 당장 뺨을 후려치고 싶을 만큼 화가 났지만 칸나의 얼굴은 무표정했다. 빠르게 머리를 굴렸다.

일단은, 설득부터 해 보자. 최근의 오르시니는 예전과는 달리 묘하게 고분고분한 구석이 생겼으니까, 애원하면 들어줄지도 모른다.

칸나는 그에게 가까이 다가가 바로 앞에 털썩 앉았다. 그러자 그가 인상을 확 구겼다.

"뭐냐?"

"나, 아디스로 돌아가고 싶지 않아."

칸나는 아주 연약한 표정을 지었다.

"난 아디스에서 너무 불행해. 단 한 번도 행복해 본 적이 없어. 그리고 앞으로도 그럴 거야."

만약 오르시니가 자신의 말에 따라 준다면. 순순히 자신을 보내 주고 곁에서 떠나 준다면.

'죽일 필요는 없어.'

얼마 전 자신은 크레센트를 망설임 없이 죽였고 그 행위에 후회는 없다. 하지만 지금은 경우가 다르다. 목숨을 위협받지 않는 이상 다시는 그런 끔찍한 일은 저지르고 싶지 않았다.

잠자코 그녀를 응시하던 오르시니가 대답했다.

"아디스로는 안 가."

칸나의 표정이 확 밝아졌다. 오르시니가 이렇게 순순히 나올 줄

이야……!

"널 어떻게 할지는, 당분간 생각해 보지."

"뭐?"

당분간 생각해 보겠다고? 그게 무슨 뜻이지?

"설마 나랑 같이 다니겠다는 소리야?"

"그럼 내가 지금 여기서 뭘 하는 것 같냐?"

칸나의 말문이 완전히 막혔다. 곧 간신히 이었다.

"오르시니, 날 보내 줘. 부탁이야."

"부탁?"

"그래."

"그럼 조금 더 공손해야지."

"뭐?"

"무릎."

오르시니가 말을 짧게 끊었다. 노를 크게 저으며, 다시 툭 던졌다.

"꿇어."

"……"

그가 무표정한 얼굴로 명령했다.

"무릎 꿇고 빌어 봐."

칸나는 고개를 천천히 들어 올렸다. 그리고 마주쳤다.

노골적인 적의와 호승심으로 일렁이는 눈빛.

이것은 예전의 오르시니였다. 자신을 혐오하고, 미워하고, 어떻게든 무너뜨리고 싶어 했던 그 오르시니. 그러나 최근에는 목격하지 못했는데…….

'갑자기 왜?'

마지막으로 봤을 때까지만 해도 오르시니는 사냥당한 한 마리 늑대 같았다. 더는 그녀를 어찌하지도 못하는 그 무력감을 몇 번이나 느끼지 않았던가? 하지만 지금 이 순간 눈앞의 오르시니는 예전으로 돌아가 있었다.

"못 해?"

잠시 고민하던 칸나는 천천히 무릎을 접어 앉았다.

"그래. 잘하네."

오르시니가 높낮이 없는 어조로 칭찬했다. 그리고 그녀를 감상하듯 내려다보았다. 순간 그의 얼굴 위로 복잡한 감정들이 얼룩졌다. 기묘한 만족감, 뒤틀린 분노, 비뚤어진 죄책감. 한데 뒤섞인 그 혼란은 얼핏 자학에 가까워 보였다.

그러나 그는 멈추지 않았다. 오히려 더욱 몰아붙였다.

"핥아."

오르시니는 옛 굴욕을 보복하고 있었다. 페일런섬, 감옥에 갇힌 그에게 그녀가 구두를 내밀었던 그 순간의 일을. 오르시니가 자신에게 한 일을 똑같이 되돌리며 복수했듯 그 역시 그러하고 있었다.

반복되는 상황에 어째서인지 웃음이 나올 것 같았다.

정말이지, 지겹다. 그들은 그렇게 엎치락뒤치락 위치를 바꿔 가며 끊임없이 서로를 굴복시키려 했다.

결국 오르시니가 변하며 자신의 승리로 끝난 싸움인 줄 알았는데.

'개자식.'

그래, 차라리 잘됐다. 이걸로 됐다. 더는 망설일 이유가 없었다. 이런 오르시니라면 아무런 죄책감 없이 죽일 수 있으니까.

칸나는 그의 발목을 잡았다. 손가락이 닿는 순간 오르시니의 눈썹이 흠칫 떨렸다. 설마 진짜 하려 들 줄은 몰랐겠지. 그는 그저 완벽한 패배를 보고 싶었을 것이다. 하지만 뭐든 상관없다.

죽일 거니까.

'지금!'

칸나는 불시에 손을 획 뒤집었다. 두 번째 손가락에 낀 반지. 번뜩이는 그 보석을 그의 발목으로 꽉 내리찍었다.

'아?'

내리찍었다고 생각했다.

그토록 쉬운 일이었다. 손바닥을 뒤집어서 그대로 반지를 누르기만 하면 끝나는 일이었는데……

"이럴 줄 알았지."

그러나 오르시니의 손이 그녀의 손목을 붙잡고 있었다. 언제, 어떻게 다가왔는지는 보이지도 않았다. 거짓말 같은 상황에 어안이 벙벙했다.

"네가 아무 꿍꿍이 없이 고분고분하게 굴 리가 없지."

"이것 놔!"

"아, 그래."

오르시니가 그녀의 팔목을 뿌리쳤다. 칸나의 몸이 뒤로 거칠게 나동그라졌다. 일어날 틈도 없이 곧장 다가온 오르시니가 반지를 들이밀었다.

"이건 뭐냐."

손가락으로 보석을 짓눌렀다. 가는 침이 툭 튀어나왔다.

"독침이냐?"

오르시니는 실소했다.

"날 죽이려 했어?"

"아니."

"아니라고?"

"그래, 아니야."

"그렇다면 너에게 실험해 봐도 되겠군."

빌어먹을. 칸나는 이를 악물며 고개를 돌렸다. 무언의 긍정에 오르시니가 킥 웃었다.

"그래, 놀라운 일도 아니지. 언젠가는 네가 날 파괴하려 들 줄 알았다."

그렇게 말하고는 반지를 바다 위로 냅다 집어 던졌다.

"아……"

칸나의 입에서 탄식이 흘렀다. 반지가, 내 독침이, 가장 쉽게 쓸 수 있는 무기였는데…….

그때 오르시니가 그녀의 멱살을 강하게 말아 쥐었다. 확 끌어당겼다.

"안타까운 표정이군. 날 죽이지 못한 것이 그렇게 아쉽냐?"

칸나는 바짝 가까워진 얼굴을 가만히 들여다보았다. 살벌한 눈, 지금 당장에라도 그녀를 찢어발길 듯한 눈빛이었다. 그것이 짜증스러웠다. 가슴이 먹먹할 정도로 안타까웠다.

왜 지금일까. 하필이면 이런 순간에 다시 이를 세우다니. 정말이지 일평생 도움이 안 되는 자식이다.

칸나는 한숨을 내쉬었다. 손을 뻗어 그의 뺨을 만졌다. 손길이 닿자, 멱살을 쥔 오르시니의 손이 짧게 경련했다. 손아귀 아래 그의 턱이 단단하게 굳는 것이 느껴진다.

"오르시니."

그 눈을 똑바로 응시하며 칸나는 조용히 속삭였다.

"넌 정말 끔찍한 애야. 난, 너랑 같은 공기를 마시는 것조차 역겨워."

정말이지, 지긋지긋하다.

"내 손에 죽어 줄 게 아니라면 네가 날 죽여. 그러지 않으면 내가 널 죽일 거야."

그리고 침묵이 내려왔다. 얽히는 시선 속에서 파도 소리만이 부서졌다.

"그래?"

한참의 정적 후 마침내 그의 입술이 열렸다.

"소원대로 해 주지."

다음 순간, 오르시니가 그녀를 배 밖으로 집어 던졌다. 무언가를 잡을 틈도 없었다. 칸나의 몸이 바다로 고꾸라졌다. 거친 물보라를 일으키며 그대로 빨려 들어갔다.

철썩! 머리 위로 파도가 거칠게 내리꽂혔다. 바닷물이 입술을 비집고 들어와 칸나는 호흡을 질끈 참았다. 침착해야 한다. 이럴 때일수록 당황하면 안 돼. 속으로 정신없이 되뇌며 배를 향해 헤엄쳤다.

다리를 힘차게 뻗는 찰나.

"……!"

그 순간 다리가 쪼개지는 것 같았다. 아찔한 통증이 작렬했다. 얼마 전 돌에 깔려 다친 부위였다.

'빌어먹을!'

불행하게도 고통을 인내할 틈도 없었다. 쉴 새 없이 밀려오는 파도가 얼굴을 때렸다. 그러기를 몇 번, 마침내 균형이 무너져 내렸다. 물을 잔뜩 빨아들인 코가, 눈이, 머리가 불타는 것처럼 아팠다. 정신을 차릴 수 없었다.

도저히 정신을 차릴 수가…….

스치듯 짧은 찰나, 칸나는 초록색 눈과 마주쳤다. 그리고 똑똑히 목격했다.

그의 얼굴, 금방이라도 질식할 것 같은 그 처절한 괴로움을.

'개자식아, 네가 무슨 권리로 그런 표정을 지어!'

다음 순간 몰아치는 파도가 칸나의 얼굴을 왈칵 집어삼켰다. 그녀는 어두컴컴한 바닷속으로 빨려 들어갔다. 팔다리에 힘이 들어가질 않는다. 더는 저항할 수가 없다.

꼬르륵, 마지막 숨이 흩어져 물거품으로 피어올랐다.

의식이 거뭇해지는 순간, 강한 힘이 몸을 번쩍 끌어 올렸다. 배 위로 내동댕이쳤다. 그러나 그뿐이었다. 그녀는 내던져진 상태 그대로 힘없이 축 늘어졌다.

"야."

그 무반응에 당황한 듯, 오르시니가 그녀의 뺨을 툭툭 쳤다.

"칸나, 숨 쉬어."

그러나 칸나는 숨을 쉴 수 없었다. 호흡하긴커녕, 더는 아무런 생각도 할 수 없었다.

"야, 눈 떠! 칸나!"

몸을 흔드는 힘에 칸나의 고개가 푹 꺾였다.

"제기랄!"

다음 순간 무언가가 확 다가오는 것이 느껴졌다. 뺨을 단단히 틀어잡는 손길을, 와 닿는 숨결을 마지막으로 칸나는 정신을 잃었다.

⊰❈⊱

오르시니의 정신이 번쩍 든 것은 이자벨을 산적들에게서 구출한 이후였다. 소란스러운 숲, 혼돈에 빠진 상황, 정신없이 울부짖는 그의 모친 클로이와 시치미를 떼는 황후.

그리고 그 장면을 느긋하게 지켜보던 칸나.

오르시니는 그녀의 옆얼굴을 보며 실소했다. 증거도 뭣도 없었지만, 오르시니는 확신했다.

이건 칸나가 짠 시나리오다. 그녀의 체스판 위에서 모두가 놀아나고 있었다.

"칸나는 아디스를 조각낼 거다. 제 어미가 그러했듯, 그년도 아디스를 쪼개 놓을 거야!"

문득 어린 시절부터 줄곧 어머니에게 들어 왔던 문장이 스쳐 지나갔다.

그건 예언이었을까? 정말 그렇게 되었다.

오르시니, 칼렌, 이자벨에게는 없던 불화가 생겼고, 알렉산드로와 클로이는 이혼을 하게 됐다. 그리고 그 중심에는 칸나가 있었다. 모두가 그녀가 펼쳐 놓은 거미줄에 걸린 것이다.

현실을 깨닫자 뒤통수가 싸하게 얼어붙었다. 내가 지금 뭘 하고 있는 거지? 칸나의 곁을 개새끼처럼 맴도는 칼렌을 비웃으면서, 놈과 다름없이 행동하고 있지 않나?

자괴감에 사로잡혀 번뇌하던 때, 칼렌이 기이한 꿍꿍이를 품고 있음을 알아차렸다. 섬을 산 후 섬의 주민들을 매수한 것이다. 그리고 그걸 칸나에게 선물했다.

'뭔가 있다.'

불길한 예감을 받은 오르시니는 몰래 섬으로 들어가 잠복했다. 그러던 중 섬에서 단 한 명의 외지인을 발견했다. 수상한 남자였다. 섬 사람인 척 행세하고 있었지만 그의 눈은 피할 수 없었다.

역시나 예상은 적중했다. 뼈가 가루가 되도록 털어 보니 놈은 칸나를 몰래 피신시키기로 예정된 자였다. 누군가가 칸나를 돕고 있었던 것이다. 그러나 몸을 아직 내도 조력자의 정체만큼은 불지 않아서, 거기까지는 알아내지 못했다.

분명한 것은 단 하나, 칸나가 도주할 예정이라는 것.

아니나 다를까 뱃사공으로 위장한 자신의 배에 칸나가 뛰어들었다.

"좋냐?"

어깨가 굳는다.

"좋냐고."

칸나가 아주 천천히, 천천히 뒤를 돌았다. 충격에 젖은 검은 눈동자와 마주치는 순간 오르시니는 예감했다.

저 여자가 나를 파멸시키겠구나.

칼렌이 엉망이 된 것처럼, 나 역시 형편없이 망가지겠구나.

'아직은 아니다.'

적어도 그에게는 기회가 있었다. 저 여자가 자신을 부수기 전에, 자신이 먼저 부술 기회가. 예상대로 칸나는 자신을 죽이려 들었다. 어찌나 이렇게 예상과 똑같이 흘러가는지.

오르시니는 마침내 결심했다.

'그래, 죽이자.'

지금껏 자신을 죽이려 든 자를 살려 둔 역사가 없었다. 죽이고자 마음먹은 상대를 죽이지 못한 적도 없었다. 그러니까.

'여기서 다 끝내자.'

그러나 실패했다.

형편없이 실패했다.

⚜

칸나는 끔찍한 고통 속에서 정신을 차렸다.

"제길……."

다리가 불타는 것처럼 아팠다. 의식을 되찾자마자 욕부터 튀어나왔다. 그때 목소리가 들려왔다.

"일어났냐?"

칸나는 고개를 옆으로 획 돌렸다. 침대 바로 옆, 오르시니가 의자에 앉아 그녀를 바라보고 있었다.

"……."

그래. 저 자식이 날 바다에 내리꽂았지. 칸나는 기절하기 전 기억을 떠올리며 이를 갈았다.

"개자식."

"독침으로 날 찔러 죽이려 한 사람에게 그런 말 듣고 싶지 않은데."

"닥쳐. 널 진즉에 죽였어야 하는데."

"내가 할 소리를 하는군."

개자식, 재수 없는 자식, 콱 죽어 버렸으면 좋겠다. 욕설을 지껄이며 허리를 일으키는 순간, 다리에 격통이 내리쳤다.

"으."

너무 아파……! 지켜보던 오르시니가 쯧쯧 혀를 찼다. 그러고는 벽에 기대어 있던 목발을 그녀에게 휙 내던졌다.

"뭐야?"

"의원이 다녀갔다."

약봉지 몇 개가 더 날아왔다.

"다리 상태가 안 좋으니 당분간 조심하라고 하더군."

순간 기분이 확 상했다. 죽으려고 했던 주제에 충고하는 건가?

"신경 꺼. 여긴 어디야?"

"호텔."

"라마스 왕국이야?"

"그래."

다행이다. 칸나는 내심 안도했다. 어찌 됐든, 목적지에 도착은 했구나. 일단은 계획에서 크게 벗어나지는 않았다.

'저 개자식만 없었다면 더 완벽했겠지만.'

저 개자식, 내 인생의 장애물, 거머리 같은 자식!

하지만 감정을 꾹 억눌렀다. 지금은 분노에 휩쓸릴 때가 아니다. 아직, 끝나지 않았으니까.

"너, 대체 어떻게 알고 배에서 날 기다린 거야?"

"어쩌다 보니."

그래, 말해 줄 거라고 기대도 안 했다. 하지만 다행히 그는 자신이 요안나의 도움을 받는 것, 그리고 얄덴으로 가는 상세한 계획들은 모르는 것 같았다.

'알았더라면 도주로인 라마스 왕국으로 순순히 오지 않았겠지.'

그때 오르시니가 종이 뭉치를 툭 던졌다. 신문이었다.

"너야말로 아주 재미있는 짓을 벌였던데."

<칸나 아디스 공작 영애의 비극적 죽음>

<황녀궁 대화재에서도 살아남았던 아디스 가문의 장녀가 죽음의
손길을 피하지 못했다>

벌써 신문에 실리다니. 정말 빠르다.

'모두가 제대로 속은 모양이야.'

그러나 마음껏 기뻐할 수 없었다. 오르시니, 저 자식이 두 눈 똑바
로 뜨고 자신을 바라보고 있었으니까. 그가 의심쩍어하며 추궁했다.

"너, 자결했다던데. 대체 어떤 수를 쓴 거지?"

"어쩌다 보니."

칸나는 그가 한 성의 없는 대답을 고스란히 돌려주었다. 그리고 뻔
뻔하게 말했다.

"이 신문에 난 그대로야. 칸나 아디스는 죽었어."

"그럼 내 눈앞에 있는 여자는 누굴까?"

오르시니가 코웃음을 치며 의자 등받이에 팔을 비스듬히 걸쳤다.

"네가 살아 있다는 걸 알면 칼렌 녀석이 아주 기뻐하겠어."

칸나는 그를 노려보다가 한숨을 내쉬었다.

"이제 날 어쩔 생각이야?"

"글쎄. 어떻게 할까?"

오르시니는 칸나의 얼굴을 빤히 들여다보았다.

"내가 어떻게 하길 바라지?"

"말하면 들어줄 거야?"

"그럴 수도, 아닐 수도."

네 마음대로 하겠다 이거지.

"나를 아디스로 끌고 가지 마."

"그래. 그리고?"

칸나는 미간을 좁혔다. 지금 그래, 라고 한 거야?

"내가 살아 있는 거 아무에게도 말하지 마."

"그리고?"

수상하다. 점점 함정에 빠지는 기분이었다.

"혼자 떠나도록 보내 줘."

"그건 곤란해. 하지만 앞의 두 개는 생각해 보지."

어안이 벙벙했다. 기분 탓인지 모르겠지만 그 말은 수락으로 들렸던 것이다.

그러니까 지금, 자신의 도주에 협조하겠다는 말을 하는 건가? 대체 왜?

'나는 널 죽이려고 했는데?'

그러나 대화는 그것으로 끝이었다. 오르시니는 의자에서 몸을 일으키더니 소파로 자리를 옮겼다.

드러눕자, 긴 다리가 반쯤 소파 밖으로 빠져나갔다. 그러나 그는 야생 동물처럼 개의치 않았다.

"자라. 밤이 늦었으니 내일 마저 얘기하지."

그가 눈을 감은 채 중얼거렸다. 그러고는 금세 잠든 것 같았다.

칸나는 멍하니 그를 응시했다.

이대로 잠들 수 있을 리가.

칸나는 침대에서 몸을 일으켰다. 절뚝절뚝 걸어 소파로 다가갔다.

그러나 오르시니는 눈을 뜨지 않았다.

정말 잠든 걸까, 아니면 자는 척하는 걸까.

'이 녀석 대체 왜 이러지?'

공격적으로 나올 땐 언제고 왜 갑자기 수그러들었지? 왜 날 살렸지? 왜 날 쫓아다니는 거지? 왜 내 요구를 들어주는 거지?

그리고 왜……?

'왜 나를 그렇게 봤지?'

바다에서 허우적거리는 자신을 보던 그의 얼굴. 폭풍우에 부딪힌 유리창처럼 금방이라도 깨질 것 같던 그 눈이 자꾸만 어른거렸다.

분명히 뭔가 있는데, 그것이 무엇인지 모르겠다.

어쩌면 그의 치명적인 약점이 될 것 같기도 한데…….

칸나는 골똘히 고민하다가 관뒀다. 이건 생각만으로는 답이 나오지 않는 문제였다. 그러니 과감하게 실험을 해 보는 수밖에.

그녀는 조심스레 소파 맡에 앉았다. 그리고 손을 뻗어 그의 뺨을 어루만졌다. 닿는 순간, 오르시니의 눈꺼풀이 천천히 열렸다.

"손 치워라. 잘라 버리기 전에."

모든 것이 딱딱했다. 뺨도, 눈빛도, 목소리도. 어찌나 뻣뻣했는지 긴장한 것처럼 보일 정도였다.

'어쩌면……'

칸나는 손을 떼지 않았다. 도리어 엄지를 움직여 그의 뺨을 부드럽게 쓸었다. 그 손짓에 그의 눈이 잘게 떨렸다. 입술에 맺힌 모든 욕설이 씻겨 내려가는 듯했다. 해일처럼 덮쳐 와 모든 것을 휩쓸고 지나갔다.

칸나는 그 광경을 모조리 목격했다.

'맙소사.'

비웃고 싶었지만, 그러는 대신 속삭였다.

"싫어?"

"미친년."

오르시니의 눈이 타올랐다. 귀신불처럼 형형한 그 눈이 이제는 가소로웠다. 그러나 아직은 아니다. 이걸로는 부족하다. 조금 더 확신이 필요했다.

칸나는 고개를 숙였다. 윤기 흐르는 머리칼이 사르르 흩어져 그의 이마와 뺨에 쏟아졌다. 얼굴이 점점 가까워졌다. 오르시니는 숨을 멈췄다. 그의 호흡이, 시선이, 모든 것이 이 순간에 박제되는 것이 보였다.

칸나는 그의 뺨을 향해 입술을 내리다가 우뚝 멈춰 섰다.

닿을 듯 말 듯 한 거리.

그 아슬아슬한 간격에서 칸나의 숨결만이 그의 뺨을 적나라하게 훑고 지나갔다. 파르르, 오르시니의 속눈썹이 짧게 경련했다. 그들 사이의 온도가 천천히 가열된다. 위화감이 팽팽한 줄처럼 당겨지는 어느 순간.

칸나는 불시에 손을 아래로 뻗었다.

손은 뱀처럼 유혹적으로 미끄러졌다. 그의 단단한 가슴을 타고 내려가 울퉁불퉁한 근육이 잡힌 배를 느리게 지나갔다. 그리고 마침내 원하는 것을 찾아냈다. 골반 위로 솟은 그의 커다란 손등. 칸나는 그 위를 점령했다. 부드럽게 올라타 움켜쥐었다.

그 순간 그의 입술에서 기묘한 한숨이 터져 나왔다. 그 반응을 무감하게 확인하며 손가락 끝으로 갈라진 틈새를 찾아냈다. 파고들어 깍지를 꼈다. 그의 손가락은 무력하게 벌어져 그녀를 받아들였다.

몸이랑 말이 따로 노는데?

그렇게 조롱하고 싶었으나 참았다. 그저 깍지낀 손에 힘을 지그시 주었다.

"오르시니."

달콤한 목소리로 속삭이자 그의 살갗 위로 솜털이 바짝 곤두서는 것이 느껴졌다. 칸나는 이 모든 것을 똑똑히 확인했다. 이것으로 충분했다.

그러니까, 이건 확인사살이다. 칸나는 그의 뺨에 입술을 부드럽게 내리눌렀다.

"잘 자. 좋은 꿈 꿔."

닿은 채로 입술을 움직이는 순간, 오르시니의 눈에 불똥이 번쩍 튀었다.

"너."

그의 목소리가 잔뜩 갈라져서 튀어나왔다. 그러나 그뿐이었다. 이어지는 말은 없었다.

'이제 됐어.'

이걸로 실험은 끝났다. 해답을 얻은 칸나가 뒤로 물러나려는 찰나. 오르시니가 그녀의 손을 불끈 움켜쥐었다. 그대로 확 끌어당겼다.

그러나 칸나는 그의 손을 거칠게 뿌리쳤다. 체온이 떨어지는 순간, 뜨겁게 달아올랐던 공기가 단숨에 확 식었다.

모든 것이 깨지듯 끝났다. 뜨거움도, 떨림도, 고통도.

칸나는 몸을 일으켜 그를 굽어보았다. 그리고 다시는 승리할 수 없는 가련한 패배자의 얼굴을 확인했다. 역시나 오르시니는 잔뜩 화가 나 있었다. 야차 같은 눈으로 칸나를 노려보았다. 약탈당하듯 강제로 까발려졌으니 당연한 분노였다.

"왜 그래?"

그러나 칸나는 태연하게 웃어 주었다.

"문제 있어?"

흔하디흔한 굿나잇 키스를 한 것처럼 해맑게 물었다. 이렇게 나오면 그의 속이 뒤집히겠지. 아니나 다를까 오르시니의 얼굴이 와작 일그러졌다. 그러나 그는 아무 말도 할 수 없었다.

"잘 자."

칸나는 그대로 몸을 획 돌렸다. 침대로 걸어가 포근한 이불 속으로누웠다. 사실은 커다랗게 웃음을 터뜨리고 싶었지만, 이 이상 그를 자극하는 건 위험했다. 칸나는 그저 소리 없이 입꼬리를 올렸다.

'너도 별수 없구나, 오르시니.'

덕분에 생각보다 일이 쉬워질 것 같다.

하지만 방심은 금물이다. 오르시니는 칼렌과는 다르니까.

그는 결코 완벽하게 길들일 수 없는 짐승이었다. 뒤를 도는 순간 달려들어 물어뜯을지도 모른다. 이미 한 번 경험하지 않았던가? 지금은다시 꽤 순순해졌지만, 언제 또 돌변할지 모른다.

하지만 칸나는 그가 완전하게 무력해지는 순간을 알아냈다. 만약조금 전 자신에게 독침 반지가 있었더라면, 그를 죽이는 데 성공했을것이다.

'다행히 그 반지가 전부는 아니니까.'

칸나는 기분 좋게 눈을 감았다. 입술에 오르시니가 묻은 것이 불쾌했지만 얻은 것이 있으니 괜찮았다. 아주 큰 것을 얻었으니까.

오르시니와의 아슬아슬한 동행이 이어졌다.

지난밤의 일로 칸나는 자신이 그의 약점을 쥐었음을 알았고, 그 역시 칸나에게 약점이 잡힌 것을 알았다.

그러나 그들은 아무런 말도 하지 않았다. 대화를 나누는 일도 거의 없었다. 그는 그저 사냥감을 쫓는 사냥개처럼 그녀를 따라왔다. 어찌나 집요한지 단 한 번도 그녀에게서 시선을 떼려 하질 않았다.

심지어 자는 순간조차 같은 공간을 이용했는데, 나름대로 계획이 있던 칸나는 그를 그저 내버려 두었다.

그런데 오르시니는 대체 무슨 생각일까?

'저 녀석은 대체 어쩔 작정이지?'

그날 밤 이후, 칸나는 그의 속을 짐작했다고 생각했다. 칼렌과 비슷하게 흘러가겠구나. 그 녀석처럼 사랑이라든가, 관심이라든가, 하다못해 스킨십을 원하겠구나.

그렇게 생각했는데, 그는 아무것도 요구하지 않았다. 미래 계획을 묻지도, 앞날을 이야기하지도 않았다.

'뭘 어쩌자는 거지?'

그의 향후 행동에 맞춰서 대응하려고 했지만 이렇게 나오니 별수 없다. 누가 봐도 강한 방법을 써서 떼어 내는 수밖에.

"오르시니, 단추 좀 채워 줄래?"

칸나가 요청하자 창가에 기대어 밖을 보고 있던 오르시니가 순순히 다가왔다. 그 모습이 진짜 개 같았다. 착하게 길든 개 말고, 언제 물지 모르는 사냥개.

그가 칸나의 등 뒤로 바짝 섰다. 그리고 나직이 말했다.

"머리칼 올려."

칸나는 긴 머리카락을 하나로 틀어쥐고는 번쩍 들어 올렸다. 그러자 길고 가는 목선, 그리고 벌어진 옷 틈으로 매끄러운 등이 슬쩍 드러났다. 오르시니는 무표정한 얼굴로 손을 뻗어 단추를 아래서부터 채워 갔다.

칸나는 거울로 보이는 그를 응시했다. 드문드문 단단한 손끝이 등 줄기를 스쳤지만 그의 얼굴에는 변함이 없었다. 마침내 단추를 모두 채우자 칸나는 그대로 머리칼을 내렸다. 그리고 말했다.

"난 야시장 갈 거야."

오르시니는 대답하지 않았다. 그저 말없이 그녀의 뒤를 쫓았다. 마을 사람들이 전부 튀어나오기라도 했는지 야시장은 시끌벅적했다. 칸나는 사람들 사이를 비집고 지나가다가 몇 번이나 어깨를 부딪혔다.

"허수아비냐?"

보다 못한 오르시니가 혀를 차며 그녀의 앞에 섰다. 그러고는 손을 내밀었다.

"야, 손 내놔."

칸나는 인상을 찌푸렸다. 싫은데. 그러자 오르시니가 퉁명스럽게 말했다.

"그럼 네가 앞에 서든가."

아하, 뒤를 따르는 동안 도망갈까 봐 그러는구나. 평소 같으면 그의 손바닥을 후려치며 거절했을 것이다. 하지만.

"……!"

손이 부드럽게 겹쳐 오자 오르시니의 눈썹이 뻣뻣하게 굳었다. 설마 정말로 잡을 줄은 몰랐겠지.

"뭐 해? 안 가고."

어두워서 잘 보이지 않았지만, 그의 귓불이 붉어진 것 같기도 했다.

"기다려. 저거 먹어 볼 거야."

야시장을 구경하는 동안 칸나는 여러 번 멈춰 서서 길거리에 파는 음식을 맛보고 작은 공예품을 사들였다. 물론 돈은 오르시니에게서 나왔다.

"아이고, 남편이 아내에게 선물을 하는 거야? 선남선녀네 그래."

그래서인지 당연히 애인 사이로 오해받았다. 칸나는 그저 픽 웃을 뿐 부정하지 않았다.

"저기 연극한다. 보러 가자."

이번엔 그녀가 먼저 오르시니의 손을 덥석 잡았다. 순간 그가 멈춰 섰다.

"왜 그래?"

"……너."

오르시니는 아주 복잡한 얼굴이었다. 그러나 결국 말을 잇지 못하고 그녀의 손길에 이끌려 광장으로 향했다.

"앉아서 보다가 가자."

연극은 지루했다. 나무의 정령이 살아남기 위해 다른 정령들을 해치고, 그들의 생명력을 갈취한 후 나무의 왕이 되는 이야기였다. 정말이지, 지루하다. 칸나는 꾸벅꾸벅 졸다가 오르시니의 어깨에 얼굴을 툭 기대었다.

"……"

오르시니는 움직이지 않았다. 그저 멀거니 표정 없는 얼굴로 어설픈 연극을 지켜보았다. 그러나 그의 눈은 아무것도 담지 않았다. 조심스럽게 숨을 쉬다가 천천히 눈을 내려 어깨에 기댄 그녀를 응시했다.

칸나의 뺨이 불빛에 젖어 불그스름하게 달아올라 있었다.

그는 아주 오랫동안 그녀를 내려다보았다. 엉터리 연극이 끝날 때까지.

돌아가는 길, 한 소년이 소녀를 때리는 장면을 목격했다.

"네가 내 돈 훔쳐 갔지, 이 쥐새끼 같은 년!"

"아악, 아, 아니야!"

"방에는 너밖에 없었어! 너 아니면 훔쳐 갈 사람이 없었다고!"

"너희 지금 뭐 하는 거야! 그만두지 못해!"

부친으로 보이는 자가 달려들어 서둘러 말렸다. 칸나는 오르시니를 올려다보았다. 그의 얼굴이 굳어 있었다.

아마 자신과 같은 기억을 떠올리고 있었겠지. 어린 오르시니가 어린 칸나를 사정없이 때렸던 그 순간을. 지금 그녀의 손아귀를 감싼 이 커다란 손으로.

"뭐 해? 어서 가자."

칸나는 자리에 우뚝 멈춰 선 오르시니의 손을 잡아당겼다. 그는 아무 말도 하지 않았다.

그들은 방으로 돌아갔다. 욕실 문 너머로 오르시니가 몸을 닦는 물

소리가 들렸다. 그가 씻는 동안 칸나는 짐을 꺼내 하나하나 정리했다.

마지막으로…… 별사탕이 가득 든 병들.

유리병은 총 다섯 개였다. 이 중 하나는 머리카락 색을 바꿔 주는 것이고, 또 다른 것은 눈 색을, 또 나머지는…….

'이거였던가?'

칸나는 새빨간 별사탕을 꺼냈다. 이거다.

"뭐 하냐?"

짐을 꾸리던 중, 오르시니의 목소리가 뒤에서 들려왔다.

"뭐 하냐고 물었다."

칸나는 뒤를 돌았다. 오르시니는 새하얀 가운을 입고 그녀를 노려 보고 있었다. 막 목욕을 마친 그의 피부는 매끈한 광이 흘렀고, 젖은 머리칼에서는 물이 뚝뚝 떨어져 내렸다.

그가 성큼성큼 걸어와 그녀의 짐가방을 매섭게 훑었다. 그러나 그저 볼 뿐이었다. 나름의 신념이라도 있는지 손을 뻗어 가방을 헤집는 짓은 하지 않았다.

"짐 정리 중이었는데."

칸나는 상냥하게 말했다.

"호신용 약물을 찾는다면, 없어. 칼렌에게 다 빼앗겼거든."

칸나의 말에 오르시니의 시선이 휙 날아왔다.

"알잖아? 예전에 네 가슴에 들이부었던 그런 약물들 말이야."

그녀는 천천히 시선을 내렸다. 날카로운 턱과 긴 목, 오목한 쇄골을 지나쳐 벌어진 가운 사이로 드러난 가슴을 응시했다. 오르시니와 오 랜만에 재회했을 때 저 위로 그 약물을 들이부었지.

"그때 많이 아팠지?"

오르시니가 침을 삼켰다.

그저 보는 것뿐인데 그는 그 시선의 궤적을 아주 예민하게 느끼는 듯했다. 감각이 발달한 검사여서일까, 아니면 자신의 시선이기 때문일까. 아마 둘 다겠지.

"혹시 흉터 남았나?"

"조금."

"한번 볼까?"

칸나가 그에게 한 발짝 다가갔다. 그것뿐인데도 훅 달궈진 그의 열기가 피부를 덥히는 듯했다.

의외로 별것 아닌 걸로 긴장한다니까. 순진한 건지, 아니면 정말로 자신에게 그만한 성적 매력이 있는 건지 알 수가 없다.

칸나는 궁금해하며 그의 가운을 벌렸다. 오른쪽 가슴팍 위로 미세한 흉이 보였다. 자신이 남긴 흉터.

"아팠겠다."

안타깝다는 듯 말하며 손가락 끝으로 그의 흉을 더듬었다. 탄탄한 감촉에 닿는 순간, 그가 숨을 확 들이켰다. 그러고는 칸나의 손을 낚아챘다.

"너, 뭐 하는 짓이야."

새빨간 얼굴이 일그러져 있다.

건들면 건드는 대로, 흔들면 흔드는 대로 흔들리면서 그 사실에 매번 굴욕감을 느끼는 게 우스웠다. 칸나는 미소 지으며 그의 손을 붙잡았다.

"뭘 하는 것 같아?"

"개수작 부리지 마."

악문 잇새 사이로 분노에 가득 찬 음성이 흘렀다. 제 신세가 어떤지 그는 아주 잘 알고 있었다. 헛된 기대 따위 품지 않는 것이 제법 기특했다.

그래도 별수 없지, 너는.

"개수작이면?"

칸나는 또다시 한 발짝 가까이 다가갔다.

"개수작이면 어쩔 거야?"

그에게 잡히지 않은 손을 들어 올렸다. 그의 왼쪽 가슴 위로 올렸다.

"와, 엄청나네."

칸나는 조롱하듯 웃었다. 정말이지 엄청났다. 미친 듯이 뛰는 그의 심장 소리가 손아귀에 꽉 차게 잡히는 것 같았다.

"터지지 않는 게 신기한데."

칸나는 비웃으며 손을 올렸다. 단단한 목덜미를 타고 올라가 날렵한 턱을 어루만졌다. 그리고 입술. 붉게 타오르는 입술을 손가락 끝으로 훑었다. 그의 입술이 안타까울 정도로 경련하고 있었다.

'높아.'

키가 지나치게 커서 불편했다. 칸나는 그의 가슴팍을 강하게 밀었다. 그는 우스울 정도로 순순히 뒤로 물러났다. 소파 위로 털썩 주저앉는다. 칸나가 그의 허벅지 위로 올라탔다. 무게를 내려앉으며 놀리듯 속삭였다.

"예전에도 생각한 거지만, 너 말이랑 몸이 따로 노는 거 알아?"

"씨발, 너……."

칸나는 오르시니의 턱을 잡아 올렸다. 순간 그가 모든 할 말을 잊는 것이 보였다.

"봐 봐, 지금도 이런데."

속삭이며 가까워지자 숨결이 뒤섞인다. 그의 거친 호흡이 금방이라도 죽을 사람 같았다.

"눈 감아."

입술 끝자락이 닿기 직전, 칸나가 명령했다. 그의 눈꺼풀이 무력하게 감기는 찰나.

칸나는 별사탕을 입안에 넣었다. 그러고는 그에게 입술을 맞추었다. 뜨거운 살덩이가 완벽하게 겹쳐지는 순간. 본능일까, 그의 커다란 두 손이 칸나의 허리를 와락 움켜잡았다. 힘차게 끌어당겼다.

칸나는 순순히 몸을 맞대며 고개를 비틀었다. 그의 머리칼 속으로 손가락을 집어넣었다. 체온이 격하게 엉켜 가자 그에게서 끓는 듯한 신음이 흘러나왔다.

한참 후 칸나는 가쁜 호흡을 내뱉으며 그에게서 떨어졌다.

그 순간 그의 세상은 황홀한 지옥이었다. 불타는 천국이었다.

오르시니는 고통에 젖어 헐떡였다.

"내게 뭘 먹인 거냐."

오르시니는 다 알고 있었다. 칸나가 뭘 했는지. 무언가가 입안으로 굴러들어 와 제 목구멍으로 넘어간 것을 느끼고 있었다.

그럼에도 불구하고 멈출 수가 없었다. 타 죽을 걸 알면서도 달려드는 불나방처럼, 그렇게 뜨거운 불 속으로 몸을 던졌다.

"내가 뭘 먹였을까?"

"말해."

"말하면 슬플 텐데."

"독이냐?"

칸나는 대답하지 않았다. 그 대신 붉게 부푼 입술로 미소를 지어 주었다. 선물처럼, 동정처럼.

"빌어먹을, 넌 진짜 나쁜 년이야."

"그래도 오늘 하루 즐거웠지?"

칸나는 그에게 최고의 하루를 선물해 주었다. 오르시니는 부정할 수 없었다. 그렇다, 오늘은 그의 인생 최고의 하루였다. 일분일초가 꿈결 같고 설레서, 영원히 오늘 속에 멈추고 싶었다.

"그 대가라고 생각해."

소망을 들어주고 영혼을 갈취해 가는 악마처럼 칸나는 미소 지었다.

"안녕, 오르시니."

원하는 것을 얻었기에 더는 미련이 없었다. 그녀가 몸을 일으키자 오르시니가 칸나의 손목을 잡았다.

"가지 마."

벌써 효과가 돌기 시작하는 걸까. 눈앞이 흐릿해지고 손아귀에서 힘이 빠진다. 오르시니는 뜨거운 호흡을 내뱉으며 다시 한번 말했다.

"가지 마라, 칸나."

몸이 소파 위로 기울어진다. 시야가 흔들렸다. 그러나 오르시니는 고집스럽게 그녀의 손목을 붙잡았다.

그 순간, 마주쳤다. 쓰레기 보듯 성가셔하는 경멸 어린 검은 눈동자와.

"치워."

칸나는 그의 손을 거칠게 뿌리쳤다.

그것으로 충분했다. 마지막의 마지막 의식을 긁어모아 그녀를 잡았던 그의 손이, 지푸라기처럼 힘없이 떨어졌다. 마침내 그의 눈이 감긴다.

"지긋지긋한 녀석."

칸나는 미련 없이 뒤를 돌았다. 짐 꾸러미를 어깨에 둘러멘 채 그대로 방을 나갔다.

❦

실비엔 발렌티노는 미간을 좁혔다.

"그게 무슨 소리입니까?"

이전 집사를 자르고 새로이 고용했다. 그런데 이번 집사도 역시 얼간이였던 걸까. 그런 말도 안 되는 소리를.

"귀족과 관련한 헛소문은 만연합니다. 그걸 듣는 족족 다 고할 생각입니까?"

"가, 각하, 그것이……."

"나가 보십시오."

집사는 더 말을 하려다가 그의 명을 거역하지 못하고 뒷걸음질 쳤다. 탁. 방문이 닫혔다. 그런데도 실비엔의 기분은 나아지지 않았다. 당연한 일이었다.

아주 말도 안 되는 헛소문을 중요한 보고랍시고 들었으니까.

'그럴 리 없지.'

칸나가 죽다니. 심지어 스스로 목숨을 끊었다니.

실비엔은 불쾌한 한숨을 내쉬며 서류를 넘겼다. 그날, 칸나와 말다툼을 한 이후 실비엔은 그녀를 머릿속에서 지웠다. 아주 쉬운 일이었다. 어차피 더는 관계될 일이 없었으니까. 그러나 가끔 한번, 이렇게 떠오를 때면 종양처럼 거슬렸다.

그때였다. 똑똑. 또다시 노크 소리가 들렸다.

"각하, 죄송합니다만……."

또 집사다. 실비엔은 서류를 읽으며 곤란하게 웃었다. 이번에도 자르고 새로 구해야 하는 걸까?

"아디스 가문에서 부고를 알리는 전령이 찾아왔습니다."

뭐? 실비엔의 시선이 스르륵 올라갔다. 그가 문을 바라보며 물었다.

"무엇을 알린다고요?"

"부고를……."

집사가 간신히 말을 이었다.

"칸나 아디스 공작 영애의 부고입니다."

툭. 손아귀에서 서류가 떨어졌다.

칸나의 장례식이 열렸다.

아디스 저택의 예배당. 드높은 스테인드글라스의 다채로운 빛살이 검은 관 위로 쏟아져 내린다.

실비엔은 관 앞에 멈춰 섰다.

검은 관 속 칸나는 새하얀 꽃 속에 파묻혀 잠들어 있었다. 레이스 달린 순백색 원피스. 가슴 위로 겹친 두 손, 그 위에 놓인 푸른 장미 꽃다발이 창백하다.

모든 것이 창백했다. 불길할 만큼 붉은 입술, 그 강렬한 색채를 가진 여자가 새하얗게 질려 있었다. 불타던 영혼이 사라지고 껍질만 남은 것처럼 그녀의 육신은 금방이라도 부서질 것 같았다.

실비엔은 멍하니 그 얼굴을 응시했다.

'죽었구나.'

정말 죽었어. 그저 그 깨달음뿐이었다.

천하의 얼간이가 된 것처럼 아무 생각이 나지 않았다. 얼마나 그렇게 우두커니 서 있었을까?

"실례합니다, 각하. 저……."

실비엔은 고개를 돌려보았다. 보랏빛 곱슬머리의 소녀가 퀭한 안색으로 그를 올려다보고 있었다.

"혹시 발렌티노 공작 각하이신가요?"

"그렇습니다."

소녀의 초록색 눈동자에 눈물이 가득 차올랐다.

"미워요."

"……."

"언니가, 살아 있을 때 조금만, 잘해 주시지…… 정말 미워요."

소녀의 얼굴 위로 눈물이 흥건했다.

"언니가 얼마나, 공작님을 사랑했는데."

바들바들 떨리는 손아귀가 곰돌이 인형을 간절하게 붙잡았다.

"언니한테 나쁘게 굴었던 사람들, 다들 미워. 다들 벌 받았으면 좋겠어!"

"루시!"

"다들 벌 받아야 해. 다들 미워. 다들 미워어!"

엉엉, 울음을 터뜨리며 발악하자 서둘러 붉은 머리칼의 여자가 뛰어왔다. 이자벨 아디스였다.

"죄송합니다, 각하. 루시가 충격이 커서……."

"아닙니다. 괜찮습니다."

그 대답에 이자벨의 눈이 크게 열렸다. 그의 목소리는 놀라울 만큼 매끄러웠다. 지금 이 비극과는 무관한 다른 세계의 것처럼 느껴질 정도였다.

이자벨은 실비엔 발렌티노를 멍하니 올려다보았다. 이런 순간에조차 그는 조각상처럼 아름다웠다. 흠집 하나 없었다.

"……각하는 슬프지 않으신가요?"

이자벨의 입술이 떨렸다.

당신은 어떻게 그래? 사람이 죽었는데 어쯤 그렇게 태연자약해? 낯빛 하나 안 변할 수 있어, 어떻게!

그러나 이자벨은 이를 악물었다. 하지만 알고 있다. 이런 말 할 자격 없다는 것. 자신도 똑같으니까. 아니, 어쩌면 그보다도 더 악랄하지.

이자벨은 관 속에서 영원히 잠든 칸나를 응시했다.

미안하다는 말이라도 할걸. 칼렌이 사과하라고 명령할 때 못 이기는 척 한마디라도 할걸. 왜 마지막까지 아무 말도 못 한 걸까?

이자벨의 눈동자에 눈물이 차올랐다. 정말이지 칸나는 한평생 멍청한 언니였다. 어릴 때부터 괴롭혀 온 여동생이 뭐가 예쁘다고 모두가 외면할 때 손을 내밀어 준 것인지.

몇 개월간 저택 밖으로 나가지도 못하고 엄마조차 모른 척할 때 유일하게 그녀의 심정을 알아준 건 칸나였다. 칼렌에게 화를 내 준 것도 언니, 근신을 풀어 준 것도 언니였다.

'바보 같은 언니.'

정말 당신은 바보야. 내가 언니를 얼마나 괴롭혔는데, 바보처럼, 멍청이처럼 착해 빠져서…….

그러나 이미 늦어 있었다. 사과의 말도, 감사의 말도, 이제는 꿈속에서나 가능한 일이었다. 이자벨이 눈물을 흘리기 시작하자 실비엔은 뒤로 물러났다.

그리고 의자의 끝자락에 앉아 있는 노인을 발견했다.

아니, 아니다. 노인이 아니었다. 칼렌 아디스였다. 단 며칠 사이 그의 불꽃 같던 머리칼이 백발로 희게 세어 있었다.

실비엔이 다가가자 그가 고개를 들어 올렸다. 완전히 텅 빈 눈동자. 영혼이 적출당한 듯한 눈과 마주치자 현실감이 파도처럼 그를 덮쳤다. 실비엔은 줄곧 품고 있던 말을 내뱉었다.

"칼렌 경, 이건 이상합니다. 칸나는 자결을 할 여자가 아닙니다."

생에 대한 갈망으로 타올랐던 여자다. 그 여자가 스스로 목숨을 끊다니. 그건 말도 안 된다.

"그럴 리 없습니다. 분명 타자에 의한 살해일 겁니다. 제대로 알아본 것은 맞습니까?"

"……살해?"

흰머리 청년이 그 단어를 조용히 읊었다. 그러더니 킥 웃었다.

"그래, 맞습니다. 누님은 제가 살해했죠."

"칼렌 경, 그게 무슨 소리입니까?"

"누님은 자결한 게 아닙니다. 제가 살해했죠."

칼렌이 고개를 푹 숙이자 소름 끼칠 정도로 새하얀 머리칼이 그의 이마 위로 흩어졌다. 초록색 눈이 공허했다.

칸나가 죽었다.

그의 눈앞에서 보란 듯 단검으로 가슴을 푹 찔렀다.

칼렌은 아직도 그 순간 분수처럼 튀어 오르던 핏줄기를 기억했다.

그녀의 비명도, 혈향도, 모든 것이 선명해서 아직도 자신은 그 해변에 있는 것 같았다. 밤바람이 불던 검은 파도, 피를 흘리며 쓰러지던 칸나의 앞에.

분명히 살아 있었는데, 움직이고 있었는데, 말을 하고 있었는데.

한순간에 죽어 버렸다.

"내가 죽였습니다."

칸나를 너무나도 사랑했다.

검은 머리칼, 눈동자, 뺨, 입술, 콧날, 흩어지는 숨결 한 줌까지도 욕심이 났다. 그녀의 모든 것을 가지고 싶었다.

그게 사랑이라고?

그 더러운 감정의 배설이, 그 역겨운 것이 정말 사랑이었을까?

칼렌은 시커먼 관짝을 응시하며 뜨거운 눈물을 흘렸다.

사랑은 뭘까? 해 본 적이 없어서 모르겠다. 누군가를 이토록 숭배해 본 적이, 갈망해 본 적이 없어서, 이것이 사랑이라고 생각했다.

그런데 이게 정말 사랑일까? 사랑은 행복해지는 감정이 아니던가? 하지만 자신의 사랑은 파멸이었다. 그녀와 자신에게 돌이킬 수 없는 파국을 선물했다.

이 끔찍한 것이 사랑이라고?

모르겠다.

분명한 건 단 하나, 모든 것이 자신의 잘못이라는 사실뿐.

한 번만 더 기회가 주어진다면 절대로 그러지 않을 텐데. 다시는 그녀가 원하지 않는 짓은 하지 않을 텐데. 절대 욕심내지 않고 그저 그녀의 행복만을 바라면서 살아갈 수 있을 텐데. 살아만 있어 준다면…….

하지만 죽었지.

죽어 버렸지. 내가 죽여 버린 거지.

"내가 죽였습니다. 누님은 살해당한 겁니다."

실비엔은 한 발짝 뒤로 물러났다.

제정신이 아니다. 퀭한 얼굴로 읊조리는 칼렌은 머리 어딘가가 망가진 것 같았다. 평소의 냉철한 이성은 칸나가 죽으면서 함께 죽은 듯, 그 어디에도 보이지 않았다.

실비엔은 그대로 예배당을 빠져나갔다. 마차 안에 타고 나서야 실비엔은 자신의 손에 땀이 가득 고였음을 알아차렸다. 아까부터 어디선가 무슨 굉음이 들리는가 싶었는데, 자신의 심장 소리였다. 쿵쿵거리는 울림이 귓가를 정신없이 울렸다.

목을 꽉 조인 크라바트를 느슨하게 잡아당기며 실비엔은 침을 꿀꺽 삼켰다.

'아르곤 황자를 만나야겠다.'

그러면 뭔가 알고 있겠지. 칸나가 왜 죽었는지, 자결한 게 맞는지, 칼렌 아디스는 왜 저렇게 미쳐 있는지, 왜……

'왜?'

대체 왜? 왜 죽은 거지, 칸나?

목이 꽉 막혔다. 실비엔은 신경질적으로 크라바트를 확 뜯어내어 신경질적으로 집어 던졌다.

이유가 없잖아. 당신 같은 여자가.

주위를 불살라서라도 살아남을 듯한 여자였다. 주변의 모든 것을 다 태워 죽여 제물 삼아서라도 홀로 살아남을 것 같은 불꽃 같은 여자가, 왜 그런 짓을 했지?

그 눈, 고열의 눈, 화상 자국처럼 남은 그 눈이 아직도 선명한데……

모든 건 연기였나? 그래서 자결했나?

'미련하긴.'

그렇게 생각한 즉시 자신에게는 그럴 자격이 없음을 알았다. 감히 그녀에게 미련하다고 말할 수 있나?

없다.

죽음보다 못한 삶을 살아온 여자다. 아디스에서, 발렌티노에서, 버러지처럼 살아온 여자였다. 늘 지켜만 보던 자신이었다.

그런 자신이 감히 무슨 자격으로?

실비엔은 지난 일을 돌이키며 되새기는 것을 싫어했다. 후회해 본적도, 버린 선택지에 미련을 가져 본 적도 없었다.

하지만 그래도.

만약에. 만약에, 만약에 자신이 그녀에게 손을 내밀어 줬더라면.

카실 황자와의 사건을 덮으려 하지 않고 공론화해서 그녀를 지켰더라면, 조세핀에게 끌려와 얻어맞았을 때 보호해 줬더라면.

실비엔은 눈을 감았다. 순간 과거의 기억들이 거짓말처럼 선명하게 펼쳐졌다.

"저, 각하. 드릴 말씀이 있습니다."

지난 봄. 칸나가 조세핀에게 회초리를 얻어맞고, 그 어떤 치료도 받지 못하고 방치당하고 있다는 이야기를 집사에게 들었을 때.

"그래서요?"

실비엔은 이렇게 대답했다. 그저 성가셨다. 그래서 내버려 두라 하였다. 차라리 이대로 죽어도 상관없다고 생각했다.

하지만 만약에.

"약을 챙기십시오. 제가 직접 찾아가겠습니다."

이렇게 말했더라면.

외면하는 대신, 약을 가지고 그녀의 방을 찾았더라면.

"각하?"

칸나는 분명 놀라며 자신을 응시했겠지.

"이곳에는 어쩐 일로……?"

그녀는 분명히 믿지 못했을 거다. 늘 무시하고 외면만 하던 자신이었으니까.

상상 속의 실비엔은 쓰게 웃으며 그녀에게 다가갔다. 퉁퉁 부은 다리로 누워 있는 칸나의 옆에 앉아, 땀에 젖은 그녀의 이마를 손수건으로 닦아 주었다.

"그동안 모른 척해서 죄송합니다."

그리고 단 한 번도 하지 않았던 말을 했다.

"고통받도록 내버려 둬서 죄송합니다."

그때는, 이렇게 말할 기회가 있었다.

"제 탓입니다. 제가 당신에게 조금 더 신경 썼더라면, 당신도 이 정도로 절박하게 매달리지 않았을 겁니다."

그 사실을 조금 더 빨리 인정할 기회가 있었다. 그럴 수 있었던 기회들이 넘치고 넘쳐났다.

"이렇게 망가질 때까지 내버려 둬서 죄송합니다."

그러나 눈을 뜨는 순간, 모든 것이 물거품처럼 흩어졌다.

보이는 것은 아무도 없는 의자뿐.

그것은 어쩌면 그들에게 펼쳐졌을지도 모를 미래. 그러나 실비엔이 택하지 않았던 길, 다시는 돌아오지 않을 기회들이었다.

실비엔은 창밖을 응시했다. 구름 한 점 없이 맑은 하늘을 보는 순간 쓰라린 감정이 밀려와 가슴을 쥐어짰다.

칸나. 당신은 저 눈부신 하늘을, 이 세상을, 이 생명을 버리고 미지의 세계로 떠날 만큼, 어쩌면 영원한 어둠일지도 모르는 곳을 선택할 만큼. 그만큼 이곳이 지독했나?

'난 몰랐다.'

정말 몰랐다. 그 정도일 줄 몰랐다.

한때는 당신의 남편이었는데도.

"술을 마시네?"

그날 늦은 밤, 아르곤이 찾아왔다. 소파에 앉아 위스키를 마시고 있던 실비엔이 힘없이 고개를 돌렸다.

"취했어?"

"아닙니다."

"혼자서 한 병을 다 마신 것 같은데."

"예, 하지만 괜찮습니다."

아르곤은 히죽 웃으며 그의 맞은편에 앉았다.

"맙소사. 공작이 이렇게 흐트러진 건 처음 보네. 이혼한 부인이 죽어서 상심이 큰가 봐?"

"아뇨."

"셔츠 단추나 제대로 잠그고 그런 말을 해."

실비엔은 미간을 좁혔다. 장난기로 가득한 아르곤의 얼굴이 마음에 들지 않았던 것이다.

"제 아내가."

아니지.

"제 전 아내가 죽었습니다. 그게 그리 기뻐하실 일입니까?"

칸나가 죽었는데, 웃어?

그 여자가 자결했는데, 스스로 목숨을 끊었는데. 삶이 너무 불행하여 죽음으로 도망갔는데, 웃어?

심기가 단숨에 비틀렸다. 유리잔을 쥔 손아귀에 힘이 들어갔다.

"이상하네. 공작이 칸나에게 관심이 있었던가?"

"제 아내였던 여자입니다."

"아내일 때는 죽든 말든 관심도 없었으면서, 이제 와 죽으니 허전한가 봐?"

순간 모든 전의가 사라졌다. 맞는 말이었다.

"칸나는 정말 자결한 겁니까?"

"응. 칼렌 아디스의 앞에서 가슴을 칼로 찔러 자결했다고 하더군."

"……."

"그러니 칼렌 경의 머리가 하루 사이에 새하얗게 셌지."

문득 예배당에서 보았던 칼렌이 떠올랐다. 청년의 얼굴로 노인의 머리칼을 한 그 남자를. 반쯤 정신이 나가 보였다.

"칼렌 경은 아마 평생을 악몽에 시달릴 거야. 죽을 때까지 그 장면을 잊지 못하겠지."

"……."

"하지만 공작, 슬퍼하기엔 이를지도 몰라."

"……그게 무슨 말씀입니까?"

"어쩌면 칸나가 살아 있을 수도 있거든."

"그녀는 죽었습니다. 시체를 확인하고 오는 길입니다."

"그게 가짜일 수도 있어."

실비엔은 천천히 눈을 떴다. 다른 자였다면 귀 기울여 듣지도 않았을 것이다. 그러나 상대는 제국에서 가장 거대한 정보망을 가진 사나이였다.

"자세히 말씀하십시오."

"대가를 치를 준비는 되어 있나?"

"물론입니다."

"크레센트가 죽었으니, 난 유력한 황위 계승자가 됐어. 카실 녀석이 있지만 아무도 녀석을 추대하지 않을 테니까."

아르곤은 한숨을 내쉬었다.

"다음 황제는 나다."

그것은 아르곤이 원치 않는다고 해서 피할 수 없는 미래였다.

"공작도 알겠지만 난 황위에는 관심 없어. 무슨 수를 써서라도 내가 황제가 되는 걸 막아. 반역을 일으켜서라도."

"약속하겠습니다."

"좋아."

아르곤은 어깨를 으쓱였다. 이건 칸나와의 의리를 깨는 일이지만, 어쩔 수 없었다. 그에겐 이쪽이 더 중요했으니까.

"사실, 칸나는 아디스에서 나가길 바랐어. 타국으로 망명하길 소망

했지."

"……망명?"

"그래. 그래서 난 칸나에게 얄덴 왕국의 신분패를 선물해 줬어. 위조한 신분패 말이야."

실비엔이 온 신경을 집중하고 있는 것을 보며 아르곤이 말을 이었다.

"에르델 아이리스라는 이름의 신분패야. 그런데 그 신분패를 가진 여자가, 칸나가 죽은 날 라마스 왕국에 입국한 흔적이 있더군."

아르곤은 씩 웃었다.

"그러니 그 여자를 추적해 봐."

❀❀❀

오르시니를 쓰러트린 후, 칸나는 곧장 여관을 나섰다.

'이제 다 끝났어.'

오르시니에게 독을 먹였다. 성공할 거라고 생각했다. 그 녀석이 자신을 거부할 수 없다는 것을 알았으니까.

'나는 해독제를 먹은 상태라 상관없지만, 그 녀석은 아마도……'

죽을 테지.

문득 칸나의 걸음이 멈추었다. 그것이 의아했다. 내가 방금 왜 멈춘 거지? 그 녀석이 죽는 게 뭐 어때서? 그녀는 곧 다시 발을 움직였다.

'글쎄. 그 녀석이라면 살아남을 수도 있어.'

실비엔에게 수면향이 들질 않았듯 그에게도 약효가 충분히 통하지 않을 수 있다. 그러니 절반의 확률로 살아남을 것이다. 어쩌면 훗날, 오르시니의 목숨을 확실히 끊어 놓지 않은 것을 후회할지도 모른다.

칸나는 그와 함께했던 유년 시절을 떠올렸다.

"오물, 너 같은 건 죽어야 해!"

도망가는 자신을 붙잡고 후려쳤던 오르시니.

"자, 잘못했어. 오르시니, 때리지 마. 미안해."

그때는 오르시니가 어찌나 무서웠던지.

칸나는 차가운 실소를 흘렸다. 그런 오르시니가 한 마리 개처럼 변하다니. 특히나 오늘의 오르시니는 어찌나 웃기던지 마치 한 편의 희극을 보는 것만 같았다.

칸나는 자신의 손을 내려다보았다. 그 바보 같은 녀석은 이 손을 제대로 쥐지도 못했다. 금방이라도 부서질 듯한 유리꽃을 만지듯, 안타깝고도 조심스럽게 다뤘다.

'분명히 눈치챘을 텐데.'

자신이 그의 손을 먼저 잡는 순간부터 꿍꿍이가 있음을 알아차렸을 것이다. 그런데도 놓지 않았다.

이렇게 멍청할 수가.

천하의 오르시니가 여자 때문에 파멸하는구나.

그것도 한때는 그가 경멸해 마지않던, 심지어 누이라고 믿었던 여자로 인해 무너졌다. 오르시니도 칼렌도, 정말이지 어리석다.

'이젠 다 끝났어.'

칸나는 한숨을 내쉬며 공원 의자에 앉았다. 짐가방 속에서 붉은 가

죽 카드집을 들어 올렸다. 고대 연금술의 술법진들을 그려 놓은 종이
였다.

칸나는 두 장을 골라 꺼냈다. 이것 중 하나는, 강한 돌풍을 일으킨
다. 또 다른 하나는 날카로운 얼음의 조각을 만들었다. 두 개를 동시
에 쓰면 얼음의 조각이 화살처럼 쇄도하게 만들 수 있었다.

'하지만 더는 아무도 죽이고 싶지 않은데.'

칸나는 침울한 눈으로 고개를 들어 올렸다. 아까부터 자신을 졸졸
쫓아오던 자가 드디어 모습을 드러냈다. 검은 망토가 바람에 휘날렸다.

"……혹시나 했는데."

칸나는 인상을 찌그렸다. 방금, 이 목소리는.

"역시나 당신이었군요."

이 목소리. 어디선가 들은 적 있다. 아니, 하지만 그럴 리 없는데…….

"신령의 딸, 칸나."

남자가 손을 들어 올렸다. 푹 눌러쓴 후드를 천천히 내렸다. 다음
순간, 남자의 얼굴을 확인한 칸나는 하마터면 비명을 지를 뻔했다.

아는 얼굴이었다.

"……당신, 어떻게?"

순간 장면 장면이 빠르게 스쳐 간다. 페일런섬. 광증. 호밀 빵. 레이
첼. 화형. 그리고.

"제롬?"

레이첼의 호위 기사, 그리고 검은 사도, 마지막으로 라파엘의 손에
죽은 남자. 그 남자가 그녀의 앞에 서 있었다. 하지만 그는 분명히 죽
지 않았던가? 라파엘의 손이 그의 배를 꿰뚫는 것을 똑똑히 목격했
는데!

그때, 제롬이 빙긋 웃었다.

"이렇게 만나는 건 처음이군요, 칸나 님."

"······뭐?"

"뵙게 되어 영광입니다."

처음이라고? 칸나는 망연히 그의 얼굴을 응시했다. 처음이라니, 그게 무슨······?

'아, 설마.'

다음 순간 칸나는 모든 것을 알아차렸다. 깨달음이 밀물처럼 밀려왔다.

그렇구나. 그랬던 거구나.

"내가 만났던 건 당신의 인형이었군."

"그렇습니다."

페일런섬에서 만났던 것은, 그리고 라파엘의 손에 죽었던 것은 인형이었다. 자신의 인형이 칼렌과 클로드와 모두를 속인 것처럼, 제롬 역시 그러했던 것이다.

'그게 인형이었다니.'

등골에 소름이 쫙 돋았다. 전혀 몰랐다. 이상한 점을 느끼지 못했으니까.

하지만 어떻게?

인형을 만드는 건 고대 연금술 중에서도 상위 술법이었다. 그런데 이 세계에 고대 연금술을 사용할 수 있는 사람이 자신 외에 또 있단 말인가?

"정말이지 우연입니다. 설마 했는데, 칸나 님이 이곳에 계실 줄이야."

제롬이 반듯하게 웃으며 말했다. 눈앞의 남자는 기억 속 제롬과는 달랐다. 그 인형보다 예의가 발랐고, 한층 매끄러웠다.

"행운의 여신께서 저를 도운 모양입니다."

"날 만나고 싶었어?"

"물론이지요. 그때 제 인형에게 당신을 모셔 오도록 지시한 것도 저인걸요."

그랬다. 그때 제롬은 그녀를 어딘가로 이끌고 가려 했다. 하지만 자신의 호신용 약물에 당해 기절했고, 다시 깨어났을 때에는 라파엘의 손에 죽었다.

"안타깝게도 그 신령의 후계가 방해했지만……."

칸나는 미간을 좁혔다. 지금 저 남자가 뭐라고 했지?

"누가 방해했다고?"

"신령의 후계 말입니다. 당신의 뒤를 쫓는 파계 사제요."

"무슨 헛소리를 하는 거야?"

라파엘이 신령의 후계라니, 말도 안 되는 소리다. 칸나는 그의 헛소리에 기분이 확 상했다.

"당신은 그 자리에 없었어. 뭘 안다고 그런 말을 하지?"

"저는 제 인형과 연결이 되어 있었습니다. 인형이 보는 건 저도 볼 수 있었죠."

"……."

칸나는 할 말을 잃었다. 실제로, 고대 연금술 서적에 따르면 아주 잘 만든 인형의 경우 본체와 연결이 가능하다고 적혀 있었다.

그러나 칸나로서는 그 정도 '품질'의 인형은 만들 수 없었다.

'대체 누구지?'

누가 그 정도 수준의 인형을 만든 걸까?

'아니, 잠깐만.'

그보다 만약 제롬의 말이 사실이라면. 그가 인형과 연결되어 있고, 라파엘이 인형을 죽이는 것을 보았다면. 그리고 만약 라파엘이 정말 신령의 후계라면.

'잠깐, 잠깐만.'

머리가 빙글빙글 돌아갔다. 그렇다면 라파엘은 신령, 즉 자신의 친부와는 무슨 관계지? 근친혼만이 허락된 대신전. 그 집단의 수장인 신령의 후계라면, 그의 직계 후손일 가능성이 클 텐데.

'그런 거라면, 라파엘과 나는.'

순간 아릿한 충격이 정수리를 관통했다. 머릿속이 새하얘졌지만 이를 악물며 정신을 다잡았다.

아니지, 지금은 아니지. 지금은 눈앞의 일에 집중해야 할 때다.

칸나는 모든 충격을 강제로 밀쳐 버리며 그를 노려보았다.

"그래서, 왜 날 보고 싶어 했지? 용건이 뭐야?"

"용건이라."

제롬의 입꼬리가 올라갔다. 그의 얼굴에는 짙은 기쁨이 가득했다.

"저와 함께 가시겠습니까?"

"내가 왜?"

"저는 검은 사도입니다."

"알아."

"당신 역시 검은 사도입니다."

칸나는 무표정한 얼굴로 그를 응시했다. 검은 사도. 검은 안개를 숭배한다고 알려진 그 집단의 일원들. 그런데.

'내가 검은 사도라고?'

살면서 들은 이야기 중 가장 개소리에 가까웠다. 칸나는 대꾸할 가치조차 느끼지 못했다.

그때 제롬이 불쑥 물었다.

"연금술의 기원을 아십니까?"

이건 또 무슨 헛소리야? 칸나는 짜증스럽게 얼굴을 찡그렸으나, 그는 개의치 않고 빠르게 말을 이었다.

"연금술은, 연금술이라는 이름이 붙었지만 실은 그보다 더 위대한 술법입니다. 물질의 속성을 바꾸고, 새로이 창조하는 아주 신비로운 힘이지요."

"그게 뭐?"

"그건 이 세계의 힘이 아닙니다. 다른 세계의 힘이자 지식입니다."

"알아. 지금 그 얘기를 왜 하지?"

"다른 세계의 것을 이 세계로 끌어들이면서, 아무 부작용이 없을 거라 생각하십니까?"

도저히 무슨 말을 하는 건지 알 수 없다. 그러나 불길하다는 것은 확실했다. 듣고 싶지 않았다. 아주 무서운 이야기가 나올 것만 같아서.

"다른 세계의 것을 강제로 끌어오는 과정에서, 이 세계에는 흠집이 납니다. 쩌적쩌적 금이 가는 거지요."

"……그래서?"

"그 틈으로 이물질이 흘러들어 옵니다. 때때로 다른 세계의 것들이 튀어나오지요. 그중 하나가 바로 검은 안개라 불리는 현상입니다."

칸나는 입술을 꾹 깨물었다. 제롬이 사근사근 말을 이었다.

"즉, 연금술을 행할 때마다 세계의 균열은 하나둘씩 늘어 갑니다. 그 사이로 검은 안개가 흘러들죠."

이런 불편한 진실 따위.

"검은 안개를 추앙한다고 알려진 검은 사도들, 그들은 모두 다 연금술사입니다."

제롬은 활짝 웃으며 그녀를 가리켰다.

"당신처럼 말이죠."

제길. 욕설이 입안에서 뭉개졌다. 칸나는 주먹을 꽉 말아 쥐었다. 제롬을 죽일 듯이 노려보았다. 그러나 아무 말도 할 수 없었다.

"그런 의미에서 칸나 님, 당신이야말로 현존하는 검은 사도 중 최강이라 할 수 있습니다."

제롬이 칸나의 발아래에 무릎을 꿇었다. 숭상의 눈으로 올려다보며 말했다.

"당신 모친의 피를 물려받으셨으니, 그분의 재능을 가지고 있을 테지요. 그분도 검은 사도셨습니다."

아, 엄마.

"제 인형을 만든 것도 선희 님이셨지요."

엄마. 엄마, 엄마.

칸나는 한숨을 내쉬었다. 통증이 지끈지끈 머리를 짓누른다. 하지만 이제 그다지 놀랍지도 않았다. 선희에 대해 들을 때마다 충격을 받는 것도 한두 번이지, 이제는 그저 허탈하고 어이가 없었다.

"당신을 따라가면 내게 무슨 득이 있지?"

"저희는 방대한 연금술 자료를 가지고 있습니다."

칸나가 혹했다고 생각한 걸까, 제롬이 서둘러 말했다.

"대부분의 연금술사는 마석의 힘을 이끌어 내지 못합니다. 하여, 다른 방안을 모색했죠. 그리고 성공했습니다. 마석이 아닌 다른 에너

지를 찾아 사용하는 법을 알아냈지요."

그의 눈이 광기 어린 열기로 달아오르기 시작했다.

"끝없는 연구 끝에 세계를 놀라게 할 술법들을 저희가 개발했습니다. 와 주신다면 모든 자료를 공유하겠습니다."

"그리고?"

"예?"

"당연히 무료는 아닐 거 아니야? 내게 뭔가 바라는 게 있지 않아?"

칸나는 그들이 뭘 원하는지 대강 알 것 같았다.

"내 피를 갖고 싶어?"

순간, 제롬의 얼굴에 숨기지 못한 욕망이 일렁였다. 칸나는 피식 웃었다.

"만약 안 가면?"

그 말에 제롬의 눈이 어두워졌다. 그러나 이미 정해져 있는 답인 듯 망설임 없이 내뱉었다.

"무례를 무릅쓰고 강제로 모시는 수밖에 없습니다."

"다행히 그럴 일은 없겠어."

칸나는 자리에서 일어났다.

"나도 날 받아 줄 세력이 필요했으니까."

"……정말이십니까?"

"응. 어차피 난 갈 곳이 없었어. 당신도 알겠지만, 나는 죽은 걸로 알려졌거든."

물론 거짓말이다. 거부해 봤자 자신을 억지로 끌고 갈 테니, 일단은 따라가는 척 방심시킬 생각이다. 그다음에 죽일 것이다.

어쩌면, 엄마도 그랬겠지. 칸나는 이제 선희가 이곳에서 남긴 파격적인 행보를 하나둘 이해할 수 있었다.

'죽여야만 해. 방법이 없어.'

제롬은 자신을 보고 놀랐다. 그 말은 즉, 자신이 살아 있는 걸 모르고 있었다는 뜻이다. 그렇기에 제롬을 살려 보낸다면 검은 사도들이 자신을 추적할 수도 있다. 그 연금술에 미친 자들이 그녀의 황금 같은 피를 포기할 리가 없으니까.

'이제는 아디스라는 보호막이 없으니까.'

칸나는 술법진을 그린 카드를 손아귀에 쥐었다. 모서리로 손가락을 찔러 피를 내려는 순간.

"……!"

제롬이 급하게 숨을 들이마셨다. 그리고 빠르게 뒷걸음질 쳤다. 설마 연금술로 공격하려는 걸 눈치챈 건가?

아니, 아니었다. 제롬의 시선은 그녀의 너머로 꽂혀 있었다.

칸나의 등 뒤로.

'누군가 있어?'

제롬을 단숨에 긴장시킨 누군가가 그녀의 등 뒤에 있었다. 칸나는 천천히 몸을 돌렸다. 그곳에 한 남자가 서 있었다. 지금, 이곳에 있어서는 안 될 남자가.

"라파엘?"

검은 사제복이 바람에 펄럭였다. 칸나는 그를 보고서도 믿을 수 없었다. 라파엘이 왜, 어떻게 이곳에 있단 말인가?

"따라가시면 안 됩니다."

라파엘이 넌지시 경고했다.

"당신의 피를 강제로 뽑아서라도 이용할 자들입니다. 위험합니다."

"하! 웃기는군요. 당신의 입에서 위험하다는 말이 나오다니. 당신이야말로 이 세상에서 가장 위험한 사람 아닙니까?"

그러나 라파엘은 제롬을 무시한 채 칸나에게 손을 펼쳤다. 그에게 오라는 신호였다.

"가지 마십시오, 칸나 님. 저자야말로 누구보다 위험한 사내입니다."

제롬의 번뜩이는 눈이 라파엘을 노려보았다.

"애초에 신령이 어떻게 만들어지는 줄 아십니까? 신령은 사람의 생명을 긁어모아 만들어지는 존재입니다!"

칸나는 잠자코 그들의 대화를 들었다. 그러나 그녀는 어느 쪽으로도 가지 않았다. 두 다리가 뿌리를 내린 듯 미동이 없었다.

그때 라파엘과 눈이 마주쳤다.

그는 의아해하고 있었다. 왜 제게 오지 않으십니까? 그렇게 묻는 눈이었다. 라파엘의 신경이 칸나에게 쏠린 순간, 그때 제롬이 품에서 무언가를 꺼내 획 던졌다.

푸욱! 아주 섬뜩한 소리가 들렸다. 칸나는 눈을 깜빡였다. 그녀의 앞을 가로지른 라파엘의 팔뚝, 검은 옷소매를 찢고 검날이 삐죽 솟아 있었다. 그 뾰족한 끝에서 붉은 액체가 흐르더니 뚝, 떨어져 내렸다.

칸나는 그 핏줄기를 응시하다가 너머로 시선을 옮겼다. 제롬이 꽁지가 빠지게 도망을 가고 있었다.

'왜 나를 공격했지?'

답은 뻔했다. 라파엘이 그녀를 보호하려 들 걸 아니까, 칸나 대신 다칠 걸 알고 있으니까.

'저자를 저렇게 보내서는 안 되는데.'

이대로 보내면 훗날 다른 검은 사도들을 이끌고 그녀를 추적할 것이 뻔했다. 그러니까 지금이 아니면 기회는 없다. 칸나가 손에 쥐고 있는 술법진을 움켜쥐는 순간 라파엘이 팔뚝에 박힌 단검을 쑥 뽑아 올렸다. 그러고는 망설임 없이 던졌다.

단검은 그대로 제롬의 목덜미를 꿰뚫었다. 그는 비명조차 지르지 못하고 그대로 고꾸라졌다. 아마도 죽었을 것이다.

"제가 곁에 있을 때는 그러실 필요 없습니다. 공연한 상처를 내지 마십시오."

칸나는 표정 없이 그의 충심을 지켜보았다. 그러다가 높낮이 없는 어조로 말했다.

"그러는 라파엘이야말로 또 다쳤네."

"저는 괜찮습니다."

"내버려 두면 금방 나으니까?"

"예."

"신기해라. 신령이 될 몸이라 그런가?"

라파엘이 입을 다물었다. 그러나 놀라는 기색은 아니었다. 제롬과 칸나의 대화를 모조리 다 듣고 있었던 게 분명했다. 그러니까 그가 신령의 후계라는 사실이 까발려진 것도 알고 있겠지.

"너는 사람을 찾아내는 능력이라도 있어?"

그렇지 않고서야 이건 말이 안 된다. 칸나는 분명 리벤섬에서 작은 쪽배를 탔다. 망망대해 위 그 배 말고는 아무것도 없었다.

즉, 아무도 절대 추격할 수 없는 장소였는데. 그런데 라파엘은 그녀를 쫓아왔다.

"예."

라파엘은 놀라운 말을 아무렇지도 않게 했다.

"그렇습니다."

오히려 당황한 것은 칸나였다. 비꼬려고 한 말인데, 정말 그런 괴이한 능력이 있을 줄이야.

"그 말은, 신령도 내가 살아 있는 걸 알고 있다는 소리야?"

"아뇨."

"왜? 신령의 후계인 네가 가능하다면, 신령도 가능한 거 아냐?"

"저는 그보다 더 우수하게 만들어졌습니다."

옛것보다 더 좋은 성능으로 출시된 제품처럼, 그는 자신을 그렇게 말하고 있었다. 이상했다. 모든 것이.

그가 하는 말이, 그의 정체가, 그의 능력이. 라파엘이.

멍하니 그의 눈을 보고 있는 어느 순간 등골을 타고 소름이 확 돋았다. 그러니까 라파엘은 평범한 인간이 아니었던 것이다.

라파엘은 자신과는 완전히 다른 생명체였다. 신령처럼, 아니, 신령에게도 없는 능력을 갖춘, 마치 괴물 같은…….

투둑. 그 순간, 물방울이 떨어지는 소리가 들렸다. 칸나는 저도 모르게 고개를 내렸다. 그리고 보았다. 붉게 젖은 라파엘의 손. 그 손끝을 타고 끊임없이 흘러내리는 피를.

'또야.'

또 다쳤어. 매번 볼 때마다 어딘가 다치지.

그렇게 생각하는 순간, 어깨에 들어간 힘이 무너지듯 흩어졌다. 칸나는 한숨을 내쉬었다.

"그만 좀 다쳐. 아무리 금방 나아도 그렇지 아픔이 없는 건 아니잖아."

"괜찮습니다."

"라파엘."

"예."

"혹시 우리 혈육이니?"

갑작스러운 질문이었다. 그러나 라파엘의 표정은 거짓말처럼 담담했다.

"그럴 수도 있습니다."

"……그건 무슨 뜻이야?"

"대신전에서 태어난 자들은 자신의 부모가 누구인지, 형제자매가 누구인지 알지 못합니다."

그렇겠지. 그렇게 자신의 친혈육이 누구인지 몰라야만 근친혼이라는 끔찍한 제도를 유지할 수 있을 것이다.

"하지만 저는 태어나는 순간부터 신령의 후계로 점지되었습니다. 그렇기에 신령의 아들일 가능성이 아주 높다고 생각합니다."

그렇구나. 그가 옳았다. 그럴 가능성이 높다. 그렇다면.

"나랑은 남매일 수도 있겠구나."

그녀가 그렇게 중얼거리는 순간 마침내 라파엘에게서 감정 한 줌이 드러났다. 살짝 좁혀진 미간. 그 사이에서 불쾌함이 풍겼다.

혈육이 아니길 바라는 걸까? 그러나 지금 와 다시 보니 그의 미간은 반듯했다. 잘못 본 모양이다.

"내가 신령의 딸이라는 건 언제부터 알았어?"

"빈민가에서 당신을 처음 본 순간부터 알았습니다."

"그런데 왜 그랬어?"

"무슨 뜻입니까?"

"왜 하인처럼 굴었냐는 소리야. 내가 신령의 딸인 걸 밝혔을 때, 우리가 남매일 수도 있다고 말할 기회가 있었잖아."

"저는 감히 당신과 대등해질 수 없습니다."

라파엘이 조용히 답했다.

"제 삶은 추악하고, 저는 비겁한 도망자입니다. 그러나 당신은 다르죠."

그가 곧은 눈빛으로 그녀를 응시했다.

"당신은 절망 속에서도 타인을 구제하는 분입니다. 숭배받아 마땅합니다."

맙소사. 칸나는 탄식했다. 라파엘은 자신을 정말 성녀처럼 보고 있었다. 정말이지 어마어마한 착각이었다.

"라파엘, 난 네가 생각하는 그런 사람이 아니야. 난 이기적이고, 내 생존을 위해서라면 뭐든지 해. 오히려 악녀에 가깝다고."

"제게는 아닙니다."

라파엘이 단호하게 말했다. 반론을 허용하지 않는 엄격한 눈이었다.

"당신을 만나지 않았더라면 이미 오래전에 꺼졌을 생입니다. 스스로 끊어서라도 사라졌을 목숨입니다."

칸나의 말문이 콱 막혔다. 그의 눈빛에서 확신이 넘쳐흘러서, 그것이 진실 같았다.

"하지만 당신이 제게 살아 보라 하셨습니다. 그것만이 제가 아직 이 미천한 삶을 연명하는 이유입니다."

"그렇게 말하지 마!"

더는 못 참겠다. 칸나는 견디지 못하고 소리쳤다.

"네가 그렇게 헌신적으로 나오는 거, 껄끄럽고 부담스러워. 난 널 기억도 못 하는데⋯⋯!"

"제가 기억합니다."

"⋯⋯."

"굳이 절 기억하길 바라지 않습니다. 저는 당신에게 아무것도 바라지 않습니다."

진심이었다. 라파엘은 그녀에게 원하는 것이 없었다. 애정도, 호의도, 심지어 작은 관심조차 바라지 않았다.

"당신은 그저 편하게 저를 이용하시면 됩니다."

그가 원하는 것은 오로지 그것뿐.

"당신의 방패, 당신의 창으로 사용하십시오. 언젠가 고장이 난다면 그때 버리십시오. 당신을 위한 죽음은 제게는 영광입니다."

그제야 칸나는 완전히 깨달았다.

라파엘은 삶을 살 줄 모른다. 그는 기쁨을 모르고 행복을 모른다. 관심도 없다. 살아야 할 이유가 없는 시커먼 무저갱 같은 사람이었다.

그는 한때 죽으려 했다고 한다. 분명히 그럴 만한 이유가 있었겠지. 그런데 그걸 자신이 막았다고 한다. 죽음을 결심한 소년에게 음식을 주고, 희망을 말하고, 상처를 치료해 주었다고 한다.

지금은 기억도 안 나는 무책임한 동정. 그 하찮은 친절이 불러일으킨 결과였다.

그러니까 즉, 라파엘은 자신의 업이었다. 죽음을 결론 내린 남자에게 함부로 삶을 제안한 업보.

'제길.'

끈질기게 따라오는 이 과거의 업보를 칸나는 모른 척할 수 없었다. 오히려 안쓰러웠다. 손톱 아래 박힌 가시처럼 무시할 수 없었다.

"싫어."

그러나 마음과는 달리 차갑게 뱉어냈다.

"나는 새 인생을 살 거야. 그게 무슨 뜻인 줄 알아? 과거의 모든 것과 연을 끊겠다는 거야."

"제가 돕겠습니다."

"방해야. 너는 대신전의 추격을 당하고 있잖아."

칸나는 빠르게 쏘아붙였다.

"네가 내 곁을 맴돌면 대신전이 나를 찾아낼 수도 있어. 내 생존이 알려질 수 있지. 난 그런 위험 부담을 감수할 생각 없어."

침묵이 내려왔다. 그가 표정 없는 얼굴로 그녀를 바라보았다. 그러다가 아주 진지하게 말했다.

"저는 잘하는 것이 아주 많습니다. 당신을 여러 방면에서 만족시킬 수 있습니다."

그가 빠르게 말을 이었다.

"청소와 요리를 비롯한 가사일도 우수합니다. 무엇을 시키시든, 분명 흡족하실 겁니다."

"필요 없어."

"집을 지키는 용도로 쓰시는 건 어떻습니까?"

"필요 없어."

"관상용으로 동상처럼 세워 놓기만 하셔도 됩니다."

농담인가? 아니, 놀랍게도 그는 이 세상 누구보다 진지했다. 라파엘은 지금 진심이었다. 저렇게 진지하게 동상으로 세워 달라니. 하기야 이렇게 잘생긴 조각상을 집에 두면 눈이 즐겁긴 하겠지만……

"필요 없어."

"제가 아무 쓸모도 없습니까?"

"응."

"알겠습니다."

그는 마침내 납득했다. 허리를 숙여 공손하게 인사했다.

"당신의 뜻에 따르겠습니다. 부디 행복하시길."

그러고는 몸을 돌렸다. 단 한 줌의 미련도 없이 걸어가는 뒷모습. 그 홀가분함에 오히려 칸나가 놀랐다.

'잠깐, 설마 죽으려는 건 아니지?'

불길한 예감에 뒷덜미가 뻐근해졌다. 왠지 그럴 것 같다. 칸나는 주먹을 꽉 쥐고 참았다. 그러나 멀어질수록 그때 그 순간이 선명하게 떠올랐다. 타오르는 불길 속에서 자신을 품고 달렸던 라파엘의 손이, 그 때문에 완전히 녹아내렸던 그의 몸이.

빌어먹을.

"기다려."

라파엘이 즉시 몸을 돌렸다. 그 눈과 마주치는 순간 칸나는 지독한 패배감에 사로잡혔다.

"……그러니까, 날 돌보기 전에 네 인생부터 먼저 잘 살아 봐. 대신 전의 추격을 받는 처지에 날 도울 수나 있겠어?"

오답인 걸 알면서도 골라야 한다니. 아주 참담한 기분이었다. 라파엘은 그녀의 말을 곰곰이 생각하더니 물었다.

"대신전의 추격을 받지 않으면 되는 일입니까?"

"그건 기본이지!"

아, 모르겠다. 칸나는 한숨을 푹 내쉬었다.

"난 나 대신 죽어 주는 노예는 필요 없어. 마당을 지키는 개도, 관상용 동상도, 청소부도 요리사도 필요 없어."

"그럼 무엇이 필요하십니까?"

칸나는 자포자기한 심정으로 말을 이었다.

"강한 사람. 아디스로부터, 황실로부터, 대신전으로부터 날 지킬 수 있을 만큼 강한 보호자라면 필요할지도 모르지."

솔직히 헛소리였다. 누군가가 지켜 주길 바라는 건 아주 위험한 도박이라는 걸 진작 깨달았다. 그렇기에 이것은 순전히 라파엘에게 새로운 목표를 주기 위한 지껄임이었다.

그러나 라파엘은 더없이 진지하게 물었다.

"그러면 당신의 곁에 있을 수 있습니까?"

"몰라. 생각은 해 볼게."

칸나는 차갑게 대꾸했다.

"그전까지는 날 만날 생각 하지 마. 찾을 수 있어도 찾지 마. 방해니까."

"알겠습니다."

"5년 후에 그렇게 변해 있다면 오늘, 여기서 만나는 거야. 그전까지는 접근하지 마."

칸나는 그 말을 끝으로 돌아섰다. 이리저리 그럴듯하게 돌려 말하긴 했지만 결국 이별의 말이었다.

이것으로 라파엘과는 끝이다.

'당연히 불가능한 일이지.'

5년이 걸려도, 50년이 걸려도 안 될 것이다. 그러나 라파엘의 생각은 달랐다.

"3년."

멀어지는 그녀의 뒷모습을 바라보며, 라파엘이 나지막이 말했다.

"3년이면 충분합니다."

❦

실비엔은 마침내 그럴듯한 실마리를 잡았다. 에르델 아이리스, 아르곤이 만든 그 가짜 신분. 그 이름을 추적하다 보니 정말 칸나로 추정되는 증언이 튀어나왔다.

"예, 봤습니다. 후드를 눌러써서 얼굴은 보이지 않았지만, 검은 머리카락은 확실히 봤습니다."

그 순간 실비엔은 피식 웃고 말았다.

'칸나, 당신이군요.'

그는 그녀가 남긴 흔적을 하나하나 찾아 따라갔다. 음식점, 여관, 야시장. 정말이지 열심히도 돌아다녔다. 칸나의 흔적을 발견하면 발견할수록 실비엔은 즐거워졌다.

그리고 그제야 깨달았다. 칸나의 죽음에 자신은 꽤 상심했던 모양이다. 그러니까 칸나가 살아 있다는 증거를 하나하나 모을 때마다 이토록 유쾌해지는 거겠지.

칸나를 추적하며 실비엔은 기껍게 상상했다. 아마 자신을 보면 칸나는 굉장히 놀랄 것이다. 그리고 틀림없이 질색하며 싫어하겠지.

그러니까 일단, 안심을 시켜 주는 것이 우선이었다. 그녀를 아디스로 데려갈 생각이 없음을 밝혀야 했다. 그리고 그녀의 도주를 돕겠다고, 새로운 삶을 지원하겠다고 제안을 하면…….

실비엔은 문득 멈춰 섰다. 말고삐를 급하게 잡아 세웠다.

'왜?'

자신이 왜 그래야 하지?

문득 현실감이 덮쳐 왔다. 지금 뭘 하고 있는 걸까? 새로운 삶을 찾아 떠난 여자를 왜 찾고 있는 걸까? 살아 있으니, 그걸 확인했으니 된 것 아닌가? 군이 쫓아가서 질색하는 얼굴을 볼 필요가 있나?

하지만 그는 말 머리를 돌리지 않았다. 살아 있는 칸나를 직접 이 두 눈으로 확인하고 싶었다. 그리고.

'그녀에게 미안하다고 해야지.'

상상 속에서만 가능했던 대화.

그 말을 할 기회가 기적처럼 찾아왔다. 해야 할 말이 많다.

"에르델 아이리스요?"

실비엔은 마침내 그녀가 머무는 여관을 찾아왔다.

"네, 지금 방에 계십니다만, 누구시죠?"

실비엔이 금화를 내밀자 종업원은 냉큼 그녀가 머무는 방을 안내해 주었다.

마침내 실비엔은 방 앞에 멈춰 섰다. 방문 너머 칸나의 인기척이 느껴졌다. 노크하려 손을 들어 올렸으나 다시금 내렸다. 우습게도, 어설 픈 애송이처럼 긴장이 되기 시작했다.

실비엔은 흐트러진 옷매무새를 다듬고 헝클어진 머리칼을 쓸어 넘 겼다. 그리고 똑똑 문을 두드렸다. 다음 순간 문이 벌컥 열렸다.

"누구…… 아?"

그리고 여자의 눈과 마주쳤다.

검은 눈의 여인이 자신을 멍하니 올려다본다. 도저히 믿을 수 없다 는, 헛것을 보는 듯한 눈빛. 이윽고 양 뺨을 붉혔다.

"처, 천사인가 봐……"

낯선 목소리. 낯선 얼굴. 처음 보는 여자. 그러나 검은 눈동자와 검은 머리칼을 가진 여인.

칸나가 아니다.

"……에르델 아이리스 양?"

그러자 여자가 화들짝 놀라 어깨를 떨었다.

"누, 누구시기에 그 이름을 아시죠?"

"잠시 실례하겠습니다."

실비엔은 여인의 어깨를 잡고는 방 안으로 들어갔다. 그러고는 문을 닫았다.

"에르델 아이리스 양 맞으십니까?"

"마, 맞아요."

"위조한 신분패의 주인이라, 이 말씀이시군요."

넌지시 말하자 여자의 얼굴이 새하얗게 질렸다.

"그, 그게……."

"속일 생각 마십시오. 이미 다 알고 찾아온 겁니다."

실비엔이 협박성 발언을 몇 번 하자, 여자는 모든 것을 토로했다.

여자는 천민이었다. 제국 수도의 빈민가에서 꽃을 파는 여자로, 검은 머리에 검은 눈을 타고난 탓에 제대로 된 일자리를 구할 수가 없었다.

그런데 얼마 전 그녀의 앞에 한 여자가 나타났다.

어떤 귀족을 모시는 하녀라고 했다. 검은 머리에 검은 눈을 가진 귀부인이 같은 처지의 그녀를 안타깝게 여긴다며, 새로운 삶을 선물해 주었다.

그것은 바로 얄덴 왕국의 신분패와 얼마간의 황금이었다.

얄덴 왕국은 편견에서 자유로운 나라였다. 검은 머리에 검은 눈을 가졌어도 제대로 된 일자리를 구할 수 있다고 했다.

"……그분은 제 심정을 이해한다고 하셨어요. 같은 검은 머리에 검은 눈인지라, 핍박받고 사셨다 했거든요."

여자가 눈물을 글썽였다.

"저보고 행복하게 살라고 하셨어요."

"……."

"혹시 그분이 누군지 아시나요?"

실비엔은 대답하지 못했다. 도저히 이 상황을 믿을 수 없었다.

'왜?'

칸나는 왜 어렵게 구한 신분패를 다른 사람에게 넘긴 걸까? 혹시 다른 곳으로 도망간 것은 아닐까? 추적을 방해하려고 일부러 교란 작전을 쓴 걸 수도 있다.

제법 그럴듯한 가설이었지만, 그보다도 더 그럴듯한 이유가 기다리고 있었다.

아디스 가문에서 몰래 빠져나가는 건 불가능한 일이다.

칸나 역시 그 사실을 깨닫고 좌절했을 것이다.

그래서 대리 만족을 하듯 비슷한 처지의 여자에게 신분패를 선물한 후, 자결을 한 걸지도. 그러니까…….

그러니까 칸나는, 정말 죽은 거다.

실비엔은 벽에 등을 툭 기댔다.

"괘, 괜찮으세요?"

여자가 걱정 어린 손길을 뻗었지만 실비엔은 아무것도 느낄 수 없었다.

다시 만날 수 있을 줄 알았는데, 그녀에게 못 한 말을 할 기회가 생긴 줄 알았는데…….

그 희망은 실비엔을 하늘 높이 두둥실 띄웠다가 단숨에 진창으로 내리꽂았다.

그래서일까. 그녀의 시체를 보았던 때보다도 거대한 충격이 그를 가로질렀다. 칸나에게 꼭 하고 싶은 말이 있었다.

정말 미안하다는 사과의 말. 그리고…….

"저는 당신이 궁금합니다."

"당신의 그 불길 같은 눈, 자신만만한 얼굴, 가시가 돋친 독설까지도 싫지 않습니다."

"사실은 꽤 유쾌하기까지 한지라, 아마 좋은 것 같기도 합니다."

"글쎄요, 하지만 잘 모르겠습니다."

"우리는 서로를 알아 갈 기회가 없었어요. 제가 모조리 다 걷어찼죠."

"그동안의 저는 까막눈이었습니다. 깊이 후회하고 있습니다."

"부디 당신을 알아 갈 기회를 주십시오."

입안을 맴돌던 수많은 문장이 가시처럼 목구멍에 박혔다. 실비엔은 두 손으로 이마를 짚었다. 그리고 쇠처럼 냉철한 현실을 마주 보았다. 소름 끼칠 정도로 차디찬 진실이었다.

늦었다.

사과할 기회도 다시 시작할 기회도 평생 오지 않을 것이다.

칸나는 이 세상에 없으니까.

장례식이 끝난 다음 날, 알렉산드로 아디스가 돌아왔다. 돌아오는 즉시 그는 클로드를 찾았다.

"신문에 보도된 그대로입니다. 아가씨는 자결하셨습니다. 제 눈앞에서……."

고통스러운지, 클로드는 차마 말을 잇지 못했다.

"칼렌 경이 죽인 거나 마찬가지입니다. 그분께서 아가씨를 욕심내셨습니다."

"그렇군."

"칼렌 경의 감정을 알고 계셨습니까?"

알렉산드로는 대답하지 않았다.

그 대신, 아주 오랜만에 궐련을 찾았다. 한 개비 입에 물자 클로드가 성냥으로 불을 붙여 주었다. 그가 연기를 훅 뿜어내며 중얼거렸다.

"짐작은 했지. 그래서 널 붙였고."

그 말에 클로드가 무릎을 꿇었다.

"죄송합니다. 제가 아가씨를 지키지 못했습니다."

"시체는?"

"지금은 예배당에 안치되어 있습니다."

"나가 봐."

클로드가 나간 후, 알렉산드로는 소파 등받이에 깊게 몸을 묻었다. 알렉산드로는 이후 궐련 다섯 개를 더 피웠다. 흩어지는 새하얀 연기가 그의 시야를 가득 채웠다.

그러다가 벌떡 몸을 일으켰다. 성큼성큼 걸어갔다.

"공작 각하?"

예배당에 들어가자, 관을 지키는 시종들이 깜짝 놀라 맞이했다.

알렉산드로는 손짓으로 모두를 내보냈다.

그들이 나가자 마침내 예배당에는 그와 칸나, 단둘만이 남았다.

알렉산드로는 시커먼 관 앞에 섰다. 물끄러미 내려다보다가 단숨에 뚜껑을 밀어냈다.

내리쬐는 달빛이 칸나의 창백한 얼굴 위로 떨어졌다.

죽음. 그 단어가 이토록 잘 어울리는 얼굴이 있을까.

밀랍 인형처럼 새하얀 얼굴과 파리한 입술, 가슴 위로 곱게 포갠 두 손이 생이 남기고 간 잔상 같았다. 부패를 늦추는 약을 뿌렸기에 지금은 그저 아름다운 시신이지만, 며칠만 지나면 썩기 시작하겠지.

"칸나."

그가 중얼거렸다. 대답은 돌아오지 않았다.

알렉산드로는 손을 뻗었다.

아직은 매끄러운 머리칼을 어루만지다가, 천천히 타고 내려와 뺨을 쓸었다. 한손에 완전히 감싸이는 얼굴을 확인하듯 쓸다가 아래로 내렸다. 아래로, 아래로……

그리고 다음 순간, 그의 손이 칸나의 왼쪽 가슴을 꿰뚫었다.

우드득. 뼈가 부러지고 살이 패는 소리가 귀를 울렸다. 검붉은 피가 울컥울컥 솟구쳐 그의 뺨을 적셨다.

그러나 알렉산드로는 무표정하게 안을 헤집었다. 그녀의 심장을 움켜잡고는 확 뽑아 올렸다. 그리고 힘을 줘 터뜨리는 순간.

부스스. 심장이 한 줌의 모래로 부서지기 시작했다.

후드득후드득 떨어져 내린다. 그의 손에 튀었던 핏방울도, 모래알갱이로 흩어져 내렸다.

알렉산드로는 피식 웃었다. 다시 관을 들여다보자 조금 전까지만 해도 시체가 누워 있던 자리가 모래로 가득했다. 레이스 원피스와 푸른 장미만이 모래 더미 위에 껍질처럼 버려졌을 뿐.

"후."

알렉산드로의 입가에 미소가 고였다. 그러다가 밀려오는 웃음을 참지 못하고 터뜨렸다.

"하하하하!"

알렉산드로는 어깨를 떨어 가며 웃다가 손으로 이마를 짚었다. 붉은 머리칼을 쓸어 넘기자 훤히 드러난 눈매에 유쾌함이 가득했다.

"제법이구나, 칸나."

알렉산드로는 손을 뻗어 관 안의 푸른 장미를 어루만졌다.

"잘했다."

그리고 상냥하게 칭찬했다.

"아주 훌륭해."

잠시 후 그가 나가자, 밖에서 대기하고 있던 시종이 보였다. 그들은 겁에 질려 있었다. 생전 처음으로 알렉산드로 아디스의 웃음소리를 들었으니 당연한 반응이었다.

"무, 무슨 문제라도 있으십니까, 각하?"

그러나 알렉산드로 아디스의 얼굴은 평소처럼 무미건조했다. 조금 전 그를 뒤덮었던 희열은 흔적조차 남아 있지 않았다.

"아무 문제도 없다. 지금 당장 관을 매장하도록."

명령한 후 돌아서자 붉은 망토가 펄럭였다.

이 일이 새어 나갈 일은 없다. 자신을 제외한 그 누구도, 저 시신이 모래에 불과하다는 걸 알지 못할 것이다.

그렇기에 알렉산드로는 지금 당장 칸나의 무덤을 만들 생각이었다.

그녀가 완벽하게 죽을 수 있도록.

얄텐과 라마스의 국경. 칸나는 평야 위에 덩그러니 서 있는 마차를 발견했다.

'저거다.'

저 안에 요안나가 보낸 신하가 기다리고 있을 것이다.

칸나는 안도의 한숨을 내쉬었다. 라파엘과 헤어진 후 내내 쉬지 않고 온 덕에, 간신히 약속일에 맞게 도착할 수 있었다.

"실례하겠습니다."

마부가 문을 열어 주자 칸나는 잽싸게 안으로 들어갔다. 안에는 한 사내가 앉아 있었다. 그 자태가 어찌나 완벽하던지, 칸나는 조각상을 앉혀 놓은 줄로만 알았다.

'요안나의 부하겠지.'

칸나는 맞은편에 앉으며 인사했다.

"마중 나와 주셔서 감사합니다."

남자는 대답 없이 그녀를 위아래로 훑어보았다. 못마땅한 눈빛이었다. 그러나 요안나의 부하와 합류한 기쁨 덕일까, 조금도 불쾌하지 않았다.

"당신이 칸나 아디스입니까?"

관찰을 끝냈는지 마침내 남자가 입을 열었다. 칸나는 미소 지으며 대답했다.

"네, 맞아요."

그러자 남자가 고개를 까닥였다.

"이야기는 많이 들었습니다. 알렉세이 프리드리히입니다."

프리드리히?

프리드리히라면, 얄덴의 왕가이지 않은가? 게다가 알렉세이 프리드리히라면……

'얄덴의 왕세자잖아.'

그녀가 서둘러 제대로 인사하려 하자 알렉세이가 손을 들어 올려 제지했다.

"됐습니다. 거추장스러운 짓 하지 마세요."

"죄송합니다. 설마 전하께서 직접 마중 나오실 거라고 생각을 못 해서."

당연한 생각이었다. 요안나는 분명 그녀의 부하를 보내겠다고 했으니까.

"처음부터 제가 직접 나올 예정이었습니다. 아디스의 공녀를 훔쳐 오는 일은 아는 사람이 적으면 적을수록 좋으니까요."

그가 약간의 짜증을 담아 중얼거렸다.

"자칫 잘못 일이 틀어졌다가는 아디스와 전면전을 벌일 텐데 조심해야지요. 이건 극비 중의 극비입니다."

"……"

칸나는 상대가 자신을 못마땅하게 여기고 있음을 눈치챘다.

"요안나가 새 신분을 만들어 준 것으로 압니다. 당신의 새 이름은 무엇입니까?"

"타티아나. 타티아나 에브게니아입니다."

"전형적인 얄덴 식 이름이로군요. 제국인에게는 생소할 텐데, 새 이름은 마음에 드십니까?"

걱정해 주는 게 아니었다. 비꼬는 거였다.

역시 날 싫어하는군. 칸나는 다시금 깨달으며 고개를 끄덕였다.

"예. 괜찮습니다."

"지금 이 순간부터 저는 당신을 타티아나 에브게니아, 얄덴의 평민으로 대우하겠습니다. 동의하십니까?"

"예."

"그럼 하대하지."

그가 즉각 말을 놓았다.

"타티아나 양, 잘 들도록. 이 일은 나와 내 동생인 요안나, 그리고 어머니이신 예카테리나 여왕 전하만이 알고 있다."

알렉세이는 두 손을 깍지 껴 무릎 위에 올렸다.

"여왕 전하의 동의가 없었더라면 이 일은 진행되지 않았을 거다. 그러니 전하의 호의를 영광으로 여기도록 해라."

칸나는 표정 없이 그의 말을 들었다. 그리고 눈치챘다.

이건 그저 요안나의 단순한 호의로 진행한 일이 아니다. 얄덴의 여왕이 그녀에게 무언가 원하는 것이 있었다. 그렇기에 이렇게나 전폭적으로 돕는 거겠지.

"제게 맡기실 일이라도?"

그렇게 묻자, 알렉세이가 묘한 눈으로 그녀를 응시했다. 그러고는 툭 던지듯 질문했다.

"왜 그렇게 생각하지?"

"여왕 전하와 왕세자 전하께서 직접 나서서 도울 정도라면, 그 정도 가치가 있는 일이겠지요."

그러자 알렉세이가 헛웃음을 터뜨렸다. 우스워서는 아니고, 그녀의 말에 흥미를 느낀 듯했다.

"그래. 하지만 그대는 요안나의 시녀를 구하지 않았던가?"

"그건 요안나 공주님께서 호의로 보답하셨습니다."

"이걸 그 호의의 연장이라고 믿는 게 편하지 않겠어?"

칸나는 입꼬리를 올렸다.

"편하긴 하겠지요."

누군가 공짜로 주는 선물, 그 안에서 괴물이 튀어나온 적이 한두 번이 아니었다. 대가 없이 주어지는 친절 같은 건 세상에 없었으니까.

칸나는 알렉세이의 눈을 똑바로 바라보며 말했다.

"전하, 보시다시피 저는 약자입니다. 오갈 데 없는 처지지요. 하지만 제 앞길을 스스로 선택할 수 있는 권리만큼은 버리고 싶지 않군요. 그러니 제게 무엇을 원하시는지 말씀해 주세요."

알렉세이는 꼬고 앉았던 다리를 펼쳐 정자세로 앉았다. 그의 얼굴에 약간의 머쓱함이 맴돌았다.

"실례했군. 사과하지. 내가 오만했다."

순순한 사과에 놀란 건 칸나였다. 알렉세이가 말했다.

"내가 그대에게 바라는 것은……."

쨍그랑! 유리잔이 산산이 조각나는 소리가 울렸다. 황제는 눈을 부릅떴다.

"지금 무슨 짓을 한 거지, 황후?"

"폐하야말로 대체 뭘 하고 계신 겁니까!"

제 남편을 노려보며 황후는 쩌렁쩌렁 소리쳤다.

"약! 약을 구해 오겠다고 약조하지 않으셨습니까!"

황후는 반쯤 미쳐 있었다. 하도 긁어 댄 피부는 붉게 벗겨져 있었고, 손톱은 갈라져 있다. 끔찍한 자태에 황제는 인상을 찡그렸다.

"황후, 짐은 신이 아니오. 죽은 사람을 되살리는 능력은 없소!"

칸나 아디스가 죽었다. 설마 그녀가 이렇게 갑자기 자결할 줄이야 누가 알았겠는가?

이럴 줄 알았더라면 호언장담하지 않는 건데!

"대륙을 뒤져서라도 약을 구해 오세요!"

"황후!"

"투자금을 받지 않으셨습니까!"

황제는 주먹을 움켜쥐었다. 그는 이를 악물며 고개를 돌렸다. 제길, 욕설이 맴돌았다.

"메르시 후작뿐이 아닙니다. 중앙 귀족들 모두가 폐하의 국책 사업에 거금을 투자했습니다! 그 덕에 황가 재산의 몇 배나 되는 금액을 손에 넣지 않으셨습니까!"

그러니까 그 대가를 치러야 한다.

"약을 구하지 못하신다면, 메르시 후작에게 투자금을 회수하라 말할 것입니다!"

"어찌 그리 야박하게 구는가!"

황제는 책상을 쾅 내려치며 몸을 일으켰다.

"짐은 황후의 부군이오! 짐을 바닥까지 끌어 내려야 만족하겠소?"

"저야말로 폐하의 정비입니다! 폐하의 아내란 말입니다!"

황후가 눈물을 흘리며 호소했다.

"그런데 어찌 그리 손을 놓고만 계십니까! 저 역시 폐하의 여자입니다. 폐하께서도 한때는 저를……!"

황후는 입술을 짓씹었다. 고통 때문에 돌아 버린 걸까? 절대 하고 싶지 않은 말을 내뱉을 뻔했다.

"예, 저는 폐하를 바닥까지 끌어 내릴 것입니다! 그러니 약조를 지키세요!"

그렇게 황후가 떠나자, 폭풍이 쓸고 간 듯한 처참함만이 남아 뒹굴었다.

황제는 힘없이 왕좌에 털썩 앉았다. 대체 어찌해야 한단 말인가? 칸나, 그 여자는 죽었는데. 그 어떤 의원도 황후를 고치지 못하는데!

"폐하, 괜찮으십니까?"

황제는 고개를 들었다. 그의 연인, 테레사가 안쓰러운 얼굴로 뺨을 어루만졌다.

"안색이 좋지 않으십니다."

"……테레사."

그는 한숨을 내쉬며 테레사의 어깨에 얼굴을 묻었다. 그 순간 그녀 특유의 나른하고 달콤한 체향이 그를 확 적셨다.

아, 그렇지. 이거지.

그는 테레사의 품에 파고들었다. 황제는 이 향기를 좋아했다. 테레사의 향기, 모든 걱정과 근심을 씻은 듯 지워 주는 이 향기, 아련한 꿈속으로 빠져드는 듯한 이 향기를 너무나도 사랑했다.

테레사는 황제의 머리칼을 부드럽게 쓰다듬으며 속삭였다.

"폐하의 마음을 무겁게 하는 짐이 있다면, 제게 나누어 주세요. 폐하께 힘이 되고 싶습니다."

언제나처럼 다정한 목소리. 황제의 눈이 깊게 가라앉았다. 그는 중얼거리듯 말했다.

"황후가 약을 내놓으라 성화다. 어찌해야 할지 모르겠군."

"그렇군요, 가여우신 나의 폐하. 나의 루크."

테레사는 황제의 이마에 입술을 맞추었다.

"어쩌면 제가 폐하를 도울 수 있을지도 모릅니다."

"당신이?"

"예. 제가 아주 좋은 의원을 만났어요. 그 의원에게 황후 폐하의 증상을 이야기했더니, 이 약을 주더군요."

나긋나긋하게 말하며 황제의 손에 유리병을 건네주었다. 황제는 저도 모르게 말아 쥐었다가 고개를 기울였다.

"의원이라니, 누구지?"

"이국적인 외모의 여성이에요. 동대륙에서 왔다고 하더군요. 그녀의 의술은 칸나 아디스 공녀와 비슷하답니다."

"수상하군. 황후에게 정체가 불분명한 자가 만든 약을 건넬 수는 없다."

그러자 테레사가 입술 끝을 올렸다.

"괜찮아요, 폐하. 저를 믿으세요."

"하지만……."

"정체 같은 것은 폐하께서 만들어 주시면 그만입니다. 폐하는 이 나라에서 가장 강한 사내시지 않습니까?"

테레사는 황제의 뺨을 붙잡았다. 그러고는 부드럽게 입술을 맞춰 왔다. 맞닿은 감촉, 부드러운 살갗에 머리가 녹아내리는 것 같다.

황제는 테레사를 끌어안았다. 그녀의 향기가 더더욱 짙어졌다. 그 마력 같은 향이 황제의 콧속을 파고들어 이윽고 머리를 잠식했다.

테레사가 속삭였다.

"그리해 주실 거지요?"

황제는 멍하니 고개를 끄덕였다. 안개 속 허수아비 같은 눈이었다.

"그리하지."

"누님!"

칼렌은 해변을 뛰었다. 미친 듯이 뛰고 또 뛰었다.

"누님, 어디 계십니까?"

대체 어디에 있을까? 초조함에 손발이 타들어 가는 것만 같았다.

"누님!"

빨리 찾아야 하는데. 서둘러야 하는데.

"어디 계십니까, 누님?"

당장 찾아내지 않으면, 아주 슬픈 일이 일어날 텐데.

아주 슬픈 일이.

별안간 눈물이 왈칵 솟구쳤다. 칼렌은 울음을 터뜨리며 해변을 달렸다.

"누님, 대답해 주세요!"

그리고 마침내 찾아냈다. 모래 위, 덩그러니 앉아 있는 칸나. 발견한 순간 너무 안심해 칼렌은 흐느낌을 뱉어냈다.

찾았다. 누님을 찾았어!

칼렌은 전력을 다해 그녀에게 달려갔다. 다행이다. 누님을 찾았으니까, 발견했으니까, 이제 꽉 끌어안으면 된다. 그리고 안전한 곳으로 데려가야지. 그곳이 어디든, 어느 곳이든 상관없으니까, 안전한 곳으로.

그러나 이상하게도 칸나는 가까워지질 않았다.

있는 힘껏 달리고 있는데, 간격이 줄어들지 않는다. 오히려 점점 더 멀어지고 있다.

"누님!"

그때, 칸나가 빙긋 웃었다. 그러고는 날카로운 단검을 들어 올린다.

순간 칼렌은 비명을 질렀다. 안 돼! 하지 마세요!

그러나 갑자기 온몸에 힘이 쭉 빠져서, 입술조차 움직일 수 없었다. 팔다리에 납덩어리가 달린 것처럼 묵직해졌다. 할 수 있는 것이라고는 그저 지켜보는 것뿐.

"차라리."

그때 칸나가 속삭였다. 초승달처럼 웃었다.

"죽겠어."

푸욱! 피가 분수처럼 튀어 오른다. 칼렌의 얼굴을 적셨다.

"안 돼!"

그는 비명을 지르며 몸을 일으켰다.

"허억, 허억, 허억."

칼렌은 거친 호흡을 뱉어 내며 헐떡였다.

침실이었다. 해변이 아니다.

침실이다.

해변이, 아니다.

그는 손으로 얼굴을 쓸었다. 눈물로 엉망진창이 되어 있었다.

"이건 꿈인가?"

방금 아주 끔찍한 악몽을 꾸었다. 누님이 자결하는 꿈을.

"어디서부터 꿈이지?"

그래, 분명히 꿈일 것이다. 누님이 죽을 리 없지 않은가.

"그래, 이건 꿈이야."

다행이다. 꿈이어서 정말 다행이다. 그는 칸나의 방으로 향했다. 늦은 밤인 것은 알지만 어쩔 수 없었다. 칸나의 침실 앞에 섰다. 똑똑, 노크하며 말했다.

"누님, 저 칼렌입니다."

그리고 몇 초가 흘렀을까?

"뭐야?"

안에서 칸나의 목소리가 들려왔다. 그제야 칼렌은 완벽하게 안도했다. 다리에 힘이 풀려 풀썩 주저앉아 버렸다.

누님이 대답했어. 누님이 살아서, 내게 대답을 해 줬어.

또다시 눈물이 고여 왔다. 칼렌은 허겁지겁 눈물을 닦으며 몸을 일으켰다.

"밤늦게 죄송합니다. 들어가도 되겠습니까?"

"나 잘 거야. 다음에 와."

퉁명스러운 목소리. 언제나처럼 가시가 돋친 그 음성. 그것은 신의 음성보다 더 고결하고 아름다웠다. 이제야 꽉 막혔던 숨통이 트이는 것 같았다.

"예, 누님. 좋은 꿈 꾸십시오."

내일 다시 찾아와야지. 칼렌은 웃으며 돌아섰다. 그 순간 복도 맞은편에 서 있는 하녀와 시선이 마주쳤다.

'왜 저렇게 보는 거지?'

하녀는 귀신을 목격한 듯, 공포에 질린 눈빛이었다.

"뭐지?"

"칼렌 님? 지금 무엇을……?"

"누님을 뵈러 찾아왔다."

"예? 카, 칸나 아가씨를요?"

"그래. 문제 있나?"

다음 날 아침, 의원들이 몰려와 칼렌을 살폈다.

"갑자기 무슨 짓이지?"

칼렌은 그들을 물리며 말했다.

"나가 봐라. 난 누님을 만나러 가 봐야 하니까."

그 말에 의원들의 눈이 휘둥그레졌다.

"지금 뭐라고 하셨습니까, 칼렌 님?"

"누님을 만나러 갈 거라고 했다."

"이럴 수가."

칼렌은 인상을 찡그렸다. 대체 왜 저러는 거지?

그러나 신경 쓸 여유가 없었기에 그는 서둘러 욕실로 들어갔다. 깨끗하게 씻은 후 칸나를 보러 갈 생각이었다. 그러나 거울을 보는 순간 모든 것이 멈췄다.

"……."

거울 속, 백발의 청년이 그를 놀란 눈으로 보고 있었다.

"내 머리가……."

붉은 머리칼이 눈송이처럼 새하얗게 물들어 있다. 칼렌은 충격을 받았다. 믿을 수 없었다.

하루아침에 머리카락이 이렇게 변하다니?

'대체 뭐지?'

칼렌은 휘청거리며 욕실 밖으로 빠져나왔다. 그리고 자신을 기다리고 있는 이자벨과 마주쳤다.

"오빠 미쳤어?"

"이자벨."

"칸나 언니를 보러 가겠다고 했다며? 그게 무슨 뜻이야?"

이자벨의 얼굴은 새하얗게 질려 있었다. 칼렌은 그 반응을 이해할 수 없었다. 누님을 보러 가는 게 뭐가 어떻다고 저러는 걸까? 아니, 그보다.

"이자벨, 내 머리카락이 새하얗게 변했다."

"……오빠."

"의원들은 어디 갔지? 다시 불러야겠군. 아무래도 내가 뭔가를 잘못 먹은 모양이다. 머리카락이 이렇게 변하다니……."

투덜거리자, 이자벨의 어깨가 떨리기 시작했다. 그녀는 눈물을 툭 흘리며 중얼거렸다.

"칼렌 아디스, 정말 미쳤구나."

"뭐?"

"머리카락은 오빠가 너무 충격을 받아서 그렇게 변한 거야."

이자벨이 울먹이며 말했다.

"내가? 왜?"

"칸나 언니는 죽었으니까."

"……."

"언니가 자결하는 걸 오빠가 봐서, 그래서 그렇게 된 거야. 그러니까 제발 헛소리하지 말고 정신 차려!"

순간 벼락처럼 기억이 번쩍 내리쳤다.

밤의 해변. 파도 소리. 그리고.

"차라리 죽겠어."

"허억."

칼렌은 급하게 숨을 들이마셨다.

현기증이 머리를 후려쳤다. 그는 비틀거리며 손으로 벽을 짚었다. 순식간에 고인 땀이 이마를 적셨다.

그렇지. 누님이 죽었지.

내가 죽였지.

깨닫는 순간 눈가가 타들어 가는 것처럼 뜨거워졌다.

칸나는 자결했다.

그의 눈앞에서 단검으로 가슴을 찔려 죽어 버렸다. 자신의 이기심이 그녀를 죽음으로 몰고 갔다. 그는 칸나의 의사는 조금도 고려하지 않았다. 그녀의 생각, 그녀의 마음, 그녀의 입장보다는 자신의 욕망을 중요시했다.

그 결과가 이거다. 자신의 과욕이 칸나를 절벽 끝으로 밀어붙였고, 결국은 그 아래로 떨어뜨려 버렸다.

그러고는 영원히 잃어버렸다. 영원히.

"칼렌."

그때, 산들바람 같은 음성이 귓가를 스쳤다.

흐려지던 시야가 확 밝아진다. 어둠 속에서 빛이 쏟아지는 것만 같았다. 그는 천천히 고개를 들었다.

칸나가 문가에 기대어 서서 미소를 짓고 있었다.

멍하니 그녀를 응시하며 칼렌이 중얼거렸다.

"누님?"

칸나가 키득키득 웃더니, 고양이처럼 날렵하게 방을 빠져나갔다.

"누님!"

칼렌은 서둘러 그녀의 뒤를 쫓았다. 뒤에서 이자벨이 황급하게 그를 잡았지만, 뿌리쳤다.

"누님, 잠시만요!"

복도 끝, 칸나가 검은 머리를 찰랑거리며 뛰어가고 있었다. 칼렌은 서둘러 그녀의 뒤를 쫓았다.

"기다려요, 누님!"

그러나 칸나는 기다리지 않았다. 그녀는 저택을 빠져나가 거리를 달렸고, 성당으로 쏙 들어갔다.

"누님!"

칼렌은 사람들 틈을 비집고 달리며 소리쳤다. 야속하게도 칸나는 단 한 번도 뒤를 돌아보지 않았다. 성당의 계단을 오르고 올라 첨탑의 꼭대기까지 다다랐다.

"누님."

위에 서자, 불어오는 바람이 뺨을 스치고 지나갔다.

칼렌은 아래를 내려다보았다. 제국의 수도가 한눈에 내려다보이는 높은 첨탑. 그 아슬아슬한 난간 너머 칸나가 허공에 둥둥 떠 있었다. 그 모습에 칼렌의 눈시울이 뜨겁게 달아올랐다. 눈물이 흘러내렸다.

"누님."

그는 울면서 말했다.

"누님, 제가 잘못했습니다."

칸나는 대답하지 않는다.

왜 대답하지 않는 걸까? 그녀의 목소리를 다시 한번 더 들을 수 있다면 뭐든 할 텐데.

"제가 정말 잘못했어요. 용서해 주십시오."

그러자 칸나가 생긋 웃는다. 칼렌을 향해 손을 뻗으며 속삭였다.

"내 손을 잡아, 칼렌."

"누님."

"내가 누워 있는 관 있잖아, 너무 좁고 추운 거 있지? 게다가 어두워서 아무것도 보이지 않아. 나, 정말 외롭고 무서워. 그러니까 같이 있어 줘. 응?"

그 말에 칼렌의 가슴이 여러 조각으로 갈라지는 것처럼 고통스러웠다.

얼마나 무서울까. 얼마나 외로울까.

그 어두운 땅 아래에 영원히 혼자 누워 있을 칸나를 생각하니 너무 가여워서, 너무 불쌍해서 숨이 콱 막혔다.

"걱정하지 마십시오, 누님."

그래, 그녀의 곁에 있어 줘야 한다. 그녀의 손을 잡아야 한다. 그녀가 어딜 가든 어디에 있든, 자신이 곁에 있을 테니 더는 무서워하지 말라고 말해야 한다.

"제가 누님의 곁에 있겠습니다."

그녀가 죽었든 살았든 중요하지 않다.

평생을 홀로 외로웠을 칸나, 죽어서도 외롭게 혼자 둘 수 없으니까.

"언제까지나 곁에 있을 겁니다."

칼렌은 그녀를 향해 걸어가며 손을 뻗었다. 그리고 고백했다.

"사랑합니다."

마침내 그녀와 손이 겹쳐졌다.

겹쳐졌다고 생각했다.

⋆⁎⋆

칼렌 아디스가 첨탑을 오르는 것을 수많은 사람이 목격했다.

그로부터 얼마 가지 않아 무언가가 쿵 떨어져 내렸다. 첨탑 아래의 바닥에는 붉은 핏자국이 흥건했다.

모두가 그 피의 주인이 칼렌 아디스일 거라고 추측했다. 그러나 그의 몸은 어디에서도 발견되지 않았다.

이에 온갖 추측과 목격설이 난무했다. 그중 몇 가지 설이 대표적이었다. 하나는, 노상의 거지들이 시체를 훔쳐 갔다는 설이었다. 그가 입고 있는 옷은 아주 값비쌌다. 그래서 시체를 끌고 가 옷을 벗겨 내어 훔친 것이다.

"예, 제 친구가 봤다고 했습니다. 거지 무리가 그분의 옷을 훔치고는 강물에다가 시체를 버렸다고 하더군요!"

또 다른 하나는 검은 사도들이 나타나 시신을 훔쳐 갔다는 것이다.

"그분은 성기사의 후손이지 않습니까? 성력을 이용해 위험한 실험을 하려는 게 분명합니다.”

그리고 또 하나. 칼렌이 몸을 일으켜 어디론가 비틀비틀 걸어간 것을 목격했다는 이야기도 있었다.

“정말입니다! 제 두 눈으로 똑똑히 봤다니까요! 머리에 피를 뚝뚝 흘리면서 어딘가로 걸어갔다고요!”

그러나 이것은 현실성 없는 이야기였기에, 빠르게 묻혔다. 온갖 의견이 분분한 가운데 시체 없이 장례식이 치러졌다.

장례식이 끝나고 나서 일주일 후.

실종됐던 오르시니 아디스가 돌아왔다.

“왔군.”

오르시니 아디스는 가주의 집무실로 들어갔다.

몇 주간 실종됐음에도 불구하고, 알렉산드로는 그다지 놀라지 않았다. 그동안 대체 어디서 무엇을 했는지 오르시니의 안색은 초췌했다.

그가 삐딱하게 웃었다.

“칼렌이 죽었다죠.”

“일단은.”

“정말 죽은 겁니까? 시체도 못 찾았다는데.”

알렉산드로는 침묵했다. 아디스의 모든 인력을 풀어 수색했지만 칼렌을 발견할 수 없었다. 그의 시신도, 그리고 살아 있는 몸뚱이도. 그렇기에 이렇게 말하는 수밖에 없었다.

“살아 있다면 언젠가 돌아오겠지.”

"빌어먹을, 등신 새끼."

알렉산드로는 오르시니를 빤히 관찰했다. 발견하는 데까지는 몇 초면 충분했다.

"오른팔을 못 쓰는군."

"……."

오르시니는 대답하지 않았다. 그러나 눈앞의 사내를 속일 수 없음을 깨닫고는 그저 인정했다.

"맞습니다."

알렉산드로가 자리에서 일어나 오르시니에게 걸어왔다. 바로 앞에 섰다. 그가 바짝 접근하자 오르시니는 저도 모르게 긴장했다. 제 부친과 이렇게 가까이 서 본 적이 없었던 것이다.

알렉산드로는 묵묵하게 오르시니의 오른팔을 들어 올려 살폈다.

오르시니는 그런 그를 관찰했다. 새삼스럽게 놀라웠다. 이렇게 가까이에서 보니 알렉산드로는 정말 제 또래의 청년 같았다. 매끈한 피부 하며 건장한 체격 하며, 누가 봐도 스무 살 젊음의 광채로 가득했던 것이다.

그리고 뒤이어 여러 가지를 발견했다. 알렉산드로의 키, 체격, 손아귀의 모양, 팔뚝에 돋은 힘줄까지, 그를 구성한 그 모든 것이 자신과 놀라울 만큼 흡사하다는 것을.

정말이지 쌍둥이가 아닐까 싶을 정도로 닮았다.

"왜지?"

"뭐가 말입니까?"

"왜 못 쓰게 된 거지?"

오르시니는 말없이 시선을 피했다. 빌어먹을 마녀가 준 독약을 먹고 살아난 후유증. 간단했으나 이것만큼은 말할 생각이 없었다.

"독의 후유증이군."

그걸 어떻게 안 거지? 오르시니는 의혹의 눈으로 알렉산드로를 쏘아보다가 퉁명스럽게 대꾸했다.

"저는 양손잡이니 하나쯤은 못 써도 상관없습니다."

"네 생각보다 더 거추장스러울 거다."

"예?"

"어깨부터 손끝까지 마비된 듯하니, 움직일 때마다 몸에 달린 끈처럼 힘없이 나부낄 테지. 검을 쓸 때는 특히나 더 거슬릴 거다."

"제기랄."

오르시니는 인상을 확 찡그렸다. 그러고는 단숨에 허리춤에서 검을 획 뽑아 올렸다. 자신의 오른팔을 향해 거침없이 내리쳤다. 방해되는 팔 따위, 이 빌어먹을 오른팔 따위 잘라 버릴 작정이었다.

그러나 다음 순간, 캉! 알렉산드로의 손이 검날을 부러뜨렸다.

모든 것은 순식간이었다. 오르시니는 눈을 크게 떴다.

"성급하게 굴지 마라, 오르시니."

말도 안 되는 묘기를 선보인 그의 부친은 아무렇지도 않게 부러뜨린 검날을 테이블 위로 툭 던졌다. 심지어 그의 손엔 생채기 하나 없었다…….

"재활 치료를 받아라. 혹시 모르지. 언젠가 다시 쓸 수 있을지도."

"그걸 어떻게 아십니까?"

알렉산드로가 입꼬리를 올렸다.

"경험담이다."

"……예?"

"칼렌이 사라졌으니 네가 후계직을 이어받아야겠구나."

갑작스레 돌아간 화제에 오르시니가 인상을 와락 구겼다. 칼렌의 이야기를 들었을 때부터 예상한 일이었다.

"물론 원치 않겠지. 하지만 피할 수 없을 것이다, 오르시니."

알렉산드로가 아들의 어깨에 손을 올렸다.

"내가 그러했듯 말이다."

칸나는 마침내 얄덴의 여왕을 알현했다.

"고개를 들어요, 타티아나 에브게니아."

예카테리나 여왕은 생각과는 달랐다.

'정복왕 맞아?'

너무 상냥해서 개미 한 마리 못 죽일 듯한 인상이었다. 이 여자가 분열된 얄덴을 통일하고 그 과정에서 전승 무패를 기록한 정복왕이라니.

"짐은 그대에 대해 아주 잘 안답니다. 그대가 보인 행보는 아주 인상 깊었어요. 특히나 아주 오랜 시간 페일런섬을 지배한 광기를 해결한 일은 정말 대단하더군요."

예카테리나가 웃으며 말을 이었다.

"그러나 어리석게도 이자베르크 황가는 그대에게 변변한 의원직 하나 주지 않았지요. 그대를 잘 갈고 닦았더라면 틀림없이 제국을 빛낼 보석이 되었을 것을."

그러고는 혀를 쯧 찼다.

"아디스와 발렌티노 가문은 아슬란 제국의 위상을 높이지만, 이자베르크 황가는 너무 오랜 시간 동안 아무런 노력 없이 정상에 고여 있었어요. 자고로 고인 물은 썩기 마련이랍니다.”

여왕은 아주 다정한 얼굴로 엄청난 독설을 내뱉었다. 그리고 자연스럽게 화제를 바꾸었다.

“얄덴은 다방면에서 아주 우수한 국가지만 단 하나. 의료 수준은 제국보다 낙후해 있습니다.”

“……”

“그러니 타티아나 에브게니아, 그대는 얄덴의 의료 실정을 파악하고 단점을 분석하여 개선점을 도출해 내도록 하세요.”

여왕이 차를 마시며 싱긋 웃었다.

“만약 아슬란 제국 수준으로 끌어올리는 데 성공한다면 그에 상응하는 보답을 하겠습니다.”

“최선을 다하겠습니다, 전하.”

“하지만 그 전에.”

그런데 그 순간 여왕이 얼굴에서 웃음을 싹 지웠다.

“그대의 명성이 실제인지 아니면 허명인지 판가름해 보고 싶군요.”

이제 슬슬 알렉세이에게 들은 이야기가 나오겠군. 칸나는 그리 짐작했다.

“제2 왕자, 로렌초가 몇 달 전부터 정체불명의 병을 앓고 있습니다.”

역시나였다. 막내 왕자 로렌초의 병. 이런저런 이유를 갖다 붙이긴 했지만 결국 가장 중요한 것은 여왕의 아들을 고치는 문제였다.

“로렌초를 치료하세요, 타티아나 양. 모든 것은 그 이후에 시작하세요.”

"꺼져!"

쨍그랑! 화병이 부서졌다.

칸나는 물끄러미 그 유리 파편을 응시했다. 아주 멀찍이, 자신의 반대쪽에 산산이 깨져 있는 그 조각을.

"의원들은 다 거짓말쟁이야! 다 사기꾼이라고!"

문득 아멜리아가 떠올라서 웃음이 나올 것 같았지만 꾹 참았다.

열셋쯤 됐을까? 로렌초 프리드리히는 아직 자그마한 몸집의 소년이었다. 그런데 알렉세이 왕세자를 쏙 빼닮아서 그런지 그림 속에 나올 것 같은 굉장한 미소년이었다.

"로렌, 이 자식이!"

요안나가 성큼성큼 다가가더니 소년의 머리를 후려쳤다. 퍽!

"아프니까 네가 왕 같아? 어? 모두가 네 비위를 맞춰 줘야 할 것 같고 그래? 어?"

퍽, 퍽! 연달아 얻어맞자 로렌초가 엉엉 울음을 터뜨렸다.

"우아아앙! 이 악마야!"

"누님한테 그게 무슨 말버릇이야!"

요안나가 또다시 머리를 후려치려 하자 칸나가 재빨리 막아섰다.

"공주님! 그만 하세요!"

"이 자식 버릇을 내가 오늘 고칠 거예요. 아프다고 오냐오냐해 주는 것도 한계가 있지!"

"환자잖아요! 그렇게 다루시면 안 돼요!"

"흐어어엉. 이 악마! 마귀!"

"뭐? 너 이리 와! 이리 안 와?"

한참 후, 날뛰는 요안나를 간신히 진정시킨 칸나는 완전히 기진맥진했다.

"요안나 공주님. 죄송합니다만 나가 주시겠어요?"

"하지만 저 미친 망아지 같은 자식이 또 타티아나에게 대들 수도 있는데."

미친 망아지는 당신이야! 칸나는 이를 악물며 웃었다.

"환자에게 가장 중요한 것은 심신의 안정이에요. 죄송하지만, 나가 주세요."

요안나가 시무룩하게 나가자, 드디어 방 안에 평화가 찾아왔다. 그러자 로렌초가 감탄과 존경의 눈으로 그녀를 응시했다. 대충 '저 마귀를 간단하게 내쫓다니' 정도랄까.

'왕족 맞아?'

날카로운 얼음판 위에 서 있는 듯한 이자베르크 황가, 그 가족들의 관계와는 완전히 달랐다.

"로렌초 왕자님."

"으, 으응."

"병세가 길어져서 의원을 불신하는 건 이해해요. 하지만 포기하시면 안 됩니다. 몸은 단 하나뿐이잖아요? 놓는 순간 끝나는 거예요."

칸나는 소년의 눈물을 닦아 주며 부드럽게 웃었다. 로렌초의 양 뺨이 발그레 붉어졌다.

"눈이 잘 안 보이시는군요. 초점이 잘 안 맞나 봐요?"

"어, 어떻게 알았어?"

"발바닥에 감각도 없으시지요?"

"어! 어! 맞아! 뭐야? 미리 들은 거야? 어떻게 안 거야?"

미리 들은 것이 아니라, 그저 가까이 와서 살펴본 것뿐이었다.

자신을 바라보고는 있었지만 어딘가가 미묘하게 어긋난 시선, 그리고 깨진 유리 파편이 발꿈치 아래에 깔려 있음에도 불구하고 전혀 느끼지 못하고 있었으니까.

칸나는 그의 발을 들어 유리 조각을 빼냈다.

'복시에 마비 현상이라.'

진찰한 결과, 그는 양쪽 다리와 둔부에 통증이 있었고 발의 감각은 완전히 마비되어 있었다. 게다가 오른쪽 다리를 올리지 못해 혼자서는 걸을 수 없었다.

"혹시 이렇게 아프기 전에 설사를 심하게 하지는 않으셨나요?"

그러자 로렌초가 그녀를 귀신 보듯 쳐다봤다.

"그건 또 어떻게 알았어?"

그야 그것이 이 병의 전초 증상이니까. 칸나는 이 상황이 신기했다.

'그러고 보니 이 세계로 다시 돌아오기 직전까지 돌보던 환자가 이 병을 앓고 있었지.'

길랑바레 증후군. 이건 극소수의 사람이 앓는 희소병으로, 칸나가 '주화'의 몸에 있을 때 치료 중이었던 병이었다.

'끝까지 치료를 못 하고 왔지.'

공교롭게도, 그 환자 역시 어린 소년이었다.

신기했다. 새 삶을 맞은 지금, 미처 치료하지 못한 환자와 비슷한 자를 만나다니.

밖을 나서자, 알렉세이가 벽에 기대어 기다리고 있었다.

"어때. 내 동생을 고칠 수 있겠나?"

"충분히 가망은 있습니다. 하지만 꽤 긴 시일이 필요할 거예요. 발병을 시작한 급성 염증기 때 치료했더라면 비교적 빠르게 치료할 수 있지만·이미 신경이 손상……."

"머리칼이랑 눈은?"

"예?"

"그대 말이야. 머리카락이랑 눈 색깔은 어떻게 바꾼 거지?"

칸나는 자신의 머리칼을 어루만졌다. 밀밭이 연상되는 밝은 연갈색 머리칼, 그리고 분홍색 눈동자로 바뀐 상태였다.

"연금술사에게 의뢰했어요."

"그래? 아슬란에는 뛰어난 연금술사가 많은 모양이야. 그런 기술이 있는 줄은 몰랐군."

알렉세이가 입술 끝자락을 올려 웃었다.

"그런데 소식은 들었나?"

"네?"

못 들은 모양이군, 알렉세이는 혼잣말로 중얼거리며 그녀에게 신문을 내밀었다. 대체 뭔 소식이라는 건데? 칸나는 시큰둥한 얼굴로 신문을 펼쳤다.

<칼렌 아디스, 첨탑에서 추락사>

"이런."

신령은 안타까운 한숨을 내쉬며 신문을 접었다.

"아디스 가문에 망조가 들었군."

칸나에 이어 칼렌까지 죽다니. 정황을 보아하니 칸나의 죽음을 견디지 못하고 그녀를 따라간 듯했다.

"그 칼렌 아디스가, 그런 궁상맞은 죽음을 맞이하다니……."

신령은 픽 웃었다.

"피는 못 속이는 건가?"

그는 세계수의 거대한 뿌리에 걸터앉으며 몸을 기대었다. 타 죽은 것처럼 새까만 나무, 그 위로 빼곡하게 박힌 검은 마석들이 반짝였다. 그는 마석 하나를 손으로 빼내어 들여다보았다.

"칸나, 가여운 내 딸."

그러나 신령의 검은 눈동자엔 슬픔이 없었다. 아쉬움도 없었다. 다행히 얼마 전, 그에게는 대체재가 생겼으니까. 그러니 칸나가 없어도 방법은 있다.

'이게 다 알렉산드로 덕이지.'

그가 칸나의 이혼을 수락하고, 성혼 파기를 위하여 대신전에 보냈다.

'대신전에 들어올 때 칸나의 피를 채취한다는 걸 모를 리 없었을 텐데.'

그걸 알면서도 대신전에 보냈다고? 아니면, 몰랐나?

'몰랐을 리가 없는데.'

어쩌면 정신이 오락가락했었을 수도 있다. 알렉산드로는 셀리아, 그 연금술사가 주는 약을 먹지 않으면 가끔 이성을 놓치고는 했으니까.

'속내를 모르겠군.'

알렉산드로의 진의가 어쨌든 신령은 칸나의 피를 손에 넣었다. 그 덕에 더는 칸나를 쫓을 필요가 없어졌다.

칸나보다도 더 완전한 이물질을 이곳에 데려왔으니까.

흥얼거리고 있던 어느 찰나 신령의 목덜미 위로 솜털이 곤두섰다. 그는 천천히 몸을 돌렸다.

"……이런."

그곳에 검은 망령이 서 있었다.

온통 시커멓고, 붉었다. 뺨 위로 붉은 혈흔이 가득했다. 그리고 그의 손. 그 우악스러운 손아귀에는 신령이 평소에 아끼던 집행관의 목이 들려 있었다.

"제멋대로구나, 라파엘. 부를 때는 그토록 무시하더니만 이렇게 무례하게 침입하다니. 다른 집행관들은 어떻게 했지?"

"뒤에."

라파엘이 짧게 토막난 대답을 던졌다.

뒤에? 신령은 미간을 좁혔다. 뒤에 시체로 쌓여 있다는 소리인가?

"아버지."

"그래, 아들아."

"생각이 바뀌었습니다."

신령의 등골이 오싹해졌다. 그는 태연한 척 자리에서 일어났다.

"설마 이 아비와 골육상쟁을 하자는 건 아니겠지? 이곳은 성스러운 대신전이란다."

툭. 라파엘의 손에 들려 있던 집행관의 목이 떨어졌다. 그는 낮게 숨을 뱉었다가, 깊게 들이마셨다. 들짐승 같은 숨결이었다.

"혈육끼리 붙어먹는 마당에."

라파엘은 피에 젖은 손으로 눈을 간질이는 머리칼을 쓸어 올렸다.

이를 드러내며 웃었다.

"죽이지 못할 이유는 없지."

chapter 17

"타티아나!"

벌컥, 예고도 없이 문이 열린다. 칸나는 뒤를 돌아보았다.

"타티아나, 나 다쳤어!"

큰 키의 남자가 들어왔다. 그러고는 다짜고짜 손을 내밀었다.

"아파 죽겠어. 빨리 치료해 줘!"

칸나는 그의 상처를 살폈다. 종이에 베인 걸까? 작은 피 한 방울이 찔끔 맺혀 있었다. 고작 이런 걸 가지고 이런 호들갑을 떨다니.

"전하는 키만 컸지 여전히 어린애 같아요."

그 말에 로렌초가 민감하게 반응했다.

"어린애라니, 말조심해. 나도 이제 곧 성인이야."

벌써 그렇게 됐나? 칸나는 내심 놀라서 로렌초를 응시했다. 하긴 많이 자라긴 했다.

올해 열일곱 살이 된 로렌초는 지난 3년 사이 키가 훌쩍 커서 이제는 칸나가 그를 한참 올려다봐야 할 정도였다. 알렉세이 왕세자와 비슷할 정도의 장신이었으니.

'처음 봤을 때는 꼬맹이였는데.'

자신보다 키가 작은 어린 소년이었는데 폭풍 같은 성장을 겪어 이제 내년이면 성인이 된다. 칸나는 새삼 세월을 실감했다. 그로부터 벌써 3년이 흐른 것이다.

"저는 왕세자 전하의 주치의입니다만. 로렌초 왕자 전하의 주치의는 따로 있지 않나요?"

"아, 몰라! 난 너한테 치료받을 거야!"

그러나 성격은 여전히 막무가내 떼쟁이였다.

"네, 네. 치료해 드릴 테니 여기 앉아 보세요."

"정말이지?"

로렌초가 신이 나서 콧노래를 부르며 의자에 앉았다. 뭐가 그렇게 좋은 걸까? 하여간 이상한 꼬맹이다.

칸나는 묵묵히 그의 실금 같은 상처에 소독약을 발라 주었다.

"……."

로렌초는 그런 칸나의 얼굴을 멍하니 응시했다. 창가로 흘러드는 햇살이 그녀의 얼굴로 쏟아졌다. 로렌초는 귓바퀴에 걸린 그녀의 밝은 밀빛 머리칼을 응시하다가 천천히 시선을 옮겼다. 부드러워 보이는 뺨, 햇빛이 맺혀 반짝이는 긴 속눈썹, 살짝 벌어져 있는 도톰한 입술…….

홀린 듯 바라보던 로렌초가 침을 꿀꺽 삼켰다. 그리고 물었다.

"타티아나."

"네."

칸나는 그를 쳐다보지도 않고 대답했다.

"그 소문이 사실이야?"

"무슨 소문이요?"

"너, 알렉세이 형님의 정부라며?"

칸나는 깜짝 놀라 고개를 획 들었다.

"전하가 정부라는 단어도 아세요?"

그러자 로렌초의 얼굴이 붉어졌다.

"당연하지. 나도 알 건 다 아는 나이거든! 어린애가 아니라고."

"하지만 처음 몽정했을 때 울면서 찾아오셨던 게 엊그제 같아서."

"야! 너 조용히 안 해?"

칸나는 소리 없이 미소 지었다.

2년 전쯤, 처음 몽정을 경험하고 한밤중에 울먹이며 자신을 찾아온 로렌초가 떠오른 것이다. 그는 그게 뭔지 모르고 병에 걸렸다고 여겼다.

"제길, 진짜, 한 번만 더 그때 얘기 꺼내 봐!"

"고운 말 쓰셔야죠, 전하."

"그래서, 빨리 말해. 뭔데? 정말 너랑 알렉세이 형님이 침대에서 뒹구는 사이인 거야?"

칸나는 이번에도 놀랐다. 이 쪼그만 꼬마 녀석이 '침대에서 뒹구는 사이'라는 저속한 문장을 쓰다니? 남녀가 '뒹구는 사이'라는 게 무슨 뜻인 줄 알고 하는 소리일까?

"맙소사. 전하, 정말 고운 말을 쓰셔야겠는데요?"

"빌어먹을, 내 귀에 그런 말이 들리는 걸 어쩌라고!"

"저는 왕세자 전하의 정부가 아니에요. 그러니 그런 헛소문에 휩쓸리지 마세요, 왕자 전하."

"……정말인 거지?"

"그나저나 어디서 그런 말을 배우신 거예요? 정부라느니, 뒹구는 사이라느니."

"내가 나이가 있는데 그런 것도 모를까 봐? 몇 개월 후면 나도 성인이라고."

로렌초는 그제야 안도했는지 한숨을 푹 내쉬었다. 그리고 혼잣말처럼 중얼거렸다.

"그러기만 해 봐. 가만두지 않을 거야."

"걱정하지 마세요. 알렉세이 왕세자 전하의 명예를 더럽히는 일은 없을 겁니다."

그러자 로렌초의 눈썹이 일그러졌다.

"그런 뜻이 아니야!"

"네?"

"아, 제길, 몰라."

대체 왜 저러는 걸까? 칸나는 로렌초를 유심히 살폈다.

'사춘기인가?'

하기야, 질풍노도의 시기이긴 하지. 칸나는 그가 이상하게 구는 것을 이해해 주기로 했다. 칸나는 그의 손가락에 붕대를 감아 준 후 책장을 정리했다.

로렌초는 책을 꽂는 그녀의 뒷모습을 응시하다가 툭 질문했다.

"너는 귀족이 되고 싶지 않아?"

순간 칸나의 손이 멈칫했다. 그러나 곧 다시 움직이며 밝게 대답했다.

"왜 그런 걸 물으세요?"

"어머니가 작위를 수여한다는 걸 계속 거부하고 있잖아. 형님의 주치의로만 남으려고 하고. 대체 왜 귀족이 되려 하지 않는 거야?"

그야, 조금이라도 관심을 덜 받고 싶으니까. 관심받게 되면, 과거를 추적당할 수 있으니까.

칸나는 그 말을 삼켰다. 그 대신 뒤를 돌아 로렌초를 마주 보았다. 은밀하고 비밀스러운 미소를 지었다.

"제가 궁금하세요?"

"……."

로렌초는 그녀를 넋 놓고 보다가 퍼뜩 정신을 차리고는 고개를 획획 저었다.

"아니! 전혀! 내가 왜 널?"

"그러실 것 같았어요. 전하는 그렇지 않아도 바쁘시잖아요? 춤 연습은 많이 하셨나요?"

"……아니."

"그러시면 안 되죠. 아녜리츠 공녀님의 데뷔탕트 상대가 되기로 약속하셨잖아요."

그 말에 로렌초는 인상을 찡그렸다.

"듣자 하니 아녜리츠 공녀께서 전하께 관심이 지대하시다고 하던데요?"

"몰라. 난 아녜리츠 공녀 별로야. 여자로 보이지도 않아."

"네? 하지만 공녀님은 굉장한 미인이신걸요."

"흥, 그래 봤자 어린애지. 젖비린내 날 것 같아."

너랑 동갑이잖아요. 너도 어린애거든요? 칸나는 그렇게 놀리고 싶은 것을 꾹 참았다.

"게다가 미인이라니, 내 눈에는 차지도 않아."

"저 때문이군요. 어릴 때부터 저를 보면서 자라서 다른 미인에게는 감흥이 없는 거예요."

농담으로 한 말인데 로렌초의 얼굴이 토마토처럼 새빨갛게 달아올랐다.

"웃기지 마, 이 못난아!"

그러고는 문을 쾅 박차고 뛰어나가 버렸다.

'성격 진짜⋯⋯.'

이럴 때 옆에 요안나 공주가 있어야 했는데. 칸나는 한숨을 내쉬었다. 참자. 원래 사춘기 때는 온갖 이상한 짓은 다 하는 거라고 그랬어.

'그래도 병을 고쳐 줬을 때는 새끼 오리처럼 잘 따랐는데.'

3년 전, 그를 처음 만나고 길랑바레 증후군을 치료해 준 이후 로렌초는 자신에게 마음을 열었다. 어찌나 잘 따르던지 어미를 쫓는 새끼 오리 같다고 생각할 정도였다.

그러나 어느 순간부터 태도가 바뀌었다. 자주 화를 냈고, 가까이 다가가면 깜짝 놀라 소리치고는 했다.

'몽정한 걸 들킨 게 부끄러운가?'

생각해 보면 태도가 바뀐 것은 로렌초의 몽정 사건 이후였다. 아무래도 그때 겪은 수치 때문에 부끄러운 모양이다.

'하기야 사춘기니까 그럴 수 있어. 다음부터는 더 조심히 대해야겠다.'

"왔군요, 타티아나. 이리 와서 앉으세요."

예카테리나 여왕은 부드럽게 웃으며 맞은편을 권했다.

지난 3년, 칸나는 예카테리나 여왕이 요구한 모든 것을 지켰다. 알덴의 의료 수준은 눈부시게 성장했다. 기본적인 청결이나 소독 개념조차 없었던 빈약한 의료 상식을 정립하고, 아직 이 세계에는 불분명했던 동대륙 약재의 효능을 정확하게 표기한 책을 집필했다. 그 외 병을 진단하는 법, 치료법, 병의 예후에 따른 병명 등을 자세히 분류한

논문들을 작성했다.

"안 좋은 소식이 있어요."

"예?"

"오르시니 아디스 경이 얄덴으로 오고 있습니다."

순간, 심장이 바닥까지 떨어져 내렸다. 칸나는 주먹을 콰득 말아 쥐었다.

아디스. 아디스. 아디스.

완벽하게 잊고 살았던, 잊으려고 노력했던 그 이름이 와르르 쏟아졌다.

"하지만 걱정할 필요 없어요. 검은 안개의 일로 얄덴과 상의할 것이 있어서 오는 것뿐이에요."

"왕실로 오고 있나요?"

"그래요."

"……저는 잠시 다른 지역으로 떠나 있는 게 좋겠어요."

"예, 과인도 그리 생각한답니다."

오르시니와 마주쳐서는 안 된다. 그것만큼은 분명했다.

예상대로 오르시니는 죽지 않았다. 그는 살아남아 아디스로 돌아갔고, 죽은 칼렌의 뒤를 이어 가주 후계가 되었다. 그걸로 끝이었다. 오르시니는 칸나의 생존을 알리지도, 추적하지도 않았다.

'하기야 그 녀석 성격이 있으니까.'

그녀의 손짓에 일일이 농락당하면서, 산산이 무너져 내리는 순간까지도 자신을 찢어 죽일 듯 노려봤던 녀석이다. 그 꺾이지 않는 자존심, 아집, 오기, 그런 불같은 성격이 그녀를 찾지 못하게 만들 것이다.

'그런 성격이라 다행인 건가?'

하지만 만약 우연이라도 마주치면.

'……죽일 거야.'

내가 그 녀석을, 이 아니라.

그 녀석이, 나를.

칸나는 확신할 수 있었다. 오르시니는 반드시 자신을 죽이려 들 것이다.

"브리츠크 영지로 피신해 있도록 해요. 그곳의 영주는 과인의 사촌 동생입니다. 자세한 사정은 모르지만, 과인이 단단히 당부해 놨으니 그대를 잘 숨겨 줄 거예요."

"감사합니다."

"혹시 모를 추적이 있을 수도 있으니 눈에 띄지 않게 움직이는 것이 좋겠어요. 이런 은밀한 일에는 왕실의 기사보다는 용병이 도움이 될 겁니다."

"용병이요?"

"그렇습니다. 하지만 대륙 최고라 불리는 용병을 고용했으니 안전은 걱정할 필요 없어요. 혹시 백발 귀신이라는 별칭, 들어 봤나요?"

칸나도 여왕을 따라 웃음을 지었다.

백발 귀신. 아주 우스꽝스러운 별명이었지만 실상은 정말 귀신같은 사람이기에 붙은 별명이었다. 어느 날 갑자기 귀신처럼 홀연히 나타난 백발의 용병은 귀신같은 실력으로 용병계를 평정하고 모든 의뢰를 성공적으로 수행했다고 들었다.

"물론이죠."

"그자가 타티아나를 호위할 겁니다. 하지만 주의하세요. 이 의뢰를 진행한 시종에게 얘기를 듣자 하니, 보통 성격이 아니라더군요."

여왕은 혀를 찼다.

"그래도 실력은 확실하다고 하더군요. 그러니 안심하고 당분간 브리츠크에서 지내도록 해요."

"신경 써 주셔서 감사합니다, 전하."

"아니, 타티아나 의원님 아니십니까?"

약초 꾸러미를 끌어안고 가던 길, 뒤에서 목소리가 들렸다.

빌어먹을. 그 자식이로군.

칸나는 속으로 욕설을 내뱉으며 고개를 돌렸다.

"아스탄 사제님."

20대 중후반쯤 되었을까? 새하얀 법의를 입은 사내가 실실 웃으며 다가오고 있었다.

"이런, 무거운 걸 들고 계시는군요."

"아뇨, 무겁지 않아요."

"그럴 리가요. 타티아나 의원님의 가녀린 손으로 그런 것을 드시게 할 수 없습니다. 어서 제게 주십시오."

별로 무겁지도 않은 약초 꾸러미인데, 저 사제는 칸나에게 그럴 힘조차 없다고 믿고 있었다.

"괜찮습니다, 사제님."

"어허. 또 이러신다, 또 또."

아스탄 사제가 가까이 다가와 칸나의 팔목을 붙잡았다. 순간 칸나는 그를 걷어찰 뻔했으나, 초인적인 인내심으로 참아냈다.

"이런 작은 호의조차 매번 거절하시다니, 의원님은 남자를 안달 나게 하는 재주가 있으신 분입니다."

"……"

마음 같아서는 낭심을 걷어차고도 남았지만, 그래서는 안 된다. 대신전에서 파견한 사제니까.

'빌어먹을, 이게 다 검은 안개 때문이지.'

지난 3년 사이 세상은 많이 바뀌었다.

검은 안개가 폭발적으로 늘어났고 대신전에서는 이에 대항하기 위해 각국의 도시마다 사제 한 명씩을 파견했다. 하나같이 성력이 우수한 사제들이었기에 검은 안개를 제어하는 데 꽤 도움이 됐고, 그 덕에 그들은 모두 국빈급 대우를 받았다.

이전의 대신전과는 다른 행보였다.

'그야 대신전의 수장이 바뀌었으니까.'

3년 전, 대륙을 떠들썩하게 만든 대신전의 피의 개혁. 죽음과 살육으로 범벅이 된 승계 이후 대신전의 방침이 바뀌었다.

어쨌든 그런 대신전에서 파견한 사제를 폭행했다가는 신성 모독으로 화형대에 매달릴 수도 있었다.

"이것 놔주세요."

칸나는 사제의 팔을 거칠게 뿌리쳤다. 아스탄 사제의 지분거리는 시선을 뒤로하고 칸나는 재빨리 걸어갔다.

'대신전 사제들은 다 제정신이 아닌가?'

한숨을 내쉬며 복도를 걷던 중 누군가가 칸나의 팔을 확 끌어당겼다. 약초 꾸러미가 털썩 떨어졌다.

"쉿."

발버둥 치려는 칸나의 팔에서 힘이 풀렸다.

"나야, 타티아나."

칸나는 고개를 힐끔 돌렸다. 뒤에서 끌어안은 알렉세이가 그녀의 어깨에 턱을 내리누르고 있었다.

여긴 복도인데? 으슥한 곳이라 아무도 없긴 하지만 누가 지나갈지 모른다. 칸나는 초조해져서 그의 팔을 툭툭 쳤다.

"전하, 놔주세요. 누가 보면 어떡해요?"

"그러면 내 방으로 올 건가?"

"나중에, 시간이 나면요."

시간이 나도 안 갈 거다. 그러나 이 상황을 모면하기 위해 칸나는 대충 둘러댔다. 그리고 알렉세이는 그녀의 속을 간파했다.

"거짓말하는군. 오지 않을 거지?"

"전하."

그때, 알렉세이가 그녀의 턱을 잡아끌었다. 입술이 맞붙자 칸나는 거의 체념하고 그를 받아들였다. 그와 체온을 맞대는 건 역시 싫지가 않았다. 싫지 않은 정도가 아니라, 실은 꽤 좋았다.

"미안. 못 참겠어."

나직이 중얼거린 알렉세이가 칸나의 몸을 빙글 돌려 벽으로 밀어붙였다. 그리고 다시 한번 입술을 맞춰 왔다. 칸나는 갈급하게 파고드는 남자를 보다가 눈을 힐끔 돌렸다. 이곳은 복도니까 한 명은 눈을 뜨고 감시를 해야 하지 않겠는가?

"집중해."

눈치챘는지 그가 입술을 붙인 채로 중얼거렸다. 그의 가빠진 숨결이 그녀에게 흩어졌다.

"집중할 수 있는 환경이 아니에요, 전하."

"그러니까 내 방으로 와."

"알았다니까요."

"정말인가? 약속할 수 있어?"

칸나는 빙그레 웃으며 그의 어깨를 밀쳤다. 알렉세이는 순순히 떨어져 주었다.

"아뇨. 약속은 못 해요."

"거 봐."

알렉세이가 한숨처럼 내뱉으며 그녀의 허리를 꽉 끌어안았다.

"그대는 정말……."

"제가 뭘요?"

"……정말 나쁜 여자야."

순간 기시감이 스쳤다.

언제였더라. 어디에서였더라. 누군가에게 비슷한 말을 들은 것 같기도 한데…….

잠시 고민했지만 떠오르지 않았기에 곧 잊어버렸다.

'어쩌다 이렇게 됐지?'

칸나는 한숨을 내쉬었다. 지난 3년. 정말 많은 일이 있었다.

그러니까 알렉세이와 어쩌다가 이렇게 됐냐 하면…….

3년 전. 로렌초의 병을 치료한 이후 칸나는 정식으로 왕궁의 의원 자격을 얻었다.

"제가 직접 관리해야 속이 편할 듯하군요. 제 주치의로 두겠습니다."

칸나의 존재가 불안했던 알렉세이는 그녀를 제 주치의로 달라 여왕에게 청했다.

"그래, 그러도록 하자꾸나."

여왕은 흔쾌히 받아들였다.

알렉세이는 칸나를 직접 관리했다. 말이 관리지 감시나 다름없었다. 알렉세이는 칸나를 시한폭탄처럼 여겼다. 아디스 가문에서 훔쳐 온 여자, 터지는 순간 얄덴에 큰 피해를 줄 존재로 보았던 것이다.

그러나 아디스 가문에서 별다른 추적을 하지 않았고 정말 칸나가 죽은 것으로 여기자 슬슬 안심하기 시작했다.

"모두를 제대로 속인 모양이군."

"칭찬으로 듣겠습니다."

"글쎄, 칭찬일까?"

"칭찬이 아닌가요?"

"아디스를 속일 정도라면 우리를 속이는 것도 가능하겠지. 난 그대를 믿을 수 없다."

"그럼 믿지 마세요."

날카롭게 구는 그가 짜증 나서 칸나도 지지 않고 대꾸했다.

"저는 전하의 환심을 사서 출세할 생각도, 권력을 얻을 생각도 없어요. 그러니 전하의 믿음도 호의도 필요 없답니다."

그렇게 냉랭한 관계가 이어졌다.

그러다 한번, 알렉세이가 독에 중독되어 사경을 오갔다. 칸나는 온 힘을 다해 그를 살렸다. 잠을 설쳐 가며 그의 옆을 지키다가 딱 한 번 침대맡에 기대어 잠들었다.

"……."

10분 정도 선잠을 잤을까? 칸나는 자신의 머리칼을 쓸어 넘기는 손길에 눈을 떴다. 알렉세이였다. 그가 그녀의 머리칼을 만지며 물끄러미 들여다보고 있었다.

"전하?"

칸나가 잠에서 깨자 알렉세이는 눈에 띄게 놀라며 손을 거두었다. 스스로가 한 행동에 놀란 듯 어린 소년처럼 얼굴을 붉혔다. 그러나 그런 건 중요하지 않았다.

"정신이 드셨네요. 눈을 뜨셔서 정말 다행이에요."

살렸다는 것, 그것이 중요했으니. 이후 알렉세이의 경계는 예전보다 줄어들었다.

언제 한번은 그의 허벅지에 침을 놓은 적이 있었다. 근육통을 치료해 주기 위해서였다. 알렉세이는 제 허벅지를 태연하게 만지는 칸나에게 화가 난 듯했다.

"그대는 남자의 몸에 익숙한 모양이야. 아무렇지도 않게 만지는군."

"그럼요. 모르셨어요? 제가 이래 봬도 결혼 경험이 있어서 말이지요. 알 만큼 잘 안답니다."

순간 알렉세이의 눈에 불이 번쩍였다.

"다시는 그 일을 입 밖에 꺼내지 마."

그리고 그녀를 노려보며 위협적으로 경고했다.

"그대는 그 남자를, 그 순간을 잊어야 할 거야. 그대의 이름은 타티아나 에브게니아니까."

지금 와 생각해 보면 알렉세이는 질투한 거였다. 그렇게 신경질적인 관계가 이어지던 어느 날, 칸나는 딱 한 번 눈물을 흘렸다.

'이제는 그립지가 않아.'

방의 테라스에서 멍하니 밤하늘을 올려다보며 눈물 한 방울을 흘렸다. 더는 옛 연인, 연우가 그립지 않았다. 그의 얼굴도 목소리도 희미했다. 한때는 사랑했던 것도 같은데 바쁘게 살다 보니 완전히 잊어버린 모양이다.

'잘 살아. 행복해야 해.'

그것은 이별의 눈물이었다.

"왜 울지?"

칸나는 몸을 획 돌렸다. 알렉세이가 화난 얼굴로 그녀를 바라보고 있었다.

"전하, 이곳엔 왜……?"

"그 남자가 그립나?"

또 발렌티노 공작 이야기인가? 잊으라고 엄포했으면서 정작 매번 그 얘기를 꺼내는 건 알렉세이였다.

"아뇨. 그런 게 아니에요. 그냥."

칸나는 서글프게 미소 지었다.

"그냥, 달이 예뻐서요."

그녀를 말없이 응시하던 알렉세이가 다가왔다. 그리고 도저히 믿을 수 없는 행동을 했다. 손을 들어 올려 그녀의 뺨을 적신 눈물을 닦아 준 것이다.

"울지 마라. 그대가 우니까 마음이 아프군."

눈물을 흘릴 정도로 약해져 있던 순간, 달빛의 마력에 홀렸던 걸까. 알렉세이가 그녀에게 키스했고, 칸나는 피하지 않았다.

너무나도 외로워서.

그 순간 저를 위로하며 감싸 안는 체온이 너무 따뜻해서, 그래서 뿌리치고 싶지 않았다.

그리고 그 순간 이후로 그를 좋아하게 된 것 같았다. 사실 칸나는 누군가를 좋아하고 싶었다. 고립되어 지내는 것에 지쳐서 이제는 누군가의 손을 잡고 싶었다. 누군가에게 애정을 주고 애정을 받고 싶었다.

그 찰나 손을 뻗은 게 알렉세이였다.

나쁘지 않다고 생각했다. 얼굴도, 몸도, 목소리도, 얼굴을 감싸 오는 체온도 그녀의 취향이었으니까. 그래서 알렉세이의 손을 잡았다.

다음 날 바로 후회했지만.

'왕세자는 안 돼.'

정신이 맑아진 이후 칸나는 극심한 후회에 시달렸다. 너무나 외롭고 감성적이 된 나머지 감정에 휩쓸려 버리고 말았다!

그 입맞춤 이후로 알렉세이는 돌변했다. 마냥 까칠한 왕세자인 줄 알았는데 알고 보니 그녀를 건드리고 싶은 욕망을 참느라 까칠했던 모양이다. 더는 참을 필요가 없어지자 왕세자는 저돌적으로 나왔다.

'이러니까 당연히 소문이 나지.'

칸나는 지난날을 떠올리며 한숨을 내쉬었다.

"전하, 어쨌든 복도에서 이러지 마세요."

"그대가 날 피하니까 그렇지."

알렉세이는 불만 가득한 눈으로 그녀를 응시했다.

"이번에도 작위를 거절했다고 하더군."

"네."

"작위를 받아. 귀족이 돼. 그렇지 않으면 그대는 나와 아무것도 이룰 수 없어."

"……."

"타티아나, 난 그대가 내 연인임을 만천하에 알리고 싶어. 그대는 그렇지 않아?"

칸나는 입을 다물었다. 알리고 싶지 않느냐고?

'절대 안 돼.'

얄덴의 왕세자는 아멜리아조차도 신랑감으로 노렸던 남자다. 전 대륙의 관심을 받는 남자의 연인이 된다면 분명 그에 준하는 관심을 받을 테고, 누군가가 그녀의 정체를 밝혀낼지도 몰랐다.

'알렉세이가 왕세자가 아니었다면 좋았겠지.'

그랬더라면 로렌초에게서 정부 소리를 들을 일도 없었을 것이다. 평민 출신 의원과 왕세자. 결코 이루어질 수 없는 신분의 격차로 인해 칸나는 그의 '정부'로 소문이 난 것이다. 연인이 아니라.

'그렇게나 날 원한다면 당신이 날 위해 왕위를 포기해요.'

칸나는 속으로만 그렇게 생각했다. 결코 입 밖으로 꺼낼 수 없는 말이었다.

"타티아나!"

그날 저녁, 요안나가 찾아왔다.

"얘기 들었어. 내일 브리츠크로 떠난다며?"

"예."

"잘 생각했어. 오르시니 경이 온다는데 잠시 자리를 피해 있는 게 낫지."

그런데 요안나의 얼굴이 발그레한 것이, 잔뜩 기대 중인 것 같았다.

"좋아하시는 것 같은데요?"

"응? 에이, 설마."

"……."

"미안. 사실 좀 기대되네. 오르시니 경은 잘생겼잖아. 그런 미남은 드물다고."

하여간 저 얼굴 밝힘증. 익숙한 일이었기에 칸나는 딱히 놀라지도 않았다.

"나뿐만이 아니라 다른 영애들도 잔뜩 기대 중이야. 오르시니 경을 한 번도 본 적이 없는 영애들이 대다수거든."

"조심하라고 전해 주세요. 얼굴 보고 가까이 다가갔다간 물릴 수도 있으니까."

"그렇지도 않을걸."

요안나의 눈이 가느다래졌다.

"듣자 하니 성격이 꽤 많이 바뀌었다더라고. 예전처럼 마냥 난폭하지 않대."

"……그래요?"

"응. 조용하고 과묵하다더라."

그 녀석이? 칸나는 도저히 그 말이 믿기지 않았다. 조용하고 과묵한 오르시니라니, 어울리지 않았다.

"칼렌 경의 뒤를 이어 가주 후계자가 된 이후로는 많이 변했나 봐."

요안나의 얼굴이 짐짓 어두워졌다. 칸나도 입을 다물었다.

칼렌 아디스. 그는 그녀가 죽은 충격을 이겨 내지 못하고 첨탑 위에서 몸을 던져 죽었다고 한다.

'그 바보 녀석.'

그를 생각하면 칸나도 더는 웃을 수가 없었다. 그 소식을 처음 들었던 순간의 충격이 다시금 떠올랐다.

'이건 내가 바라던 일이 아니었어.'

칼렌과 화해할 생각은 없었다. 잘 지내볼 생각도 없었고 용서할 생각 역시 없었다. 그래도 그런 결말을 바라진 않았다.

그런 식으로 죽길 바란 적은 없었다.

요안나가 떠난 후 얼마 가지 않아 알렉세이가 찾아왔다. 정확히 말하자면, 남들의 눈을 피해 창문으로 숨어들어 왔다.

"전하, 체통을 지키셔야죠."

창문을 열고 몰래 들어오는 왕세자라니. 그러나 그는 아무렇지도 않게 들어와 그녀를 와락 끌어안았다.

"도둑도 아니고 왜 창문으로 들어와요?"

투덜거리긴 했지만, 사실 칸나도 기분이 좋았다.

알렉세이가 좋았다. 타티아나로 사는 삶이 좋았다.

'그렇지, 이게 삶이지.'

순수하게 마음을 주고받고, 의심할 필요도 경계할 필요도 없이 애정을 나누고.

'절대로 이 삶을 포기하지 않을 거야.'

하지만 알렉세이 왕세자와는 어떻게 해야 될지 모르겠다. 알렉세이는 얄덴의 왕이 될 사나이다. 그들 사이에는 결코 넘지 못할 거대한

산이 존재했다.

만약 귀족의 작위를 받고, 그의 왕비가 된다면? 얄덴의 왕비로 살면 아디스의 가주를 볼 일이 언젠가 한 번쯤은 있을 것이다. 아디스뿐만 아니다. 이자베르크 황가의 황족들을 마주칠 일도 있을 것이다.

'그러니까 그건 불가능한 일이지.'

칸나가 원한다고 해서 극복할 수 있는 문제가 아니었다. 그러니 이 연애는 한여름 밤의 꿈처럼 언젠가는 깨어나야 할 단잠에 불과했다.

'그러면 뭐 어때?'

좋아하고, 한계에 부딪히고, 그래서 이별하고. 그러면 조금 울다가 다시 일어서면 그만이다. 그게 삶이다.

'끝이 보인다고 해서 지금 이 순간의 감정이 거짓인 건 아니잖아.'

칸나는 그저 이 순간을 즐기기로 했다.

"어지럽군."

그녀의 목덜미에 얼굴을 파묻으며 알렉세이가 뜨거운 숨을 내뱉었다.

"그대랑 있으면 현기증이 나. 머리가 어떻게 되는 것 같아."

"약이라도 지어 올릴까요?"

"두려워."

"뭐가요?"

알렉세이가 그녀를 부서지라 끌어안았다.

"타티아나, 그대가 언젠가 내 곁을 떠날 것 같아."

"……."

"그대는 왜 나에게 아무것도 요구하지 않지? 왜 나와의 미래를 애기하지 않지?"

"……."

"약속해. 무슨 일이 있어도, 언제까지나 내 곁에 있겠다고."

칸나는 측은하게 웃으며 그의 머리칼을 어루만졌다. 달콤하게 속삭였다.

"약속할게요."

"정말인가?"

"네."

그러자 알렉세이가 입매를 비틀었다.

"사실은 거짓말이지?"

"네."

알렉세이는 피식 웃었다. 칸나의 뺨을 쓰다듬으며 나직이 중얼거렸다.

"넌 정말 나쁜 여자야."

다음 날 이른 오전, 칸나는 출발할 채비를 했다.

"용병과는 칸타시 여관에서 합류하시면 됩니다."

그곳에서 새하얀 머리칼, 초록색 눈동자의 용병을 찾으면 된다 하였다.

"그 정도 정보만으로 찾을 수 있을까요? 새하얀 머리가 드물긴 하지만, 그래도 생판 모르는 남인데……."

그러자 여왕의 시종이 기묘하게 웃었다.

"눈에 띌 겁니다."

"예?"

"어디에서든 튀는 외모를 가진 청년이니, 한눈에 알아보실 수 있을 겁니다."

그러고는 칸나에게 푸른 장미 모양의 머리끈을 건넸다.

"이것을 하고 계시면 그자가 의원님을 먼저 찾아낼 겁니다."

"……."

나보고 이 촌스러운 머리끈을 하라고?

"주의하십시오. 성격이 매우 호전적이고 불손한 자입니다. 내일이 없는 듯 사는 용병이니, 뒷감당 안 될 짓을 저지를 수도 있습니다."

"알겠어요. 조심할게요."

그 누구의 눈에도 띄지 않아야 했기에 칸나는 홀로 출발했다. 칸타시 여관은 수도의 외곽에 있는 곳으로, 수많은 여행자가 드나드는 분주한 장소였다.

예전에는 그러했다.

'이제는 거의 용병들이네…….'

칸나는 떠들썩하게 술을 마시는 사내들을 피해 식당 한쪽에 자리 잡았다. 여관을 채운 것은 대부분 용병이었다.

최근 3년, 용병 시장이 폭발적으로 커졌다.

'검은 안개 때문이지.'

검은 안개가 극성을 부리며 많은 자가 안개에 감염되었다. 감염자가 속출하고 검은 안개에서 마물들이 튀어나왔다. 그 수가 증가하자 기사들만으로는 감당할 수 없을 정도가 됐고, 자연스럽게 용병들의 수요가 늘어났다.

'세상이 정말 많이 바뀌었어.'

대신전의 사제들이 도시마다 상주하질 않나, 용병 시장이 활발해지질 않나, 그리고.

'아, 저기 동대륙인이다.'

동대륙과 서대륙의 전면적 문물 개방으로 이제는 자유롭게 대륙을 오갈 수 있는 시대가 열렸다.

그 덕에 칸나는 안심하고 의원 일을 할 수 있었다. 동대륙의 의술은 칸나의 것과 비슷해서, 이제는 예전처럼 신기한 취급을 당하진 않았다.

'그래도 현시대의 의술은 내가 배운 것에 비해 현저히 떨어지지만……'

그래서 적당히 실력을 숨겨 가며 지내고 있다. 천재 소리 들으며 시선이 집중되면 곤란해지니까.

오히려 아슬란 제국에서 천재 의원이 나타났다는 소문이 돌고 있었다. 동대륙에서 온 젊은 여자라고 들었다. 그 의원이 황후의 피부병을 고쳤다. 그 사실을 떠올리면 매번 마음 한구석이 껄끄러워졌다.

'불가능할 텐데.'

황후의 피부병은 연금술로 만든 병이었다. 그런데 그 병을 고친 의원이 나타났다고?

'몰라, 더는 신경 쓰지 말자.'

자신의 삶을 사는 것으로도 벅차서 다른 것에 신경을 기울이고 싶지 않았다.

"이봐, 아가씨. 혼자 온 거야?"

그때 주변을 맴돌며 그녀를 훔쳐보던 용병들이 다가왔다. 그녀가 고개를 들자 눈이 마주쳤다.

"오."

"미인."

"굉장한데."

그들은 저들끼리 낄낄거리며 웃음을 터뜨리더니 멋대로 그녀의 테이블에 자리를 잡았다.

"혼자 왔으면 우리랑 맥주 한잔하지. 우리가 살 테니까."

그때였다. 시끌벅적하던 여관 안이 찬물을 끼얹은 듯 조용해졌다.

"……뭐야?"

"왜 갑자기 조용해졌지?"

용병들 역시 의아함을 느꼈는지 고개를 돌렸다. 그리고 즉시 얼어붙었다.

새하얀 머리칼의 남자가 걸어 들어오고 있었다.

뚜벅뚜벅, 얼어붙은 정적 위로 절도 있는 걸음 소리만이 울렸다. 남자의 눈은 칸나를 향하고 있었다. 정확히 말하자면, 그녀의 밝은 갈색 머리칼을 묶은 푸른 장미 머리끈을 응시하고 있었다.

"이, 이리로 오는데?"

"야, 야, 일어나."

용병들이 허둥지둥 몸을 일으켜 다른 곳으로 떠났다.

털썩! 마침내 다가온 남자가 그녀의 앞에 자리를 잡는다. 그러고는 칸나를 응시하며 물었다.

"타티아나 에브게니아?"

낮은 저음, 침착하고 차분한 음성이다. 그러나 칸나는 그의 말이 들리지 않았다.

"맞습니까?"

"……."

칸나의 입술이 저절로 벌어졌다.

꿈을 꾸고 있는 걸까? 아니면 자신의 눈이 잘못된 걸까?

칸나가 아무 말도 못 하자 백발의 남자가 미간을 좁혔다. 매서운 눈으로 노려보며 다시 한번 물었다.

"타티아나 에브게니아가 맞느냐고 물었습니다."

익숙한 목소리. 익숙한 얼굴.

'어떻게……?'

어떻게 이런 일이 가능하지?

그럴 리 없다.

왜냐하면 그는 죽었으니까.

하지만 눈앞의 상대는 그녀가 아는 사람이었다. 착각일 리 없었다. 자신이 그를 다른 사람과 헷갈릴 리 없으니까. 수백 명의 인파 속에서도 그를 찾아낼 수 있을 테니까!

'칼렌.'

백발의 용병. 그는 칼렌 아디스였다.

그러나 기억 속의 칼렌과는 완전히 달랐다. 눈송이처럼 새하얀 머리칼은 거칠게 헝클어져 있었고, 단추를 두세 개 푼 셔츠는 팔꿈치까지 대충 걷어 올린 상태였다. 언제나 완벽하게 정돈되어 있던 아디스의 가주 후계자가 아니었다.

"당신이."

칸나는 간신히 물었다.

"내 호위를 맡은 용병이야?"

그러자 칼렌이 입술을 비틀어 웃었다.

"당신이 타티아나 에브게니아라면, 맞습니다. 내가 당신의 호위를 맡은 용병입니다."

칸나는 도저히 이 상황을 이해할 수 없었다. 칼렌은 죽지 않았던 건가? 살아 있다면, 왜 용병 일을 하고 있단 말인가? 그리고 왜 자신을 모른 척하고 있지?

그때였다.

"어이, 거기 흰머리."

덩치 큰 사나이가 걸어와 칼렌의 옆에 섰다.

"네가 그렇게 대단하다며?"

그러고는 도발하듯 칼렌의 어깨 위로 손을 툭 얹었다. 그 순간, 살얼음 같은 정적이 내려앉았다. 그렇잖아도 조용하던 여관이 이제는 숨소리조차 희미해졌다.

"아무리 그래도 상도덕은 지켜야지. 내 의뢰를 중간에 가로채면 쓰나? 그것도 여러 번이나."

"치워."

그러자 용병이 크게 웃음을 터뜨리며 그의 어깨를 꽉 잡아챘다.

"명성이 대단하던데, 어디 한번 실력이나 보여 주지. 얼마나 대단하기에 남의 일거리를 **빼앗아** 가는지 궁금하군."

칼렌의 입꼬리가 올라갔다.

"실력 부족을 남 탓으로 돌리는군. 쓰레기."

"뭐? 이 자식이!"

용병이 검을 뽑아 드는 순간이었다. 칼렌은 귀신 같은 속도로 날아오는 검을 피한 후, 그대로 용병의 머리를 잡아 테이블에 처박았다.

쾅!

"크흑!"

순간 테이블 위로 피가 확 터졌다. 그러나 칼렌은 야만스럽게 웃으며 가차 없이 용병의 뒤통수를 꾹 짓눌렀다. 그의 손등 위로 핏줄이

험악하게 도드라졌다.

"쓰레기 같은 실력이군. 누가 네놈 따위를 돈 주고 고용하겠어? 안 그래?"

"커, 커헉."

"말해 봐, 쓰레기. 이런. 쓰레기라서 말을 못 하나?"

쾅! 쾅! 머리채를 거칠게 잡고는 연달아 테이블 위로 내리쳤다. 그 힘이 어찌나 강한지 상대는 지푸라기처럼 끌려다녔다.

"시시하군."

마침내 남자의 몸에서 힘이 쭉 빠졌다. 칼렌은 혀를 차며 용병을 획 집어던졌다. 털썩. 기절한 남자가 쓰러진다. 모두가 잔뜩 긴장하여, 말 없이 그 장면을 응시했다.

칸나가 어안이 벙벙해졌다.

'말도 안 돼.'

저게 칼렌이라니. 저렇게 폭력적인 남자가 칼렌이라니!

그러나 칼렌은 아무 일도 없었던 것처럼 태연하게 손수건을 꺼내 피 묻은 손을 닦았다. 그러고는 칸나를 향해 씩 미소 지었다.

"실례. 날파리가 꼬여서."

"……."

"자, 그럼 경로부터 정합시다."

그가 품에서 지도를 꺼냈다.

"이 숲을 통한 경로로 가면 일주일이면 브리츠크에 도착합니다. 대신 야영을 해야 하죠."

그의 기다란 손가락이 숲을 짚었다.

"도로를 이용해 가면 꼬박꼬박 여관에서 숙박할 수 있으니 편안은

할 테지만 20일 이상 걸립니다."

툭툭 내뱉는 말투, 귀찮다는 듯 껄렁껄렁한 음성. 이것은 결단코 칼렌의 어조가 아니었다.

"의뢰인께 맞춰 드리죠. 어떻게 하시겠습니까?"

"……빠른 길."

"의외로 저와 잘 맞는 것 같군요. 의뢰인님. 마음에 듭니다."

그가 웃었다. 아주 불량해 보이는 웃음. 이것 역시 칼렌과는 거리가 멀었다.

"그럼 지금 당장 출발하죠. 당분간 잘 부탁드립니다. 렌입니다."

"렌?"

칸나는 저도 모르게 물었다.

"누가 지어 준 이름이지?"

그러자 그가 그녀를 이상한 사람처럼 바라봤다.

"누구긴, 제 가족이죠."

"……."

가족이 지어 줬다고?

의혹이 무럭무럭 자라났다. 이름을 지어 준 가족이 있다니…….

'누굴 만난 건가?'

기억을 잃은 후 아마도 가족이라고 여길 만한 누군가를 만났을 가능성이 컸다. 그게 아니라면.

정말 다른 사람이거나.

칸나는 말을 타고 가는 내내 칼렌을 은밀하게 살폈다.

그는 용병 그 자체였다. 행동거지 하나하나가 거칠어서 인간 흉내를 내는 짐승 같았다.

"이걸 먹으라고?"

칸나는 칼렌이 툭 던진 육포 더미를 보며 인상을 찡그렸다. 그러자 칼렌이 빈정거렸다.

"그럼, 숲속에 호화 레스토랑이라도 있을 줄 알았습니까?"

"……."

"하여간 귀한 집 아가씨들은 이래서 안 된다니까. 쯧."

너야말로 귀한 집 도련님이거든?

칸나는 그리 대꾸하고 싶은 것을 참았다. 지금의 칼렌은 어딜 봐도 닮고 닮은 용병 그 자체였으니까.

'아까 용병과 싸운 것도 그렇고, 칼렌답지 않아.'

그녀가 기억하는 칼렌은 고급 만년필과 서류, 몸에 딱 맞는 정장이 어울리는 귀족 신사의 표본 같은 청년이었다.

그런데 지금 그는 육포를 사정없이 뜯어 먹고는 사과를 껍질째 아삭아삭 베어 먹는 중이었다. 사과즙이 그의 손아귀를 타고 탄탄한 팔뚝으로 주르륵 흘러내렸다. 그 야생 동물 같은 꼴이 기가 막혀서 쳐다보자 칼렌이 먹던 사과를 내밀었다.

"먹고 싶으면 말을 하시죠."

"……됐어."

그리고 잠시 후 맑은 계곡을 발견하자 풍덩 뛰어들어 몸을 씻었다.

"뭐 합니까? 안 씻습니까?"

"……."

물 만난 개도 아니고. 아무리 기억이 없기로서니 사람이 이렇게 변할 수가 있나?

°◦❧◦°

그날 밤, 칸나는 극심히 후회했다.

'제길.'

조금 더 신중하게 경로를 정했어야 했는데, 칼렌을 보고 너무 놀라서 대강 결정했더니 이런 고생을 하고 있다.

'으, 딱딱해.'

칸나는 침낭 속에서 몸을 뒤척거렸다.

반면 칼렌은 아주 잘 자고 있었다. 숲에서의 노숙이 익숙해 보였다. 아디스의 가주 후계, 귀족 중의 귀족이었던 과거의 모습은 어디에서도 찾아볼 수 없다.

'저 녀석 정말 칼렌 아디스 맞아?'

타닥타닥. 타오르는 모닥불이 불빛만이 어둠을 밝혔다. 칸나는 붉은빛으로 어른거리는 그의 백발을 응시했다.

칼렌이냐, 아니냐?

이건 칸나에게 아주 중요한 문제였다.

'확인해 볼 방법이 있긴 한데.'

어린 시절부터 가족으로 지냈기 때문에 아는 것들이 있었다. 가령 칼렌의 왼쪽 가슴 아래에 있는 작은 점이라든가.

때마침 칼렌은 셔츠 단추를 두세 개 정도 푼 상태였다. 여기서 셔츠를 살짝 옆으로 젖히면 보일 것이다.

잠시 고민하던 칸나는 슬그머니 몸을 일으켰다. 단추를 푸는 것도 아니고, 옷을 벗기는 것도 아니고, 셔츠를 살짝 밀기만 하면 된다. 만약 깨어나면 벌레 잡으려 했다고 변명해도 좋을 정도의 접촉이었다.

칸나는 침을 꿀꺽 삼키며 손을 조심조심 뻗었다. 그의 옷깃에 닿기 직전. 덥석! 그가 칸나의 손목을 확 잡아챘다.

"뭐 하십니까?"

그러고는 눈을 뜨지도 않은 채 낮게 가라앉은 목소리로 중얼거렸다. 칸나는 침착하게 준비한 답을 내뱉었다.

"벌레가 앉아서 쫓아 주려고."

"아아. 벌레."

그가 킥 웃더니 천천히 눈을 떴다.

"귀여운 변명이군요."

그러고는 단숨에 몸을 일으켜 그녀의 어깨를 내리눌렀다. 몸 위로 날렵하게 올라타며 싱긋 웃었다.

"제 옷을 벗기려고 한 것은 아니고요?"

그의 무게가 몸 위로 묵직하게 내려왔다. 하반신이 겹쳐지자 칸나의 얼굴이 경직되었다.

"비켜."

"이제 와서 그럴 필요 없습니다. 오늘 계속 제 얼굴 훔쳐보느라 바빴잖습니까?"

그가 칸나에게 말할 기회도 주지 않고 웃었다.

"아닌 척하지 마십시오. 당신 같은 의뢰인, 아주 많습니다."

"너……."

"보고 싶습니까? 그럼 명령하세요. 까짓것 보여 드리죠."

그가 상반신을 번쩍 일으켰다. 그리고 그녀를 내려다보며 셔츠 단추를 툭툭 풀기 시작했다. 웃으면서 옷을 벗는 그 모습에서, 칼렌에게서는 상상도 할 수 없었던 색기마저 풍겼다.

그러나 칸나는 말리지 않고 그를 올려다보았다.

일이 이상하게 꼬이긴 했지만 이대로 가면 목적은 달성할 수 있을 터. 마침내 그가 단추를 다 풀자 갈라진 가슴골과 복근이 아슬아슬하게 드러났다.

"이것 봐라."

칼렌이 재미있다는 듯 흥미롭게 웃었다.

"아주 탐욕스럽게 보시는군요. 내 몸이 그렇게 마음에 듭니까?"

"입 다물고 벗기나 해."

칸나는 차갑게 쏘아붙였다. 그 직설적인 말에 칼렌은 놀란 듯 눈을 크게 떴다. 그러다가 곧 웃음을 터뜨렸다.

"명령에 따르죠, 의뢰인님."

그러고는 그가 셔츠를 확 젖혔다.

"……!"

달빛 아래, 크고 넓적한 가슴이 완전하게 드러났다.

그곳에는 점이…….

없었다. 아무것도 없었다.

'그럴 리가!'

칸나는 상반신을 반쯤 일으켜 그의 가슴으로 손을 뻗었다. 순간 칼렌의 몸이 딱딱하게 굳었으나 무시했다. 그의 가슴을 손끝으로 쓸어보며 만졌지만, 느껴지는 것은 부풀어 오른 쇳덩어리 같은 근육뿐이었다. 점이라면 살짝 튀어나온 굴곡이 느껴져야 하는데 그런 느낌은 없었다.

'없어!'

점이 없다니, 그럴 리가 없는데!

"이렇게 급하게 굴면, 후회하실 텐데."

칼렌이 호흡을 끊어 내쉬며 중얼거렸다. 그의 가슴이 크게 오르내렸다.

'왼쪽이 아니었나?'

칸나는 오른쪽 가슴으로 시선을 옮겼다. 그곳도 왼쪽과 다를 것은 없었다. 만져 봐도 똑같았다. 점이 없다.

칼렌은, 분명히 가슴 아래쪽에 점이 있었는데?

'그럼 칼렌이 아니라고?'

아니, 그럴 리 없다. 어두운 밤이라 잘 안 보이는 걸 테지.

칸나는 몸을 완전히 일으켜 그를 뒤로 밀쳤다. 칼렌은 순순히 그녀가 제 위로 올라타도록 깔려 주었다. 칸나는 그의 가슴팍에 얼굴을 바짝 가져다 대고 살폈다.

'없어.'

정말로 없다. 안 보이는 것 따위가 아니라, 정말 점이 없다!

그 순간, 칼렌의 손이 칸나의 허리를 덥석 잡았다. 숨을 헐떡이며 재촉했다.

"제길, 빨리……."

타들어 가는 듯한 애원이었다.

칸나는 흠칫 놀라 그를 내려다보았다. 그리고 깜짝 놀랐다. 칼렌의 동공이 나른하게 풀려 있었다. 그가 바짝 마른 아랫입술을 핥으며 그녀를 올려다보았다.

"눈으로는 그만 훑고, 뭐든, 빨리 시작하시죠. 급합니다."

굳이 말하지 않아도 그래 보였다. 잔뜩 솟구친 그의 기대감이 칸나를 찔러 올 정도였다.

'대체 뭘 기대하는 거야?'

그녀가 심각하게 증거를 찾는 사이 칼렌은 완전히 다른 장르로 돌입해 있었다.

하긴 그럴 만하긴 했다. 충분히 오해할 만한 행동이었으니까.

그래서 경멸하고 싶은 것을 참으며, 유독 단단하게 뭉친 근육을 모른 척했다. 그저 아무 말 없이 그의 몸 위에서 비켜 앉았다. 그녀의 무게가 사라지자 칼렌이 그녀를 흘끗 쳐다봤다. 여전히 잔뜩 달아올라 있는 눈이었다.

"뭡니까? 계속 안 합니까?"

"하긴 뭘 해?"

그러자 그가 황당하다는 듯 헛웃음을 뱉었다.

"여기서 그만두겠다고요?"

"어."

"나를 이렇게 만들어 놓고?"

칸나는 잠시 할 말을 잃었다. 변명의 여지가 없긴 했지만 뻔뻔하게 나가기로 결정했다.

"생각이 바뀌었어. 그러니 내 침낭 위에서 비켜."

"잔인하시군요."

그는 투덜거리면서도 고분고분 그녀의 말에 따랐다. 그러나 미련을 버리지 못하고 물었다.

"갑자기 왜 마음을 바꾸신 겁니까? 제가 뭐 실수했습니까?"

그러나 칸나는 대답하지 않고 침낭으로 파고들었다. 눈을 감았다.

결국 칼렌은 한숨을 내쉬었다.

"제멋대로인 의뢰인님, 저는 이대로 못 잡니다. 잠시 열 좀 식히고 오죠. 금방 올 테니 어디 가지 마십시오."

그가 바스락거리며 멀어지는 소리가 들렸다. 칸나는 심란해져서 한숨을 내쉬었다.

'칼렌이 아닐 리 없는데.'

돌아왔을 때 칸나는 자고 있었다.

'잔다고?'

그 모습을 보자 분노가 왈칵 치밀었다. 지금 자신은 아주 굴욕적인 경험을 했는데, 원인을 제공한 여자는 자고 있다.

'완전히 농락당했군.'

그는 지금껏 수많은 유혹을 받아 왔다. 그러나 지금껏 단 한 번도 자신이 먼저 보채거나 이성을 잃은 적은 없다. 그런데 조금 전에는 왜 그랬을까.

뜨거운 정염에 배 속이 타들어 가는 것 같았다. 지금껏 경험해 보지 못한 아찔함이었다.

그리고 또 하나.

'내가 왜 고분고분 굴었지?'

저 여자는 자신을 가지고 놀았다. 그런데 별다른 항의조차 안 하고 순순히 말을 따르지 않았던가? 조금 전의 자신을 도저히 이해할 수 없었다.

그는 차가운 눈으로 잠든 여자를 노려보았다. 조용히 두 눈을 감은 그녀에게서는 숨소리조차 들리지 않았다. 뒤척임 한 번 없는 모습, 그것이 마치…….

'시체 같군.'

관 속에 누워, 영원히 잠든.

시체.

그때였다. 쿵, 쿵, 쿵, 쿵. 별안간 심장이 빠르게 뛰기 시작했다. 그는 자신의 반응에 당황했다. 갑자기, 왜 이렇게, 심장이…….

"허억."

순간 호흡이 탁 막혀 온다. 쇠사슬이 조르는 것 같은 압박감이 목을 짓눌렀다.

갑자기 왜 이러지? 의아해하면서도, 그는 경련하는 손을 뻗었다. 여자의 코끝 아래로 가져다 댔다.

확인해야 했다. 살아 있는지, 죽었는지.

마침내 손끝에 그녀의 호흡이 닿는 순간.

'살아 있다.'

그는 안도의 한숨을 내쉬며 고개를 툭 떨궜다. 다행이다. 숨을 쉬고 있다. 죽지 않았다.

'지금 대체 뭐였지?'

그는 기진맥진하여 여자를 바라보았다. 왜 이 여자가 죽은 것 같다는 상상을 한 걸까. 왜 질식할 것 같은 괴로움을 느낀 걸까.

"빌어먹을."

이 감각이, 이 여자가 불쾌했다. 이 여자는 대체 뭐란 말인가?

조금 전에는 손길만으로 자신을 눈이 뒤집히기 직전까지 흥분시키더니 이제는 잠든 모습으로 지독한 절망감과 초조함을 안겨 주었다.

그는 본능적으로 알아차렸다. 이 여자는 위험하다. 자신에게 아주 위험한 존재가 될지도 모른다. 분명 좋지 않은 영향을 줄 것이다. 그는 자신의 직감을 신뢰했다. 지금껏 단 한 번도 틀린 적 없는 감이었다.

그는 한숨을 내쉬며 머리를 헝클어뜨렸다. 더 열 받는 것은, 자신이 동요하는 순간에도 저 여자는 잘만 자고 있다는 것이다.

"제기랄."

그는 욕설을 내뱉었다. 그러고는 짐 꾸러미에서 궐련을 하나 꺼내어 입에 물었다. 불을 붙였다. 개에 물린 셈 치고 한 대 피우고 그냥 잘 생각이었다.

그러나 다섯 개비의 꽁초가 쌓일 때까지도 잠이 오지 않았다.

불쾌감 때문은 아니었다. 조금 전 자신의 몸에 올라탔던 여자의 감각이 자꾸만 어른거렸다. 위로 내려앉아 짓누르던 무게감, 부드러운 감촉, 가슴을 쓸던 손짓…….

또다시 몸이 뜨겁게 달아올랐다. 그는 여섯 번째 궐련을 입에 물며 하늘을 올려다보았다.

"미치겠네."

이후 칼렌은 거의 칸나를 무시하다시피 했다. 대화 따위는 일절 없었다. 정말 필요한 이야기 외에는 꺼내지 않았고, 그녀에게 시선을 주는 일조차 없었다. 칸나 역시 은밀하게 그를 관찰하며 경계를 늦추지 않았다.

'가슴의 점은 없어진 건가?'

아주 드문 경우긴 하지만 간혹 점이 자연스럽게 사라지는 사례가 있기는 했다. 어쩌면 그런 경우일 수도 있다.

'그러니 점이 없다고 해서 칼렌이 아니라고 확신하는 건 위험해.'

위험.

그 단어에 칸나는 기분이 이상해졌다. 지난 3년 완벽한 평화에 젖어 있어서일까. 그 단어가 아주 낯설게 느껴진 것이다.

단 하나 분명한 건, 그는 연기 따위를 하는 게 아니었다. 그것만큼은 확실했다. 만약 저 남자가 칼렌이라면 기억을 완벽하게 잃은 상태겠지.

'그럼 난 어떻게 해야 하지?'

어떻게 하긴. 칸나는 냉담하게 결정했다.

'아무것도 하지 않을 거야.'

칼렌 아디스의 삶을 되찾아 주다가 타티아나 에브게니아의 삶을 잃을 수도 있다. 그런 위험부담을 안을 의리도, 의무도 없었다.

그때였다. 잠자리를 마련하던 칼렌이 침낭을 획 집어 던지며 성큼성큼 다가왔다.

"왜 그렇게 쳐다봅니까?"

"내가 뭘?"

"계속 저를 쳐다봤지 않습니까?"

칸나는 뻔뻔하게 대응했다.

"그럼 내가 여기서 그쪽 말고 누굴 보지? 같은 공간에 있으니 시선이 갈 수도 있지. 자의식이 지나치게 강한 거 아니야?"

"자의식이 강하다고?"

칼렌이 기가 막힌 듯 웃음을 터뜨렸다가, 돌연 정색했다. 그러고는 그녀의 멱살을 잡아채 확 끌어당겼다.

"개소리하지 마시죠, 의뢰인님. 그동안 날 관찰했다는 걸 모를 것 같았습니까?"

그의 얼굴이 바짝 다가왔다. 위협적으로 내뱉는 그의 음성이 그녀의 뺨에 와 닿았다.

"아니면, 이번엔 눈빛으로 홀리기라도 할 작정입니까?"

관찰한 건 맞지만 그런 의도는 조금도 없었다. 이번에는 칸나 쪽에서 불쾌해졌다.

"그거야말로 그쪽이 날 지나치게 의식하는 거지. 내가 쳐다보는 게 유혹적으로 느껴졌나 봐?"

그러고는 진득한 비웃음을 머금으며 조롱했다.

"당신이 새벽에 사라졌던 게 내 탓은 아니잖아?"

"……뭐?"

"멀리서 들리기에. 발정이라도 난 건 아닌지 걱정이 되던데."

그 말에 칼렌의 얼굴이 화끈 달아올랐다. 분노 때문이 아니었다. 수치 때문이었다. 그러나 칸나는 멈추지 않고 무자비하게 말을 이었다.

"그래도 나는 아무것도 못 들은 척 배려해 줬는데, 당신은 고작 몇 번 쳐다봤다고 멱살잡이를 하는군."

칼렌은 금세 냉정을 되찾았다. 싸늘하게 얼어붙은 얼굴로 입꼬리를 올렸다.

"거슬렸다면 죄송합니다. 제가 워낙에 혈기가 왕성해서 주체할 수가 없더군요."

칼렌은 천천히 대답했다.

그녀의 말이 옳았다. 칼렌은 여러 번이나 패배감과 자책감, 굴욕감에 몸서리쳤다. 원래는 이러지 않았는데, 저 여자를 만나고 난 이후부터 몸이 말을 듣질 않았다. 이상할 정도로 불끈거리는 혈기를 참는 것이 힘들었던 것이다. 거의 돌아 버릴 지경이었다.

아마도 첫날 밤의 은밀한 접촉 때문이겠지. 그것이 어이가 없었다. 고작 그 정도 접촉에 며칠 내내 서투른 사춘기 소년처럼 달아오른 상태라니.

칼렌은 침낭을 들어 올려 짐을 꾸렸다.

"제가 방해되는 듯하니 이만 사라져 드리죠."

칸나는 혀를 찼다.

'하긴 그런 말을 들었으니.'

이건 좀 심하긴 했다. 로렌초 왕자에게 성교육을 할 때도 그건 아주 건강하고 자연스러운 본능이니, 절대 자책감을 느껴서는 안 된다고 교육하지 않았던가?

그런데 정작 자신은 그걸 빌미로 공격해 버리고 말았다. 그래서인지 칸나는 의원으로서 못 할 짓을 한 자괴감에 휩싸였다.

'차라리 쌍욕을 하는 게 나았어.'

게다가 첫날밤에 그를 본의 아니게 자극하기도 했으니까. 칸나는 짐을 싸서 벌떡 일어나는 칼렌의 등을 바라보았다. 그래도 가려면 지도는 주고 가라고 말할 생각이었다.

"렌."

그러나 그 이름을 부르는 순간, 깨달음이 밀려왔다.

지금, 자신의 행동을 검열하며 자책감을 느낀 이유. 그리고 방금 그의 이름을 불러 잡은 이유.

'저 녀석은 칼렌이 아니구나.'

칼렌을 상대로 자신이 죄책감을 느낄 리 없으니까. 이제야 모든 것이 실감 나기 시작했다. 그가 칼렌이든, 아니든.

칼렌 아디스는 사라졌다.

가진 모든 것을 잃음으로써 이 세상에서 없어진 것이다.

칼렌은 그의 재산, 그의 지식, 그의 감정, 지위, 명예, 권력, 인맥, 가족, 미래, 과거, 기억, 이름과 성, 전부 다 잃었다.

모든 것을, 전부 다.

심지어 그는 스스로의 목숨마저 영영 잃어버리기를 원했다. 그렇게 죽음을 택한 순간, 칼렌 아디스는 없어진 것이다. 아픈 기억과 죄책감을 끌어안고 이 세상에서 영원히 사라지고 말았다.

'내가 미워하던 칼렌 아디스는 이제 어디에도 없구나.'

자기 자신마저 잃었기에 그는 더 이상 칼렌이 아니었다.

"……불렀으면 말을 하시든가."

렌. 그 한마디에 그는 멈춰 섰다. 떠나려던 다리를 세우며 기다렸다. 칸나는 잠시 침묵하다가 말했다.

"네가 먼저 내 멱살을 잡았잖아."

"……."

"난 네 의뢰인이야."

렌은 아무 대답도 하지 못했다. 잠시 후 그의 입에서 빌어먹을, 짧은 욕설이 흘렀다. 그러고는 다시 돌아와 침낭을 펼쳤다.

"그쪽이 붙잡아서 남은 게 아닙니다."

사납게 쏘아보며 고집스레 내뱉었다.

"그쪽 말대로 의뢰를 완수하는 것뿐입니다. 그러니 착각하지 마십시오."

⚜

"약!"

황제가 울부짖었다.

"약을 가져와, 약을!"

그가 거칠게 숨을 헐떡이며 실비엔을 노려보았다.

"공작, 짐이 이렇게 부탁하고 있지 않은가!"

"폐하."

"부디 그 의원에게 약을 받아 와 주게. 짐은 그 약이 없으면 버틸 수가 없어!"

황제의 울부짖음이 알현실을 쩌렁쩌렁 울렸다. 광기와도 같은 몸부림이었으나 마주 보는 실비엔은 한 줌의 흐트러짐 없이 차분했다.

"그 의원은 황궁 소속입니다. 왜 제게 명하시는지 모르겠습니다."

"오로지 공작만이 짐을 도울 수 있네!"

황제가 책상을 쾅 내려치며 자리에서 일어났다. 침을 튀겨 가며 소리쳤다.

"그 의원이 약을 안 만들어 준단 말일세! 화, 황명을 내려도 안 주겠다고 버틴다네!"

어찌 보면 굉장한 신념의 의원이었다. 황명조차 거부하다니. 황제가 미쳐 가는 것을 염려하여 약을 내주지 않는 것이다.

"그것은 동대륙의 약이야! 동대륙 출신인 그 의원만이 만들 수 있단 말일세!"

"이만 돌아가 보겠습니다."

"안 돼!"

황제가 허겁지겁 달려왔다. 실비엔의 팔을 와락 붙잡았다. 실비엔은 미간을 좁혔다. 저에게 엉켜 오는 손아귀가 덜덜 경련하고 있었던 것이다.

게다가 가까이에서 보니 황제의 상태가 아주 심각했다. 입술은 바짝 말라 있고, 눈 아래는 몇 겹의 그늘이 퀭하게 겹쳐 있다. 입안에는 새하얀 게거품 같은 것이 맺혀 있었다.

"제발! 제발, 공작! 원한다면 뭐든 주겠네! 제발!"

황제가 붉은 눈으로 애원했다. 미치광이의 눈이었다.

"제발, 공작!"

어쩌다가 이렇게 됐을까?

"그 의원은 공작의 말이라면 뭐든 듣지 않는가! 제발 공작이 말 한 마디만 해 주게!"

실비엔은 황제를 조용히 내려다보았다. 다혈질에 옹고집인 면이 있긴 하지만, 품위만큼은 잃지 않았던 제국의 왕이 지금은.

"약을, 약이 없으면, 도저히, 괴로워서, 살 수가 없네. 도저히."

지금은 한낱 약에 찌든 중독자가 되어 버렸으니. 약 없이는 제대로 된 정신을 유지하지 못하는 수준에 이르렀다.

"……알겠습니다. 제가 그녀에게 요청하도록 하죠."

실비엔은 황궁의 복도를 걸으며 생각에 잠겼다.

황제는 완전히 망가졌다. 대체 언제부터 약을 시작한 것인지, 언제 이렇게까지 찌들었는지, 정확한 것은 아무도 몰랐다.

문제는 황제뿐만 아니라 황후도 함께 중독되었다는 것이다. 어찌나 심하게 망가졌는지 더는 국정을 돌볼 수 없을 정도였다.

아르곤 황자의 방랑벽 역시 날이 갈수록 심해져 황궁에 붙어 있는 날이 없는지라 결국 국새를 찍는 일은 테레사 귀비의 역할이 되었다.

우스운 일이었다. 한때는 천민이었던 자가 지금은 제국의 대소사를 결정하는 최고 결정권자가 되어 있으니.

"공작, 어딜 가는 길인가요?"

실비엔은 몸을 돌렸다. 테레사 귀비의 딸이자 제2황녀, 릴리엔느가 다가오고 있었다.

"얼굴 보기 정말 힘들군요."

"업무가 과중한지라. 죄송합니다."

"일전의 제안은 생각해 봤나요?"

"재혼 건을 말씀하신다면, 제 대답은 전과 같습니다."

릴리엔느는 코웃음을 쳤다.

"도저히 이해가 안 가는군요. 공작에게 저 이상의 혼처가 있나요? 대체 언제까지 재혼을 미룰 것인지 궁금하군요."

제국뿐만 아니라 대륙 전역에서 혼서가 해일처럼 쏟아지는데, 실비엔은 재혼 생각이 아예 없어 보였다.

"누가 보면 전 부인을 못 잊어서 이러는 걸로 오해하겠어요."

허울뿐인 빈정거림이었다. 그렇게 생각하는 사람은 아무도 없다. 실비엔 발렌티노는 제 아내를 돌처럼 여겼으니까.

실비엔은 그저 말없이 미소 지었다. 대화가 끝나고, 실비엔은 돌아섰다. 차분하게 걸음을 옮겼다.

'못 잊었냐고?'

아니, 잊었다.

옛 아내가 죽은 후 얼마 가지 않아 실비엔은 다시 일상으로 돌아왔다. 문득문득 생각날 때는 있었지만 그뿐이었다.

어려서부터 소중한 모든 이를 잃어 와서일까, 실비엔은 죽음이 익숙했고 그 충격에서 벗어나는 일에도 능숙했다.

그러나 언제였더라? 2년 전쯤, 실비엔은 아주 오랜만에 독에 중독되었다. 그러나 이런 일은 지긋지긋할 정도로 많았기에, 실비엔은 별다른 대응을 하지 않았다. 의원을 부르지도 않고 그저 해독제 한 병을 마시고 일했다.

아무렇지도 않게 서류를 읽어 내릴 때.

"본인의 건강을 과신하시니 할 말이 없네요."

실비엔은 뒤를 획 돌았다.

그곳에 아무도 없었다. 투명한 온기조차 남아 있지 않은 공허뿐. 그러나 그녀의 목소리는 계속해서 들려왔다.

그의 옛 기억 속에서.

"당한 독이 뭔지도 모르면서 그렇게 여유를 부리시다니."

"어리석은 짓이었어요."

그렇지. 그랬지.

당신이 이건 정말 오만하고 어리석은 짓이라고 했었지. 그때 그녀에게 고맙다는 말을 했던가? 기억을 되짚어 볼 필요도 없다. 분명히 하지 않았을 테니까.

실비엔은 자조적으로 웃었다. 웃었다고 생각했다. 그러나 웃음은 나오지 않았다.

하지 않은 말들이 많았다. 너무나, 너무나도 많았다.

실비엔은 종을 울려 집사를 불렀다. 그리고 명령했다.

"의원을 불러 주십시오."

가끔 그런 날들이 있었다. 아무렇지도 않게 일상을 지내다가 한 번씩 곪은 종기가 터진 것처럼 욱신거리는 날. 이것은 잊은 걸까, 아니면 잊지 못한 걸까, 잊어 가는 과정인 걸까?

알 수 없다.

"그 의원을 불러 주십시오."

의원들이 머무는 궁. 시종에게 명령한 후 그는 소파에 앉아 기다렸다.

잠시 후, 빠르게 문이 열렸다.

"공작 각하?"

뛰어온 듯, 숨이 가빠진 여자의 목소리가 들렸다. 실비엔은 고개를 돌렸다. 그녀가 들뜬 얼굴로 걸어 들어오고 있었다.

어느 날 갑자기 나타난 동대륙의 의원. 이 의원이 황후의 극심한 피부 질환을 고쳤다. 천재라고 불리는 이 의원은 실비엔보다 몇 살 어린 젊은 여성이었다. 매끄러운 상앗빛 피부에 짙은 검은 머리칼, 검은 눈동자의 이국적 외모의 여자였다.

동대륙과의 문물 개방 이후 검은 머리칼과 검은 눈동자를 가진 동대륙인들이 쏟아지듯 밀려들어 왔다. 그들의 외모는 매혹적이었고, 지식은 풍부했으며, 물품들은 하나같이 기발하고 유용했다.

그 덕에 검은 머리칼을 가진 사람들에 대한 인식이 자연히 좋아졌다. 조금이라도 더 일찍 개방됐다면 칸나의 삶도 달라졌을지도 모른다.

그래서일까? 실비엔은 이 여자를 볼 때마다 칸나가 생각났다.

"용건이 있습니다."

그녀가 황홀경에 젖은 얼굴로 실비엔을 응시했다.

"말씀하세요. 뭐든지."

"어서 오시오. 여왕 전하께 말씀 잘 들었소."

며칠 후, 칸나는 마침내 브리츠크 영지에 도착했다.

"이자가 호위를 맡은 소문의 용병이로군."

영주는 렌에게 관심이 많은지 노골적으로 그를 훑어보았다.

"자네의 실력이 그리 대단하다 하던데, 혹시 기사단 입단 테스트를 볼 생각은 없는가?"

"없습니다."

"그것참 아쉽군. 이곳에 머무는 동안 잘 생각해 보게."

영주까지 이렇게 탐내는 것을 보니, 칼렌이 확실히 용병계에서 이름을 날리긴 한 모양이다.

이후 평화로운 시간이 흘러갔다.

그런 줄로만 알았다.

❦

그 일은 갑자기 터졌다.

"영주님!"

영주성의 기사가 뛰어들어 와 보고했다.

지금으로부터 한 시간 전, 갑자기 나타난 검은 안개가 마을을 집어삼켰다가 사라졌다. 그 짧은 시간 동안 마을은 혼란에 잠겼다. 다행히 때마침 마을에 사제가 있었다. 안개가 민가로 퍼지지 않도록 최대한 통제했지만, 목숨을 잃었다.

"사제님은 감염자에게 공격당해 사망하셨습니다."

"이럴 수가."

저녁 식사 중에 이 소식을 접한 영주의 안색이 시퍼레졌다.

"하지만 다행히도, 영지를 지나치던 중이었던 오르시니 경께서 합류하셔서서 감염자와 마물을 처리하셨습니다!"

쨍그랑!

그때, 포크가 떨어졌다. 기사는 깜짝 놀라 시선을 돌렸다.

"의원님? 괜찮으십니까?"

"네. 실례했어요."

칸나는 빙긋 웃으며 냅킨으로 입술을 닦았다. 하인이 재빨리 다가와 새 포크를 가져다주었다. 그녀는 태연하게 와인 잔을 들어 올리며 물었다.

"그래서 그분은 다시 수도로 향하셨나요?"

"아뇨. 기사 중 경상을 입은 분들이 다수라, 치료를 받으러 이곳에 오셨습니다. 저와 함께 도착하셨지요."

오르시니가 지금 이 성에 있다고? 놀란 것은 영주도 마찬가지였는지 벌떡 일어났다. 칸나와는 다른 의미의 경악이었다.

"잘 모셔 왔다! 이곳에 최고의 의원님이 계시지 않느냐. 타티아나 의원께서 치료해 주시면 되겠군!"

그러자 기사가 어깨를 펼치며 자랑스럽게 말했다.

"예, 제가 얄덴 왕국 최고의 의원님이 영지성에 계시다고 말씀드렸습니다."

"……."

"그래서 의원님께 치료를 받으러 오셨지요."

잘했죠? 기사가 칭찬을 바라는 눈을 반짝였다. 칸나는 그의 얼굴을 향해 포크를 던지고 싶어졌다.

그때 사정을 모르는 브리츠크 영주가 나섰다.

"타티아나 의원, 이건 나에게도, 그리고 의원에게도 좋은 기회다. 아디스 가문과 친분을 쌓으면 의원님의 경력에도 큰 도움이 될 거요."

"그렇습니다. 지금 함께 가시죠, 의원님. 제가 부상자들의 방으로 안내해 드리겠습니다."

칸나의 얼굴이 창백하게 질렸다. 이건 예상치도 못했던 위기였다. 몸이 좋지 않아서 곤란하다고 할까? 하지만 지금까지 신나게 영주와 떠들며 밥을 먹어 놓고는?

오르시니와의 관계를 밝힐 수도 없었다. 그 사실은 여왕과 요안나 공주, 그리고 알렉세이 왕세자만이 아는 극비 중의 극비였으니.

그러니 방법은 하나뿐이었다.

"좋아요. 의료실에서 도구를 챙겨서 가죠."

결국 이 성을 빠져나가는 수밖에 없었다.

"함께 가시지요."

"아뇨, 그런 수고 하실 필요 없습니다. 몇 층으로 가면 되는지만 알려 주세요."

기사를 따돌린 후 칸나는 빠르게 자신의 의료실로 향했다. 그리고 뒤를 따라붙는 칼렌에게 말했다.

"렌, 부탁이 있어."

적어도 자신이 이 성에 있는 동안 칼렌이 그들과 마주치는 것은 곤란하다. 칼렌을 알아보지 못할 아디스의 기사는 어디에도 없을 테니까.

"뭡니까?"

"내가 기사들을 치료하는 동안 넌 요리사에게 칠면조 구이를 만들어 달라고 부탁해 줘."

"이 시간에 칠면조 구이요?"

"그래. 방금 식사를 하다 말아서 배가 고프네. 진료 끝나고 먹고 싶어서."

"그런 건 하인을 시키시죠. 제 임무는 당신을 호위하는 겁니다."

"네가 칠면조 구이를 만드는 걸 지켜봐 줘. 혹시나 이상한 것을 넣지 못하도록."

그러자 칼렌이 괴이쩍은 눈으로 그녀를 응시했다.

"언제부터 독에 그렇게 민감했습니까?"

"새로운 사람들이 성에 들어왔잖아. 어떤 미치광이가 아디스의 기사들을 치료하지 못하도록 내 음식에 독을 넣으면 어떡해?"

"과민하시군요."

하지만 주요 전력을 맡은 의원에게 독을 먹이는 일은 실제로 종종 일어나는 일이었기에, 칼렌은 투덜거리면서도 그녀의 말에 따랐다. 칠면조 구이는 조리 시간이 아주 오래 걸리니까, 그만큼의 시간은 벌었다.

'내가 성을 빠져나갈 정도의 시간은 되겠지.'

일단 자리를 피한 후 여왕에게 협조 요청을 하는 것이 최선이었다.

"당신이 타티아나 의원님이십니까?"

그러나 계획은 물거품으로 흩어졌다. 의료실 앞, 그녀를 기다리는 기사가 있었던 것이다. 아디스 기사단의 제복이었다.

'여자?'

기사단에 여자가 있었던가? 칸나가 아는 바로는 전혀 없었다. 아마 그녀가 사라지고 나서 입단한 기사인듯했다. 그래서일까. 기사는 칸나를 알아보지 못하고 말했다.

"안에 오르시니 아디스 경께서 계십니다. 그분을 먼저 치료해 주시지요."

뭐? 누가 있다고? 칸나는 물러나려 했지만 기사가 빠르게 그녀의 등을 잡고 밀어 넣었다.

"자, 안으로 들어가십시오."

그 힘에 못 이긴 칸나의 몸이 앞으로 비틀 쏠렸다. 방 안으로 들어온 순간.

탁! 뒤에서 문이 닫혔다.

"……"

방 안은 고요했다.

단 하나의 촛불만 켜진 방, 어둠 속에서 흘러내린 달빛이 소파 위의 사내를 비추었다. 칸나는 침을 꿀꺽 삼키며 숨을 죽였다. 그곳에 붉은 머리칼의 사내가 다리를 길게 쭉 뻗고 누워 있었다.

"의원인가?"

그때 피곤에 잠긴 목소리가 흘러나왔다. 몇 년 만에 처음으로 듣는 오르시니의 음성이었다.

"시끄럽게 떠드는 건 질색이다. 충고 같은 건 필요 없으니, 빨리 치료하고 나가."

순간 칸나는 안도의 한숨을 내쉴 뻔했다.

다행이다. 대답을 요구했으면 틀림없이 들켰을 텐데. 게다가 천운이 따른 건지 마침 그의 얼굴 위에는 책이 덮여 있었다. 그가 책을 치우기 전에, 대답할 일을 만들기 전에 치료하고 나간다면.

'들키지 않고 끝낼 수 있어.'

칸나는 빠르게 걸어가 옆에 앉았다. 그의 부상을 살폈다. 마물의 손톱에 베인 건지 그의 오른팔에 긴 상처가 나 있었다.

'그러고 보니 오른팔을 못 쓴다고 들었어.'

분명 3년 전 극독을 먹은 후유증이겠지.

소식을 들어 알고는 있었지만, 직접 눈앞에서 보자 기분이 묘해졌다. 이것은 자신이 망가뜨린 팔이다. 평화로운 삶을 얻기 위해 바친 제물이었다.

'됐어. 쓸데없는 생각이야.'

지금은 상념에 잠겨 있을 때가 아니다. 칸나는 오르시니의 팔을 조심스럽게 붙잡았다. 그 순간 별안간 그의 몸이 움찔 떨렸다. 돌처럼 경직했다.

'왜 이러지?'

설마 손이 닿은 것만으로 눈치챈 건가? 하지만 그녀가 만진 오른팔에는 감각이 없을 텐데?

'그래, 그럴 리 없어. 오른팔은 장식이나 마찬가지라고.'

역시나 괜한 염려였던 건지 이후 오르시니는 아무런 반응이 없었다. 칸나는 안도하며 빠르게 손을 움직였다. 그러면서 그의 얼굴을 덮은 책을 흘끔 보았다.

'시지스의 형벌?'

오르시니가 이런 책을 읽는다고?

이것은 아주 오래된 고전 문학이었다. 신이 만든 지상 낙원, 살기 위해 무엇 하나 사냥할 필요도 먹을 필요 없는 세상. 시지스는 그 낙원에서 새끼 사슴을 사냥한 최초의 살해자였다.

이에 신은 시지스에게 신벌을 내렸다. 시지스의 몸집보다 큰 소금을 굴려 바다를 가득 채워야 하는 벌이었다. 그러나 소금은 바다에 들어가는 순간 그대로 녹아 사라지고 만다.

그런데도 시지스는 계속해서 소금을 굴려 넣는다. 언젠가는 소금이 바다를 한가득 채우길, 형벌이 끝나기를 바라며 굴리고 또 굴린다.

그렇기에 시지스의 벌은 영원히 끝나지 않는 형벌을 의미했다.

'오르시니가 이런 고전 문학을 읽는다니.'

어울리지 않는 짓을 하는군. 그렇게 생각하며 그의 팔에 붕대를 감았다. 이것으로 끝마쳤다. 칸나가 손을 떼며 일어날 때.

"……!"

순간 심장이 멎는 줄 알았다.

칸나는 그대로 얼어붙었다. 그리고 아주 천천히 고개를 내려 제 손목을 응시했다. 오르시니가 왼손을 뻗어 그녀의 손목을 붙잡고 있었다.

'뭐지?'

초조함에 입안이 바짝 타들어 갔다. 칸나는 조심스럽게 손목을 뒤로 뺐다. 툭. 그의 손이 순순히 아래로 떨어진다.

'뭐지? 뭐야?'

심장이 빠르게 뛰었다. 그러나 침착하게 뒤를 돌았다. 차분하게 걸었다. 방을 빠져나오자 대기 중인 기사가 무언가 말하려는 것이 보였다. 무시하고 지나쳤다. 걷고 걷고 또 걸었다.

'들켰어.'

목덜미에 고인 식은땀이 흘러내렸다.

'들킨 게 분명해!'

그렇지 않고서야 대뜸 붙잡을 리 없다.

'도망가야 해, 지금 당장!'

짐을 꾸릴 사이도 없다. 칸나는 그대로 정신없이 걸어 성문으로 직행했다. 성문을 빠져나가려 하자 문지기가 물었다.

"의원님? 어디 가시나요?"

"문을 열어 주세요. 필요한 약재를 사러 마을에 갑니다."

"예? 이 밤에, 혼자요?"

"급한 겁니다. 오르시니 아디스 경에게 쓸 약이에요. 그러니 늦기 전에 어서!"

"아, 예, 예. 알겠습니다."

문이 열리자 칸나는 빠르게 뛰기 시작했다.

'어디로 가지? 어디로?'

마을로 갈까?

'아니야, 내가 도망가는 걸 누군가가 목격해서는 안 돼.'

그렇다면 사냥터로. 칸나는 그대로 몸의 방향을 틀었다. 영주가 사냥을 즐기는 숲을 향해 뛰어갔다.

'빌어먹을.'

욕설이 저절로 흘렀다.

'빌어먹을, 빌어먹을!'

지난 3년, 평화로웠는데. 정말이지 행복했는데. 지금 이 순간, 그 행복이 깨지는 균열음이 들려오고 있었다.

'빌어먹을 아디스!'

아디스를 피해 도망쳤는데, 또다시 아디스라니. 칸나는 이 현실이 너무나도 화가 나서 참을 수 없었다. 자꾸만 누군가가 등 뒤에서 속삭이는 것 같았다.

도망가지 말라고. 도망가 봤자 소용없다고. 이것이 그녀의 진짜 삶이라고. 죽을 때까지 바다에 소금을 가득 채우는 형벌에 갇힌 시지스처럼, 아디스의 굴레에서 괴로워하는 것이 그녀의 운명이라고.

"칸나."

그렇게 얼마나 달렸을까. 낮은 음성이 들려왔다.

"멈춰."

칸나는 멈추지 않았다. 등 뒤에서 들린 그 목소리, 그 목소리, 그 빌어먹을 목소리. 역시나였다. 그 녀석은 역시 눈치를 챘다!

그때였다. 쐐액! 아주 날카로운 무언가가 쇄도했다. 빠르게 옆을 스쳐 지나 눈앞의 나무에 콰득 박혔다.

단검이었다.

"……."

그제야 칸나의 발이 멈춰 섰다. 아래를 내려다보자, 몇 가닥의 머리칼이 흩어져 있는 것이 보였다. 자신의 머리카락이.

그 순간 깨달음이 내리쳤다.

'죽는다.'

여기서 더 움직이면, 그가 자신을 죽일 것이다.

'제길⋯⋯.'

패배감과 절망에 젖어 있을 때, 저벅저벅 풀을 밟으며 걸어오는 소리가 들렸다. 칸나는 눈을 감았다. 다시는 그러고 싶지 않았는데⋯⋯.

'사람을 죽이는 일, 다시는 하고 싶지 않았는데.'

칸나는 엄지로 차가운 금속의 반지를 훑었다.

'또 한 번 널 죽이게 만드는구나.'

늘 호신용으로 지니고 다니는 독침이 숨겨진 반지였다. 오르시니가 가까이 다가올 때를 노려 찔러 죽일 것이다. 그 수밖에 없다. 그렇게 결심하는 찰나였다.

다음 순간 거대한 그림자가 그녀를 덥석 집어삼켰다. 그가 소리도 없이 바람처럼 빠르게 다가온 것이다.

"⋯⋯!"

그 후부터는 그저 휘둘리는 수밖에 없었다. 몸이 강제로 획 돌아갔다. 그는 단숨에 그녀의 반지를 빼내어 던졌고, 정신 차릴 사이도 없이 목걸이를 거칠게 뜯어냈다.

"아!"

목이 확 쓸리는 고통에 신음이 터졌다. 그러나 그는 인정사정 봐주지 않았다. 곧장 그녀의 어깨를 잡아 뒤로 거세게 밀어붙였다. 쿵! 등이 나무에 부딪혔다. 밀려오는 통증에 칸나는 이를 악물었다.

"⋯⋯."

그제야.

독이 숨어 있을 만한 모든 것을 제거한 후에야, 그가 한 발짝 뒤로 물러났다. 칸나는 가쁜 숨을 헐떡였다. 그리고 시선을 위로 올렸다.

깎아지른 듯 날카로운 턱이 보였다. 아주 냉담한, 온기 한 줌 없는 입술을 지나 마침내 초록색 눈과 마주쳤다. 서늘하고 오만한, 그리고 피로한 눈이었다.

"칸나."

오르시니가 입술을 열었다.

"오랜만이군."

"……."

"그날로부터 3년 만인가."

이게 오르시니라고?

칸나의 등 뒤로 소름이 확 돋아 올랐다. 눈앞의 남자는 놀라울 만큼 차분했다. 미동 없는 호수였고, 바람 한 점 없는 사막이었다. 그녀가 알던 오르시니가 아니었다.

"지난 3년 동안 많이 고민했다."

그가 왼쪽 손을 뻗었다. 툭. 그녀의 어깨 위로 손이 올라온다. 동그란 어깨를 스쳐 목덜미에서 멈췄다.

"어떻게 해야 할지."

그리고 엄지를 세워 그녀의 굴곡 없는 목젖을 눌렀다. 깃털처럼 가벼운 무게였다. 그러나 그 부드러운 압박에도 칸나는 목이 졸리는 것 같았다.

"날 살해하려 했던 여자를, 어떻게 해야 할까."

다음 순간 손이 그녀의 목을 거칠게 감싸 쥐었다.

"난 그때 너를 죽였어야 했다."

"으, 으읏."

"진작 죽였어야만 했어."

목을 쥔 손아귀에 서서히 힘이 들어간다. 천천히 숨이 막혀 왔다. 칸나가 바들바들 경련하는 손을 들어 올렸다. 그의 팔목을 잡는 순간. 오르시니의 손이 움찔 떨렸다.

처음으로 보인 반응. 칸나는 그것을 놓치지 않았다.

"오, 르시니."

힘겹게 내뱉었다.

"아, 파."

그러자 그의 손아귀에서 힘이 스르륵 풀렸다. 그 행동에 충격을 받은 걸까? 오르시니의 눈매가 단숨에 매서워졌다. 타버린 잿더미 같은 눈에 불씨가 살아났다. 금세 활활 타오르기 시작했다.

"너는 날 죽이려고 했어."

그리고 고집처럼 다시 손에 힘을 주었다.

"넌 날 농락했고, 죽이려 했다. 나는 그 덕에 팔 병신이 됐지."

칸나는 입술의 끝자락을 올렸다. 가파른 호흡을 끌어모아 더듬더듬 말했다.

"그렇, 구나. 안, 타까워."

"닥쳐. 마음에도 없는 소리."

거친 말과는 달리 손아귀가 느슨해진 것 같다고, 그렇게 생각하는 찰나.

"야."

남자의 목소리가 들려왔다.

"이 쓰레기 새끼야."

그들의 뒤에서.

"그 손 안 놔?"

그 음성을 들은 오르시니의 눈이 커다랗게 열렸다. 입술이 벌어졌다. 믿을 수 없다는 눈빛이었다.

당연히 그렇겠지. 칸나는 그의 경악을 이해했다. 그리고 우스웠다. 이런 순간임에도 불구하고 웃음을 터뜨리고 싶었다.

세상에, 이런 희극이 다 있나!

오르시니가 천천히 고개를 돌렸다. 그리고 보았다. 어느새 지척에 다가온 한 남자. 오래전에 사라졌다고 생각한 그 존재를.

"……칼렌?"

오르시니가 동생의 이름을 불렀다.

"너 살아 있었나?"

"칼렌은 씨발, 누구랑 착각하는 거야?"

렌이 욕설을 지껄였다. 검을 확 뽑아 오르시니를 향해 겨누었다.

"그 손 떼, 개자식아."

chapter 18

오르시니는 당황했으나 잠시였을 뿐이었다. 저건 칼렌이 아니다. 저 눈빛, 저 말투. 그가 아는 칼렌 아디스라면 저럴 리 없으니까.

'기억을 잃었군.'

아니면, 잃은 척을 하고 있든가.

"그럼 넌 뭐지?"

오르시니는 마침내 칸나에게서 손을 뗐다. 그리고 돌아섰다.

"기사는 아니고."

그는 상대의 머리부터 발끝까지 빠르게 훑었다.

"용병이로군."

퍼즐이 하나하나 들어맞는다. 용병계에서 이름을 날리는 백발의 남자. 오르시니도 언뜻 스치듯 들은 적이 있었다. 설마 그것이 기억을 잃은 칼렌일 줄이야.

"난 너랑 싸울 생각 없다."

"안됐네. 나는 싸울 건데."

렌이 이를 드러내며 웃었다. 그리고 사정없이 검을 휘둘렀다. 캉! 오르시니가 검집을 통째로 들어 올려 막았다.

"비열하군. 검을 뽑지도 않은 사람을 공격해?"

"나한테 기사도 따위는 없어서."

그리고 더는 대화가 필요 없었다. 칼렌이 검을 휘둘렀고, 오르시니는 막아 냈다. 정말 싸울 생각이 없는 듯 그는 방어에만 집중했다.

그러나 칼렌은 봐주면서 대충 넘어갈 수 있는 상대가 아니었다. 검집이 완전히 부서지자, 오르시니는 결국 검을 들어야만 했다.

"기억은 잃었으면서 실력은 늘었군."

"좀 닥치지. 귀족들은 싸움 중에 대화를 나누나?"

"좋아. 상대해 주지. 오랜만에 널 짓밟는 것도 재미있겠어."

한편 칸나는 슬금슬금 걸어 도망을 시도하고 있었다. 그러나 안타깝게도 그때 아디스의 기사들이 접근했다.

"오르시니 경!"

그들 중 선두에 선 기사를 보는 순간 칸나는 재빨리 몸을 돌렸다. 클로드 아젤, 그녀의 옛 호위 기사였다!

"갑자기 왜 달려 나가신 겁니까? 설마 검은 안개라도…… 어?"

클로드의 입에서 아주 바보 같은 신음이 흘렀다.

"어?"

클로드뿐만이 아니었다. 그의 뒤를 따라온 기사들 역시 웅성거리기 시작했다.

"칼렌 경이잖아!"

"칼렌 경?"

기사들이 몰려오자 두 남자의 싸움이 멈췄다.

"칼렌 경! 대체 여기서 뭘……?"

"기억을 잃었다."

오르시니가 딱 잘라 말했다.

"보아하니 본인의 이름도 모르는 것 같더군."

"예?"

클로드가 인상을 확 찡그렸다. 렌에게 다가가 손을 뻗었다.

"그게 정말이십니까, 칼렌 경?"

"치워."

렌은 제게 손을 내미는 클로드를 밀친 후, 그대로 오르시니를 지나쳐 칸나에게 걸어왔다. 칸나는 있는 힘껏 고개를 숙이고 있었다. 렌이 작게 속삭였다.

"저들이 당신의 얼굴을 보면 안 됩니까?"

대답 없이 고개만 움직이자 렌이 재킷을 벗었다. 그녀의 얼굴 위로 툭 걸치고는 어깨를 감쌌다. 그리고 그들을 가만히 주시하고 있는 오르시니에게 말했다.

"비켜."

오르시니는 말없이 그런 동생과, 그 팔에 얌전히 안겨 있는 칸나를 응시했다. 그의 입술이 비틀렸다. 그러나 지나갈 수 있도록 몸을 비켜 주었다.

'보내 준다고?'

그 사실에 칸나가 깜짝 놀랄 때.

"클로드 경."

"예."

"얄덴의 타티아나 의원, 그리고 그 호위를 맡은 용병이다. 기사들과 함께 영주 성으로 모셔라."

역시, 저 녀석이 얌전히 보내 줄 리가 없지. 그래도 당장 그녀의 정체를 밝히지 않는 것이 다행이라면 다행이었다.

'아니지, 이미 최악이야.'

칸나는 분노에 찬 한숨을 삼켰다. 차라리 클로드에게 들켰다면 모를까, 오르시니라니. 이것이야말로 최악 중의 최악이었다.

그 후로 칸나는 몇 번이나 성문을 빠져나가려 했지만.

'왜 아디스의 기사가 성문을 지키는 거야?'

오르시니는 그녀를 놓치지 않으려고 작정한 것 같았다. 검은 안개의 감염자, 그리고 마물을 경계한다는 핑계로 아디스의 기사들을 곳곳에 심어 놓은 것이다. 그리고 부상자 치료를 명목으로 성을 떠나지 않았다.

'언제까지 방에 숨어 있어야 하는 거야!'

그렇게 숨 막히는 시간이 이어졌다.

그러던 어느 날 의외의 방문자, 문지기가 찾아왔다.

"타티아나 님, 제가 의원님의 탈출을 돕겠습니다."

"당신이 왜?"

"그, 그것이, 제가 타티아나 님께 한눈에 반해서……."

이게 뭔 소리란 말인가? 칸나는 미간을 좁혔다.

"그래서 절 돕겠다고요?"

"물론입니다. 타티아나 님처럼 훌륭하신 의원님을 도울 수 있다면 영광입니다."

칸나는 그를 빤히 쳐다보다가 빙긋 웃었다.

"말은 고맙지만……."

……잠깐만. 이 대화, 말이 안 되잖아? 한발 늦은 깨달음에 칸나의 등 뒤로 소름이 확 돋아 올랐다.

'탈출을 돕겠다고?'

타티아나 에브게니아가 아디스로부터 탈출하려 한다. 이것은 보통 사람이라면 결코 하지 못할 생각이었다.

'이 자식 정체가 뭐야?'

당신 누구야, 라고 물어보는 건 바보짓이지. 칸나는 태연한 웃음을 만들어 냈다. 물어볼 필요도 없다. 어차피 둘 중 하나니까. 그녀가 누구인지 알아볼 사람. 아디스로부터 도망치고 있음을 아는 사람.

'검은 사도든가, 아니면.'

대신전 사람이겠지. 그리고 둘 중 하나를 판별하는 법은 아주 쉬웠다.

"글쎄요, 어떻게 해야 할까……."

칸나는 뒤를 돌아 꽃을 만지는 척하다가, 가시에 찔린 척 비명을 내질렀다.

"아, 피가."

그 순간, 문지기가 달려들었다. 달려드는 기척이 느껴지자마자 칸나는 꽃병을 잡아 몸을 빙글 돌렸다. 그대로 문지기의 머리를 후려쳤다.

쾅!

"커헉!"

문지기는 단말마의 비명과 함께 쓰러졌다.

'대리석 꽃병이라 다행이야.'

덕분에 한 방에 기절시킬 수 있었다.

'역시 검은 사도였어.'

그러니까 자신의 피를 보고 혈안이 되어 달려든 거겠지.

'연금술에 미친 인간들.'

칸나는 지난 3년간 연금술에 일절 손을 대지 않았다. 연금술을 쓰면 세계에 금이 가고, 그 금으로 검은 안개가 흘러든다. 그 진실을 들은 순간부터 칸나는 연금술을 끊었다.

칸나는 피식 웃었다. 오르시니만으로도 머리가 터질 것 같은데, 검은 사도까지 끼어들다니.

'타티아나 에브게니아의 운명이 다한 건가?'

이름에도 생명이 있다면 타티아나는 이미 수명을 다해 가는 건지도 모른다.

'아니면, 칸나 아디스의 운명이 너무 강한 건가?'

거부할 수 없는 운명이 그녀를 부르는 것 같았다. 지난 3년간 충분한 휴식을 즐겼으니 이제 다시 너의 세계로 돌아오라고.

'그래, 숨어서 되는 일은 아무것도 없어.'

칸나는 문지기를 의자에 꽁꽁 결박해 놓은 후 오르시니의 방으로 찾아갔다. 오르시니는 어울리지도 않게 신문을 보고 있었다.

"간도 크군. 네가 먼저 나를 찾아오다니."

순간 부아가 치밀었다. 칸나는 그에게 성큼성큼 다가가 신문을 확 빼앗았다.

"뭐냐?"

"뭐긴 뭐야? 내가 나가지 못하도록 감금했으면서 그런 말이 나와?"

"무슨 말을 하는지 모르겠군."

"검은 사도가 내 방에 있어."

"……."

"의자에 묶어 놨으니 데려가."

오르시니가 그녀를 빤히 쳐다봤다.

"검은 사도가 왜 널 노린 거냐?"

"내가 어떻게 알아? 나를 가지고 널 협박할 생각이었나 보지."

칸나는 신문을 구겨 그의 얼굴 위로 거칠게 집어 던졌다.

"네가 나한테 집착하는 걸 보고 이용할 가치가 있다고 여긴 거겠지, 이 쓰레기야. 내 인생 망치지 말고 빨리 꺼져."

오르시니는 그 욕설에 반응하지 않았다. 그 대신 목소리를 높여 불렀다.

"에스테아 경."

문이 벌컥 열렸다. 늘 오르시니의 문 앞을 지키는 기사, 칸나가 일전에 보았던 여자였다.

"클로드 경과 함께 타티아나 의원의 방으로 가 봐. 그곳에 검은 사도가 있다."

"예, 알겠습니다."

문이 닫히자 칸나는 기다렸다는 듯 비아냥거렸다.

"언제부터 오르시니 아디스에게 호위 기사가 생겼지? 겁이 꽤 많아졌나 봐?"

"칼렌이 자결한 사건 이후 호위가 붙었다. 그 녀석에게 호위가 있었으면 첨탑에서 떨어지는 걸 막았겠지."

순간 허를 찔린 듯했다. 칸나가 할 말을 잃자 오르시니가 입꼬리를 올렸다.

"나는 칼렌을 이곳에 두고 갈 생각이 없어."

"그럼 데려가. 그 녀석을 데리고 이곳에서 꺼져."

"그 녀석이 제정신이 아니어서 말이다. 상황 설명을 해도 도저히 믿지를 않더군."

그러고는 삐딱하게 웃으며 중얼거렸다.

"제 누이의 죽음에 충격을 받고 첨탑에서 몸을 던졌다는 말을 믿기가 쉽지 않았겠지."

칸나는 입술을 꾹 깨물며 그를 노려보았다. 칼렌이 첨탑에서 몸을 던진 사건, 그 이야기를 하면 칸나는 급격히 할 말을 잃었다.

"그 녀석은 그렇다 쳐. 그럼 난 어쩔 생각이야?"

"너? 죽여야지."

오르시니가 심드렁하게 말했다. 칸나는 그 허세가 우스웠다.

"그럼 죽여."

못 할 거면서.

이제는 알았다. 그가 자신이 생각한 것 이상의 바보라는 것을. 렌이 오기 전, 자신의 목을 조르던 그의 손아귀에는 힘이 없었다.

그때 생각하지 못한 말이 돌아왔다.

"너, 알렉세이 왕세자의 정부라지?"

칸나의 말문이 또다시 막혔다. 묻는 것이 아니었다. 그는 이미 알고 있는 듯했다.

"타티아나 에브게니아. 알렉세이 프리드리히의 정부."

오르시니가 기계처럼 읊조렸다. 그리고 예고도 없이 자리에서 일어났다. 그들의 눈높이가 단숨에 뒤바뀌었다. 오르시니는 그녀를 오만하게 내려다보며 조롱했다.

"고작 정부 노릇 하려고 도망간 거냐?"

그러고는 칸나의 귀 옆으로 얼굴을 숙였다. 작게 속삭였다.

"다른 새끼랑 뒹구니까 좋아?"

"말조심해."

"넌 악랄한 년이야. 남자를 홀려서 조종하는 악마 같은 년이지."

쫘악! 칸나의 손이 그의 뺨을 후려쳤다. 오르시니의 얼굴이 비스듬히 돌아갔다. 그는 붉어진 제 뺨을 어루만지다가 입꼬리를 올려 웃었다.

"떠나려면 떠나. 잡지 않을 거다."

잡지 않겠다고? 칸나는 불신의 눈으로 그를 노려보았다. 오르시니가 말했다.

"내 화풀이는 네가 아닌 다른 상대에게 하면 되니까."

"……뭐?"

"인맥을 많이 쌓았던데. 로렌초라는 왕자도 널 잘 따른다지?"

그 순간, 칸나의 얼굴이 분노로 일그러졌다. 오르시니가 웃었다.

"어떤 녀석들인지 기대되는군. 하루빨리 왕궁으로 가서 만나 보고 싶어."

그는 협박을 하고 있었다. 멋대로 사라지면 알렉세이와 로렌초를 가만두지 않겠다는 협박을.

"그들을 건드리면 널 가만두지 않을 거야."

"네가 옆에서 감시하든가. 혹시 모르지. 안절부절못하는 꼴이 불쌍해서라도 내버려 둘지도."

"비열한 자식."

"네가 가르친 거다. 나는 너에게 배운 것이 많거든."

그가 칸나의 멱살을 잡았다. 끌어당겼다. 온통 증오뿐인 그녀의 얼굴을 감상하며 속삭였다.

"아주 많은 것을 배웠지."

칸나는 바로 앞까지 다가온 그의 눈을 맹렬하게 노려보았다. 저주하듯 말했다.

"그때 널 확실하게 죽였어야 했는데."

"죽여."

오르시니는 나직이 대답하며 시선을 내렸다. 그녀의 입술에 멈췄다.

"지금이라도 죽여 봐."

붉은, 아주 붉은 입술이었다.

칸나의 옷깃을 잡은 그의 손에 움찔 힘이 들어갔다. 그러나 다음 순간 오르시니는 뒤로 물러났다. 고개를 돌리며 중얼거렸다.

"할 말 다 했으면 꺼져."

그때였다.

"오르시니 경, 들어가겠습니다."

에스테아의 목소리가 들려왔다.

"들어와."

문이 열리고 키 큰 여자가 걸어 들어왔다. 그녀는 칸나에게 시선조차 주지 않고 지나쳐 오르시니의 앞으로 걸어갔다.

"검은 사도는?"

"죽어 있었습니다."

그 말에 오르시니의 시선이 칸나에게 옮겨 왔다. 칸나는 고개를 저었다.

"나는 죽이진 않았어…… 아마도."

대리석 화병으로 있는 힘껏 머리를 치긴 했지만 죽을 정도는 아니었을 것이다. 아마도.

"그런데 그자의 시신에서 이런 것을 발견했습니다."

"뭐지?"

"편지입니다. 검은 사도와 주고받은 것 같더군요. 내일 밤 9시, 검은 사도들의 집회가 열린다고 합니다."

"잘됐군. 기사들 준비시켜."

나가야겠군. 칸나는 몸을 돌렸다. 오르시니와 더 싸워서 어떻게든 그를 굴복시키고 싶은 마음이 컸지만, 지금은 그럴 때가 아닌 듯했다.

방으로 돌아가자 그곳에 한 남자가 그녀를 기다리고 있었다.

"세르게이 님?"

세르게이. 그는 브리츠크 영주의 남동생이었다.

"타티아나 의원, 내일 시간을 내줄 수 있소?"

"무슨 일이시지요?"

"경매에 가려고 하오. 그대에게 선물을 주고 싶어서."

"예?"

"내 직속 하인에게 좋은 경매가 열린다는 소식을 들었지."

"왜 저에게 선물을……?"

"남자가 여자에게 선물을 주는 이유가 뭐 있겠소?"

칸나는 입술을 지그시 물어 욕설을 참았다.

'이 염치없는 자식이.'

아무리 젊게 봐 줘도 50대 후반으로 보이는 남자가, 지금 자신에게 수작을 거는 건가? 칸나는 무뚝뚝하게 대꾸했다.

"곤란합니다. 왕세자 전하께서 질투가 심하셔서."

그녀와 알렉세이의 관계는 유명해서 모르는 이들이 없을 정도였다. 그러니 굳이 힘겹게 거절할 필요 없이 이 한마디면 치근덕거리는 남자들을 다 정리할 수 있었다.

"왕세자 전하라니. 타티아나 의원, 아직 소식 못 들었나?"

"네?"

"전하께서 곧 약혼하신다고 하던데."

칸나는 코웃음을 칠 뻔했다. 그럴 리가 있나?

'또 이 소문이네.'

알렉세이의 약혼 소문은 몇 년 전부터 꾸준히 있었기에 칸나는 태연하게 대답했다.

"제 대답은 변함없습니다."

"생각이 바뀌면 언제든 얘기하게."

그는 은밀하게 웃으며 말을 이었다.

"나는 전하와 달리 타티아나 의원을 정실부인으로 맞을 의향이 있으니까."

그가 나가자 칸나는 고개를 기울였다.

"미친놈인가?"

저런 말을 진심으로 하다니 제정신이 아닌 모양이다.

그가 준비해 왔는지 탁상 위에는 장미 꽃다발과 경매 책자가 놓여 있었다. 같이 갈 생각이었던 건지, 책자 위에는 초대장 두 장이 놓여 있었다.

'심지어 노예 경매야.'

그러고 보니 서대륙에서 노예는 합법이었지. 칸나는 쓰게 웃으며 책자를 넘겼다. 노예들의 초상화와 대략적인 정보를 실은 책자였다.

'나에게 노예를 사 주려 했다고?'

대체 어떤 하인이 추천한 건지 모르겠지만, 그 추천을 받아들인 세르게이도 제정신이 아니었다.

'평생 여자에게 인기 없을 스타일이야.'

칸나는 불쾌한 마음에 책자를 버리려고 했다. 그러나.

'……잠깐만.'

방금 내가 뭘 본 거지?

그녀는 스치듯 지나친 페이지를 다시 한번 펼쳤다. 그 순간, 머리가 새하얗게 물들었다. 책자를 든 손이 경련했다.

'아니야.'

그럴 리 없어.

'말도 안 돼. 이건 말도 안 돼.'

< 상품 10호 >

< 이름 : 연 우 (등급 AAA+) >

< 키 : 181cm, 75kg >

< 특징 : 동대륙인 / 동대륙 의술 지식 해박 >

그곳에 연우의 얼굴이 그려져 있었다. 칸나는 충격에 휩싸여 한동안 움직일 수 없었다.

'말도 안 돼.'

어떻게 연우가, 이 세계에, 게다가 노예로 있단 말인가.

대체 어떻게!

'경매는 언제지?'

칸나는 빠르게 정보를 찾았다.

경매는 내일 저녁 9시.

"내일 저녁 9시, 검은 사도들의 집회가 열린다고 합니다."

'이게 우연이라고?'

칸나는 입술을 깨물었다.

검은 사도가 나타나고, 그의 몸에서 집회일을 알리는 쪽지가 발견되었다. 그리고 세르게이는 그녀에게 노에 경매 책자를 전해 주었고, 그 안에는 연우가 경매로 나와 있다. 심지어 경매 시간과 집회 시간이 같다.

'이건 함정이야.'

칸나는 확신했다. 이것은 자신을 끌어들이려는 덫이다. 연우를 보면 경매에 올 거라고 생각했겠지. 하지만 오르시니를 비롯한 아디스의 기사들은 검은 사도들의 집회로 갈 것이다.

'내가 혼자서라도 올 거라고 생각한 거야.'

머리가 뒤죽박죽 얽혀 가며 초조함이 밀려오기 시작했다.

'덫이든 뭐든 저자들이 연우를 어떻게 알고 있는 거지?'

정말 연우가 이곳에 있는 걸까?

빌어먹게도, 가능성 있는 일이었다. 선희가 이곳에 온 것처럼, 연우도 왔을지도 모르지 않는가!

'만약 연우가 검은 사도들에게 잡힌 거면?'

순간 발밑이 무너져 내리는 듯한 공포가 그녀를 내리쳤다. 칸나는 신음을 흘렸다.

"안 돼."

연우는 '이물질'이다. 그의 피는 아주 강력한 연금술 재료였다. 그가 정말 검은 사도들에게 잡힌 거라면, 자신을 불러내는 데 실패하더라도 연금술 재료로 쓰일 것이다!

'안 돼, 그렇게 내버려 둘 수 없어. 절대로 안 돼.'

다음 순간 칸나는 자리를 박차고 일어났다. 문을 열고 나가는 순간 비명을 질렀다.

"악!"

깜짝이야! 세르게이가 문 앞에 누워 있었던 것이다! 순간 분노가 왈칵 치밀었다. 이 미친 자식이 대체 뭘 하고 있는 거야!

"세르게이 님! 이게 대체…….."

……잠깐만. 세르게이의 얼굴이 지나치게 새하얀데? 칸나는 서둘러 주저앉아 그의 맥을 짚었다. 그리고 욕설을 지껄였다.

"빌어먹을."

세르게이는 죽어 있었다.

성이 뒤집혔다. 지금까지 2년 동안 문지기로 일한 기사는 검은 사도였고, 세르게이는 살해당했다. 그리고 그의 전속 하인은 그림자처럼 사라졌다.

칸나는 오르시니를 찾아갔다.

"분명히 그 하인도 검은 사도일 거야. 세르게이 님을 죽이고 도망갔겠지."

"주인을 지키지 못한 하인은 벌을 받는다. 벌이 두려워서 도망갔을 거라는 생각은 안 하나?"

오르시니의 말도 일리가 있었다. 그러나 칸나는 단호하게 말했다.

"그 하인이 노예 경매를 추천했다고 했어. 세르게이 님이 나를 그

경매에 데려가려고 했지."

칸나는 오르시니에게 책자를 내밀었다. 그 순간까지도 수십 가지의 갈등이 치열하게 부딪쳤다.

상대는 오르시니 아디스다. 빌어먹을 오르시니. 그녀의 원수 같은 존재. 그녀가 너무나도 미워하는 남자. 과연 그런 남자에게 도움을 청해야 하는가? 그런 남자의 협조를 바라야 하는가?

'지금 자존심 세울 때가 아니야!'

연우가 잡혀 있을지도 모른다. 그 생각에 칸나는 모든 것을 잊었다. 인정하고 싶지 않지만 검은 사도에 대해서는 오르시니가 이 세계 최고의 전문가였다. 그러니 그의 협조가 필요했다.

"이 경매는 나를 낚기 위한 덫이야."

"그건 무슨 개소리냐?"

"검은 사도는 나를 노리고 있어."

칸나는 침착하게 거짓을 꾸며 냈다.

"나는 신령의 딸이잖아. 아마 그들에게는 좋은 실험체일 거야."

"검은 사도가 너를 노리는 건 그렇다 치고."

오르시니는 본질을 꿰뚫어 보았다. 그가 그녀를 매섭게 응시했다.

"이 노예 경매가 왜 덫이냐고 물은 거다."

"……"

"물을 필요도 없지. 네가 혹할 만한 존재라도 나왔나 보군."

그는 멋대로 결론을 끄집어내고는, 책자를 펼쳤다. 한 장 한 장 신중하게 읽어 내리다가 마침내 연우의 초상화에서 멈춰 섰다.

"연우?"

순간 오르시니의 입술에서 피식, 웃음이 흘렀다.

"네가 울면서 찾았던 그 새끼네."

"……."

칸나는 그를 노려보았다. 페일런섬. 맥각에 중독되어 환상을 보았을 때, 칸나는 그의 이름을 부르며 울부짖었다.

"기다려. 가지 마, 연우 오빠."

이렇게 외치며 엉엉 울었지.

'그걸 아직도 기억하고 있단 말이야?'

낯선 발음의 이름, 몇 번 부르지도 않았는데 그걸 귀신처럼 기억하고 바로 생각해 내다니.

"너 뭐 하는 계집애야?"

그가 연우의 초상화와 칸나를 번갈아 응시했다.

"알렉세이 왕세자의 정부에다가, 동대륙인 애인까지."

"……그런 거 아니야."

"해명해 봐."

"내가 왜 너한테 해명을 해?"

짜증이 부글부글 끓어오르기 시작했다. 그렇잖아도 연우 때문에 온 신경이 날카로워져 있는데!

"내 도움을 바라는 것 아닌가? 그렇다면 상황 설명을 해야지."

오르시니가 여유롭게 의자에 기대었다.

"오르시니, 이건 네가 해야 할 일이야. 검은 사도를 잡아내는 건 아디스 가문의 사명 아니던가?"

"내가 사명에 지배될 사람처럼 보였다면, 넌 날 모르는 거야."

"……개자식."

"너는 그 개자식의 손이 필요한 것 같은데."

그가 조롱하는 웃음을 지었다.

"무릎을 꿇고 부탁해 봐라. 그럼 너의 동대륙인 애인을 구해 주지."

"필요 없어!"

칸나는 폭발했다. 그녀는 오르시니에게서 책자를 거칠게 빼앗으며 소리쳤다.

"내가 한 말 다 잊어버려. 애초부터 너에게 기대를 한 내가 등신이 니까!"

뒤를 돌아 빠르게 걸었다. 그리고 문을 벌컥 여는 순간.

"……어?"

클로드와 마주쳤다. 그가 멍하니 그녀를 보다가 화들짝 놀라 소리쳤다.

"아, 아, 아, 아가씨?"

"꺼져!"

"넵!"

칸나가 버럭 소리치자 클로드가 재빨리 뒤로 물러났다. 칸나는 욕설을 지껄이며 그를 지나쳤다.

'미쳤네. 이 상황 완전히 미쳤어.'

클로드에게도 들켜 버렸다. 이제는 정말 돌이킬 수 없다. 그야말로 환장 대잔치였다. 여기저기서 온갖 폭탄이 터지고 난리도 아니었다.

타티아나 에브게니아의 삶은 산산조각으로 터져 버렸고, 이제는 정 신마저도 터지게 생겼다.

그중에서도 단연 큰 폭탄은 연우였다.

'오르시니 개자식, 내가 너한테 부탁하는 것밖에 방법이 없을 것 같아?'

오로지 그 방법뿐이었더라면 무릎을 꿇는 것도 고려했을 것이다. 3년 전에는 녀석을 죽이기 위해 키스도 했는데 무릎 정도야, 필요하다면 꿇을 수 있다. 목표를 이루기 위해 몸을 험하게 쓰는 건 이제 익숙했으니까.

'그건 다른 방법이 없을 때의 이야기고.'

지금은 아니다. 지금은 오르시니 외에도 다른 방법이 있었다.

'그들은 내가 고대 연금술의 지식을 손에 넣은 것을 모르지.'

그러니 아디스만 없으면 자신을 쉽게 사로잡을 수 있다고 생각할 것이다.

'이번만큼은 어쩔 수가 없어.'

혼자라도 갈 생각이었다. 그리고 지금껏 쓰지 않았던 힘을 쓸 것이다. 물론 함정인 것을 알고 있다. 그곳에 가면 검은 사도들에게 사로잡힐 수도 있고, 그 과정에서 죽을 수도 있다.

그래도 상관없다.

'연우는 안 돼.'

그에 대한 이성적 사랑이 사라진 것은 확실했다. 이 세계에서 산전수전 다 겪으면서 연우를 향한 감정은 빛바랜 사진처럼 생기를 잃었으니.

그렇다고 해서 그가 죽든 말든 상관없는 건 아니었다.

'아마도 나 때문일 텐데.'

그가 대체 어떻게 이곳에 온 건지 모르겠지만, 원인은 그녀일 가능성이 컸다. 그런 사람을 죽도록 내버려 둘 수 없다. 연우가 자신 때문에 위험을 겪느니, 차라리.

'내가 위험해지는 게 나아.'

❦

"죄송합니다만, 나가실 수 없습니다."

그러나 당일, 오르시니의 호위 에스테아 경이 그녀를 막아섰다. 방에 억지로 가두고는 나오지 못하게 한 것이다. 그런 명령을 내린 후 오르시니는 검은 사도들의 집회 장소로 기사들을 이끌고 가 버렸다!

'오르시니, 가만두지 않을 거야.'

그 자식을 족치는 건 나중으로 미루고 일단은 이곳을 빠져나가야 한다.

'이쯤 되니 어쩔 수 없어.'

검은 사도들에게만 쓰려고 했는데, 연금술을 사용할 수밖에……

그때였다. 쿵!

"……"

칸나는 몸을 돌렸다. 방금 문밖에서 이상한 소리가 난 것이다. 다음 순간 문이 벌컥 열리고 렌이 들어왔다.

"렌?"

칸나는 그 순간 드러난 문밖의 풍경에 할 말을 잃었다. 에스테아 경이 바닥에 쓰러져 있었다.

"너 무슨 짓을 한 거야?"

"뭐 하긴요? 못 들어가게 막기에, 잠시."

렌이 입꼬리를 슬쩍 올렸다.

"잠 좀 재웠죠."

순간 칸나의 눈이 반짝반짝 빛났다. 이 기특한 녀석. 착한 녀석 같으니라고!

"잘했어!"

칸나가 활짝 웃자 렌이 신기한 것을 본 것처럼 얼떨떨해했다.

"그렇게 웃을 줄도 압니까?"

"물론이지."

칸나는 해맑게 말하며 은근슬쩍 짐가방을 어깨에 걸쳤다.

"안 그래도 산책하고 싶었는데 잘됐어. 나는 잠깐 정원 좀 걷고 올 테니까, 너는……."

"산책은 무슨. 노예 경매 갈 생각이잖습니까."

"……"

"저를 칼렌 아디스로 취급하는 기사들이 이것저것 말해 주더군요. 검은 사도에 대해 들으면 기억이 날지도 모른다면서."

쯧, 렌이 혀를 차며 미간을 좁혔다.

"무보수로 일 시키려고 지랄들입니다."

무보수…….

'얘 정말 뼛속까지 용병 됐구나.'

하기야 기사 작위도 거절했던 녀석이지. 그는 직위나 의무 따위에 얽히는 것을 아주 혐오하는 것 같다.

마치, 예전의 오르시니처럼.

"내가 어딜 가든 네가 신경 쓸 일 아니야."

"왜 신경 쓸 일이 아닙니까? 당신은 내 임무인데."

"뭐?"

"브리츠크 영지에 머무는 동안 당신의 안위를 지키는 것, 그것이 계약 내용입니다. 그리고 저는 제 완벽한 경력에 흠집 낼 생각 없습니다."

즉 따라가겠다는 소리였다. 칸나는 단호하게 거절했다.

"아니, 필요 없어. 노예 경매는 함정이야. 장담하건대 아주 위험한 일이 일어날 거야. 그러니까 따라오지 마."

어쩌면 죽을 수도 있다. 그런 곳에 이 상황과는 연관 없는 그를 데리고 갈 생각은 전혀 없었다.

'칼렌 아디스라면 모를까, 지금 이 녀석은 그저 돈에 움직이는 용병일 뿐이야.'

그런데 그 말에 렌은 기분이 아주 상한 듯했다.

"그러다가 만약 당신이 죽기라도 하면 제가 뭐가 되는 줄 아십니까?"

……글쎄. 뭐가 될까. 의뢰인을 지키지 못한 머저리 삼류 용병?

"저는 위험을 업으로 삼는 용병입니다. 언제나 목숨을 담보로 걸어 왔죠. 제 일을 하찮게 보지 마십시오."

"……그럴 의도는 없었어."

"됐으니 가시죠."

렌이 돌아서자 칸나는 결국 어쩔 수 없이 그의 뒤를 따랐다. 본인의 경력에 해가 된다는데 어쩌겠는가? 칸나에게는 그를 두고 갈 명분이 없었다.

"신사 숙녀 여러분, 지상 최대의 경매에 오신 것을 환영합니다!"

좌석에 앉으며 칸나는 조그맣게 속삭였다.

"내가 필요한 사람은 노예 10호야. 그 사람을 낙찰받아서 떠나면 돼."

"알겠습니다."

"다른 노예들은 볼 필요 없어. 무조건 10호만 사면 되니까 긴장하지 말고 침착해."

그러자 옆에 앉은 렌이 눈살을 찌푸렸다. 그리고 불시에 그녀의 뺨을 손가락으로 콕 찔렀다. 칸나는 한발 늦게 반응했다.

"……지금 무슨 짓이야?"

"긴장 좀 푸시라고요. 아까부터 했던 말 단어만 바꿔서 계속 반복하고 있는 거 아십니까?"

"내가 그랬어?"

"예."

머쓱해진 칸나는 다시 앞을 응시했다. 연우가 노예로 잡혀 있는데, 긴장할 수밖에.

"자, 1번 노예부터 시작하겠습니다!"

경매가 시작되었다. 30분 정도 지났을까.

"이제 마지막 상품입니다!"

마침내 그의 순서가 다가왔다.

"경매장 사상 처음으로 동대륙인 노예가 상품으로 나왔습니다!"

좌중이 술렁였다. 칸나는 주먹을 꽉 쥐었다.

"상품 10번! 동대륙 출신 노예를 소개합니다!"

무대의 휘장이 걷히고, 한 남자가 걸어 나왔다.

칸나의 머리가 새하얘졌다. 이례적일 정도의 감탄과 박수, 욕망 어린 말들이 오고 갔지만 아무것도 들리지 않았다. 오로지 연우만이 보였다.

"5500골드!"

"6000골드!"

"8000골드!"

순식간에 앞의 노예들을 훨씬 웃도는 금액까지 치고 올라갔다.

"이런, 다들 흥분하셨습니다! 아직 다 보여 드리지도 않았는걸요!"

다른 노예들에게 그랬던 것처럼 사회자 역시 연우가 걸친 옷을 벗기려 하고 있었다.

"장담하건대, 잠시 후면 경쟁이 더 치열해질 겁니다!"

칸나는 눈을 질끈 감았다. 옷이 찢어지는 소리가 들렸다. 여기저기서 감탄의 탄성이 튀어나왔다.

"훌륭하군요!"

"빨리 입찰을 시작하시오!"

연우의 하얀 얼굴이 새빨갛게 달아올랐다. 그러나 그의 입에는 재갈이, 손목과 발목에는 밧줄이 묶여 있었기에 아무런 저항도 할 수 없었다.

더는 못 참겠다. 칸나는 팻말을 들어 올렸다.

"5억 골드."

순간 시끌벅적하던 경매장이 찬물을 끼얹은 듯 조용해졌다. 참가자들 모두가 놀란 표정으로 그녀를 응시했다.

그때 황금색 나비 가면을 쓴 한 신사가 재빨리 팻말을 들어 올렸다.

"5억 5000골드!"

칸나는 조용히 대꾸했다.

"10억 골드."

"……10억 1000골드."

"20억."

거기서 경매는 끝났다.

"더 없으면 여기서 낙찰하겠습니다!"

탕탕탕! 사회자가 나무망치를 두드렸다. 칸나는 렌을 응시하며 빙긋 웃었다.

"렌."

"예?"

"20억 있어?"

"……."

"있지?"

렌이 깡패 보는 듯한 눈으로 그녀를 응시했다.

다행히 그는 돈이 있었다.

'용병일 시작한 지 3년도 안 됐을 텐데.'

벌써 그런 돈을 벌었다 이거지? 업계 최고의 몸값이라는 말이 거짓은 아닌 듯싶었다. 렌이 황망하게 중얼거렸다.

"내가 돈을 뜯길 줄이야……."

"왕실로 돌아가면 준다니까. 이자 쳐서 줄 테니까 걱정하지 마."

그녀의 돈은 은행이 아닌 현금으로 집 금고에 고이 보관되어 있기에 지금 당장 쓸 수가 없었다. 렌은 투덜거리면서도 그녀에게 수표를 써 줬고 '상품', 즉 연우를 받아 와 마차에 실었다.

'정말 연우야.'

약을 먹인 건지 연우는 기절한 상태였다. 안쓰러운 마음에 한숨이 저절로 나왔다. 그 모습을 못마땅하게 지켜보던 렌이 코웃음을 쳤다.

"대체 둘이 어떤 사이입니까?"

"그냥…… 아는 사이."

"저런 예쁘장한 남자가 취향이었습니까? 비 맞은 은방울꽃처럼 생겨서는, 힘도 제대로 못 쓸 것 같은데."

"……."

돈 빌려줬으니까 참자. 칸나는 그의 머리통을 후려갈기고 싶은 것을 인내했다.

"그런데……."

칸나는 마차의 창밖을 응시했다.

"우리, 올 때도 이 길로 왔나?"

마차가 완전히 다른 방향으로 빠지고 있었다.

"아뇨. 다른 길로 가고 있습니다."

렌은 진작 눈치챘는지 태연하게 대꾸했다.

"이 경매, 함정이라면서요."

"그렇지."

이제 함정이 시작되는구나. 칸나는 쓴웃음을 지었다.

오르시니는 기사들을 이끌고 검은 사도들의 집회를 습격했다. 그리고 그들 모두를 도륙하는 데 성공했다. 칼끝에 고인 핏물을 털어 내고 있을 때, 화살이 날아왔다.

<칸나 아디스의 신병은 우리가 확보했다. 살리고 싶다면 사냥터로 혼자 올 것.>

단박에 잡아채어 살펴보니 이런 쪽지가 매달려 있었다.

<한 시간 내로 오지 않는다면, 그리고 혼자 오지 않는다면, 여자는 죽는다. 수상한 낌새가 보이면, 여자는 죽는다.>

쪽지에는 밝은 갈색 머리칼 몇 줌이 동봉되어 있었다. 칸나, 그 여자의 변한 머리칼과 똑같은 색이었다.

그때 클로드가 달려왔다.

"에스테아 경의 전언입니다. 칸나 아가씨께서 사라지셨다고 합니다."

등신 같은 년. 오르시니는 픽 웃었다. 칸나는 함정인 줄 뻔히 알면서도 노예 경매에 간 모양이다.

"어떻게 할까요, 오르시니 경?"

"내버려 둬. 기사들 이끌고 먼저 돌아가."

이 일을 알면 구하러 가자고 할지도 모르지. 오르시니는 말을 삼간 후 그와 기사들을 돌려보냈다. 홀로 남아 주변을 수색했으나 화살을 쏜 자는 발견할 수 없었다. 쪽지를 전해 주고 부리나케 도망친 듯싶었다.

'이런 유치한 함정에 누가 속을 줄 알고?'

함정이다. 이 쪽지도, 그리고 노예 경매도.

알면서 뻔히 뛰어들 정도로 지금 상황이 좋지는 않았다. 애초부터 얄덴에 기사들을 몇 데리고 오지 않았기에 인력이 부족했다. 게다가 꽤 많은 기사가 부상을 입은 상태였다.

누가 봐도 불리한 상황. 이럴 때 과한 욕심을 부리면 모든 것이 무너진다. 집회, 그리고 노예 경매. 둘 중 하나는 반드시 포기해야 했다.

그래서 노예 경매를 포기했다. 지극히 냉정하고 합리적인 판단이었다. 만일 민간인이 있는 경매장에서 싸움이 벌어질 경우 불리한 건 그들이었으니.

'그런데 그 병신 같은 년은 머리가 어떻게 됐나?'

오르시니는 칸나를 비웃으며 말 위에 올라탔다.

'본인이 위험해져도 상관없다는 거지.'

그러니까 함정인 걸 뻔히 알면서 제 발로 걸어간 거겠지.

'등신.'

하지만 난 아니다.

더는 그 여자 때문에 위험을 감수하는 일 없을 것이다. 3년 전, 그 계집애의 손길 하나에 무너졌던 애송이는 없다. 그러니까.

<칸나 아디스의 신병은 우리가 확보했다.>

그 여자가 검은 사도들에게 잡혔든 말든.

<혼자 오지 않으면, 여자는 죽는다.>

함정에 빠졌든 말든…….

<여자는 죽는다.>
<여자는 죽는다.>
<죽는다.>

빌어먹을. 오르시니는 말을 멈춰 세웠다.

'이건 함정이다.'

삼류도 걸리지 않을 유치한 함정. 이런 함정에 빠지는 건 등신이나 하는 짓이라는 것을, 그는 알고 있었다.

아주 잘 알고 있었다.

사냥터에 도착한 오르시니는 말에서 뛰어내렸다.

'난리 났군.'

나무 위, 수풀 뒤. 온갖 구석이란 구석들에 숨어 있는 기척들이 느껴졌다.

때마침 맞은편에서 누군가가 걸어 나왔다. 황금색 나비 가면을 쓴 남자였다. 머리에는 검은 신사용 모자, 그리고 완벽한 연미복 차림까지, 막 파티에서 나온 듯한 차림새였다.

"안녕, 오르시니 경. 칸나를 찾으러 왔나?"

오르시니는 상대를 말없이 물끄러미 응시했다.

황금색 나비 가면의 신사. 그는 3년 전부터 나타나기 시작한 검은 사도였다. 아디스의 기사들은 그를 나비 가면이라고 불렀다.

"아니. 네놈을 죽이러 왔지."

나비 가면은 가장 위험한 검은 사도로 그의 부친인 알렉산드로가 한창 추적 중이었다. 그런 놈이 제 앞에 나타났으니 행운이지 않은가?

"이봐, 검을 뽑기 전에 내 말부터……."

오르시니는 나비 가면의 말을 듣지 않았다. 한 번의 도약만으로 남자의 앞까지 도달하여 검을 휘둘렀다. 그러나 검날은 흐릿한 형상만을 가르고 지나갔다.

'역시 환영이군.'

검은 사도들의 기이한 사술은 날이 갈수록 발전했는데, 특히나 최근 3년간 그러했다.

'그래, 차라리 잘됐다.'

역시나 오기를 잘했다. 나비 가면인가 뭔가, 저 자식을 잡아 가면을 벗기고 족쳐서 정보를 뽑아낼 것이다. 그 전에 다른 피라미들부터 죽여야겠지.

오르시니는 도약했다. 나무를 박차고 뛰어올라 굵직한 가지를 한 손으로 붙잡고 그대로 몸을 끌어 올렸다.

"허억!"

그곳에 검은 사도가 잠복해 있었다. 그가 순식간에 튀어 오르자 기겁해서 몸을 뒤로 뺐지만 그대로 걷어차여 아래로 곤두박질쳤다. 쿵! 검은 사도의 목이 기이한 각도로 비틀렸다. 그대로 절명했다.

오르시니는 즉시 아래로 뛰어내렸다. 발이 닿자마자 앞으로 튀어나가 수풀에서 사람을 거칠게 끄집어 냈다.

"자, 잠깐……."

뚜둑! 오르시니는 검은 사도의 목을 그대로 뽑아 뒤로 휙 던졌다. 목이 굴러간다. 데굴데굴, 공처럼 구르다가 나무 기둥에 툭 부딪쳐 멈춰 섰다.

"……."

사냥터 안의 기척이 얼어붙었다.

숨어 있는 검은 사도들의 짙은 공포가 피부로 느껴졌다. 오르시니는 뺨에 묻은 피를 천천히 닦으며 몸을 돌렸다. 그곳에 또다시 나타난 나비 가면의 환영이 일렁이고 있었다.

"오르시니 아디스, 솔직히 말해. 사실 넌 인간이 아니라 맹수지?"

고개를 절레절레 저으며 한숨을 내쉬었다.

"칸나가 어디 있는지부터 물어야 하는 거 아니야?"

"그런 병신 같은 년 내가 알 게 뭐야."

과연 칸나가 이곳에 있기는 할까?

오르시니는 회의적이었다. 사태를 제대로 파악조차 않고 헐레벌떡 달려온 자신이 어처구니가 없었다. 저놈들이 달아 놓은 한 시간의 시간제한에 쫓기듯 달려온 것이다.

그때였다.

"아아아악!"

찢어지는 듯한 비명이 사냥터를 울렸다. 아주 멀리서 들리는 비명이었지만 오르시니는 분명히 들었다. 이 목소리는……

'칸나.'

깨닫는 순간 온몸의 피가 빠져나가는 기분이었다. 나비 가면이 빙긋 웃었다.

"불쌍한 칸나."

"……무슨 짓을 한 거냐?"

"손가락 하나를 잘랐어."

뭐? 손가락을?

"당신이 난폭하게 굴 때마다 칸나의 손가락을 하나씩 자를 생각이야."

나비 가면이 웃음기 섞인 목소리로 말했다.

"아까 이것부터 말하려고 했는데 검부터 휘두르기에. 그러게 대화를 먼저 했어야지."

그러다가 문득 생각났는지 손뼉을 쳤다.

"아, 그러고 보니 아까 나한테도 검을 내질렀지? 이봐, 손가락 하나 더 잘라."

"꺄아아악!"

말이 끝나자마자 먼 곳 어딘가에서 칸나의 비명이 들려왔다. 숲 안을 메아리치며 울렸다. 그러나 오르시니는 아주 냉정하게 생각했다.

'칸나가 저런 비명을 지른다고?'

그럴 리 없지.

칸나는 정말이지 지독해서, 설령 산 채로 목이 잘려도 이를 악물 여자였다. 그런 여자가 순순히 비명을 내지를 리가 없다. 그러니 칸나가 아닐 것이다. 누군가가 흉내를 내는 걸 거다.

아니, 그래도, 하지만, 아주 만약에, 칸나라면.

'빌어먹을.'

오르시니의 눈에 불똥이 확 튀었다. 설령 정말 칸나라고 할지언정 본인이 자초한 일이다. 위험할 게 뻔해서 못 가도록 막았는데 기어코 제 발로 빠져나가지 않았던가?

"오르시니 경, 그러니까 얌전히……."

"얌전히 있으라고?"

"그래. 칸나를 구하고 싶다면, 얌전히 있어."

나비 가면의 말이 끝나자마자 등 뒤에서 검은 연기가 화살처럼 달려들었다. 오르시니는 검만 뒤로 틀어 모조로 튕겨 냈다.

거의 동시에, 발아래에서 연기가 꿈틀거리며 기어올라 왔다. 그는 그대로 발을 들어 올려 버러지 밟듯이 쾅 짓밟았다. 그러자 그의 발치에서 피어오른 새하얀 성력이 검은 아지랑이를 모조리 집어삼켰다.

그리고 이 이상의 대화는 필요 없었다. 오르시니는 그대로 튀어 나갔고, 계속 주변에서 거슬리던 검은 사도들을 끄집어 냈다. 베고 또 베었다.

"오르시니……."

그때 등 뒤에서 그녀의 목소리가 울음처럼 흘렀다.

그제야 오르시니는 도륙을 멈추었다. 피 젖은 검을 내리며 몸을 천천히 돌렸다.

그곳에 칸나가 서 있었다. 검은 망토를 두른 남자의 손에 포박되어, 손가락이 잘린 채, 피를 뚝뚝 흘리며 울먹이고 있었다.

"오르시니."

울면서 그의 이름을 불렀다.

"너무 아파, 오르시니. 살려 줘."

오르시니의 얼굴이 차분하게 가라앉았다. 딱딱하게 말했다.

"너는 칸나가 아니야."

"오, 오르시니."

"칸나라면 내게 도움을 요청할 리 없지."

칸나는 자신을 누구보다 증오하고 혐오한다. 그런 자신에게 애원 따위 할 리 없다.

하지만 글쎄, 정말 그럴까?

칸나는 목적을 위해서 뭐든 하는 여자 아니었던가? 필요하다면 자신에게 입을 맞출 수 있는 여자가 아니었던가?

"검을 버려라, 오르시니 아디스."

칸나의 목에 단도를 겨눈 검은 사도가 나직이 경고했다.

"그리고 얌전히 다섯 걸음 앞으로 걸어 나와. 시키는 대로 하지 않으면.

"으윽!"

"이 목을 따 버리지."

단도가 칸나의 목덜미를 더 깊숙이 파고든다. 오르시니는 그 장면을 가만히 지켜보았다.

저건 가짜다.

아무리 생각해도 저건 가짜다. 칸나가 저렇게 가련한 표정으로, 그저 무력하게 구해 주기만을 기다리며 울고 있을 리가 없지 않은가?

하지만 만약.

만약 진짜라면?

쨍그랑!

선택은 몸이 내렸다. 손아귀에서 저절로 힘이 풀렸다. 검이 떨어졌다. 적 앞에서 무기를 놓치는 첫 순간이었다.

그리고 그는 순순히 검은 사도가 요구한 위치로 걸어 나갔다.

정확히 다섯 걸음 앞으로 나온 순간, 대지가 부르르 진동했다. 발아래에서 검은 안개가 솟구치듯 피어올랐다. 그의 다리를 타고 올라오기 시작했다.

그는 제 몸을 야금야금 삼켜 오는 안개를 무감하게 내려다보다가 다시 얼굴을 들어 칸나를 보았다.

뺨에 눈물이 흥건한 모습이 아주 꼴 보기 싫었다. 진짜든 가짜든, 저 여자가 우는 것은 정말이지 보고 싶지 않았다.

"병신. 질질 짜긴."

어쩌면 진짜일 수도 있지만, 아마도 가짜겠지. 이것이 도박이었다면 그는 가짜에 판돈을 걸었을 것이다. 그러나 이 확률 싸움에 걸린 것은 돈이 아니었다.

칸나였다.

지는 순간 영원히 사라질 여자였다.

그렇기에 그 일말의 가능성을 도저히 무시할 수 없었다. 오르시니는 그런 자신을 비웃었다. 울먹이는 칸나를 보며 말했다.

"눈 감아."

네가 진짜든, 가짜든.

"보지 마, 등신아."

이런 끔찍한 장면은 보여 주고 싶지 않은데.

푹! 다음 순간, 검은 안개가 그의 배를 꿰뚫었다. 울컥, 단숨에 피가 솟구친다. 타오르는 통증이 작렬했다. 오르시니의 입에서 검붉은 피가 터져 나왔다.

푹, 푹, 푹! 그것을 시작으로 연달아 몸을 꿰뚫렸다. 허벅지와 배, 팔, 어깨 그리고 목덜미까지. 검은 안개가 수십 개의 창살처럼 관통했다.

무릎이 꺾였다. 온몸에 힘이 빠진다. 그는 땅 위로 무력하게 쓰러졌다.

죽음은 아주 빠르게 다가왔다. 오르시니는 직감했다. 몇 분, 아니, 몇 초도 남지 않았다.

마지막 힘을 모아 시선을 올렸다.

칸나가 그를 물끄러미 내려다보고 있었다. 더는 울지 않고 애원하지 않는다. 인형 같은 표정, 생기 없는 눈을 보는 순간 정답을 깨달았다.

'가짜네.'

역시나 저건 가짜였다.

깨닫는 순간, 우습게도 그는 안심했다.

적어도 칸나의 손가락은 무사할 테니까…….

"……."

다음 순간 오르시니의 동공이 크게 열렸다.

눈에서 빛이 꺼졌다. 시커먼 어둠으로 가라앉았다.

오르시니의 호흡이 멎자, 지켜보던 검은 사도가 조심스럽게 다가왔다. 코 아래에 손을 대었다. 숨을 쉬지 않는다. 이번엔 그의 가슴에 손을 내렸다. 심장이 뛰지 않는다.

"죽었군."

검은 사도가 웃음을 터뜨렸다.

"오르시니 아디스가 죽었다!"

함정은 없었다.

"중간에 길을 헤매서 죄송합니다. 제가 이 일을 시작한 지 얼마 안 돼서……."

신입 마부의 가벼운 실수로 잠시 길을 잘못 들었을 뿐이었다. 칸나는 무사히 영주 성으로 돌아갔다.

'왜 아무 일도 일어나지 않았지?'

칸나는 잠든 연우를 물끄러미 내려다보았다.

'함정이 아닐 리 없는데.'

칸나는 지독한 불안감에 시달렸다. 일이 이렇게 술술 풀릴 리 없지 않은가?

'아니면…….'

이 함정의 목표는 자신이 아니었던 걸까?

안전한 곳에 대피해 있던 나비 가면이 나타났다. 이번엔 환영이 아닌 실체였다.

"정말 오르시니가 죽었어?"

이것은 애초부터 오르시니 아디스를 제거하기 위한 함정이었다.

오르시니는 검은 사도들에게 아주 큰 적이었고, 언젠가는 반드시 제거해야 할 대상이었다. 때마침 그 대상의 약점을 발견하여 함정을 만든 것이다.

우습게도 그의 약점은 여자였다.

"정말이군."

나비 가면은 오르시니의 시체에 가까이 다가가 살폈다.

"이런 시시한 함정에 걸려 죽다니, 너도 참 한심한 남자야."

저를 끔찍이도 경멸하는 여자 때문에 목숨을 내던지다니.

나비 가면은 비웃으며 그의 뺨을 툭 쳤다. 생을 마감한 오르시니의 얼굴이 힘없이 돌아갔다.

방금까지만 해도 그는 검은 사도들의 가장 강력한 적이었지만 이제는 한낱 고깃덩어리 시체일 뿐이었다. 그것도 아주 쓸모 있는 시체.

"오르시니의 시신을 챙겨. 죽은 지 얼마 안 됐으니, 몸에 성력이 가득 남아 있을 거다. 실험 재료로는 최고지."

나비 가면은 자리에서 일어나 상쾌하게 미소 지었다.

"다른 사도들은 다 죽었나?"

"예. 살아남은 것은 저 혼자입니다."

"희생이 컸어."

정말이지, 많은 희생을 치렀다.

지금 죽은 검은 사도들뿐만이 아니다. 오르시니를 함정으로 끌어들이기 위해 집회 장소마저 공개했다. 그곳에 나간 검은 사도들마저 희생시켜야 했다.

"오르시니 하나 죽이자고 백여 명에 가까운 검은 사도들을 희생했어. 정말이지……."

나비 가면의 목소리가 뚝 끊겼다.

그의 목뒤를 타고 소름이 돋아 올랐다. 머리털을 쥐어뜯는 듯한 살기가 해일처럼 밀려왔다.

"히익!"

오르시니의 시신을 수습하려던 검은 사도가 비명을 질렀다. 뒷걸음질 쳤다.

"아, 알……!"

그것이 유언이었다. 다음 순간, 그의 몸이 산산이 조각났다. 사방으로 터지는 핏방울이 나비 가면의 뺨에 후두둑 튀었다.

"……이런."

나비 가면의 입꼬리가 떨렸다.

"당신이 왜 여기에 있지, 알렉산드로 아디스?"

"널 찾아왔지."

뚝, 뚝. 알렉산드로 아디스의 검에서 핏방울이 떨어져 내렸다. 그가 나비 가면을 응시하며 말했다.

"내 아들에게서 손 떼."

"물론이지. 물론 그래야지. 진정하라고."

나비 가면은 두 손을 들어 올리며 재빨리 뒤로 물러났다. 그러다가 빠르게 칸나의 목을 휘감았다.

"대신 당신 딸에게 손을 좀 대겠어."

"사, 살려 주세요."

칸나가 울먹이기 시작한다.

그게 끝이었다.

알렉산드로의 검이 직선으로 그녀의 가슴을 파고들어 그 뒤에 선 나비 가면의 가슴마저 뚫고 지나갔다. 하나의 검날에 두 사람이 꿰였다. 알렉산드로는 곧바로 검을 끌어당겨 두 사람을 품에 안았다.

가슴팍에 기대어 죽은 칸나를 무시한 채 알렉산드로는 나비 가면의 멱살을 쥐었다. 가면을 쥐어뜯었다.

"……."

알렉산드로의 미간이 좁아졌다. 아는 얼굴이었다. 나비 가면이 벗겨진 신사가 히죽 웃었다.

"들켜 버렸네…… 내 주인이 곤란하겠어."

그때 바람이 불어왔다. 파스슥, 칸나와 나비 가면의 몸이 모래로 부서져 내린다. 누군가의 복제에 불과했던 두 인형이 흙으로 돌아갔다.

알렉산드로는 검을 내렸다. 그리고 무릎을 꿇고 아들의 상태를 살폈다. 곧 나비 가면과 같은 결론을 내렸다.

"죽었군."

오르시니가 죽었다.

심장은 멈추고 생명의 불꽃은 꺼졌다. 의심의 여지 없는 명백한 죽음이었다. 이것이 오르시니 아디스의 결말이었다. 그는 지금 이 순간, 오늘 이 자리에서 죽음을 맞이했다.

만약 이곳에 자신이 없었더라면 그렇게 끝날 삶이었을 것이다.

"선희가 내게 영생의 저주를 내려서 다행이구나."

알렉산드로는 나직이 중얼거리며 그에게 손을 뻗었다.

"너에게 생을 나눠 줄 수 있으니."

오르시니는 눈을 떴다. 숨을 급하게 들이마셨다.

"허억."

허리를 벌떡 일으켰다. 주위를 둘러보았다.

피와 시체가 낭자한 사냥터였다. 분명 자신도 저 시체 중 일부가 되어 있어야 하는데…….

오르시니는 아래를 내려다보았다. 군데군데 찢어진 옷은 피로 범벅이 되어 있었다. 그러나 상처 따윈 없다. 통증도 없었다. 아니, 오히려힘이 넘쳐흐르는 듯했다.

순간, 오르시니는 흠칫 놀랐다. 오른팔이 움직였던 것이다.

그는 멍하니 자신의 오른팔을 응시하다가 중얼거렸다.

"……아버지?"

왜일까, 왜 그 말이 나왔을까?

그는 주위를 두리번거렸다. 그러나 이곳엔 아무도 없었다.

성에 도착한 지 한 시간, 연우는 아직도 잠에서 깨어나지 않았다.

칸나는 일단 그를 렌의 방에 두었다.

"잠꼬대만 하고 있습니다. 뭐라더라? 째깍째깍?"

"째깍째깍?"

"예. 이상한 말만 중얼거리면서 잡니다."

그건 시계 초침 움직이는 소리인데.

'왜 그런 소리를 내는 거지?'

칸나는 탁상을 손가락으로 두드렸다.

'가까이해서는 안 돼.'

일단 그의 신변이 위험해서 구하긴 했다. 그러나 칸나는 그 이상으로 다가가서는 안 된다는 것을 알았다.

'연우와의 재회는 검은 사도의 수작일 가능성이 커.'

연우가 자신의 앞에 나타난 것은 우연이 아니다. 누군가가 마련해 놓은 무대겠지.

'분명히 내가 가까이 두고 챙겨 줄 거라고 생각했겠지.'

그러니까 멀리해야 한다.

"일단 네 하인으로 써 줘. 서대륙어도 알려 주고, 호신술이랑 검술도 좀 알려 줘."

그러자 렌이 아주 오만하게 말했다.

"저는 아주 비쌉니다. 감당할 수 있겠습니까?"

"얼만데?"

"적어도 이 정도는 받아야죠."

그가 손가락을 다섯 개 펼쳤다.

"너 양아치니?"

"말했잖습니까? 저는 비싸다고."

그가 입술 끝자락을 올려 은밀하게 웃었다. 고개를 내려 속삭였다.

"아니면, 일전에 멈췄던 걸 계속해도 됩니다만."

"일전에 멈춘 거?"

"제 위에 올라타셨던 거 기억납니까?"

그가 그녀의 얼굴을 야릇한 눈으로 훑어보았다.

"그 이후의 일을 계속하신다면 돈 따위는 필요 없습니다. 뭘 시키시든 개처럼 따르죠."

"너 같은 개새끼는 필요 없어."

"개라고 했죠, 개새끼라고 안 했습니다만."

"어머, 그랬나?"

칸나는 능청스럽게 대꾸했지만 속은 그렇지 않았다.

'이 자식 몸값 엄청나네.'

부르는 게 값이라니, 용병이라는 직업이 새삼 대단해 보였다.

'연금술로 황금을 만들면 금방 해결될 일이긴 하지만.'

그런 이유로 세계에 균열을 만들 생각은 없었다. 칸나는 가진 귀중품들을 처분하기로 결심했다.

"좋아, 이것도 돌아가면 한꺼번에 낼게. 계약서를 작성하자."

렌을 보낸 후, 칸나는 한숨을 내쉬며 거울 앞에 섰다. 그리고 가장 근본적인 의문을 떠올렸다.

'누가, 어떻게 알고, 어떤 식으로 데려온 걸까?'

이 세계의 누가 연우를 알고 있단 말인가? 자신의 기억을 공유하지 않는 이상 알 리 없을 텐데.

'……잠깐. 기억을 공유하지 않는 이상?'

그런 존재가 있기는 했다. 이주화. 자신의 몸에 빙의했던 존재.

그러나 주화는 이 세계에 없다.

하지만 만약에 주화가 이곳에 온 거라고 가정한다면. 그렇게 생각하는 순간 늘어졌던 퍼즐들이 단번에 맞아 들어가기 시작했다.

3년 전에 나타난 동대륙 출신 천재 의원. 자신이 연금술로 만든 황후의 피부병을 고친 의원. 연우의 존재를 알고 있는 사람.

순간 소름이 확 돋았다.

'만약 주화가 돌아온 거라면 모든 상황이 들어맞아.'

머리가 지끈거리며 아파 왔다.

'주화, 만약에 네가 정말로 이곳에 온 거라면……'

누가 널, 어떻게 데려왔을까?

'검은 사도겠지.'

다른 세계의 힘을 끌어다 쓰는 검은 사도들. 어쩌면 그들은 다른 세계의 사람을 끌어오는 방법을 알고 있을지도 모른다.

'하지만 쉽지 않은 일이겠지.'

만약 다른 세계의 사람을 끌어들이는 게 쉬웠다면 진작 수십 수백 명을 끌어와 그들의 피를 재료로 썼을 것이다.

'다른 세계의 사람을 끌어들이는 건 아주 어려운 일일 거야. 특정 조건을 갖추지 않는 이상 불가능한 일이겠지.'

하지만 글쎄, 좋은 재료가 있다면 이야기가 달라지지. 연금술의 힘을 끌어낼 수 있는 훌륭한 재료. 예를 들어 이물질의 피라면.

'내 피라면.'

그것을 재료 삼는다면 주화를 끌어들이는 것도 가능할지 모른다.

문득 떠오르는 순간이 있었다. 실비엔과의 성혼 파기식을 위해 대신전에 들어갈 때, 그때 피를 바쳐야 했다.

'검은 사도가 그때 내 피를 훔쳐 가서 사용한 걸까?'

그들이 널 이곳으로 끌어들이고, 꼬드겼겠지. 제롬이 자신을 꼬드겼던 것처럼. 그렇게 주화의 피를 얻어 연금술에 이용했다고 치면.

'최근 3년, 검은 안개가 심해진 이유도 설명이 돼.'

모든 것이 완벽하게 들어맞았다.

그때, 문이 벌컥 열렸다. 칸나는 깜짝 놀라 뒤를 돌았다.

"너 뭐야?"

오르시니였다. 그는 빠르게 걸어와 칸나의 손목을 낚아챘다.

"손가락이 붙어 있군."

"당연히 붙어 있지. 왜, 어디서 잘리고 오기라도 바랐니?"

"너와 똑같이 생긴 여자를 봤다."

칸나의 얼굴이 흐려졌다. 자신과 똑같이 생긴 여자를 봤다고?

'내 인형이겠지.'

이제는 완전히 확실했다. 의심의 여지가 없었다.

'인형을 만드는 건, 내 피 정도 되는 고급 재료가 필요해.'

같은 이물질인 주화의 피라면 가능하다. 주화가 이 세계로 돌아온 것이다.

'하지만 인형을 만드는 건 고대 연금술의 지식인데……'

선희가 검은 사도들에게 남긴 자료 중 인형을 만드는 술법진이 있는 듯했다. 그리고 오르시니도 이쯤이면 그것이 연금술, 즉 검은 사도의 특별한 기술임을 알아차렸을 것이다.

그가 칸나의 멱살을 거칠게 잡아챘다. 사나운 눈으로 쏘아보았다.

"네가 리벤섬에서 도망쳤을 때 널 닮은 것이 죽은 척을 했다지. 그걸로 장례식도 치렀고. 아마 오늘 내가 만난 가짜와 비슷한 존재겠지."

역시나 눈치챘다.

"리벤섬에서 너인 척했던 가짜는 어디서 구한 거지?"

"……."

"너 검은 사도냐?"

칸나는 그를 노려보다가 픽 웃었다.

"그렇다면 어쩔 건데?"

오르시니의 입매가 딱딱하게 굳었다. 그의 눈이 격하게 요동쳤다.

"사실 나는 검은 사도란다. 오르시니 아디스를 찢어 죽이려고 접근한 거야…… 라고 말한다면?"

칸나는 부드럽게 웃었다.

"대답해 봐. 내가 언젠가 널 반드시 죽일 거라면, 어떻게 할 거야?"

몰라서 던지는 질문이 아니었다. 어차피 답은 알고 있으니까.

"내가 검은 사도라면, 이번에야말로 넌 날 죽일 수 있겠지."

칸나는 안타까운 미소를 지어 보였다.

"하지만 어쩐다. 너에겐 안됐지만 나는 검은 사도가 아니……."

다음 순간, 그가 칸나의 멱살을 거칠게 말아 쥐고는 휙 끌어당겼다.

"……!"

입술이 부딪쳤다.

아니, 부딪칠 뻔했다.

닿기 직전, 그가 멈추었다. 그리고 그녀를 뒤로 밀쳤다. 힘없이 뒤로 주춤 물러난 칸나는 오르시니의 눈을 보고 일순 당황했다.

그는 영혼을 강탈당한 사람처럼 화가 나 있었다. 원통해 보이까지 한 분노의 눈빛을 도저히 이해할 수 없었다.

오르시니는 뒷걸음질 쳤다. 지옥에서 기어올라 온 악마를 본 사람처럼, 세상을 끝을 가져올 종말자를 본 것처럼, 새하얗게 질려 물러선다. 그러고는 문을 박차고 성큼성큼 빠져나갔다. 그 꼴이 마치 그녀에게서 도망가는 것 같았다.

저런 반응은 꿈에서도 상상하지 못해서 칸나는 내심 꽤 당황했다.

'잠깐만.'

그러고 보니 저 녀석 지금 양손으로 자신의 멱살을 잡았는데.

'······오른팔이 나았어?'

언제, 그리고 어떻게? 하루아침에 그게 가능한 일인가? 도저히 알 수 없는 일들뿐이었다.

칸나는 가슴에 손을 얹었다. 쿵쿵쿵, 놀라서인지 심장이 빠르게 뛰고 있었다.

'재수 없는 자식, 사람 놀라게 하고 있어.'

피 냄새를 풀풀 풍기면서 와서는 이상한 짓을 하고 갔다. 칸나는 창문을 열었다. 그가 남기고 간 혈향이 방에 가득했다.

'대체 누구의 피야?'

그러고 보니 오르시니는 온몸이 피범벅이었다. 분명히 과다 출혈로 죽고도 남았을 정도의 양이었다. 하지만 멀쩡히 살아 있는 것을 보니 틀림없이 타인의 피겠지.

'하여간 사람 죽이는 게 특기니까.'

그런데 오르시니 저 녀석이 자신의 인형을 만났다고 했지. 아마 자신의 인형을 이용해서 오르시니를 죽이려 한 모양이다.

'살아 돌아온 걸 보면 오르시니는 함정에 걸리지 않은 모양이지만.'

잠깐만.

'오르시니가 오늘 내 인형을 만났다고?'

그렇다면 연우는?

순간 뒷골이 싸해졌다. 오늘 그녀는 함정을 만나지 못했다고 생각했다. 하지만 연우라는 존재를 가져가는 것 자체가 함정이었다면?

만약 연우가, 인형이라면?

깨달음이 벼락처럼 내리쳤다. 칸나는 문을 박차고 나갔다. 렌의 방문을 벌컥 열었다.

"렌!"

렌이 연우를 깔아뭉개고 있었다. 그가 연우를 침대 위에 패대기쳐 목을 짓눌렀다.

"다가오지 마십시오! 이 자식, 미친놈입니다! 갑자기 들러붙었다고요!"

"떨어져!"

"예?"

"그것한테서 떨어져!"

그러나 렌은 뭔 헛소리를 하느냐는 표정이었다. 칸나는 참지 못하고 달려가 그의 어깨를 끌어당겼다.

그 찰나 연우와 눈이 마주쳤다. 연우가 씩 웃었다. 이를 드러내며 중얼거렸다.

"째깍째깍, 펑."

다음 순간 그의 몸이 폭탄처럼 터졌다.

그것은 소리 없는 폭발이었다. 무서울 만큼 조용한 파괴였다. 아무런 소음 없이 공기가 터졌다.

칸나는 렌을 붙잡고 바닥으로 몸을 던졌다. 그를 제 몸으로 깔아뭉개자마자 등 뒤로 아주 뜨거운 것들이 후두둑후두둑 쏟아졌다. 눈물이 핑 맺힐 만한 열기였다.

"타티아나!"

칸나는 이를 악물었다. 아파 죽겠다. 대체 등에 뭐가 떨어진 걸까?

"맙소사, 타티아나!"

눈앞이 흐릿해졌다. 칸나는 뿌연 시야로 렌을 응시했다. 자신이 미처 가려 주지 못한 그의 팔과 어깨가 용암에 닿은 듯 시뻘겋게 달아오른 것이 보였다.

'내 등이 저렇겠구나.'

빌어먹을, 내 예쁜 등이.

"기다리십시오, 제가 의원을!"

"안 돼."

칸나는 신음을 참으며 렌의 팔목을 붙잡았다.

"의원은 안 돼."

"미쳤습니까? 당신 지금 등이!"

"이 일은, 아무도 알면 안 돼. 절대 안 돼."

"하지만!"

"내 방으로 데려가 줘. 나 다친 거 아무도 눈치 못 채게 조용히. 그곳에 치료약이 있어."

"당신 완전히 미쳤어. 제정신이 아니야!"

렌은 욕설을 내뱉으면서도 칸나를 번쩍 들어 올렸다. 소리 없는 폭발이어서인지, 지나가는 하인들조차 눈치를 못 챈 듯싶었다. 그는 서둘러 칸나를 방으로 옮겨 왔다.

"가방, 안쪽에, 노란색 유리병. 그리고 소독약도. 응, 그거."

렌이 정신없이 약을 챙기는 동안 칸나는 심호흡하며 옷을 벗었다. 거울에 등을 비춰 보았다. 피부가 새빨갛게 벗겨져 있었다. 살갗이 완전히 녹아내린 것이다.

그리고 그 순간, 칸나는 라파엘을 떠올렸다.

한때 라파엘이 머리부터 발끝까지 이렇게 변했었다. 그녀를 불길에서 구하기 위해 불 속으로 뛰어들어서, 이런 고통을 감내했던 걸까?

'안 돼, 지금 라파엘 생각할 때가 아니야.'

칸나는 그를 머릿속에서 밀어냈다. 이미 산산이 깨진 그와의 약속들도 밀어냈다.

"이거 맞습니까?"

"응, 그거야. 발라 줘."

다행히 당시 만들어 놓은 약이 아직 있었다. 렌이 잘만 발라 준다면 흔적 없이 사라질 것이다.

"소독하겠습니다."

"응."

"아플 겁니다."

"알아."

담담한 그녀의 태도에 렌이 한숨을 내쉬었다. 그는 그녀에게 수건을 내밀었다.

"비명이 나올 겁니다. 그러니 이걸 물고 계십시오."

"고마워."

수건을 물자, 렌이 소독약을 등에 천천히 흘려보냈다. 순간 눈앞이 번쩍였다.

'진짜 아파.'

어떻게 견뎠는지 기억이 나지 않는다. 잠시 후 칸나는 식은땀에 흠뻑 젖어 침대 위로 늘어졌다. 렌은 수건으로 그녀의 등과 팔에 맺힌

식은땀을 닦아 주었다.

"아픕니까?"

"이제 좀 살 만해."

"당신 정말 짜증 나는 여자야."

"말조심해."

"당신이 날 보호할 필요는 없었어."

있어. 내가 속아서 그 인형 폭탄을 데려왔으니까. 그러나 칸나는 설명할 힘도 없었으므로 그냥 한숨만 내쉬었다.

"가방 안에 구슬처럼 생긴 알약 있을 거야. 다섯 알만 꺼내다 줘."

렌이 찾아오자 칸나는 몸을 일으키려 했다. 그러나 힘이 하나도 없었다. 손을 들어 그에게서 약을 받을 기력조차 남아 있지 않았다.

눈치챘는지 그가 칸나의 몸을 조심스럽게 들어 제 어깨에 기대게 했다. 그리고 그녀의 입술 안으로 알약을 하나하나 넣어 주었다.

칸나는 그가 입안에 흘려보내 준 물을 알약과 함께 꿀꺽 삼켰다. 그리고 주화를 생각했다.

'이주화.'

이건 분명 주화의 아이디어일 것이다.

'너, 날 죽이려고 하는 거야?'

그러나 이상하게도 놀랍지는 않았다. 오히려 불길한 신점이 맞은 것처럼 허탈했다.

'역시 나를 증오하고 있구나.'

한때 이 몸에서 살았던 주화.

그녀의 기억과 감정, 생각은 이 몸에 찌꺼기처럼 고스란히 남아 있다. 그렇기에 자신은 주화에 대해서 아주 잘 알 수밖에 없었다. 주화라면, 그녀의 사고방식과 그녀의 성격이라면, 자신을 미워할 만했다.

'나에게 삶을 빼앗겼다고 생각하겠지.'

칸나는 주화를 안타깝게 생각했다. 자신의 불행한 삶을 대신 산 주화가 안쓰럽다. 미안하기도 했다.

그렇다고 할지언정 그것이 자신의 죄가 될 수는 없다. 자신의 잘못이 아니었고 자신의 책임도 아니었다. 애초부터 자신이 벌인 일이 아니니까.

'너와 내 몸이 뒤바뀐 것도 검은 사도의 술수였을지 몰라.'

복수하려면 그쪽에게 해야지.

그런데 이 바보 같은 계집애가 엉뚱한 사람한테 화를 내고 있다.

"칸나는."

주화가 빙긋 웃었다.

"절대로 자기 잘못이라고 생각 안 할 거예요."

오히려 시비를 걸어온 자신에게 화가 나 있겠지. 이 세상 누구보다, 자신만큼 칸나를 잘 아는 사람은 없다. 칸나의 기억. 감정. 생각. 모두 하나하나 이 몸에 남아 있으니까.

"제 분노가 부당하다고 생각하세요?"

주화는 조용히 속삭였다. 단검의 날카로운 단면에 비치는 자신의 눈을 응시했다. 한때 이 몸 안에 있던 그 애를 보듯 쳐다보았다.

"당신이 나 같은 경험을 해 보지 못했으니까 그래."

주화는 입꼬리를 올렸다.

"어느 날 누군가가 당신의 몸에 들어와서, 당신 가족들의 사랑을 받고, 당신이 누려야 할 모든 행복을 대신 누렸는데도."

"읍, 으읍!"

"그리고 난 그 사람의 몸에 들어가, 그 사람이 받아야 할 모든 미움을 받고, 그 사람이 겪어야 할 모든 불행을 대신 겪었는데도."

눈시울이 붉게 달아올랐다.

"그런데도 그 애를 미워하지 말라고 말할 수 있어요?"

"으읍, 읍!"

"거기에 제 자리는 없었어요."

주화는 멍하니 중얼거렸다.

12년 만에 만난 가족들이 아무렇지도 않게 '주화야!' '누나!' 친근하게 이름을 불렀다. 어제 있었던 일을 이야기했다. 신뢰 가득한 눈으로 자신을 응시했다. 그들이 사랑하는 건 자신이 아니었다. 자신의 몸 안에 들어온 칸나였다.

킥킥, 웃음이 나왔다. 그래, 내 가족들은 내가 없어진 줄도 몰랐어. 그리고 내가 아닌 다른 애를 나로 여기며 사랑했어. 그 애를. 칸나를.

"아, 죄송해요. 대답하실 수 없겠구나."

주화는 뒤늦게 생각난 듯 서둘러 다가갔다. 그리고 상대의 입을 틀어막은 재갈을 풀어 주었다. 그러자 여자, 조세핀 엘레스터가 소리쳤다.

"너 누구야! 대체 뭔 헛소리를 하는 거야!"

"한국에 간 후에 어머니 생각이 많이 나더라고요."

"풀어! 당장 이것 풀란 말이다!"

"내가 왜 어머니에게 당하고만 살았을까?"

"난, 난 네가 누군지도 몰라!"

"말했잖아요. 제가 칸나 몸에 들어가 살았다고, 어머니에게 학대를 받았다고."

조세핀의 얼굴이 새하얗게 질렸다. 도저히 믿을 수 없었다. 믿고 싶지 않은 이야기였다.

"칸나의 기억이 있어서일까요? 저는 어쩌면 칸나의 성격을 닮아 버렸는지도 몰라요."

주화는 서글프게 웃었다.

"칸나는 좋은 점이 참 많더라고요. 그러니까 그 애한테 배워야 할 건 배우려고요."

주화가 단검을 들어 올리자 조세핀의 눈이 공포로 일그러졌다.

"무슨 짓을 하려는 거야?"

"복수요."

"요, 용서해 줘, 제발! 아악! 사람 살려!"

조세핀이 악을 지르기 시작하자 주화는 인상을 찡그렸다. 다시 그녀의 입에 재갈을 물렸다. 조세핀의 입술이 찢어지도록 단단히 묶으며 다정하게 말했다.

"제가 어머니께 용서해 달라고 애원할 때 어머니가 뭐라고 하셨죠?"

주화의 얼굴에서 웃음이 싹 사라졌다. 남은 것은 시커멓게 타들어 간 뼈다귀 같은 증오뿐이었다.

"오물 같은 년, 너 같은 건 죽어야 해."

단검을 내리쳤다.

chapter 19

칸나는 주화와 싸울 생각이 전혀 없었다.

오히려 잘 지내고 싶었다. 만약 친구가 된다면 그들은 영혼의 단짝이 될 수 있을 것이다. 그들에게는 말이 필요 없었다. 서로를 알아 가는 시간 따위도 필요 없었다. 그저 눈빛만으로, 표정만으로도 충분하다. 주화와 칸나는 서로를 아주 잘 알았다. 서로의 몸과 마음, 살아온 인생, 모르는 것이 없었다.

'그러니까 주화가 나와는 절대 친구가 되지 않을 거란 걸 알아.'

주화 역시 알고 있을 것이다. 칸나 아디스는 자신을 해하려 한 사람을 용서하지 않으며, 반드시 복수한다는 것을.

'그런데도 날 죽이려 했어.'

칸나는 눈을 감았다. 주화는 자신과 싸울 생각인 거다. 아마도, 목숨을 걸고. 이번에 연우를 이용하여 죽이려 한 것은 그저 맛보기였겠지.

심지어 주화는 혼자가 아니다. 검은 사도들과 함께하고 있다. 그 명청이가, 세계에 균열을 내면서 연금술을 남발하고 있다.

칸나는 한숨 같은 웃음을 내쉬었다.

'평화로운 시간도 끝났구나.'

그들이 '타티아나'가 칸나임을 알아낸 이상 연우 인형 같은 수작을 계속 부려 올 것이다.

'주위 사람들이 다칠 수 있어.'

타티아나 에브게니아 곁에는 소중한 사람들이 많았다. 존경하는 예카테리나 여왕, 친구나 다름없는 요안나 공주, 동생 같은 로렌초 왕자, 그리고 알렉세이.

"헤어지고 싶지 않은데."

칸나는 우울하게 중얼거렸다.

일단은 알렉세이에게 이 일을 털어놓자. 그에게는 자신의 이야기를 들을 권리가 있다. 서로 진심으로 좋아하는 사이니까.

만약 위험을 감수하고서라도 자신과 함께하고 싶다고 한다면……
그때는, 자신도 위험을 감수하고 그와의 미래를 생각해 볼 것이다.

다음 날 오전 일찍 클로드가 찾아왔다.

"아가씨, 저랑 얘기 좀 하시죠."

"누구세요?"

"이제 와서 아닌 척하지 마시죠. 저보고 꺼지라면서요."

클로드는 뚱하니 인상을 구겼지만, 칸나는 태연하게 고개를 기울였다.

"아는 분과 착각하셨군요. 이 세상엔 서로 닮은 사람이 적어도 세 명은 있답니다."

"맙소사. 끝까지 그러시겠다고요?"

"타티아나 에브게니아라고 해요. 잘 부탁해요."

"그건 저한테 꺼지라고 하기 전에 말씀하셨어야죠."

"무슨 말씀이신지 도통 알아들을 수 없네요."

칸나가 뻔뻔하게 시치미를 뚝 떼자 클로드가 결국 한숨을 푹 내쉬었다.

"좋습니다, 타티아나 에브게니아 님. 어찌 됐든 이렇게 살아 계신 걸 보니 기쁩니다."

"……."

"그리고 환상적인 탈출극이었다는 말씀을 드리고 싶군요. 모두가 다 속았으니까요."

이번만큼은 뻔뻔한 척 못 하겠다. 칸나는 그에게 조금 미안해져서 입을 꾹 다물었다.

"첫인사는 이쯤 하고, 그럼 본론을 말씀드리겠습니다."

"말씀하세요."

"오늘 오전, 오르시니 경과 아디스의 기사들이 왕실로 올라갔습니다."

"……."

"그리고 저는 남아서 칼렌 경을 보필할 생각입니다. 물론 그분은 본인이 칼렌 경이라는 걸 도저히 받아들이지 못하고 계시지만……."

칸나는 클로드의 말을 한 귀로 흘렸다. 오르시니가 왕실로 올라갔단 말인가?

'날 내버려 두고?'

곁에서 떨어지면 알렉세이와 로렌초를 괴롭히겠다고 협박까지 한 녀석이, 그냥 갔다고?

'무슨 꿍꿍이지?'

문득 어제의 오르시니가 떠올랐다. 그는 짙은 혈향을 풍기며 찾아와서는 멋대로 끌어당겼다가 멋대로 밀쳐 내고 도망치듯 떠났다.

'그러고 보니 어제 유독 이상했어. 내 인형과 무슨 일이 있었던 건가?'

그렇지 않아도 물어볼 생각이었다. 주화가 자신의 인형으로 무슨 짓을 벌였냐고 물을 참이었는데, 먼저 가 버릴 줄이야.

'……그럼 여기서 다시 도망가면 숨을 수 있는 건가?'

타티아나 에브게니아의 이름을 버리고 도망쳐 버릴까? 이번 딱 한 번만 자신의 편의를 위해 연금술을 사용하는 거다. 오르시니도, 클로드도, 렌도, 검은 사도들도 모르는 곳으로 숨어서 다시 시작하면…….

'……그러다가 걸리면, 또 도망가고, 또 다시 시작하고, 걸리면 또 도망가고…….'

3년 전, 칸나는 탈출을 택했다. 그만큼 그녀의 정신은 궁지에 몰려 있었다. 하지만 지금은 아니다. 적어도 지금 자신이 선 곳은 벼랑 끝이 아니었다. 그리고 지키고 싶은 사람들도 있었다.

"렌은 저와 함께 왕실로 올라갈 거예요. 렌은 클로드 경의 동행에 동의했나요?"

"타티아나 의원님의 허락을 받으라고 하더군요. 의뢰인의 의사가 중요하다고요."

클로드가 씩 웃었다.

"하지만 저는 칼렌 경의 뒤를 몰래라도 쫓아야 하는 몸이라, 저를 불쌍히 여겨서라도 그냥 허락해 주시면 감사하겠습니다."

칸나는 잠시 고민하는 척하다가 수락했다.

"좋아요."

어차피 클로드에게 정체를 들킨 마당에 거부할 이유가 없었다.

"잘 부탁드립니다, 타티아나 의원님."

그렇게 칸나는 다시 수도로 올라갔다.

며칠이 걸려 왕실에 도착했을 때 칸나는 의외의 인파에 꽤 놀랐다. 왕실에 행사라도 열리는 것인지 각국의 인사들이 몰려든 것이다.

"무슨 일이 있나?"

이 정도 국제적인 행사가 열릴 정도면 자신의 귀에도 들어와야 할 텐데?

"설마 모르셨습니까? 알렉세이 왕세자 전하의 약혼식이 있잖습니까."

"……."

칸나는 천천히 고개를 돌렸다. 지금 무슨 말을 들은 거지? 그녀가 전혀 모르는 기색이자 클로드야말로 놀란 듯했다. 그가 눈치 빠르게 말을 바꿨다.

"……라는 이야기를 들은 것 같기도 하지만 사실 저도 잘 모르겠습니다."

"말해요."

"아뇨, 저도 잘 몰라서요."

못마땅한 얼굴로 보고 있던 렌이 끼어들었다.

"이보십시오, 의뢰인님. 당신 알렉세이 왕세자의 정부이자 왕실의 의원이라면서요. 용병인 저도 아는 걸 왜 모르십니까?"

"……."

"얄덴의 왕세자 전하께서 아슬란 제국의 아멜리아 황녀 전하와 약혼하잖습니까."

순간 망치가 머리를 후려친 것 같았다. 칸나는 기가 막혀서 입술을 벌렸다. 그러나 아무 말도 못 하고 다물었다.

'약혼? 아멜리아와? 알렉세이가?'

말도 안 된다. 그럴 리 없다. 그런 일이 갑자기 이렇게 벌어질 리가 없지 않은가?

그 순간 문득 얼마 전 죽은 세르게이, 브리츠크 영주의 동생이 한 말이 떠올랐다.

"전하께서 곧 약혼하신다고 하던데."

칸나는 침을 삼켰다. 어찌나 놀랐는지, 손끝이 차가워져 있었다. 칸나는 그들에게 아무 대꾸도 하지 않고 걸음을 옮겼다. 하인에게 부탁하여 렌과 클로드에게 자신의 옆방을 내준 후 홀로 침실로 들어갔다. 침대 위에 털썩 앉았다.

'그렇구나.'

가만히 벽을 응시했다. 아주 천천히 어지러웠던 머리가 정돈되기 시작했다.

'오르시니가 이곳에 온 이유는 검은 안개 때문만이 아니구나.'

아디스 가문을 대표하여 아멜리아 황녀의 약혼식에 참석한 것이다.

'모두가 합심해서 나를 속였어.'

예카테리나 여왕, 알렉세이, 요안나. 주변 사람들, 왕실 사람들, 브리츠크 영지의 사람들 모두가 이 일을 철저하게 숨겼다. 누구의 뜻인지는 뻔했다.

알렉세이겠지.

그때였다. 창문이 열리고 남자가 방 안으로 훌쩍 뛰어들어 왔다.

"타티아나, 왜 이렇게 빨리 온 거야?"

알렉세이의 머리칼이 헝클어져 있었다. 그녀가 도착했다는 소식을 듣자마자 달려온 듯했다. 칸나는 그를 물끄러미 올려다보다가 입꼬리를 올렸다.

"약혼 축하드립니다, 왕세자 전하."

"타티아나!"

알렉세이가 그 축하를 거부하듯 그녀의 이름을 크게 불렀다. 다가와 그녀의 손을 덥석 잡았다. 그의 손이 떨리고 있었다.

"타티아나, 내가 사랑하는 것은 그대뿐이다. 그러니 오해하지 마."

"전하, 저는 아무것도 오해하지 않아요."

그 말에 알렉세이의 얼굴이 밝아졌다.

"그렇다면 우리 관계는 변함없는 건가?"

"아니요."

"뭐?"

"곧 약혼하시는데, 저와는 당연히 끝내야지요."

알렉세이의 입술이 떨렸다. 칸나의 손을 붙든 그의 손아귀에 힘이 들어갔다.

"끝내자고?"

"예."

"진심인가? 어떻게 그렇게 심한 말을 할 수 있지?"

"심한 말이요?"

"왕족의 결혼은 사랑으로 맺어지는 결실이 아니야. 국익을 위한 거래, 그뿐이지. 이 결혼은 나한테 아무것도 아니야."

알렉세이가 진지한 얼굴로 간절하게 호소했다.

"약속하지. 타티아나, 그대를 후궁으로 맞이하여 그대와 후손을 보겠어."

후궁? 지금 나를, 두 번째 아내로 맞이하겠다는 소리인가?

"그대와 나 사이에 태어난 자손을 다음 대 왕으로 만들겠다. 아멜리아 황녀와는 아무 관계도 갖지 않을 거야. 내 이름을 걸고 맹세하지."

문득 아슬란 제국의 황제가 떠올랐다. 평생 테레사 귀비만을 사랑한 그 남자. 황제의 순애보는 아주 유명한 일화였다.

'하지만 그런 황제조차 테레사를 후궁으로 두었지. 황후로는 세력가의 여식을 맞이했어.'

알렉세이의 말이 옳았다. 왕족들의 결혼은 장사였고 거래였다. 도저히 사랑이 끼어들 틈이 없었다.

"타티아나, 제발."

알렉세이의 얼굴이 두려움으로 일그러졌다. 칸나를 붙잡은 그의 손아귀에 땀이 고였다.

"제발, 이번 한 번만 내 입장을 이해해 줘. 이번 한 번만 져 줘. 그러면 남은 평생 내가 그대에게 지면서 살게."

"싫습니다."

"타티아나!"

"약혼에 대해 미리 말씀해 주셨다면 좋았을 텐데. 이렇게 알게 된 건 유감이군요."

"말했으면!"

알렉세이가 버럭 소리쳤다.

"말했으면, 나를 버렸을 거잖아! 지금처럼!"

"잘 아시는군요."

칸나는 차분하게 대꾸했다.

"더는 전하와 관계를 이어 나갈 수 없어요. 아뇨, 그러고 싶지 않아요."

"타티아나!"

"전하는 저를 속이셨어요."

알렉세이의 얼굴이 새하얗게 질렸다. 칸나는 그의 눈을 똑바로 쏘아보았다.

"전하가 원하는 때라면 언제든 다시 바보처럼 속게 되겠죠. 지금처럼요."

"타티아나, 미안해. 정말……."

"더는 전하를 신뢰할 수 없어요."

"난 그대를 잃는 것이 두려웠어."

그래 보인다. 그의 눈이, 그의 손이, 칸나가 그를 떠날지도 모른다는 공포에 흠뻑 젖어 있었다. 그래서 그런 어리석은 판단을 내린 거겠지.

"미안해. 타티아나, 이번 한 번만 용서해 줘."

그러나 칸나는 조금도 흔들리지 않았다. 흔들릴 마음조차 남아 있지 않았다. 그를 향한 애정은 지금 이 순간에도 산산이 부서지고 있으니까.

'나쁜 자식.'

알렉세이를 진심으로 좋아해서, 좋아한 만큼 실망이 컸다.

알렉세이는 이 세계에서 자신과 가장 가까운 사람이었다. 가장 믿는 사람이었다. 그런데 그런 사람이 자신의 신뢰를 져버렸다. 그의 권력과 인맥을 동원하여 자신을 완벽하게 속였다. 바보로 만들었다.

그렇기에 이제 더는 예전처럼 그를 믿을 수 없었다.

"이 관계, 더는 지속 못 해요."

그녀의 확고한 말에 알렉세이의 얼굴이 아주 천천히, 천천히 차가

워지기 시작했다.

"이대로 끝내겠다고?"

"네."

"아니. 나는 절대 못 끝내."

"착각하지 마세요. 이건 전하 혼자만의 의지로 되는 일이 아닙니다."

"그대도 날 사랑하잖아. 그러니까 이렇게 쉽게 날 포기하지 말아 줘."

알렉세이가 떨리는 손으로 칸나의 뺨을 어루만졌다.

"난 그대의 것이야."

곧장 쏘아붙이려 할 때 문이 쾅 열렸다. 칸나와 알렉세이는 동시에 고개를 돌렸다. 로렌초였다.

"왕자님?"

로렌초는 칸나와 알렉세이를 번갈아 노려보며 얼굴을 일그러뜨렸다.

"지금 둘이 뭐 하는 거야?"

"로렌초."

골치 아픈 듯, 알렉세이가 한숨을 내쉬며 머리를 짚었다.

"나가라. 네가 끼어들 일이 아니야."

"형은 약혼하잖아! 그런데 지금 타티아나랑 뭘 하는 거야!"

"이 자식이……."

"타티아나, 날 속인 거야? 너, 정말 알렉세이 형의 정부였어?"

소년의 얼굴은 배신감으로 얼룩져 있었다.

"나한테는 아니라고 했잖아!"

난장판이었다. 칸나는 알렉세이를 뒤로 밀치며 로렌초에게 다가갔다.

"그때 솔직하게 말씀 못 드린 건 죄송해요. 하지만……."

"건드리지 마!"

찰싹! 로렌초가 뻗어 오는 칸나의 손을 뿌리쳤다. 크게 상처 받은 얼굴이었다.

"거짓말쟁이, 날 속였어!"

그러고는 뒤를 돌아 달려가 버렸다.

"기다려요, 왕자님!"

칸나는 서둘러 그를 쫓아 뛰어나갔다.

이유야 어쨌든 로렌초를 속인 것은 사실이었다. 사과하든 해명하든 이대로 내버려 둘 수는 없었다. 로렌초는 도망치듯 뛰어가다가 정원 한복판에서 멈춰 섰다. 휙 몸을 돌려 그녀를 노려보았다.

칸나는 숨을 헐떡이며 빠르게 사과했다.

"거짓말해서 죄송해요. 추문에 휩싸이는 걸 최대한 피하고 싶었어요. 그래서……."

"형을 좋아해?"

"네."

칸나는 한숨처럼 내뱉었다.

"약혼 이야기를 듣기 전까지, 좋아했어요."

로렌초의 얼굴이 와르르 무너졌다. 그는 주먹을 꽉 쥐더니 이윽고 다시 몸을 돌렸다.

"따라오지 마."

이번만큼은 칸나도 더는 로렌초를 쫓을 수 없었다.

'아, 제기랄.'

칸나는 두 손으로 얼굴을 덮었다. 로렌초의 신뢰를 완전히 잃고 말았다. 그가 존경하는 형제 알렉세이의 정부가 아니라고, 알렉세이의 명예에 누가 가는 일은 절대 안 한다고 거짓말했으니까.

자신도 알렉세이에게 속아서 화가 나지 않았던가? 신뢰를 잃을 만했다. 자업자득이다.

"타티아나."

뒤쫓아 온 알렉세이가 그녀의 이름을 나직이 불렀다.

"미안해."

그러고는 그녀의 허리를 끌어당겨 와락 품에 안았다.

"제발 이해해 줘."

"……."

"사랑해."

순간 그를 뿌리치려던 손에 힘이 빠졌다.

마음이 약해져서가 아니었다. 너무나 허탈했다. 지독하게 공허했다. 더는 '저도요'라고 말할 수 없는 이 현실이, 이 갑작스러운 현실이 아팠다.

그때 알렉세이가 그녀의 턱을 들어 올려 입술을 맞춰 왔다. 칸나는 빠르게 그를 밀쳤다.

"치워요. 더는 이런 짓, 하지 마세요."

"타티아나."

"제 뜻은 변함없습니다. 더 할 얘기 없으니 돌아가세요."

차가운 거부에 알렉세이는 결국 뒤로 물러섰다.

"일단 돌아가지. 하지만 기억해 둬. 난 그대를 포기 못 해."

칸나는 더는 참지 못하고 독설을 내뱉었다.

"개소리 작작 하시죠, 전하. 미친 사람 같으니까."

"그걸 이제 알았어?"

알렉세이가 쓰게 웃으며 등을 돌렸다. 그가 떠나자 칸나는 신음을 흘리며 두 손으로 머리를 짚었다.

'아…… 정말.'

이게 뭐야? 이게 뭐냐고!

짜증 난다. 정말이지 너무 짜증 나서 왁 소리를 질러 버리고 싶다.

그때였다. 위에서 바스락거리는 소리가 들려왔다. 칸나는 소스라치게 놀라며 고개를 들어 올렸다. 그리고 초록색 눈동자와 마주쳤다. 나무 위에 백발의 남자가 앉아 있었다.

"렌?"

렌이 그녀를 뚫어지게 내려다보며 궐련을 피우고 있었다. 숨을 깊게 빨아들이자 불씨가 새빨갛게 타들어 갔다. 그리고 훅, 연기를 뱉었다.

줄곧 그녀를 빤히 바라보고 있어서일까? 렌이 자신의 얼굴에 연기를 내뿜은 것 같은 모욕감이 스쳤다. 그러나 당연히 착각이었다. 그녀가 있는 곳까지는 궐련 향기조차 닿지 않았으니까.

"……어디부터 봤어?"

렌이 다시 한번 궐련을 쭉 빨아들였다. 그리고 연기와 함께 툭 대답했다.

"다."

그러고는 가볍게 뛰어내려 그녀 앞에 섰다. 렌이 입꼬리를 비틀어 웃었다. 조롱하듯, 혹은 칭찬하듯 속삭였다.

"참 상냥하시지, 내 의뢰인님은."

……뭐?

그러나 더 물을 사이도 없었다. 렌은 그대로 그녀를 지나갔다. 쓰디쓴 궐련 향만이 남아 코를 스쳤다.

칸나는 멀어지는 그의 뒷모습을 보다가 가슴 위로 손을 올렸다. 조금 전의 기묘한 위화감 때문인지, 심장이 빠르게 맥동했다.

'방금 뭐였지?'

방금 그 눈빛. 어디선가 본 것 같은데…… 하기야 그의 껍데기는 칼렌과 똑같으니까.

칸나는 잔뜩 곤두선 마음을 가라앉히며 발걸음을 옮겼다. 이미 한참 멀어진 렌의 뒤를 따라 걸어갔다.

렌에게 줘야 할 것이 있었으니.

❧

아니나 다를까, 렌은 그녀의 침실 앞에서 기다리고 있었다. 빌려준 돈을 받으려고 하는 것이다. 칸나는 그와 함께 방으로 들어갔다.

"잠깐 소파에 앉아서 기다려."

"예."

칸나는 방에 달린 창고 문으로 다가갔다. 이 창고에 금고가 있었다. 열쇠를 끼우는 순간, 칸나는 알아차렸다.

문이 열려 있다. 잠겨 있지 않다.

'난 분명히 열쇠를 잠그고 갔는데?'

그런데 열려 있다. 누군가 안에 들어갔다는 소리였다.

'열쇠는 내가 가지고 있는 것 단 하나뿐인데.'

칸나는 어두운 창고 안으로 빠르게 걸어 들어갔다.

"맙소사……."

금고의 자물쇠는 끊겨 있었고 금고문은 보란 듯이 열려 있었다. 그리고 그 안에는 아무것도 없었다. 텅 빈 금고를 보자 머리가 새하얘졌다. 칸나는 자리에 털썩 주저앉았다.

'설마 도둑이 든 건가?'

하지만 이곳은 왕실이다. 이 나라에서 가장 강력한 보안을 자랑하는 곳. 그런데 이런 곳에 도둑이라고?

그때 코끝에 희미한 궐련 향이 스쳤다. 칸나는 힘없이 고개를 돌렸다.

"……."

렌이 문가에 기대어 서 있었다.

"기다리라고 했잖아. 언제 왔어?"

"방금."

렌이 표정 없는 얼굴로 입술만 움직였다.

"오래 걸리시기에."

"……."

"그래서."

그의 입술이 호선을 그렸다.

"내 돈은?"

순간 불길한 섬광이 머리를 스쳤다. 설마.

'……그건 말도 안 돼.'

그러나 곧 그 의심을 털었다.

렌이 그랬을 리 없다. 일단은 그럴 만한 시간이 없지 않았던가. 그들은 방금 왕실에 도착했고 칸나가 침실을 비운 시간은 아주 잠시였다.

로렌초를 쫓아간 그 잠깐의 찰나. 그때 렌은 이미 정원에 나와 궐련을 피우고 있었다. 게다가 그녀와 거의 비슷하게 돌아왔다. 그러니 시간상으로 불가능했다.

무엇보다 그럴 이유도 없지 않은가? 렌은 신뢰를 기반으로 삼는 용병이고, 용병 일을 하며 충분히 많은 돈을 벌고 있다. 그러니 왕실에서 도둑질 같은 바보짓을 할 리가 없다.

그래, 렌이 그럴 이유가 없다.

······칼렌 아디스라면 모를까.

"도둑이 든 모양이야. 금고에 보관하던 전 재산이 사라졌어."

"도둑?"

"그래."

"그래서?"

렌은 일말의 동요 없는 눈으로 그녀를 빤히 직시했다.

"그래서 어쩌라고."

그의 높낮이 없는 목소리에 칸나의 손끝이 저렸다. 어째서인지 목덜미의 솜털까지 곤두서는 것만 같았다.

"그건 당신 사정이고. 나는 내 돈을 받아야겠습니다. 지금 당장."

하기야 당연한 반응이었다. 한두 푼도 아니고, 무려 20억 골드다. 그 빌어먹을 인형을 사는 데 20억 골드라는 거액을 빌렸다. 왕실에 돌아가자마자 갚겠다고 자신만만하게 장담하지 않았던가? 그런데 이제 와서 못 주겠다고 말을 바꿨으니, 상대가 칼을 꺼내도 할 말이 없었다.

"미안해. 조금만 시간을 주면······."

"그걸 지금 말이라고 지껄이십니까?"

렌의 말투가 곧장 험악해졌다. 예의 차리던 고용인의 가면을 집어던지고 날카로운 미소를 드러냈다.

"당신은 왕실에 도착하자마자 내게 돈을 갚기로 약속했습니다. 난 그 말을 믿고 빌려줬고."

알지. 그랬지. 칸나는 지끈거리는 머리를 붙잡았다.

"정말 미안하지만, 사정이 이렇게 됐으니 지금 당장은 어려워. 시간을 줘."

"나는 내 몸과 시간으로 장사하는 용병입니다, 의뢰인님. 하지만 이미 너무 많이 낭비했습니다."

"……."

"내 계약 기간은 당신이 브리츠크 영지에 머무는 동안까지였습니다. 하지만 난 그 빌어먹을 돈을 받기 위해 영지를 떠나 수도까지 올라왔죠."

구구절절 맞는 말이라 도저히 반박할 수가 없었다. 그는 이미 너무 많은 시간을 낭비하고 있었다. 아마도 그동안은 호의 때문에 참아 준 거겠지. 그 호의로 돈까지 빌려줬는데…….

"피해를 줘서 정말 미안해. 조금만 더 시간을 주면 어떻게든 마련할게."

"시간."

그가 그 단어를 따라 중얼거렸다.

"못 주겠는데."

"……렌."

"하지만 팔 수는 있죠."

딱딱했던 렌의 얼굴이 돌연 부드럽게 녹아내렸다. 그가 미소 지으며 상냥하게 제안했다.

"살래요?"

"지금은 아무것도 가진 게…….

"있습니다."

그가 고개를 까닥였다.

"당신."

칸나는 눈을 동그랗게 떴다.

그 순간, 렌이 문에 기대었던 몸을 바로 세웠다. 긴 다리를 성큼성큼 뻗어 걸어 들어와 그녀의 앞에 섰다. 그리고 허리를 굽혀 눈높이를 마주했다.

"저번에 멈췄던 거 계속하면 그 돈, 받은 걸로 할 수 있을 것 같은데."

칸나는 그를 빤히 쳐다보다가 눈을 접어 사르르 웃었다. 그러고는 신랄하게 조롱했다.

"하여간 사내새끼들이란, 이놈이고 저놈이고 머릿속에 든 게 다 뻔하다니까."

그 말이 웃겼는지 렌이 소리 내 실소했다.

"아, 그래. 잘 아네. 뻔하지. 하나같이 저질이지. 그건 당신 좋을 대로 생각하시고."

"빌린 돈은 어떻게든 마련해서 줄 거야."

칸나는 손을 뻗어 그의 턱을 붙잡았다.

"그러니까 기다려."

"……."

"기다려."

순간 렌의 눈이 당혹으로 일렁였다.

턱 끝에 닿은 손가락의 감각이 지나치게 부드러워서 하마터면 알겠다고 말할 뻔한 것이다. 설령 또다시 돈을 빌려 달라는 황당한 요구를 해도 고개를 끄덕일 것 같았다.

순간 짜증이 치밀었다. 계속해서 손해 보는 짓만 골라 하고 있지 않은가?

애초부터 20억이라는 거액을 아무런 담보도 없이 빌려준 것부터가 미친 짓이었다. 렌은 자신의 이 바보 행진을 더는 계속하고 싶지 않았다. 적어도 저항이라도 해야 했다.

그래서 손을 뻗어 그녀의 뺨을 감싸 올렸다.

"좋습니다."

고개를 숙였다. 간격을 천천히 좁혔다. 시선이 아주 가까운 곳에서 부딪쳤다.

"기다릴 테니까 이 정도로 합의를 보죠."

심술궂은 소년처럼 짓궂게 웃으며 속삭였다.

"무서우면 피하시든가."

따귀를 올려붙일 거라고 생각했다.

그러나 예상과는 달랐다. 그를 빤히 올려다보던 칸나가 웃었다. 아주 가소로운 듯한 미소였다. 그리고 렌의 뒤통수를 확 붙잡았다. 끌어 내려, 입술을 맞췄다.

"……!"

순간 사고를 당한 것처럼 렌의 눈앞이 번쩍였다. 아무것도 생각할 수 없었고, 아무것도 느껴지지 않았다. 그 정도 경악이었다.

그러나 곧 물밀듯 밀려오는 그녀의 체향에 감각이 깨어났다. 뒤섞이는 호흡과 살결이 너무나 달콤했다. 아찔했다. 그것은 그의 모든 것을 휩쓸었다. 자존심, 반항심, 모든 이성적 사고를 와르르 무너뜨렸다. 남은 것은 압도적인 황홀경뿐이었다.

그때 그녀가 뒤로 물러나려 하자 렌은 급하게 손을 뻗었다. 그녀의 허리를 끌어당겼다. 애원하듯 속삭였다.

"조금 더, 제발……."

그리고 다시 한번 입술이 겹쳐졌다. 그 부드러운 감촉에 머리가 아득해졌다. 세상에, 너무 좋아서 돌아 버릴 것 같다…….

그러나 다음 순간 단호한 힘이 그의 어깨를 밀쳤다. 모든 감각이 물거품처럼 사라졌다. 순간 미칠 듯한 안타까움에 배 속에서 탄식이 끓어올랐다.

"뭐야?"

렌은 눈을 떴다. 자신을 이상하게 보고 있는 칸나의 얼굴이 시야에 들어왔다.

"너 왜 우니?"

운다고?

렌은 떨리는 손으로 자신의 얼굴을 쓸었다. 손끝에 물이 묻어 나왔다. 눈치채지도 못하는 사이에 흐른 눈물이었다. 렌은 젖은 손을 멀거니 바라보았다.

'왜 울었지?'

설마…….

'너무 좋아서?'

얼굴이 확 달아올랐다. 정신이 번쩍 들었다. 고작 입술 좀 겹친 걸로 좋아서 울어? 수치심이 온몸을 불태웠다. 그는 방금과는 다른 의미로 덜덜 떨었다.

그러나 부정할 수 없었다. 조금 전, 완전히 이성을 잃지 않았던가. 물론 좋기는 했다. 고작 입맞춤만으로 그런 쾌감을 느낀 것이 믿기지 않을 정도였으니까.

그렇다고 얼간이처럼 운다고?

"왜 울어?"

그녀도 이상했는지 다시 한번 묻는다. 잠시 후 렌은 최대한 평온한 목소리를 짜냈다.

"눈에 뭐가 들어가서."

당연히 믿는 눈치가 아니었다. 칸나가 수상한 눈으로 쳐다보자 렌은 재빨리 몸을 돌렸다.

"최대한 빠른 시일 내에, 돈을 마련해 주십시오."

"그래."

빌어먹을. 렌은 욕을 중얼거리며 걸음을 옮기다가 순간 비틀거렸다. 서둘러 벽을 짚어 바로 섰다. 다리에 힘이 풀린 것이다.

"큭, 큼."

"……."

"흠흠."

등 뒤에서 칸나가 웃음을 터뜨릴 뻔했다가 잽싸게 집어삼키는 소리가 들린다. 배려랍시고 괜히 목을 가다듬는 척하고 있었다.

'제기랄.'

귀 끝까지 새빨갛게 물들었다. 차라리 벽에 머리를 들이받아 죽고 싶었다. 도저히 뒤돌아볼 용기가 들지 않아 빠르게 걸어갔다. 그대로 도망쳤다.

눈물까지 보인 렌과는 달리 칸나는 일말의 동요도 감상도 없었다. 그저 조금 웃겼다. 자신을 고작 가벼운 키스 따위로 벌벌 떠는 순진한 아가씨로 예측하다니. 그래 놓고 본인이 훌쩍이다니, 웬 사춘기 소년도 아니고…….

그것이 끝이었다. 렌을 보낸 즉시 칸나는 이 일을 알아보기 시작했다.

"이상하네요. 오늘 오전까지만 해도 잠겨 있었는걸요."

하녀가 당황해서 말했다.

"오늘 오전에 문고리의 먼지를 닦으면서 잠겨 있는 걸 확인했는데……."

보초병들도 똑같은 말을 했다.

"청소 담당 하녀 외에는 아무도 방에 들어가지 않았습니다. 하녀가 청소할 때는 저도 방 안에서 지켜봤고요."

칸나는 이 일을 왕실 기사단에 신고했다. 그러자 곧바로 수사관이 와서 살펴보았다. 평소에 안면을 트고 지낸, 자신과 꽤 친분이 두터운 여자였다.

"금고의 자물쇠가 완전히 망가져 있습니다."

"그런가요?"

"예. 검이나 도구를 쓴 것도 아닙니다. 쇠를 손으로 잡아당겨 끊었습니다."

"……그게 가능한 일이에요?"

"저도 이런 경우는 처음 봤습니다. 게다가 끊어진 단면을 봤을 때, 이건 단 한 번의 시도로 성공한 게 분명합니다."

수사관은 도저히 믿을 수 없다는 듯 중얼거렸다.

"그냥 한 번 힘을 준 것으로 쇠를 끊은 겁니다. 그것도, 그다지 어렵지 않게요."

"……."

"문도 똑같습니다. 걸쇠가 완전히 부서져 있어요. 문고리를 강제로 돌려 잠금 장치가 부서진 겁니다."

수사관의 얼굴이 심각해졌다.

"이건 평범한 도둑이 아닙니다, 의원님. 이런 일을 벌일 수 있는 사람은 세상에 거의 없습니다."

"그렇겠죠."

"상부에 보고하겠습니다만, 지금 곧바로 이 수사에 인원을 투입하긴 어렵습니다. 내일 신령께서 오시는지라……."

"……신령께서 약혼식에 오신다고요?"

"예. 여왕 전하께서 특별히 요청하셨다고 합니다."

"그렇군요."

"그래서 다들 기합이 잔뜩 들어가 있어요. 아시잖습니까, 새로운 신령…… 그 자리에 어떻게 올라갔는지."

칸나는 대답하지 않았다. 수사관은 생각만 해도 긴장이 되는지 뻣뻣하게 경직한 미소를 지었다.

"세상이 많이 변했습니다. 그렇지 않습니까?"

다음 날, 이른 오전. 렌은 잠에서 깨어났다.

그는 몸을 일으켜 하품했다. 그리고 부스스하게 헝클어진 흰머리를 쓸어 넘기며 침대 아래로 발을 내렸다. 그 순간, 발끝에 차가운 무언가가 닿았다. 렌은 발을 뗐다.

목걸이였다.

그는 목걸이를 빤히 내려다보다가 침대에서 내려와 몸을 납작 숙였다. 축 늘어진 침대 시트를 걷어 올려 아래를 살폈다.

"……."

그곳엔 수많은 황금과 보석이 반짝이고 있었다.

"이게 뭐야?"

렌은 황당했다. 대체 이 보석은 뭐란 말인가! 침대 아래뿐만이 아니었다. 옷장을 열어 보니 그곳에도 금화가 가득 쌓여 있었다.

'이런 게 있었던가?'

그는 혼란에 빠져 허겁지겁 기억을 되짚었다.

어제, 왕실에 도착해서. 의뢰인의 옆방을 배정받고 방에서 잠시 쉬다가. 궐련을 피우고 싶어서 정원으로 나갔고. 나무 위에 올라가 왕궁의 경치를 내려다보며 궐련을 피웠다.

그때 타티아나, 그녀가 애인과 다투는 것을 보았다.

'그리고 돌아왔는데.'

후에 의뢰인과 예상치 못한 실랑이를 벌이고 렌은 정신없이 방으로 돌아와 씻은 후 바로 잠자리에 들었다. 그리고 오늘 오전 일어나 보니 침대 아래에, 장롱에 온갖 금은보화가 가득했다.

'잠깐, 이거 설마.'

어제 도둑질을 당했다는 의뢰인의 말이 떠올랐다.

'이거, 아무리 봐도 그거 같은데……'

그는 문득 금화 위에 카드 한 장이 놓여 있는 것을 발견했다. 빠르게 집어 펼쳤다.

<예상했겠지만, 이건 타티아나의 재산이야. 제대로 숨길 시간이 부족해서 일단 이곳에 뒀어.>

카드에는 우아한 필체의 글씨가 쓰여 있었다.

<이렇게 해야지만 네가 그녀의 곁에 더 오래 머물 명분이 생겨.>
<그러니까 알아서 처분해.>
<네가 한 짓이 아니라고 말해 봤자 아무도 믿지 않을 거 알고 있지?>
<들키면 도둑으로 몰리니까 조심하라고.>

"어떤 새끼야……?"
렌이 괴로운 목소리로 중얼거렸다.

칸나는 밤새 뒤척였다. 신령이 온다는 것도 마음에 걸렸지만, 무엇보다 가장 현실적인 문제는 돈이었다.
'내 전 재산이 사라졌다고.'
대체 누구의 짓일까?
지금 이 왕실에 있는 자들 중 손으로 쇠를 부술 수 있는 사람. 보초병들의 눈을 피해 그녀의 방에 몰래 숨어들 수 있는 사람. 시간상으로 불가능한 렌을 제외하면.
'……오르시니.'
그 녀석에게는 코 풀듯이 쉬운 일일 것이다.
'먼저 출발한 것도 수상했어.'
하지만 그가 왜 이런 짓을 했단 말인가? 동기가 불분명했다. 단순히 자신에게 엿을 먹이기 위한 짓이라고 하기엔 지나치게 정성스럽지 않은가?

'오르시니를 만나야겠어.'

마침 물어볼 게 있었으니까.

꧁꧂

오르시니를 만나기 위해 칸나는 로브를 뒤집어써야 했다.

아는 얼굴이 많다. 조금 전에는 아르곤 황자와 마주칠 뻔했다. 아멜리아의 약혼식 때문에 온갖 귀빈들이 모인 것이다.

"에스테아 경."

칸나는 간신히 들키지 않고, 고용인들에게 물어물어 오르시니의 방 앞까지 도착했다.

"오르시니 경을 만나러 왔는데, 전해 주시겠어요?"

"잠시만 이곳에서 기다려 주십시오."

에스테아는 오르시니의 방 안으로 들어갔다. 그리고 한참 무소식이었다.

'왜 이렇게 오래 걸려?'

10분 정도 지났을까? 기다림에 지쳐 문을 두드리려고 할 때, 에스테아 경이 밖으로 나왔다.

"죄송합니다. 오르시니 경의 환복을 돕느라 늦었습니다."

"환복?"

"예. 따로 하인을 두지 않으시는지라 제가 돕고 있습니다."

알고 있다. 오르시니는 본래부터 남들이 옷을 입혀 주는 걸 극도로 싫어해서, 늘 대충 간편한 옷을 걸치고 다니지 않았던가? 그런데 이제는 도움을 받는구나.

칸나는 새삼 그가 변했음을 실감했다.

"들어가십시오. 기다리고 계십니다."

오르시니는 창가 앞 책상에 앉아 서류를 보고 있었다.

서류를 읽는 오르시니라니. 그것도 엄청난 충격이었지만, 더 충격적인 것은.

'크라바트를 맸어? 오르시니가?'

빳빳한 셔츠 깃 아래로 단정하게 묶은 짙푸른 크라바트가, 심지어 놀라울 만큼 잘 어울렸다. 그뿐만이 아니었다. 평소에는 헝클어져 있던 머리칼을 깔끔하게 쓸어 넘겼고, 몸에 딱 맞는 셔츠를 단추 끝까지 채워 입은 상태였다. 저 위에 조끼와 재킷만 입는다면 당장 왕실 파티에 참석해도 될 정도였다.

'저렇게 단정하게 입은 것 처음 봐.'

규격에 맞춰 잘라 놓은 듯한 정갈함에 칸나는 당황했다. 심지어 그의 이마에 녹아내린 햇살조차 반듯했다.

"용건이 뭐냐?"

순간 칸나는 '네가 내 방에 몰래 숨어들어 재산 털어 갔니?'라고 묻는 것이 아주 어리석게 느껴졌다. 지금 이 순간의 오르시니는 너무 귀족적이라, 도저히 그런 짓을 할 무뢰배로 보이지 않았던 것이다.

"물을 게 있어."

"서두르는 게 좋을 거다."

오르시니는 책상 위 회중시계를 흘끗 확인했다.

"곧 네 애인의 약혼식에 가야 하니까."

아. 약혼식. 그게 오늘이었던가? 그래서 저렇게 입은 거군. 그래서 에스테아 경이 환복을 도운 거다.

칸나는 저도 모르게 불쾌해져서 중얼거렸다.

"애인이란 말 하지 마. 이제 아니니까."

그 말에 오르시니가 서류를 내려다보는 상태로 빈정거렸다.

"몰랐던 모양이지? 알렉세이 왕세자가 숨겼나 보군."

그는 눈치가 아주 빨랐다.

"꼴좋구나. 이런 취급을 받으려고 아디스에서 도망친 거냐?"

"그런 얘기 하러 온 게 아니야."

"그래, 네가 그런 시시한 이야기를 지껄이러 내게 올 리 없지. 무슨 일이지?"

"내 방에 도둑이 들었어. 전 재산이 사라졌지. 혹시 네가 그랬어?"

"미친년."

그가 처음으로 그녀에게 시선을 주었다.

순간 칸나는 흠칫 놀랐다. 마주친 오르시니의 눈이 지나치게 어두웠다. 새빨갛게 끓어오르다가 시커멓게 타들어 가는 용암 같았다.

'뭐지?'

화형을 당하는 사람의 눈이 이러하지 않을까. 칸나는 절망에 일그러지고 찌그러진 그 눈에 당황했다. 그럼에도 불구하고 오르시니의 태도는 평소와 똑같았다. 그저 언제나처럼 평범하게 사나웠을 뿐이다.

"헛소리 지껄일 거면 꺼져."

칸나는 잠시 침묵했다. 그러나 곧 머릿속에서 의문을 털어 냈다. 오르시니가 어떤 고통을 겪든, 자신이 알 바가 아니었다.

그녀는 용건을 담백하게 말했다.

"도둑이 손으로 자물쇠를 끊었어."

오르시니가 입을 다물었다. 칸나는 말을 이었다.

"이 왕실에 그럴 수 있는 사람, 너밖에 없잖아?"

"왜 나뿐이라고 생각하지? 네 옛 남편도 있다."

옛 남편이라면, 실비엔? 그 말에 칸나는 눈썹을 찌푸렸다. 그러고 보니 실비엔도 이곳에 왔을 것이다.

"그 사람이 그럴 리가 없잖아."

"발렌티노 공작이 허구한 날 우아하게 웃고 다니니까 샌님이라고 착각하나 보군."

오르시니는 그녀를 비웃으며 서류를 팔락 넘겼다.

"공작도 전쟁터에서는 나랑 별반 다를 것 없다."

문득 칸나는 실비엔의 몸을 떠올렸다. 하기야, 크리스털 같은 얼굴과는 달리 그의 몸은 그 자체로 아주 위험한 무기 같았다.

"……어쨌든 그 사람일 리 없어. 내가 이곳에 있는 줄도 모르잖아. 설령 내가 있다는 걸 알아도 그럴 만한 이유도 없고."

"난 모르는 일이다. 그러니 개소리 그만 지껄이고 꺼져."

"용건은 이것뿐만이 아니야."

칸나는 걸음을 뗐다. 한 걸음, 또 한 걸음. 천천히 움직여 그가 앉은 책상으로 다가갔다.

"물어볼 게 있어."

그 간격이 가까워질수록 만년필을 쥔 오르시니의 손등이 새하얗게 질려 가는 것이 보였다. 그러나 그의 시선은 끝까지 서류에 있었다. 마치 고집 같았다.

"얼마 전에 나랑 똑같은 사람을 봤다고 했지?"

"……그래."

"그 이야기 좀 해 줄 수 있어?"

"……."

"오르시니."

이름을 부르자 오르시니가 탄식 같은 한숨을 내뱉었다.

"지금은, 바쁘다."

강제로 속에서 긁어내는 듯한 목소리였다.

"후에 상세하게 적어서 보내도록 하지. 그러니까, 가."

"……."

"내 앞에서 꺼져."

그것은 명령 같기도 했고 애원 같기도 했다. 어째서인지 그것이 몹시 위태로워 보였다. 더 몰아붙이면 안 될 것 같았다.

불길한 예감을 받은 칸나는 숨을 죽이며 뒤로 물러섰다. 인사 없이 방을 나갔다.

'저 녀석 왜 저러지?'

대체 자신의 인형과 무슨 일이 있었던 걸까?

'이주화, 오르시니에게 무슨 짓을 한 거야?'

그날 무슨 일을 겪었기에 오르시니가 저렇게 변한 건지 알 수 없다.

그때, 복도를 걷던 칸나의 발이 우뚝 멈춰 섰다.

맞은편에서 한 남자가 걸어오고 있었다. 그의 얼굴을 본 순간 칸나는 완전히 얼어붙었다. 후광을 등진 남자였다. 창가를 타고 흐르는 빛살이 그에게만 쏟아지는 것만 같았다.

'실비엔.'

실비엔 발렌티노가 가까워지고 있었다!

칸나는 재빨리 로브를 더더욱 깊이 눌러썼다.

'들키면 안 되는데……'

하지만 이 복도는 좁고 길어서, 피할 수 있는 곳이 없었다. 칸나는 수상하지 않을 정도로만 고개를 숙였다.

'제발, 이대로 그냥 지나가라.'

칸나는 공손히 눈을 내리깔며 걸음을 옮겼다. 뚜벅뚜벅. 발걸음 소리가 점점 가까워진다. 간격이 좁아질수록 칸나는 호흡을 참았다. 그가 조금씩 다가온다, 바로 앞까지, 그리고…….

지나쳤다.

칸나는 안도의 한숨을 꾹 눌러 참았다. 다행이다. 역시 못 알아본 모양이다.

……그런데 왜 발소리가 더 들리지 않지?

등 뒤로 싸늘한 한기가 피어올랐다. 칸나는 침을 꿀꺽 삼키며 소리에 집중했다. 실비엔의 발걸음 소리가 더는 들리지 않았다.

"잠깐."

그 대신, 그의 목소리가 들렸다. 그녀를 부른 것이다.

"거기, 잠시만."

칸나의 심장이 쿵 떨어져 내렸다. 그러나 못 들은 척 걸음을 옮겼다.

"잠시 기다려 주십시오."

그러나 실비엔은 기어코 그녀에게 다가왔다. 믿기지 않을 만큼 빠르게 가까워졌다.

"……!"

칸나는 입안을 꽉 깨물었다. 그의 커다란 손아귀가 어깨 위로 올라온 것이다!

'미쳤나 봐!'

실비엔이, 멋대로 사람의 몸에 손을 대? 결벽증도 있는 사람이?

당혹감에 머리가 찌릿했다. 어깨를 쥔 손에 지그시 힘이 들어가자 더더욱 정신이 아뜩해졌다.

이 사람, 아무래도 억지로 몸을 돌려서라도 자신의 얼굴을 확인할 생각인 것 같다. 언제나 깍듯할 정도로 예의 바른 실비엔답지 않은 행동이었다.

"놔주세요."

칸나는 목소리를 최대한 변조해서 내뱉었다.

"초면인 숙녀의 몸에 손을 대시다뇨. 예의가 아닙니다."

"압니다."

뭐라고? 안다고?

"죄송합니다."

실비엔은 덤덤히 자신의 행패를 인정했다. 태연하게 사과하며 선언했다.

"한 번 더 무례를 저지르겠습니다."

실비엔이 칸나의 몸을 획 돌렸다.

"……"

실비엔은 칸나를 물끄러미 내려다보았다.

그것이 전부였다.

죽은 옛 아내와 똑같이 생긴 여자를 보았음에도 그의 눈에는 한 점의 동요도 없었다. 그저 차디찬 새벽처럼 고요했다.

"성함이?"

그가 고요한 목소리로 물었다.

"성함이 어떻게 됩니까?"

뭐라고 대답해야 하지? 칸나는 입을 꾹 다물며 고개를 숙였다. 그 순간, 실비엔이 그녀의 턱을 붙잡고는 들어 올렸다. 강제로 시선을 가져왔다.

눈이 마주쳤다.

신기할 정도로 푸른 눈이었다. 그는 여전히 빌어먹게도 아름다웠다. 순은으로 빚어 놓은 듯한 자태에 칸나는 기가 질렸다.

이러니까 주화가 정신이 나가서 환장하지.

"성함을 말씀해 주십시오."

그때, 대답은 뒤에서 들려왔다.

"타티아나!"

알렉세이의 목소리였다. 그 음성을 들은 순간 칸나는 반쯤은 안도했고 반쯤은 화가 났다.

"지금 뭘 하시는 겁니까, 발렌티노 공작!"

서둘러 다가온 알렉세이가 그녀의 어깨를 확 잡아 끌어당겼다. 실비엔은 말없이 알렉세이와 칸나를 번갈아 바라보더니 고개를 기울였다.

"타티아나?"

"그렇습니다. 공작도 아시겠지만, 저와 각별한 관계의 여성입니다."

그 말에 칸나는 알렉세이의 뒤통수를 후려갈기고 싶었다. 오늘 다른 여자와 약혼하는 남자가 대체 뭔 개소리를 지껄이는 건지.

"아."

실비엔이 한발 늦게 짧은 감탄사를 내뱉었다.

"타티아나 에브게니아. 왕세자 전하의 주치의이자, 연인."

그렇게 말한 실비엔의 입가에 미묘한 미소가 피었다.

"이분이 그분입니까?"

"그렇습니다."

"그렇군요. 실례가 많았습니다."

실비엔은 미소 지으며 한 발짝 뒤로 물러났다. 그러나 여전히 시선은 칸나의 얼굴을 꿰뚫고 있었다.

"타티아나 에브게니아."

그가 머릿속에 각인하듯 그 이름을 불렀다.

"만나 뵈어 영광이었습니다."

실비엔은 공손하게 허리를 접어 인사했다. 몸을 돌려 걸어갔다. 칸나는 말없이 그 뒷모습을 바라보았다.

'설마 눈치 못 챈 건가?'

어쩌면 그저 죽은 아내를 놀라울 만큼 닮은 여자라고 생각할지도 몰랐다. 그는 칸나의 시체를 봤을뿐더러, 그게 인형일 거라고는 상상도 못 할 테니까…….

설령 그렇게 믿을지라도, 조금은 놀라야 하는 것 아닌가?

"무슨 생각을 하지?"

생각에 잠겨 있을 때 알렉세이가 날카롭게 질문했다.

"옛 남편을 만나니 감회가 새롭기라도 한가?"

기가 막혔다. 설마 지금 질투하는 건가?

"전하께서 신경 쓰실 일이 아닙니다."

"그대는 내 애인이야. 어떻게 신경을 안 쓸 수 있지?"

"애인?"

칸나는 신경질적으로 대꾸했다.

"착각이 민망할 정도네요. 혼자 상상 연애라도 하는 중이신가?"

"타티아나!"

"게다가 오늘 약혼하시는 분께서 하실 말씀은 아닌 것 같군요."

"아직도 그 소리를 해?"

알렉세이는 이제 미안해하지도 않았다. 오히려 칸나가 답답한지 한숨을 내쉬었다.

"이건 제국과 왕국의 계약이야, 타티아나. 약혼이라는 사소한 단어에 집착하지 마."

"뭔가 착각하시는 것 같은데, 요점은 그게 아니에요. 전하는 저를 계획적으로 속였고, 또 기만했죠. 전 그 일을 도저히 용서할 수 없어요."

"그대를 잃는 게 두려워서 그랬어. 내가 그런 어리석은 짓을 할 만큼 그대를 사랑한다는 생각은 안 해 봤어?"

"어리석다는 생각은 하고 있죠."

"제발 내게 이렇게 잔인하게 굴지 마. 그대는 이렇게 나쁜 여자가 아니잖아."

칸나는 소리 내 웃었다. 이래서야 자신이 그를 버린 악녀 같지 않은가?

'아, 그래, 그렇단 거지.'

그쪽이 날 나쁜 년이라고 생각한다면, 정말 나쁜 년이 되어 주지.

"제가 전하를 정말 사랑했다면 이런 고난과 역경 앞에서도 전하의 손을 놓지 않았겠죠. 하지만 보세요. 제 손이 어디 있는 것 같아요?"

칸나는 그를 조롱하듯 자신의 빈손을 보여 주었다.

"제 손은 전하를 놨고, 다시 잡을 생각 없습니다. 딱 그 정도만, 고작 그 정도만 사랑했어요."

"타티아나."

"그리고 다시는 남들 앞에서 저를 전하의 애인이라고 소개하지 마세요. 불쾌하니까."

알렉세이의 눈이 아픔으로 조각났다.

"발렌티노 공작 때문인가?"

"그건 또 무슨 헛소리죠?"

"그대의 옛 남편을 다시 만나니까 생각이 바뀌었어?"

"맙소사. 가지가지 하시네요."

칸나는 고개를 절레절레 저으며 그를 지나쳤다. 더는 할 얘기도 들을 얘기도 없었다.

"나는 그대를 포기 못 한다고 말했어."

그가 멀어지는 칸나의 뒤를 바라보며 중얼거렸다. 열망으로 일렁이는 눈이었다.

"사랑해."

알렉세이와 헤어지고 나서 몇 분 지나지도 않아서 칸나는 또다시 자리에서 우뚝 멈춰야 했다.

이번엔 아멜리아가 걸어오고 있었다! 깜짝 놀란 칸나는 서둘러 기둥 뒤로 숨었다. 거듭되는 재회에 심장이 남아나질 않았다.

'빨리 방으로 돌아가서 숨어 있어야겠다.'

아슬란 제국의 주요 인사들이 모두 이 왕실에 모여 있다. 이런 때 돌아다니는 건 지나치게 위험했다.

아멜리아는 옆의 여자와 대화를 하며 걷고 있었다.

"알렉세이 왕세자의 애인이 걱정이야. 그 사람, 애인한테 푹 빠져 있는 건 유명하잖아."

칸나의 이야기를 하고 있었다.

"대체 어떻게 생겼을까? 듣자 하니 무시무시하게 예쁘다던데…… 색기가 온몸에서 철철 풍겨서 손짓만 해도 남자들이 껌뻑 죽는대!"

색기라니. 칸나는 몹시 민망해져서 눈을 굴렸다.

"내가 아는 사람 중에서 제일 예뻤던 건 칸나였는데. 그 여자, 칸나만큼 예쁠까?"

아멜리아의 목소리에서 슬픔이 묻어났다.

"아, 너는 칸나를 직접 본 적 없지? 네가 왔을 때 칸나는…… 죽었으니까."

그러자 옆의 여자가 천진한 목소리로 대답했다.

"아뇨, 본 적 있어요."

순간 칸나의 몸이 휘청였다.

"본 적 있어요. 아주 예쁜 여자죠."

이 목소리는…….

"그래? 초상화로 봤나 보다."

칸나는 주먹을 꽉 움켜쥐었다.

주화다. 주화가, 저곳에 있다.

"어쨌든 걱정이야. 난 알렉세이 왕세자가 예전부터 마음에 들었는데…… 정부 같은 거 만들 사람이 아니라고 생각했거든."

"그런가요?"

"응. 여자한테 별 관심 없는 미남이라는 점이 마음에 들었는데, 갑자기 애인이 생겨서…….”

그들의 목소리가 멀어진다. 칸나는 두근거리는 가슴 위로 손을 올렸다.

'주화까지 왔을 줄은 몰랐어.'

조만간 만날 거라고 생각했지만 이렇게 빨리 만날 줄 몰랐다.

'차라리 잘됐어.'

그렇지 않아도 주화와 한 번쯤은 진솔하게 대화를 나눠야 했으니까.

주화가 자신을 죽이려 했다는 걸 알지만, 그래도 칸나는 그녀를 무작정 미워할 수 없었다.

멀쩡했던 열일곱 살 소녀가 이 몸에 들어와서 12년간 천천히, 그러나 확실하게 망가졌다. 그리고 그 모든 순간을 이 몸이 기억하고 있었다…….

“타티아나 의원.”

종종걸음으로 돌아가는 길, 또다시 누군가와 마주쳐 버렸다.

'또야?'

몇 번이나 멈춰 서는지 이제는 지긋지긋할 정도였다. 하지만 다행인지 불행인지 이번엔 아슬란 제국 사람이 아니었다.

“아스탄 사제님.”

왕실에 주둔하는 대신전의 사제였다. 자신에게 여러 번 치근거렸던 인간이었기에 칸나는 즉시 불쾌해졌다.

“못 본 사이 더 아름다워졌군그래. 얼굴에서 빛이 나는 것 같아. 좋은 화장수라도 바른 건가?”

“그걸 지금 칭찬이라고 하시나요?”

칸나는 싸늘하게 대꾸하며 그를 지나쳤다. 그러나 그가 칸나의 팔목을 붙잡아 세웠다.

“오늘 밤, 왕세자 전하의 약혼식이라지? 마음 아픈 밤이겠군. 내가 위로해 줄 수도 있는데."

"필요 없으니 이거 놓으시죠, 아스탄 사제님."

"타티아나 의원은 그러니까 안 되는 거야. 다 좋은데 성격이 문제야. 너무 강해."

그는 그녀를 혼내기라도 하듯 떽! 하고 혀를 강하게 찼다.

"한 번이라도 순순하게 굴 순 없는 건가? 고분고분한 맛이 없으니까 왕세자 전하께서 다른 여자를 찾아 떠나는 거라고."

칸나는 허탈한 눈으로 그를 응시했다.

이제는 화도 나지 않았다. 그저 주마등처럼 최근에 벌어진 재수 없는 일들이 스쳐 지나갔다. 렌과 오르시니와의 재회, 연우의 인형, 알렉세이의 약혼, 주화. 그런 것에 비하면 이건 정말 아무것도 아니었다.

"지금 내 말 듣고는 있나?"

칸나가 대답조차 안 하자 아스탄의 손아귀에 힘이 들어갔다. 그가 잡은 손목이 욱신거렸다.

"사제의 말에 대답조차 안 하는 오만방자함은 어디서 배운 거지?"

순간 칸나는 저도 모르게 인상을 확 썼다. 술 냄새가 지독했다. 오늘따라 왜 이렇게 막무가내인가 했더니, 술에 취한 것이다.

"사제님이야말로 이런 무례함은 어디서 배우셨나요?"

"뭐?"

"무시당하는 게 싫으시면, 접근하지 마세요. 그럼 서로 불쾌할 일 없습니다."

그렇게 말하며 그의 팔을 신경질적으로 뿌리쳤다. 그 순간, 손톱이 그의 얼굴을 획 스쳤다.

"……아."

아스탄이 뒤늦게 신음을 흘렸다. 뺨의 상처를 손끝으로 만지더니, 분노로 타오르는 눈으로 그녀를 매섭게 노려보았다.

'소리를 지르겠군.'

칸나는 자포자기의 한숨을 내쉬었다.

어차피 타티아나 에브게니아의 삶은 글렀는데, 이 김에 이 자식이나 제대로 처리하고 도망가 버릴까……?

'……그런데 왜 아직까지 조용한 거지?'

그는 고함을 지르지 않았다. 고함은커녕, 완전히 입을 닥친 상태였다. 칸나는 의아해져서 그의 얼굴을 살폈다.

그때 아스탄 사제는 그녀를 보고 있지 않았다. 칸나의 너머, 무언가를 발견한 듯 눈을 커다랗게 떴다. 술이 단박에 깬 듯한 눈이었다.

'대체 뭘 봤기에……?'

그 순간 아스탄 사제가 빠르게 무릎을 털썩 꿇었다. 그리고 납작하게 몸을 바닥에 붙였다. 그의 등이 덜덜 떨리고 있었다. 공포에 질린 사람처럼 경련했다.

그 모습에 기이한 예감이 스쳤다.

대신전의 사제는 황제 앞에서도 겁을 먹지 않는다. 그들이 두려워하는 자는 이 세상에 단 하나였다.

오로지, 단 하나.

"시, 시, 신령님을 뵙습니다……. 이 땅에 신의 축복 내리기를."

3년 전, 대신전을 피범벅으로 만든 존재.

옛 신령을 몰아내고, 그를 지키던 집행관들의 몸을 뜯어내고, 반발하는 사제들을 모조리 효수하여 그 목을 보란 듯이 전시한 파계 사제.

피의 개혁을 이룬 새 신령. 그가 칸나의 뒤에 서 있었다.

긴 그림자가 늘어졌다. 그림자는 그 자리에 못 박힌 듯 우두커니 멈춰 섰다.

칸나는 숨을 죽였다. 그리고 천천히 몸을 돌려 신령을 향해 허리를 굽혔다.

절대로 그의 얼굴을 쳐다보지 않을 작정이었다. 오로지 그의 그림자, 길게 뻗은 그 시커먼 어둠에 시선을 내리꽂았다.

그러자 그 순간 공기가 확 차가워졌다. 주위를 둘러싼 온도가 영하의 지점으로 뚝 떨어지는 것 같았다. 하지만 칸나는 꿋꿋하게 시선을 내렸다. 그를 보지 않았다.

그 찰나가 지독하게도 길었다. 십 년 같았고, 천 년 같았다.

"……"

그러나 아주 잠시였을 뿐이었다.

마침내 그림자가 움직인다. 붙잡혔던 시간이 쏟아지듯 흐르기 시작했다. 그는 소리 없이 걸어 그녀를 지나쳤다.

칸나는 막힌 숨을 터뜨렸다.

'갔다.'

신령이 지나갔다. 그녀에게 다가오지 않고, 말 걸지 않고, 모르는 사람을 대하듯 그대로 지나쳤다.

'하긴, 당연한 일이지.'

칸나는 쓴웃음을 지었다. 그와의 인연은 완전히 끊겼다. 자신이 끊어 냈다.

지금으로부터 몇 달 전, 그와 약속한 날이 다가왔다.

칸나는 그와의 약속의 날, 그 자리에 나갔다. 그리고 단호하게 정리했다.

"나는 지금 행복해. 이 삶에서 벗어나고 싶지 않아."

그때까지만 해도 타티아나 에브게니아의 삶이 완벽한지라, 떠날 생각은 눈곱만큼도 없었다. 그 삶을 지키기 위해서는 뭐든 할 수 있었다.

"너랑 안 가."

설령 그와의 약속을 저버리는 한이 있더라도.

"미안."

일말의 여지조차 주고 싶지 않았다. 그래서 차갑게 잘라 냈다.

"사실 별로 안 미안해서, 미안."

아주 나쁘게.

"나에게는 내 삶을 선택할 자유가 있잖아?"

모진 말들이 쏟아지는 동안, 그는 아무 말도 하지 않았다. 그저 고요한 눈으로 그녀를 응시했다. 그 정적이 오히려 숨이 막혔다.

"솔직히, 이 삶이 아니더라도 너에게는 안 갈 거야."

침묵하는 그에게 완전히 압도되어서일까, 칸나는 굳이 하지 않아도 될 말까지 해 버렸다.

"대신전의 사제들 절반 이상을 죽였다며? 목을 잘라서 걸었다는 게 사실 이야?"

하지만 그 말은 하지 않아도 됐는데.

"끔찍해."

말하고 나서 바로 알았다.

이건 실수다. 심지어 진심도 아니었다. 그러나 그는 끝까지 아무 말도 하지 않았다. 변명도, 원망도, 무엇 하나 내보이지 않았다.

"다시는 날 찾아오지 마. 방해니까."

심한 말들이었다고 생각한다. 그러나 확실히 효과는 있었다. 이후 그는 더 이상 자신에게 미련을 보이지 않았으니까.

'다 지난 일이지.'

칸나는 아주 조심스럽게 고개를 틀었다. 그러나 그새 떠난 것인지, 그는 어디에도 보이지 않았다. 그림자의 흔적조차 없었다.

"흐으……."

그때 기이한 신음이 들려왔다. 동시에 지린내가 코를 확 덮쳐 왔다.

칸나는 서둘러 코를 틀어막으며 아래를 내려다보았다.

"사제님?"

아스탄 사제가 엎드린 채로 혼절해 있었다. 게다가 그의 새하얀 사제복의 하의 부분이 누렇게 젖어 있었는데, 저건…….

'지렸어?'

아니, 얼마나 무서웠으면 지려!

당연히 도와줄 의리 따위 없다. 내버려 두면 하인이나 보초병이 발견하겠지. 칸나는 뒤도 돌아보지 않고 걸어갔다.

"……살려 줘……."

홀로 남은 아스탄 사제가 중얼거렸다. 혼절한 채로 악몽이라도 꾸는지, 끙끙거리며 애원했다.

"살려 줘, 제발…….."

꙾꙾꙾

방으로 돌아가자 누군가가 그녀를 기다리고 있었다. 여왕의 시종이었다. 여왕이 그녀를 소환한 것이다.

"알렉세이의 약혼을 숨긴 일, 사과하겠습니다."

여왕은 찻잔을 내려놓으며 말했다.

"미안합니다. 알렉세이가 어찌나 애절하게 부탁하던지. 이 사실을 알리면 왕위를 버리고 그대와 도망갈 것처럼 굴더군요."

"그래. 정말 미안해, 타티아나. 몇 번이나 말하려고 했지만, 오라버니가 내 약점을 잡아서…….."

뒤이어 요안나 공주가 기가 잔뜩 죽어서 사과했다.

그들은 그동안 마음이 정말 불편했는지 안색이 좋지 않았다. 대체 알렉세이가 얼마나 지독하게 협박을 했기에 저렇게 얼굴이 상한 걸까.

'그 얘기는 더는 하고 싶지 않아.'

칸나의 마음을 읽은 건지, 다행히 여왕은 그 화제를 더 이상 꺼내지 않았다. 그 대신 그보다 중요한 이야기를 꺼냈다.

"브리츠크 영지에서 오르시니 경과 마주쳤다고 들었습니다. 사실입니까?"

"예."

"그대를 숨기는 건 실패했군요."

그 순간 칸나는 확신했다. 여왕이 나를 버리겠구나.

이미 단물은 쪽쪽 빨아먹었다. 얄덴의 의료 실정은 발전했고, 칸나의 존재는 알렉세이의 앞길에 방해가 된다. 그러니까…….

"그러니까 더는 숨지 말아요."

예카테리나 여왕이 단호하게 말했다.

"두 왕자 중 한 명과 혼인하세요."

뭐?

"왕가의 일원이 되면, 설령 아디스가 그대를 요구해 와도 지킬 명분이 생깁니다."

"……."

"알렉세이의 후궁이 되는 것은 어떤가요?"

여왕이 던지는 모든 말들이 예상 밖이었다. 의외였다. 믿을 수 없었다. 그래서일까, 저도 모르게 본심을 내뱉었다.

"저는 아멜리아 황녀 전하와 절친한 관계였어요. 그분과 같은 남편을 두는 건 상상도 할 수 없습니다."

"그러면 로렌초와 혼인하겠어요?"

"아니요!"

그거야말로 안 될 일이다. 까마득히 어린 남자애랑 어떻게!

"어째서 그런 제안을 하시는 거죠? 제가 방해되지 않으세요?"

"실리로 따지면 득보다 실이 크겠죠."

여왕은 순순히 인정했다.

"하지만 감당할 가치가 있어요."

정말? 자신의 의술이 그 정도로 가치가 있었나?

"알렉세이가 그대를 많이 좋아해요."

그러나 여왕이 말한 가치는 그쪽이 아니었다.

"로렌초도, 요안나도, 그리고 나 또한 그대를 좋아해요, 타티아나."

순간 칸나는 모든 할 말을 잃었다. 얼굴이 화끈 달아올랐다.

"프리드리히 왕가의 일원들 모두가 그대를 굉장히 좋아해요. 그래서, 지키고 싶어요."

칸나는 완전히 얼이 빠지고 말았다. 멍하니 여왕을 응시했다.

"알렉세이가 싫다면 로렌초의 정비가 되는 건 어떤가요?"

"그건…… 말도 안 돼요."

"물론 그대가 로렌초를 택한다면 알렉세이가 반발하겠죠. 하지만 결국 받아들일 겁니다. 이게 그대를 지킬 수 있는 유일한 방법이니까."

그 말에 가슴속에서 뜨거운 애정이 샘솟았다. 더는 억누를 수 없었다.

'이 삶을 포기하고 싶지 않아.'

타티아나의 사람, 타티아나의 삶, 모두 사랑했다.

하지만 안 된다. 절대로, 안 된다.

"전하, 검은 사도들이 저를 노리고 있어요. 저 때문에 얄덴이 위험에 휘말릴 수 있습니다."

그러자 여왕이 칼처럼 단호하게 말했다.

"그렇다면 더더욱 그대를 지켜 줘야겠군요."

칸나의 마음이 울렁거렸다. 검은 사도의 이야기를 들었는데도, 그런데도 지켜 주겠다고? 그런데도 가족이 되고 싶다고?

강렬한 유혹에 입이 바짝 말랐다.

'아냐, 안 돼. 과욕이야.'

칸나는 주먹을 아득 말아 쥐며 이성을 붙잡았다. 이 강렬한 유혹에 정신이 나가 버리기 전에 거절해야만 했다.

"안 되겠습니다, 전하. 로렌초 왕자님은 너무 어려요."

"오래전 사별한 부군은 과인보다 열 살 어린 남자였죠. 물론 가문 간의 정략결혼이었지만."

여왕은 어깨를 으쓱였다.

"그러니 정 껄끄러우면 정략, 아니, 전략 결혼을 한다고 생각해요. 그대를 지키기 위한 전략의 일환이죠."

"하지만……."

"과인은 분열된 얄덴을 통일하는 전쟁에서 단 한 번도 패배한 적 없습니다, 타티아나. 그러니 믿고 따라오세요."

여왕이 그녀의 어깨를 잡았다.

"혼인식은 생략하고, 혼인 문서부터 작성하세요. 그리고 알렉세이의 약혼식에 로렌초의 왕자비로 참석하세요. 모든 이들의 앞에 당당히 얼굴을 보이세요."

여왕의 눈이 강렬하게 타올랐다. 그녀는 이미 전쟁에 뛰어든 전사였다.

"이 약혼은 제국과 왕국의 거래가 오가는 중요한 계약식입니다. 본디 결혼식은 이렇게 성대하지 않은 것, 그대도 알고 있지요?"

결혼식에는 혈족들만 모이는 풍습을 가진 얄덴이기에, 늘 약혼식이 더 크게 열리고는 했다. 실상 약혼식이라는 이름을 빙자한 결혼식이나 다름없었다.

"서대륙의 권위자들이 모두 이 약혼식에 모였어요. 그러니 설령 그대라는 문제를 발견하더라도 조용히 넘어가고 싶을 거예요. 지금보다 좋은 기회는 없어요."

"안 돼요."

칸나의 목소리가 떨렸다.

"그럴 수는 없어요. 안 됩니다."

"아니야, 타티아나!"

지금껏 잠자코 있던 요안나가 두 주먹을 불끈 쥐며 외쳤다.

"로렌초랑 결혼해! 우리랑 가족이 되는 거야!"

"요안나 공주님."

"오르시니 경에게 들켰다며! 차라리 잘됐어. 더는 숨지 마. 이번 기회에 당당하게 모습을 드러내 버려!"

"하지만……."

"그리고 알렉세이 오라버니의 일 숨겨서 미안해. 용서해 줘."

"지금 그게 중요한 게 아니잖아요……."

어째서 저런 말을 하는 걸까?

어쩌면 그들은 이해하지 못하는 걸 수도 있다. 자신을 받아들이면 어떤 결과가 벌어질지 모르는 거다.

"다 압니다, 타티아나."

여왕이 그녀의 손을 잡았다. 작지만 강한 손아귀였다.

"우리의 가족이 되세요, 타티아나. 당신이 프리드리히 왕가의 사람이라는 것을, 함부로 건드려서는 안 될 사람이라는 것을 알립시다."

"안 돼요. 로렌초 왕자님의 인생을 망칠 수는 없어요. 그분은……."

그때, 문이 벌컥 열렸다. 잔뜩 기합이 들어간 로렌초가 걸어 들어왔다.

"난 좋아!"

그의 손에는 급하게 꺾어 온 듯한 들꽃들이 쥐어져 있었다.

로렌초가 그녀의 앞에 한쪽 무릎을 꿇었다. 어설픈 꽃다발을 불쑥 내밀었다.

"나랑 혼인해 줘, 타티아나!"

칸나는 몹시 당황했지만, 대답은 빠르게 나왔다.

"안 돼요."

"돼."

로렌초가 억지로 그녀의 손에 꽃다발을 쥐어 주었다.

"알잖아? 왕족의 결혼은 정략이야. 서로 최선의 이득을 선택하는 거지."

"왕자님. 하지만……."

"나는, 우리는 네가 좋아. 네가 필요해. 그러니까 옆에 있어 줘."

그 말에 칸나는 깨달았다.

'로렌초는 모르는 줄 알았는데.'

알고 있었구나. 자신이 칸나 아디스라는 것. 그런데도 지금껏 아무 말 안 꺼내고 숨겨 준 건가?

칸나는 할 말을 잃고는 로렌초의 얼굴을 멀거니 들여다보았다.

삽화 속에 나올 듯한 아름다운 소년. 어느덧 훌쩍 커 버려서 이제 누가 봐도 청년으로 보였지만 그래도 자신의 안에서는 어린 소년이었다.

그런 로렌초랑 결혼하라고? 이제 막 성인이 된 왕자와?

'안 돼.'

칸나는 고개를 저었다.

그가 어려서가 아니었다. 이런 일로 로렌초의 삶에 오점을 남기고 싶지 않았다. 그를 도구처럼 이용하고 싶지 않았다.

"제안해 주신 것만으로도 감사드립니다. 하지만 안 돼요. 죄송합니다."

그 의지를 읽은 걸까. 로렌초도, 요안나도, 예카테리나 여왕도 더는 설득하지 못했다. 다만 아쉽다는 듯 여왕이 덧붙였다.

"세상에는 개인의 힘으로는 극복할 수 없는 일도 있습니다. 그대 혼자만의 힘으로 역부족한 순간이 올 거예요."

"……."

"그대는 과인의 어린 시절과 꼭 닮았어요."

여왕이 가련한 눈으로 그녀를 응시했다. 그리고 혼잣말처럼 중얼거렸다.

"가여워라. 의지할 곳도 기댈 곳도 없이, 이 억센 세상을 홀로 헤쳐 가느라 얼마나 힘들었을까."

칸나의 눈시울이 붉어졌다. 그러나 눈물은 흐르지 않았다. 그저 더더욱 짙게 웃었다.

"저는 혼자서도 괜찮습니다."

여왕이 어쩔 수 없다는 듯 고개를 저었다.

"마음이 바뀌면 말해요, 타티아나. 그대가 원한다면 언제든 돕겠습니다."

방으로 돌아온 칸나는 침대 위로 벌러덩 드러누웠다. 조금 전 일을 회상했다. 설마하니 위험 부담을 껴안으면서까지 지켜 주려 할 줄은 몰랐다. 그러나 받아들일 수 없다.

'문제가 너무 많아.'

무엇보다 로렌초와 혼인했다가는 틀림없이 형제 사이가 엉망이 될 것이다.

그렇게 생각하자 역시 거절하길 잘했다는 확신이 들었다.

그때 노크 소리가 들려왔다.

"실례합니다."

렌의 목소리였다.

"들어가도 되겠습니까?"

"응."

문이 열리고 렌이 걸어 들어왔다. 칸나는 여전히 천장을 올려다보며 물었다.

"무슨 일이야?"

대답이 없다.

칸나는 누운 채로 눈만 흘끗 움직였다. 렌은 문 앞에서 우두커니 서서 그녀를 응시하고 있었다.

"왜 그러고 있어?"

눈이 마주치자 그가 씩 웃었다.

"제가 생각을 해 봤는데 말입니다."

그가 다가와 침대맡에 앉았다.

"이건 제가 손해 보는 장사 같습니다."

돈 얘기구나.

"당신이 20억 마련하길 기다리는 동안 다른 의뢰를 받았으면 저는 더 큰 돈을 벌고 있었을 겁니다."

"그래서 그때 합의 본 거 아니야?"

칸나는 자신의 입술을 톡톡 두드렸다.

"고작 그 정도로는 손해를 메꾸기엔 부족하죠."

그 말은 부정할 수 없었다. 당연히 한참 부족하지.

게다가 렌은 당분간 계속 손해일 거다. 20억을 당장 어떻게 마련한단 말인가? 연금술을 쓰면 금방 해결될 일이지만 그랬다가는 세계에 균열이 가 버린다.

"그래서 뭘 원해? 혹시 그 이상을 원하는 거라면, 난 너랑 하기 싫은데."

"상상력이 뛰어나시군요. 너무 멀리 가지 마십시오."

그의 커다란 손이 칸나의 뺨을 감쌌다. 천천히 허리를 숙여 고개를 내렸다.

"제가 원하는 건."

렌의 새하얀 머리칼이 칸나의 이마 위를 간질였다. 그가 그녀의 입술을 뚫어지게 응시하며 달싹였다.

"그저 한 번만 더……."

칸나는 아주 가까이 다가온 렌의 얼굴, 불씨가 붙은 그의 눈을 물끄러미 바라보았다. 렌은 서서히 간격을 좁히며 그녀의 의사를 묻고 있었다.

어쩔까. 20억. 뭐 없을까?

결국엔 침묵이었고 그것은 수긍이나 다름없었다. 깨달은 순간 렌의 눈에 환희가 폭발했다.

칸나는 그가 짐승처럼 달려들 거라고 생각했다.

그러나 그러지 않았다. 오히려 이 순간을 아끼고 또 아끼듯 머뭇거리며 그녀의 입술을 엄지로 쓸었다.

"당신은 정말 예뻐요."

그리고 체온이 깃털처럼 가볍게 내려왔다. 불덩이처럼 달아오른 온도였다. 미세하게 떨리는 입술이 부드럽게 겹쳐졌다가 금세 멀어졌다.

"……?"

그걸로 끝이었다.

렌은 그녀의 콧등에 가볍게 키스한 후 물러났다. 시트를 콰득 움켜쥔 주먹만이 야만스러울 뿐 숨소리마저 정중했다.

칸나가 빤히 올려다보자 렌이 상기한 얼굴로 미소 지었다. 그러고는 잠시간 침묵하며 그녀의 머리칼을 어루만졌다. 한 올 한 올, 수를 세듯 고르는 손가락은 정욕이라기보다는 숭배였다.

"치워."

칸나가 조용히 말했다.

"예."

그는 착실하게 대답하며 그녀의 흐트러진 머리칼을 정돈해 주었다. 못내 아쉬운 듯 마지막으로 머리칼 끝자락에 입술을 맞추었다.

"그럼 쉬십시오."

그러고는 몸을 일으켜 방을 빠져나갔다.

칸나는 여전히 움직이지 않고 천장을 올려다보았다. 그러고는 한참 후에서야 자신이 아주 당황했음을 깨달았다.

'방금 뭐지?'

이상하다. 뭐가 이상한지 모르겠지만, 뭔가 이상하다.

'평소와는 다른데.'

지금까지와는 뭔가, 뭔지 모르겠지만 뭔가가 다른데…….

그때, 요란한 노크가 그녀의 생각을 확 끊었다. 거의 문을 때려 부술 듯한 기세였다.

"의원님, 안에 계십니까?"

이 목소리는 알렉세이의 호위 기사였다. 칸나는 침대에서 몸을 일으켜 문을 벌컥 열어젖혔다.

"무슨 일이죠?"

"왕세자 전하께서 위독하십니다!"

뭐?

칸나의 생각이 뚝 멈췄다. 지금 저 기사가 뭐라고 한 거지?

"와인 잔에 독이 묻어 있었던 것 같습니다. 주치의님, 어서 함께 가 주십시오!"

더 말이 필요 없었다. 최근의 실망스러운 사건과는 별개로 자신은 그의 주치의였다. 칸나는 황급히 기사의 뒤를 쫓아 달렸다.

독이라니, 갑자기 위독이라니!

'설마.'

설마 주화가 허튼짓을 한 건 아니겠지?

아니었다.

주화가 허튼짓을 한 것도 아니고, 알렉세이가 위독한 것도 아니었다. 완벽하게 속은 것이다.

"이것 놔요!"

기사가 그녀를 유인한 곳은 드레스 룸이었다.

그곳에는 수십 명의 하녀가 있었고, 칸나가 들어가자마자 짐승처럼 달려들었다.

"이것 놓으라니까!"

하녀들은 들은 척도 하지 않았다. 그들은 칸나의 팔을 붙잡고, 억지로 옷을 갈아입히고 화장했으며 머리를 치장했다.

"대체 무슨 짓이에요! 이봐요, 에이미! 알리! 말 좀 해요!"

한동안 몸 씨름을 하던 칸나는 결국 포기했다. 이 여자들 힘이 장난이 아니다!

'알렉세이, 대체 무슨 명령을 내린 거야!'

하녀들의 손에 화려하게 치장된 이후, 기사들이 다가왔다. 그녀를 거의 포위하다시피 끌고 갔다.

"대체 날 어디로 데려가는 거예요?"

그들은 아무 말도 하지 않았다. 불길한 예감이 피부를 찔러 왔다.

'그럴 리가.'

알렉세이가 그럴 리 없다. 그랬다가는 어떤 일이 벌어질지 잘 알고 있을 텐데!

'아무리 정신을 놓았어도 그렇지, 그런 일을 벌일 리 없어.'

입술을 잘근잘근 씹으며 걷자 마침내 문 앞에 도착했다.

"들어가십시오."

권유가 아니었다. 그렇게 말하며 칸나를 문 안으로 밀어 넣은 것이다. 비틀거리며 안으로 들어가는 순간, 문이 닫혔다.

'여기는…….'

역시나, 파티장이다.

심지어 장내가 훤히 내려다보이는 2층으로, 흔히 주인공이 등장하는 장소였다!

"아, 마침 나오는군요."

그때 계단 아래에서 알렉세이의 목소리가 들렸다.

"여러분께 소개할 인물이 있습니다."

칸나는 입술을 꽉 깨물었다. 저 미친 새끼가 기어코!

"프리드리히 왕가의 새 일원이 될 또 다른 사람이지요. 저곳을 봐주십시오."

다음 순간, 모든 이의 시선이 화살비처럼 칸나에게 쏟아졌다.

쨍그랑! 누군가가 잔을 깨뜨리는 소리가 들렸다.

"……칸나?"

아멜리아의 목소리였다. 그녀가 새하얗게 질린 얼굴로 칸나를 올려다보았다.

"칸나 아디스?"

그것을 시작으로 아슬란 제국인들 사이에서 술렁임이 퍼져 나갔다.

"아디스 공작 영애?"

"설마!"

"아니야, 아디스 공작 영애가 맞아!"

배신감과 충격에 머리가 아찔했다.

칸나는 분노로 바르르 떨며 알렉세이를 죽일 듯 노려보았다. 그러나 알렉세이는 태연했다. 그녀의 증오조차 기꺼운 듯, 다정하게 미소 지어 보이며 건배하듯 와인 잔을 들어 올렸다.

혹시나 했다. 하지만 아닐 거라고 믿었다. 이 정도로 미친 건 아닐 거라고 생각했다. 이건 자신은 물론이거니와 프리드리히 왕가까지 위험해지는 일이니까!

아니나 다를까 알렉세이를 제외한 모든 이, 로렌초와 요안나, 예카테리나 여왕까지 당황한 눈치였다.

"타티아나, 어서 내려와."

엉망진창이 된 파티장에서 오로지 알렉세이만이 기뻐했다.

"정식으로 소개하겠습니다. 타티아나, 저의 후⋯⋯."

"저의 왕자비입니다!"

그 순간, 로렌초의 외침이 장내를 쩌렁쩌렁 울렸다.

"제 아내, 타티아나 프리드리히입니다!"

알렉세이의 얼굴이 일그러졌다.

그가 무어라 말할 사이도 없이 로렌초가 빠르게 움직였다. 그는 계단을 서너 개씩 껑충껑충 뛰어올라 왔다. 그리고 칸나에게 손을 내밀었다.

"어서."

그녀가 바라만 보자 로렌초가 애가 타는 듯 재촉했다.

"차라리 이게 낫잖아, 타티아나."

칸나는 낮은 한숨을 흘렸다.

그의 말이 옳았다. 차라리 이게 나았다. 이 미쳐 버린 상황에서 이것만이 최선이었다. 반쯤 체념하며 그의 손을 잡자 다시 한번 술렁임이 퍼져 나갔다.

"잘 생각했어."

로렌초는 미소 지었다. 허리를 굽혀 칸나의 손등 위에 입술을 가볍게 맞추었다. 그러고는 칸나를 부드럽게 이끌어 계단 아래로 내려왔다.

"소개하겠습니다. 제 아내, 타티아나 프리드리히입니다."

이제는 정말 돌이킬 수 없다.

로렌초, 이 어린애가 자신의 두 번째 남편이 되어버렸다.

이 현실이 믿기지 않아서, 어이없어서, 칸나는 저도 모르게 입술 끝을 올려 웃었다.

그리고 그 순간 인파 사이에 묻혀 있는 싸늘한 시선과 마주쳤다. 오르시니가 차갑게 얼어붙은 얼굴로 그녀를 노려보고 있었던 것이다.

그뿐만이 아니었다. 조금만 고개를 돌리자 이번엔 실비엔이 보였다. 흥미로운 듯 웃고 있는 아르곤과도 마주쳤다.

자꾸만 헛웃음이 나올 것 같아서 칸나는 입술을 꽉 다물었다.

다 끝났다. 3년, 그동안 숨어 살기 위해 기울인 모든 노력이, 모든 정성이, 우르르 무너져 내렸다.

알렉세이가 무너뜨렸다. 지금껏 가장 믿었던 사람이, 그녀를 절벽 아래로 밀어 버렸다.

그때 여왕이 왕좌에서 몸을 일으켜 수습에 나섰다.

"프리드리히 왕가의 새 식구가 된 타티아나 프리드리히, 로렌초 왕자의 왕자비입니다."

순간 알렉세이가 무언가 말하려 입술을 열었지만 여왕은 매서운 눈길을 보내 그를 닥치게 했다.

"대신전의 신령께서 성혼 의식을 직접 주관하시는 것은 아주 드물고도 영광스러운 일인지라, 욕심을 부려 이 자리에 함께하게 됐습니다."

칸나는 흠칫 놀랐다.

"로렌초 왕자와 타티아나 왕자비 역시 신령께 성혼 의식을 받을 것입니다."

성혼 의식을 받는다고? 신령에게?

칸나는 순간 실성한 사람처럼 웃음을 터뜨릴 뻔했다. 입안을 깨물어 겨우 참았다. 그리고 인정했다. 이 현실을. 엉망진창으로 일그러진 이 순간을.

'파국이구나.'

이후 당연한 일들이 벌어졌다.

"혼인을 축하드립니다. 왕자님."

"그런데 대체 언제 혼인하신 겁니까?"

로렌초과 칸나의 주위로 수많은 사람이 몰려든 것이다.

"며칠 되지 않았습니다. 신령께 성혼 의식을 받기 위해 무리해서 혼인 문서부터 작성했죠."

철부지 어린애인 줄 알았는데 로렌초는 의외일 정도로 침착하게 대응했다. 언제 이렇게 컸을까? 칸나는 새삼 로렌초가 훌륭하게 성장했음을 깨달았다.

'물론 그래 봤자 소용없지만.'

로렌초가 아무리 좋게 포장해도 그녀가 알렉세이의 애인인 건 모두가 다 아는 사실이었다. 감히 아무도 앞에서 말을 꺼내지 않았지만, 모두가 뒤에서 수군거렸다.

"두 왕자님을 손에 쥐고 계신 분이군요."

"어머나, 요사스러워라. 그럼 두 왕자님을 동시에 만나는 건가요?"

그것만으로도 엄청난 화젯거리였으나 안타깝게도 그것뿐만이 아니었다. 칸나 아디스와 똑같은 얼굴. 그로 인해 아슬란 제국인들은 공황에 빠져 있었으니까.

"혹시 배다른 자매 아닐까? 칸나 아디스 공녀, 모친이 불분명했잖아. 그 여자의 자식일 수도 있지."

"하지만 저렇게 닮을 수 있다고? 내가 보기엔 저 여자는 칸나 아디스가 틀림없어."

상황이 이렇다 보니 모두가 그녀를 쳐다보며 숙덕거리는 것이었다.

'이게 다 알렉세이 때문이야.'

저 미친놈 때문에 망해 버렸다. 싹 다 망해 버렸다!

그때, 다행히도 오케스트라의 연주가 시작되었다. 춤곡이 시작된 것이다.

"타티아나, 우리도 출래?"

"당연하죠."

드디어 단둘이 이야기할 기회가 생겼다. 댄스홀로 나가 그의 어깨와 팔 위에 손을 올리며, 칸나는 작게 말했다.

"미안해요. 저 때문에……."

"사과하지 마. 다 형이 미쳐서 벌어진 일이니까."

로렌초는 칸나의 허리를 받쳐 주며 차갑게 중얼거렸다.

"줄곧 불안하긴 했는데, 이런 일을 벌일 줄 몰랐어. 형은 지금 제정신이 아니야."

하긴 누가 예상했을까? 언제나 이성적이었던 그가 모두가 위험해지는 도박을 벌일 줄은 아무도 몰랐을 것이다.

"타티아나, 지금 우리를 쳐다보는 사람이 한둘이 아니긴 한데 말이야."

"네."

"저쪽은 좀 많이 무서운데."

"……."

칸나는 부드럽게 스텝을 밟으며 그가 말하는 쪽을 흘끔 쳐다봤다.

오르시니였다. 그가 벽에 기대어 그녀를 응시하고 있었다.

'아까부터 왜 저래?'

로렌초의 말처럼 유독 눈에 띌 정도로 매섭게 쳐다보는지라 손끝이 저릴 정도였다.

"오르시니 아디스 경은 네 동생이지?"

"……."

"진짜 무섭게 노려보는데. 누이를 빼앗겨서 화가 난 걸까?"

순진한 말에 칸나는 웃음이 나올 것 같았다. 그가 모르는 사실이, 알아야 할 사실들이 너무나 많았다.

"아뇨."

"응?"

"그런 이유가 아닐 거예요. 그리고 전 오르시니와 남매가 아니에요."

"뭐? 하지만 넌……."

"나중에, 방에서 자세히 말씀드릴게요."

칸나는 힘없이 속삭였다.

진심이었다. 말할 것이다. 모든 것을. 자신을 위해 많은 것을 포기하고 많은 것을 감수한 이 왕자에게 이제 모든 것을 털어놓아야만 했다.

"아."

그런데 그 말에 로렌초의 양 뺨이 붉어졌다.

"어, 맞아. 그렇지. 방. 우리 이제 같은 방 써야 하지."

"……."

아니, 딱히 거기까지 생각하고 한 말은 아닌데…… 칸나는 머쓱해졌다. 그러나 틀린 말도 아니었으므로 그냥 넘어갔다.

잠시 후 한 곡이 끝나자 여왕이 다가왔다.

"로렌초, 이번 곡은 나와 추자꾸나."

보아하니 작전 회의를 하려는 것 같았다. 칸나는 걱정하는 로렌초에게 고개를 저어 보이며 뒤로 물러났다.

'발코니에라도 나가 있어야겠다.'

그러나 몇 걸음 가지 못하고 멈춰 섰다.

실비엔. 그가 그녀의 앞을 막아선 것이다.

"저와도 한 곡 추시겠습니까?"

순간 기가 막혔다. 실비엔과 춤을? 지난 7년의 결혼 생활 동안, 단 한 번도 춘 적이 없는데?

'아니, 아니지.'

그러나 칸나는 생각을 고쳐먹었다. 주화가 이 세계로 돌아온 이상 어쩌면 그건 더 이상 자신의 경험이라고 할 수 없었다.

그렇다고 해서 그 기억이 없어지는 건 아닌지라 칸나는 퉁명스럽게 대꾸했다.

"죄송하지만 제가 체력이 약해서."

"그렇군요."

"예."

그러자 그가 감흥 없는 눈으로 주위를 둘러보았다.

"드릴 말씀이 있는데, 지금 여기서 해도 되겠습니까?"

얄미운 자식. 칸나는 욕을 삼키며 손을 내밀었다.

"한 곡 정도라면 괜찮겠군요."

실비엔이 그녀의 손을 붙잡으며 미소 지었다.

"영광입니다."

여전히 재수 없는 자식이다.

칸나는 그의 얼굴을 한 대 치고 싶은 것을 참으며 손을 붙잡았다. 그러자 그가 아주 능숙하게 그녀의 허리와 어깨에 손을 올렸다.

사람들이 더 수군거리며 쳐다보는 게 느껴졌다. 그렇겠지. 칸나 아디스를 꼭 닮은 여자와, 칸나 아디스의 전남편이 춤을 추니까.

칸나는 한숨을 내쉬었다.

'하긴 실비엔을 탓할 일이 아니지.'

실비엔의 행동은 당연했다. 죽은 아내와 똑같이 생긴 여자가 나타났는데 그걸 무시하고 넘기는 게 더 이상했으니까.

"춤을 잘 추시더군요."

"그래요?"

"이곳에서는 춤출 일이 많으셨나 봅니다."

"무슨 말씀을 하시는지 모르겠네요."

"시치미 뗄 생각이라면 그만두십시오. 저는 당신이 칸나라는 증거를 열 개는 더 댈 수 있습니다."

"어디 아프신가요?"

그러나 칸나는 뻔뻔하게 모르는 척 고개를 기우뚱 기울였다. 그러자 실비엔이 얼굴을 가까이 내려 속삭였다.

"허울뿐이지만 저는 당신의 남편이었습니다. 당신과 7년을 한 지붕 아래서 살았지요. 모를 수가 없습니다."

바짝 붙어 말하는 그의 얼굴을 보며 칸나는 다른 쪽으로 감탄했다.

'역시 주화가 미칠 만하네. 심지어 목소리까지 좋으니까.'

특히나 저 은발. 그의 은빛 머리칼을 잘라 팔면, 틀림없이 아주 값비싼 가격에 팔릴 것이다.

'20억 벌 수 있을지도…… 아니, 아니지.'

말도 안 되는 잡념을 떨치며 칸나는 냉정하게 대답했다.

"저는 얄덴의 왕자비입니다. 말을 조심하세요, 발렌티노 공작."

"왕자비라."

그 단어가 거슬리는지 실비엔이 눈썹을 슬쩍 들어 올렸다.

"로렌초 왕자 전하는 당신보다 몇 살이나 어립니까? 열 살? 열한 살?"

"어릴수록 좋죠. 제가 어린 남자를 좋아해서요."

그러자 그의 눈매가 가느다랗게 휘어졌다.

"아닐 때도 있을 텐데요."

"왜 그렇게 생각하시죠?"

"침대 위에서만큼은 전남편이 그리울 겁니다. 당신, 꽤 만족하지 않았습니까?"

뭐……?

칸나는 경악한 눈으로 그를 올려다보았다. 그러나 늘 그렇듯, 우아한 귀족의 얼굴이었다.

그때 실비엔이 손을 뻗었다. 귓바퀴에 걸린 그녀의 머리칼을 넘겨주며 입술을 가까이 내렸다. 은밀하게 귓속말했다.

"기억 안 나십니까? 매일 밤, 제가 당신에게……."

이어지는 문장에 칸나의 귀가 새빨갛게 달아올랐다.

그의 말은 충격적일 만큼 음란하고 야릇했다. 실비엔의 입에서 나온 거라고 도저히 믿을 수 없는 외설적인 문장이었다.

'미쳤어!'

그보다. 이건 억울하지 않은가! 칸나는 그를 독기 어린 눈으로 쏘아 보았다.

"거……!"

아. 제길. 칸나는 혀를 콱 깨물었다.

거짓말하지 말아요. 언제 그런 걸 했어! 애초부터 당신이랑 나는 초야도 안 치렀잖아! 그렇게 말할 생각이었으나, 삼켰다.

아니, 삼키지 못했다. 딱 한마디, 딱 한 음절을 내뱉었으니까.

그러나 실비엔에겐 그것으로 충분했을 것이다.

'빌어먹을.'

이런 도발에 넘어가다니, 실비엔이 그답지 않게 야한 말을 해서 당황해 버렸다!

그녀는 쓰디쓴 패배감에 몸서리치며 이를 악물었다. 반면 목적을 달성한 실비엔은 드디어 입을 다물었다. 다시금 예의 바른 신사의 가면을 뒤집어썼다.

그리고 이제 와서 뒤늦게, 쓸모없이 정중하게 말했다.

"재혼 축하드립니다, 부인."

"입 닥쳐요. 누가 당신 부인이야?"

"조금 전에는 제가 부적절한 말을 했습니다. 부디 용서하시길."

"잘 아는군요. 어디서 그런 말을 배웠죠? 난 당신이 그런 단어를 알고 있는 줄도 몰랐는데. 뒤에서 할 건 다 하고 다니나 봐요?"

칸나가 심술궂게 비아냥거렸으나 실비엔은 온화하게 대응했다.

"공연한 걱정은 마십시오. 당신의 삶을 망칠 생각은 추호도 없습니다."

정말일까? 칸나는 의심쩍은 눈으로 그를 노려보았다.

"그동안 당신 생각에 종종 마음이 불편했는데, 새로운 남편을 맞이한 것을 보니 안도가 되는군요."

실비엔이 부드럽게 미소 지었다.

"저도 곧 재혼합니다."

"……재혼?"

"예. 그러니 염려 마십시오."

칸나는 멀거니 그를 올려다보았다. 언제나처럼 단정하게 웃고 있는 남자의 얼굴을. 그런데 어째서일까. 별안간 그가 화가 난 것 같다는 생각이, 아니, 그런 착각이 들었다.

"안 궁금해요."

마침 곡이 끝났다. 칸나는 그의 손을 거칠게 뿌리쳤다.

"그러니 그런 쓸데없는 정보 풀지 말아요."

칸나는 곧장 뒤를 획 돌았다.

'재혼?'

빠르게 걸었다. 실비엔이 재혼을 한다고?

'하기야, 슬슬 때가 됐지.'

그는 발렌티노 공작이다. 언제까지나 안주인의 자리를 비워 놓을 수는 없는 법이었다.

'상대가 누구인지 물어볼 걸 그랬나?'

실비엔이 누굴 만나든 그건 자신이 알 바가 아니었다. 그러나 신경 쓰였다.

실비엔이 아니라, 주화가.

'주화가 가만히 보고만 있지 않을 텐데.'

칸나는 시종에게서 샴페인 잔 하나를 건네받은 후 다시 걸음을 옮겼다.

'게다가 주화는 검은 사도들이랑 손을 잡은 게 분명하니까.'

머릿속이 복잡했다. 주화가 돌아온 지금, 그녀의 목적이 무엇이든 1순위는 뻔했다.

실비엔.

주화에게는 언제나, 어디서나 늘 실비엔이 우선이었으니까.

그런 실비엔이 다른 여자와 재혼을 한다면 과연 주화가 잠자코 있을까?

자신에게 연우 인형 폭탄을 만들어 보내기까지 했다. 실비엔의 아내 될 사람에게는 더 심한 짓을 할지도 모른다.

'아무래도 하루빨리 만나 대화를 시도해 봐야겠어.'

지금쯤 온갖 부정적인 감정으로 들끓고 있을 테니까 어떻게든 설득을 해서…….

'그런데 걔가 설득해서 들을 애냐고! 특히나 내 말은 들으려 하지도 않을 텐데.'

칸나는 한숨을 내쉬며 발코니 문을 열었다. 안으로 들어가 문을 닫고 커튼을 쳤다. 그리고 흠칫 놀라 멈춰 섰다.

"……깜짝이야."

발코니에는 선객이 있었다. 문 옆의 기둥에 기대어 있는지라 있는 줄도 몰랐다.

"왜 거기에 있어? 있는 줄 몰랐잖아."

오르시니였다.

그는 대답하는 대신 말없이 그녀를 내려다보며 위스키 잔을 기울였다.

'저럴 줄 알았지.'

처음의 단정한 모습은 오래가지 못했다. 꽉 조여 있던 크라바트가 어느새 느슨하게 늘어져 있었던 것이다. 칸나는 그를 지나쳐 발코니 안쪽으로 걸어 들어갔다.

"내가 지금 피곤해서 그런데, 발코니를 독점하고 싶어서 말이야. 꺼져 주면 고맙겠어."

그러고는 한숨을 푹 내쉬며 난간에 기대었다. 피곤했다. 너무나.

'하지만 이제 시작이라는 게 더 끔찍하군.'

아직 더 큰 난관이 남아 있다.

'성혼 의식을 치러야 하잖아.'

신령의 얼굴을 무슨 낯으로 보란 말인가?

벌써 골이 지끈거리며 고통을 호소했다. 속이 타들어 가는 듯하여 칸나는 샴페인을 마시려 했다. 잔에 입술을 가져다 대는 순간, 옆에서 느껴지는 한기에 멈칫 멈추었다.

어느새 오르시니가 바짝 접근해 있었다. 소리는커녕 인기척조차 없어서, 마치 사냥 중인 짐승 같았다.

"왕자비?"

그가 깊게 잠긴 목소리로 빈정거렸다.

"형제를 두 손에 쥐고 노는 게 네 취미인가 보군."

그 말 할 줄 알았지. 칸나는 시큰둥하게 어깨를 으쓱였다.

"그럴지도 모르지."

"넌 진짜 나쁜 년이야."

"그런 소리 자주 들어."

그래서 이제는 딱히 화조차 나지 않는다.

칸나는 감흥 없이 샴페인을 마시려 했다. 그러나 오르시니가 그녀의 잔을 빼앗더니 한입에 털어 마셨다.

"그거 내 건데⋯⋯."

탁. 그가 난간 위로 빈 잔을 내려놓았다. 그러고는 잔뜩 비틀린, 비틀리다 못해 엉망진창으로 뒤엉킨 눈으로 그녀를 노려보았다.

"대체 뭐 하는 계집애인지 모르겠네."

하. 그가 소리 내어 비웃음을 흘렸다.

"왕세자의 정부 노릇을 하면서 그 동생이랑 결혼하고, 동대륙인 애인까지 따로 둬?"

칸나는 대꾸하지 않았다. 굳이 해명해야 할 필요를 느끼지 못한 것이다.

"남자 없이는 못 사는가 보군. 심지어 한 남자로는 도저히 만족이 안 되나?"

버러지, 쓰레기, 그와 비슷한 악취 나는 것을 보는 눈빛이었다. 그의 한마디 한마디에서는 역겨운 경멸과 혐오가 득실거렸다.

"더러운 년."

오르시니가 칼로 찌르듯 욕을 뱉었다.

그것이 그의 진심이었다. 칸나는 그 마음을 고스란히 느꼈다.

그런데 그게 뭐 어쨌단 말인가?

칸나는 그의 혐오조차 귀찮았다. 그저 그가 마신 샴페인이 아쉬웠다. 술이나 한잔하고 싶었는데⋯⋯.

그때 오르시니가 손을 뻗었다. 길게 늘어진 그녀의 머리채를 휘감으며 잡아당겼다. 미약한 통증과 함께 고개가 강제로 번쩍 올라갔다.

"네가 그렇게 난잡하게 노는 거, 네 남자들은 알고 있나?"

마침내 마주한 그의 얼굴이 흉악하게 타올랐다.

"알면서도 너한테 환장해?"

칸나는 눈썹을 찌푸리며 그의 손을 뿌리쳤다. 난폭한 기세와는 달리 힘이 거의 들어가 있지 않아서, 그의 손은 먼지처럼 쉽게 나가떨어졌다.

"네 말이 다 맞아."

헝클어진 머리칼을 정리하며 칸나는 담담하게 대꾸했다.

"내가 좀 그래. 나쁘고, 난잡하고, 더럽고, 남자 없이는 못 살아. 당연히 한 남자로는 만족 못 하고. 네 누이가 그런 여자야."

마지막 문장에 오르시니의 입술이 비틀어졌다.

"누이? 미친년, 웃기지……."

그러나 그의 욕이 형체 없이 사라졌다.

칸나가 손을 뻗어 그의 흐트러진 크라바트를 쥔 것이다. 그녀의 손길이, 체온이, 턱 아래와 목덜미 옆을 뱀처럼 오간다. 오르시니의 턱이 단단하게 경직한다. 그러나 곧 험악하게 지껄였다.

"더러운 손 치워."

"더럽다니."

칸나는 그의 짙푸른 크라바트를 물끄러미 바라보며 만지작거렸다.

"아까부터 말이 너무 험하네."

그러고는 그를 올려다보았다. 순한 시선을 곧게 맞추자 오르시니의 손끝이 감전된 것처럼 움찔 떨렸다.

칸나는 싱긋 미소 지었다.

"누나한테 예쁜 말 써야지."

일부러 그가 싫어하는 단어를 골라 썼다. 크라바트의 매듭을 묶어 주며 사근사근 말했다.

"혹시 알아? 네가 귀엽게 굴면⋯⋯."

다음 순간 칸나는 그의 크라바트를 거칠게 잡아당겼다. 그 힘에 그는 목줄 매인 개처럼 아래로 확 끌려갔다. 순순히, 끌려왔다.

"⋯⋯우리 사이가 조금은 좋아질지."

크라바트가 탄탄한 목을 휘감고 꽉 조여든다. 칸나는 천천히 그의 목을 조르는 손에 힘을 가했다. 그러고는 그 어느 때보다 상냥한 어조를 만들어냈다.

"어쩌면 내가 널 좋아하게 될 수도 있잖아?"

숨이 막혀서일까, 그의 눈에 열기가 일렁였다.

"⋯⋯놔."

목이 꽉 졸리는 가운데 그가 끊어지는 듯한 음성을 뱉어냈다. 칸나는 천진한 척 고개를 기울였다.

"왜? 단정하게 묶어 주려는 건데."

뿌리치면 끝날 고통인데, 그는 기어코 밀치지 않았다. 그저 새빨갛게 고여 가는 눈으로 노려볼 뿐. 칸나는 그 눈을 꿰뚫듯이 마주 보며 더더욱 강하게 졸랐다.

더, 조금 더 세게⋯⋯ 그리고 마침내, 고집스레 꽉 다물려 있던 그의 입술이 벌어졌다. 탄식 같은 신음이 흘러나왔다. 기다리던 반응이었다.

칸나는 무감동한 눈으로 감상했다. 그리고 갈등했다.

어쩔까.

이 귀찮은 버러지 같은 자식, 이대로 죽여 버릴까. 더 조르면 진짜로 죽일 수 있을 것 같기도 한데.

⋯⋯하지만 그랬다가는 일이 커질 테니까.

칸나는 손아귀에서 힘을 풀었다. 크라바트가 느슨해지자, 오르시니의 입에서 거친 숨이 터져 나왔다. 그 동요가 보기 좋아 칸나는 소리 내 웃었다.

"숨 막혔니? 미안. 내가 서툴러서."

그의 턱을 톡톡, 손가락 끝으로 건드리며 눈을 접어 웃었다.

"잘 묶고 다녀. 예쁘니까."

그러고는 문을 향해 걸어가다가 무언가 생각난 사람처럼 우뚝 멈췄다.

"네 오른팔, 다 나았나 봐?"

칸나는 한숨을 내쉬며 발코니 문을 열었다.

아쉽다. 망가진 오른팔을 볼 때마다 그 굴욕의 순간을 떠올리길 바랐는데 나아 버리다니.

"정말 아쉬워."

귀찮은 오르시니를 떨구고 나오자 알렉세이가 문 앞에서 기다리고 있었다. 그는 뭐라고 말하기도 전에 그녀의 손을 확 낚아채고는 끌어당겼다.

그래, 차라리 잘됐다. 칸나는 순순히 그의 손에 이끌려 걸어갔다. 예상대로 그는 왕족들의 휴게 공간으로 그녀를 데려갔고, 둘만 남자 손을 놓아주었다.

"타티……."

쫙!

그러나 그녀가 더 빨랐다. 칸나는 그의 뺨을 사정없이 후려갈겼다.

알렉세이의 얼굴이 획 돌아갔다.

그것이 끝이 아니었다. 칸나는 곧바로 그의 반대쪽 뺨을 올려쳤다. 쫙! 다시 한번 마찰음이 울렸다.

"당신은 최악이야."

그가 얼빠진 얼굴로 천천히 고개를 돌렸다. 칸나는 그를 노려보며 비난했다.

"이기적이고, 저밖에 모르지. 그리고 멍청하기까지 해."

"……그대야말로."

그가 붉어진 뺨을 쓸며 나직이 말했다.

"거기서 로렌초의 손을 잡아? 제정신인가?"

"그럼? 손을 뿌리치고 당신에게 갔어야 해요?"

"그랬어야지."

알렉세이가 그녀의 어깨를 덥석 잡았다.

"그동안 사람들 눈에 띄는 게 무서워서 숨으려 했던 것 아닌가?"

"잘 아는군요. 그걸 잘 알면서 이런 짓을 벌여요?"

"그대를 내 연인으로 두면서 평생 숨기는 것은 불가능해. 그래서 이 기회에 공개하는 게 유리하다고 생각했어."

여기까지는 여왕과 비슷한 사고의 흐름이었다. 영원히 감출 수 없다면 차라리 모두가 보는 앞에서 당당하게 드러낸다. 가족으로 만들어 왕가의 울타리 안에 넣어 보호한다.

"그래서 그런 일을 한 거야, 타티아나."

그러나 여왕과 완전히 달랐다. 자신의 의사를 묻지 않고, 멋대로 강행했다.

"그런데 로렌초의 손을 잡아?"

그의 입술이 비틀렸다.

"둘이 뭐지? 나 몰래 뒤에서 만남이라도 가졌나?"

최악이다.

더 최악은 없을 거라고 생각했는데, 있었다. 더러운 진창에 처박힌 것처럼 불쾌했다.

"그런 식으로 동생을 모욕하지 마세요. 로렌초 왕자님은 절 위해 희생한 것뿐이니까요."

"희생?"

"그래요. 제국의 황실과 더럽게 엮이는 걸 막기 위해 저를 왕자비로 들인 거죠."

"그게 왜 희생이지? 녀석은 손 하나 까닥 안 하고 가장 원하는 걸 손에 넣었는데. 지금쯤 아주 기뻐하고 있을걸."

더는 그의 말이 인간의 말로 들리지도 않았다. 개 짖는 소리도 이보다 듣기 좋을 거다. 칸나는 더는 그를 참아 주기 힘들었다.

"이것 놔요. 그리고 받아들여요. 우린 끝났어요."

"난 너랑 안 끝내."

"제정신이에요? 난 이제 당신 동생의 아내예요!"

"그게 뭐? 왕실에서 불륜은 흔한 일이야."

미친놈. 칸나는 더는 이야기할 가치를 느끼지 못했다. 몸을 틀자, 그가 허리를 확 끌어당겨 품에 안았다.

"이것 놔요!"

"미친놈처럼 보이겠지. 알아. 내가 보기에도 지금 난 제정신이 아니야."

칸나는 몸부림치는 것을 멈추었다. 모르고 있을 줄 알았는데, 알고 있단 말인가?

"내가 왜 이렇게 됐는지 모르겠어."

"……."

"날 용서하지 않아도 되니까 제발 끝내자는 말만 하지 마, 타티아나. 아니, 칸나. 제발……."

그때였다. 문이 벌컥 열리고 로렌초가 들어왔다.

"형, 지금 뭐 하는 거야?"

알렉세이가 얼굴을 들어 올렸다. 붉게 충혈된 눈이 적개심으로 타올랐다.

"꺼져, 로렌초."

"정신 차려, 형. 지금 밖에 누가 도착했는지 알아?"

머리끝까지 화가 났는지 로렌초의 목소리가 떨리고 있었다.

"기껏 소란을 가라앉혀 놨는데 둘이 이런 곳에 있으면 사람들이 뭐라고 생각하겠어?"

그 순간 알렉세이가 용수철처럼 튀어 나갔다. 로렌초의 뺨을 후려쳤다.

"알렉세이!"

칸나는 질겁하며 그의 팔을 붙들었다.

"로렌초, 이 짐승만도 못한 자식. 그동안 불쌍해서 모른 척해 줬더니 기어코 이렇게 뒤통수를 때려?"

"알렉세이, 그만두라고요!"

로렌초는 피 묻은 입술을 닦았다. 호승심 가득한 눈으로 알렉세이를 쏘아보았다. 그러고는 입술을 비틀어 비스듬하게 웃었다.

"비켜, 타티아나."

"로렌초 왕자님, 왕자님도 진정하세요!"

"아니. 형이 먼저 시작한 일이야. 아직도 내가 어려 보이나 본데……."

그때, 알렉세이가 그녀의 팔을 뿌리치며 달려들었다. 기다리고 있던 로렌초가 그의 배를 걷어찼다. 탁자가 넘어지고, 꽃병이 깨지고, 책들이 와르르 엎어졌다.

'아. 미친.'

순간 눈앞이 아득해졌다. 머리가 빙글빙글 도는 것만 같았다.

여긴 어디인가. 나는 누구인가. 이건 무슨 일인가. 세상에 어떻게. 어떻게 이런 미친 일이. 이런 일이, 왜 하필 나에게!

'차라리 그냥 확 기절해 버릴까?'

심각하게 고민할 때 칸나의 눈에 비스듬히 열린 문이 들어왔다.

'문이 열려 있었어……?'

그럼, 지금 이 광기의 현장이 다 들릴 텐데?

깨닫는 찰나, 문이 완전히 열렸다. 창백한 얼굴의 여왕이 걸어 들어왔다. 그 뒤로는 수많은 이가 모여 구경하고 있었고, 그리고…….

신령이 우두커니 서 있었다.

시선이 마주치기 직전, 칸나는 재빨리 고개를 틀었다.

"로렌초, 알렉세이."

여왕은 떨리는 입꼬리를 간신히 올려 웃었다.

"성혼 의식을 앞두고 뭐 하는 짓이니?"

여왕이 문을 닫고 들어왔다.

"둘 다 제정신이 아니구나."

고요한 분노가 여왕의 얼굴 위로 꿈틀거린다.

"알렉세이, 네 덕분에 약혼 파티는 이대로 끝이다."

"예? 하지만 성혼 의식이……."

"성혼 의식은 내일 대예배당에서 비공개로 진행하기로 했다."

그 말에 알렉세이가 눈살을 찌푸리며 물었다.

"비공개로 진행한단 말입니까? 어째서요?"

"어째서겠니?"

여왕의 눈에서 분노가 이글거렸다.

"네가 보기 좋게 소란을 피운 덕에, 프리드리히 왕가의 품격이 떨어졌단다. 지금 이 상태로 의식을 진행해 봤자 우스갯거리만 될 거다."

그 말에 알렉세이의 얼굴이 싹 가라앉았다.

"실망했다, 알렉세이. 이번 성혼 의식이 어떤 의미인지 알고 있을 텐데."

성혼 의식은 보통 대사제가 진행하고는 했다. 신령이 직접 나서는 것은 처음이었다.

그렇기에 이번 약혼식은 매우 특별했다. 대륙의 모든 주요 인사가 모인 자리에서 왕국의 위상을 떨칠 수 있는 절호의 기회였던 것이다. 알렉세이가 망치기 전까지는.

알렉세이의 얼굴이 달아올랐다. 자신의 행동이 불러일으킨 결과 앞에서 드디어 정신을 차리기 시작한 것이다.

"타티아나는 이만 돌아가세요. 뒷문으로 빠져나가는 게 좋을 것 같군요."

여왕은 작은 쪽문을 가리켰다.

"나가서 복도를 쭉 빠져나가면 궁의 후원이 나올 겁니다."

"예, 알겠습니다."

"이후의 일은 조만간 상의하도록 합시다."

원하는 바였다. 칸나는 누군가가 자신을 잡기 전에 뒷문을 열고 나갔다. 여왕이 알려 준 대로 긴 복도를 걸었다.

마침내 후원으로 빠져나오자 차가운 밤공기가 얼굴을 적셨다.

칸나는 차분히 걸어 후원의 호숫가로 걸어갔다. 나무 벤치에 털썩 주저앉듯 앉아 두 손에 얼굴을 묻었다.

'왜 자꾸 이런 일이 생기는 거지?'

아무리 세상일이 마음대로 안 된다지만, 이건 너무 심하지 않나? 칸나는 한숨을 내쉬며 얼굴을 들어 올렸다.

"……."

그리고 보았다. 소리 없이 다가온 사람을.

황금빛 수가 놓인 법복, 그 새하얀 성의가 달빛 아래 하얗게 빛났다. 칸나는 제 앞에서 흔들거리는 그 법의를 보다가 천천히 고개를 들어 올렸다.

그리고 아주 오랜만에 눈이 마주쳤다.

라파엘이 지극히 무감정한 얼굴로 그녀를 내려다보고 있었다. 오랜만에 닿은 그 시선에 칸나는 저도 모르게 침을 삼켰다.

"다신 날 찾아오지 마."

그날 이후 처음 마주친 눈이었다.

고작 몇 개월 만인데 이토록 다르게 느껴질 수 있는 걸까? 어쩌면, 달빛으로 짜낸 듯한 고고한 성의 때문일 수도 있었다. 칸나는 백색이 이토록 사람을 압도할 수 있다는 것을 처음 알았다.

게다가 그의 턱선은 그때 보았을 때보다 더 날카로워져 있었고, 눈은 깊고 어두운 물에 잠긴 듯 짙었다. 그것이 모르는 사람처럼 낯설었다.

그때, 그가 입을 열었다.

"왜 저런 사내에게 마음을 주신 겁니까?"

신랄한 말과는 달리, 그의 목소리는 바람 한 점 불지 않는 진공 속 호수처럼 고요했다. 칸나는 생각을 거치지 않고 대답했다.

"저런 줄 몰랐어."

말해 놓고 웃었다. 하지만 진심이고 진실이었다.

알렉세이에게 저런 면이 있을 줄 누가 알았겠는가? 그녀도, 여왕도. 그리고 본인조차 몰랐을 것이다.

"이제 무엇을 원하십니까?"

그러나 라파엘은 이에 별다른 감상이 없는 듯 곧장 다른 화제를 꺼냈다.

"로렌초 왕자와의 결혼을 원하십니까?"

칸나는 바로 대답하지 못했다. 그 질문의 의도를 알 수 없었던 것이다.

그의 제안을 걷어차고 선택한 이곳에서, 칸나는 거하게 배신당했다. 이 불행을 지켜보았으니 그녀를 비난하거나 비웃거나 하다못해 '그러게 내 손을 잡았어야지'와 같은 말을 흘릴 거라고 생각했는데.

그는 그중 무엇도 하지 않았다. 그저 다음 행보를 물었다.

"원치 않는다면?"

"뜻대로 하십시오. 그것이 무엇이든 당신의 뜻에 따르겠습니다."

그 비현실적인 말에 칸나의 정신이 확 돌아왔다. 지금 그는 언제든 그에게 오라고 제안하고 있었다.

'어째서?'

자신이 한 일을 기억하지 못하는 걸까? 그가 자신을 죽이고 싶어 해도 할 말이 없는데, 그런데 돕겠다고?

칸나는 기가 막혀서 저도 모르게 물었다.

"나에게 화나지 않았어?"

그러자 라파엘이 눈을 깜빡였다. 질문의 원인을 모르는 듯했다.

"아아."

그러나 곧 깨달았는지 그가 나직이 답했다.

"저와의 약속은 지키지 않으셔도 됩니다. 그것이 당신에게 이로운 길이라면."

그런 논리는 태어나서 처음 들어 본다. 칸나는 망연하게 그를 올려다보았다. 한 줌의 가식도 거짓도 없는 깨끗한 얼굴이었다. 그는 그녀에게 진심으로 조금도 서운해하지 않고 있었다.

"물론 아쉬웠습니다만 당신께는 아무 감정 없습니다."

아무 감정 없다.

그 말에서 칸나는 마침내 정답을 발견했다.

라파엘은 기뻐하지 않는다. 슬퍼하지 않는다, 화내지도 않는다. 명령하면 듣는다. 그뿐이었다. 지금까지 그녀가 보여준 수많은 거절과 배신에도 불구하고 단 한 번도 감정이 상하지 않은 듯했다.

아니, 애초부터.

'감정이 거의 없어.'

그저 표현이 적은 사람이라고 생각했지만, 아니었다.

그는 애초부터 느끼는 감정의 폭이 너무나도 작았다. 그런 사람이었다. 칸나의 생각을 알아차린 걸까? 순간 라파엘의 눈에 곤혹이 어렸다.

"저의 우둔함이 상대를 불쾌하게 만들 수 있음을 압니다. 개선하려 노력하고 있습니다."

개선. 노력. 아마도 그는 그것을 결점으로 여기는 모양이었다. 칸나는 조심스럽게 말했다.

"그런 식으로 말하지 마. 나는 그저 네가 왜 이렇게 나오는지 이해했을 뿐이야."

"당신은 저를 이해하실 필요가 없습니다."

라파엘이 칼처럼 딱 잘라 말했다.

"당신의 뜻이라면 무엇이든 따를 준비가 되어 있으니 원하시는 것을 명하시면 됩니다."

잠시 말을 멈춘 후, 다시 이었다.

"로렌초 왕자와의 결혼을 원치 않으신다면 말씀해 주십시오. 내일 성혼 의식을 거부하겠습니다. 사제의 축복을 받지 못한 혼인은 무효가 됩니다."

"……"

"어찌하시겠습니까?"

그의 말이 옳았다. 지금, 당장 중요한 것은 그녀가 처한 상황이었다. 그를 뚫어지게 응시하던 칸나가 한숨을 내쉬었다.

"내가 원하는 건……."

꧁✦꧂

그녀와의 대화가 끝나고, 라파엘은 걸음을 옮겼다. 그리고 칸나와의 대화를 되짚었다.

늘 하는 일이었다. 실수한 것은 없는지, 혹 그녀를 불쾌하게 만들지 않았는지, 되짚고 또 되짚었다.

그래야만 했다. 칸나가 간파한 것처럼 그는 감정을 느끼는 능력이 남들보다 부족했고, 딱 그만큼 상대의 감정을 포착하는 능력 또한 부족했다.

그래서 그는 칸나를 대할 때는 머리가 하얘질 만큼 긴장했다. 말 한마디 한마디 철저히 생각하고 뱉었다. 행여나 자신의 무신경함과 무감정함이 그녀를 불쾌하게 만들까 봐.

그의 눈이 차갑게 얼어붙었다.

모르겠다. 무엇을 실수했기에 자신에 관해 물은 걸까? 왜…….

'왜 화가 났을 거라고 여긴 걸까?'

당신을 위해서라면 무엇이든 할 수 있다고 이미 여러 번 말했는데. 그렇기에 당신이 나를 버린다면, 그로 인해 당신이 더 행복하다면, 버림받는 것이 당연하다.

그런데 왜 당신은 그런 말을 한 걸까?

'화를 냈어야 하는군.'

그랬더라면 자신의 결여를 그녀가 알아차리지 못했을 수도 있다. 라파엘은 만약 다음 비슷한 사건이 발생한다면 반드시 조금이나마 화를 내야 함을 습득했다. 그는 이렇게 습득하고 또 습득해 왔다. 인간의 흉내를 내는 인형처럼.

"허억!"

후원을 걷던 중, 라파엘은 발걸음을 멈춰 섰다.

"시, 신령을…… 뵙습니다."

라파엘은 상대를 빤히 응시했다. 겁에 잔뜩 질려 지금 당장이라도 졸도할 듯 떠는 사내였다.

"아스탄."

아스탄 사제의 얼굴이 희게 질렸다. 무릎이 부들부들 떨렸다.

"저, 저를…… 기억하십니까?"

"내가 너를 어떻게 잊을까. 나를 위한 제물로 준비되어 있던 너를."

아스탄은 더는 버티지 못하고 무릎을 꿇었다. 덜덜 경련했다.

"왜 그래?"

라파엘이 진정 의아한 듯 고개를 기울인다.

"내가 나를 만든 것도 아닌데, 왜 나를 두려워하는 거지?"

두려워하지 말라는 말과는 달리 라파엘의 눈은 매서웠다.

그는 아스탄이 칸나에게 한 짓을 기억하고 있었다. 일전 자신의 눈앞에서 벌어진 일을. 지난 3년간 그가 칸나에게 저지른 무례를.

"사, 살려, 살려 줘요, 제발."

가까이 다가가자 아스탄이 울면서 애원했다. 그에게 라파엘은 평생도저히 극복할 수 없는 공포였다.

다음 대 신령을 만들기 위해 대신전은 아주 많은 사제를 제물로 바쳤다. 그는 눈앞에서 사제들의 생명력이 뽑혀 나가는 것을 똑똑히 목격했다.

아스탄도 그중 한 명이 될 예정이었다. 라파엘이 중간에 도주하지만 않았더라면, 그리되었을 것이다.

"제발, 사, 살려 주세요……."

라파엘은 얼굴을 기울였다. 왜 벌써 울지? 아직 아무것도 하지 않았는데.

하기야 자신이 신령으로 만들어지는 과정을 모두 다 보았으니 저럴만했다. 그러나 그건 자신의 의지가 아니었다는 것을 알 텐데.

구태여 변명하는 대신, 라파엘은 손을 뻗었다.

칸나. 그녀는 나의 신. 신을 모욕한 자는 죽어 마땅했다.

'그리고 나 역시 죽어 마땅하다.'

수많은 생명과 성력을 흡수해서 만들어진 그는 삶 자체가 죄악이고 숨결 자체가 배덕이었다. 죽어 마땅한 패륜적 생명이었다.

그래서 죽으려 했는데, 살렸지. 아무것도 모르는 한 소녀가 빵과 우유를 주고 약을 발라 주며 살라 하였지.

그뿐인가. 자신의 몸뚱이가 무엇으로 만들어졌는지도 모르고, 다치고 어그러질 때마다 다가와 치료해 주었다. 자신의 혈액이 얼마나 끔찍한지도 모르고, 흐를 때마다 마음 아파하며 닦아 주었다.

칸나가 그럴 때마다, 그는 그녀의 새하얀 목덜미를 내려다보며 사슴을 떠올렸다. 꼭 어린 사슴이 다가와 상처를 핥아 주는 것만 같았다. 독 묻은 괴물의 피를.

순진하게도. 그리고, 어리석게도.

라파엘은 손을 뻗었다. 울면서 애원하는 아스탄에게 손이 닿기 직전.

"끔찍해."

몇 달 전 그녀가 던졌던 그 말이 비수처럼 날아왔다.

라파엘은 손을 내렸다. 거의 졸도하기 직전인 아스탄을 바라보다가 등을 돌렸다. 그러고는 걸어갔다. 천천히, 빠르게, 다시 천천히,

마침내 우뚝, 멈춰 섰다. 가슴 위로 손을 올렸다.

"……?"

고개를 갸웃거렸다.

그녀가 던진 말을 떠올릴 때마다 심장 어딘가가 쑤시는 것 같기도

했지만……

딱히. 언제나 그렇듯.

잘 모르겠다.

"클로드 경."

침실 앞, 클로드와 마주쳤다.

"아가씨, 괜찮으십니까?"

그도 현장에 있었는지 살벌하게 웃으며 제안했다.

"어떻게 할까요? 왕세자의 목이라도 잘라 올까요?"

"그런 거 필요 없어요."

마음 같아서는 단두대에 올리고 싶지만, 이제 와서 왕세자의 목을 잘라 봤자 뭐 하겠는가? 이미 벌어진 일인데.

"그런 얼간이는 잊으십시오, 아가씨. 제가 더 좋은 남자를 소개해 드리겠습니다."

"누군데요?"

"클로드 아젤이라고, 건실한 청년이죠."

클로드가 장난스럽게 미소 지었다.

"어때요, 소개해 드릴까요?"

덕분에 웃었다. 칸나는 그의 농담에 실없는 웃음을 흘렸다.

"필요 없어요."

"그럼 같이 도망갈까요?"

클로드는 농담인지 진담인지 구분할 수 없는 말을 했다.

"이번에는 지난번과는 달리 준비가 안 되어 있을 거 아닙니까?"

"당연하죠. 하지만 도망은 안 가요."

로렌초의 호의를 그렇게 짓밟을 수는 없다. 칸나는 조금 더 정당한 방식으로 이 일을 수습하고 싶었다.

"걱정해 줘서 고맙지만, 저도 생각이 있어요."

이대로 휩쓸려 갈 생각은 조금도 없다. 칸나의 말에 클로드가 머리를 긁적였다.

"아니, 그 짧은 새 또 뭘 생각하셨답니까? 하여간 인생 참 열심히 사신다니까⋯⋯."

그때였다.

"칸나."

칸나는 등을 획 돌렸다.

아멜리아가 창백한 얼굴로 다가와 있었다. 눈이 마주치는 순간, 아멜리아가 달려와 그녀를 와락 끌어안았다.

"칸나, 칸나 맞지? 응?"

"저는 칸나가 아니에요."

그 말에 아멜리아가 얼굴을 획 들어 올렸다.

"너랑 똑같은 사람을 데려다 놔도 나는 널 알아볼 수 있어, 칸나 아디스."

가슴이 철렁 내려앉았다. 저렇게까지 말할 줄이야.

"살아 있어서 정말 다행이야. 기뻐. 꿈만 같아. 이게 악몽이라도, 차라리 깨지 않았으면 좋겠어."

아멜리아가 칸나의 뺨에 입을 맞추었다. 눈물로 흠뻑 젖어 떨리는 입술이었다.

"그렇게 사라진 이유 같은 거, 묻지 않을 거야. 상관없어. 그러니까, 다시는, 다시는 내 앞에서 그렇게 물거품처럼 사라지지 마. 응?"

아멜리아가 자신을 좋아하는 건 알고 있었지만 이 정도일 줄 몰랐다. 칸나는 몹시 머쓱해져서 더는 거짓을 말하기도 민망해졌다. 그때 그녀가 캐물었다.

"타티아나 에브게니아, 네가 알렉세이 왕세자의 애인이지?"

아멜리아가 주먹을 불끈 쥐며 외쳤다.

"그 사람을 사랑한다면, 결혼해!"

"예?"

"나는 너랑 같은 남편 둬도 좋아. 같이 공유해! 그게 싫으면 그냥 너 가져. 이 결혼, 깨 버릴 테니까!"

쿨럭! 클로드가 재빨리 입을 막고 기침을 했다.

"난 네가 더 좋아. 네가 있어 준다면 남자 따위 필요 없어!"

"전하. 진정하세요."

쿨럭, 쿠흘럭! 클로드가 계속 기침을 해 대자 칸나는 그를 찌릿 노려보았다. 이제 보니 그는 있는 힘껏 웃음을 참고 있었다!

"클로드 경, 그만 가지?"

"음, 예. 흠, 두 분 우정, 참으로 보기 좋습니다."

"빨리 가라고."

"옙."

칸나는 클로드를 보낸 후 훌쩍이는 아멜리아를 침실로 데려왔다.

"여기, 마셔요."

칸나는 하녀를 시켜 따뜻한 와인을 건넸다. 아멜리아는 와인을 마시면서도 칸나의 손을 놓지 않았다.

"칸나. 어디 안 갈 거지?"

아, 도저히 못 속이겠다. 칸나는 자포자기하며 드디어 두 손 두 발 다 들고 말았다.

"속여서 미안해요. 사정이 있었어요."

"괜찮아. 나한테 변명할 필요 없어. 당연히 그럴 만한 이유가 있었겠지."

"그리고 알렉세이, 그분께 이제 아무 감정 없습니다. 악감정은 있지만."

그러나 아멜리아는 믿지 않는 눈치였다.

"하지만 칸나는 아무에게나 마음 주지 않잖아. 그런 네가 좋아할 정도라면, 정말 깊게 사랑했던 것 아니야?"

칸나는 눈알을 굴렸다.

그런가? 하긴 아디스에 있을 때는 그 누구에게도 마음을 열지 않았다. 심지어 아멜리아에게조차 거리를 뒀으니.

하지만 벗어나고 나서는 달랐던 것 같다.

쉴 새 없이 타인을 미워하고 의심하고 밀어내는 것에 지쳐서, 누군가 내미는 손을 덥석 잡아 버린 것 같았다.

"아멜리아, 저도 인간이에요. 저도 마음이 약해지는 순간이 있었어요."

그 순간에 마침 알렉세이가 다가왔다. 인연은 타이밍이라더니. 정말 그랬다.

"그럼 정말 로렌초 왕자랑 정말 결혼하는 거야? 그 어린 남자애랑?"

"······."

"하긴, 괜찮지. 나이가 걸리지만 어쩌면 장점일 수도⋯⋯ 겉모습도 훌륭하고⋯⋯."

이제 안 우는 것 봐.

어느새 눈물을 뚝 그친 아멜리아가 음흉하게 키득거렸다. 그렇게 한동안 아멜리아와 얘기를 나눈 후 그녀를 보냈다.

"내일 성혼 의식에서 봐, 칸나."

칸나는 문밖까지 나가 아멜리아를 배웅했다.

'이제야 쉴 수 있겠네.'

한숨을 내쉬며 다시 방 안에 들어왔을 때, 붉은 벨벳 커튼이 펄럭이고 있었다. 칸나는 멈춰서서 그 커튼을 응시했다.

이상하다. 창문, 분명히 닫아놨었는데.

"……헉."

칸나는 저도 모르게 숨을 짧게 들이마셨다. 창가 앞, 누군가가 벽에 등을 기대고 주저앉아 있었던 것이다!

어깨를 늘어뜨린 채 푹 숙인 얼굴, 붉은 머리칼이 흐트러져 있다.

이 남자는…….

"알렉산드로 아디스?"

그때 알렉산드로가 고개를 올렸다. 눈이 마주친 칸나의 입술이 쩅하니 얼어붙었다.

뭐지, 이 눈은? 그리고 이 얼굴은…….

도저히 믿기지 않았지만 그는 일전과는 달랐다. 그의 뺨, 눈매, 입술이 일전에 보았을 때보다 훨씬 성숙해서, 마치…….

마치 성장한 것 같았다.

그를 본 이후 처음으로 시간의 흐름을 겪은 것처럼 보였다.

5년, 아니, 6년…… 그쯤. 여전히 젊은 청년의 얼굴이었지만 파릇하게 어려 보였던 예전과는 확실히 달랐다!

"이곳에 대체 무슨 일이에요?"

알렉산드로는 대답하지 않았다. 아니, 애초 들은 것 같지가 않았다.

그는 그녀 너머의 무언가를 보고 있었다. 그의 시선이 그녀의 위로, 아래로, 옆으로, 사방으로 미끄러졌다. 정신없이 흔들리는 눈동자에 오한이 밀려왔다.

아무것도 없는데 대체 무얼 보고 있는 걸까. 마치 유령이라도 보는 것 같지 않은가.

그때 알렉산드로가 인상을 확 찡그렸다. 잔뜩 쉰 목소리로 중얼거렸다.

"조용히 해. 머리가 깨질 것 같다."

조용히 하라니, 이렇게나 조용한데…….

그때, 떠오르는 문장이 있었다.

"악령을 보나 봐."

"허공을 향해 꺼지라는 둥 중얼거리는 걸 본 목격자가 있더라니까."

오래전 아르곤이 알려준 정보, 헛소리라고 치부했던 말이 왜 지금 떠오르는 걸까.

칸나는 조심스럽게 다가갔다. 그의 어깨에 손을 얹자, 알렉산드로의 근육이 확 조여드는 게 느껴졌다.

"약은요?"

다음 순간, 마침내 그의 눈동자가 정확히 칸나에게 꽂혔다.

수많은 인파 사이에서 이제야 그녀를 발견한 것처럼. 이 방엔 그녀 하나뿐인데.

"셀리아…… 당신의 연금술사가 약을 만들어 준다고 했잖아요.

약, 안 먹었어요?"

그가 들을 수 있도록, 귓가로 입술을 내려 또박또박 말했다.

대답은 없었다. 다시 얼굴을 들여다보았을 때 그는 놀라울 만큼 평소와 같았다. 조금 전의 균열도, 혼란도, 고통도, 무엇 하나 남아 있지 않은 백지였다.

"미안하다. 추태를 보였다."

"……."

"오랜만이구나."

그러고 보니 이것은 3년 만의 재회였다.

"너에게 물을 것이 있다."

그러나 그는 일말의 감상도 없이 곧장 용건부터 들어갔다.

"너, 나를 조사했었지."

그랬지. 아르곤 황자에게 의뢰했었지.

"아르곤 황자가 나에 대해 어디까지 알고 있었지?"

그걸 왜 묻는 거지? 칸나는 미간을 좁혔다.

"제가 그걸 왜 말해야 하죠?"

"부탁이다."

칸나는 자신의 귀를 의심했다.

부탁을? 나에게? 당신이?

알렉산드로가 그녀를 올려다보았다. 얼굴 위로 쏟아지는 달빛 때문인지 유독 창백해 보이는 얼굴이었다.

"말해 줘, 칸나. 부탁한다."

칸나는 침을 삼켰다. 부탁한다고, 내게, 당신이…….

어째서인지 목이 후끈거리며 아파 온다. 태연한 목소리를 짜내는 게 힘들었다.

"거래라면 할 생각이 있는데요."

칸나는 미소 지었다.

"나에게 뭘 줄 수 있어요?"

그리고 다음 날, 마침내 성혼 의식의 날이 다가왔다.

칸나는 새벽 일찍부터 시녀들의 손에 끌려갔다. 그들은 칸나를 씻기고, 빗기고, 입히고, 치장했다.

'아, 졸려.'

어제 많은 일이 일어났음에도 불구하고 제대로 쉬지도 못했다.

몇 시간 자지도 못했다. 밤에는 알렉산드로가 찾아왔고, 그 이후에는 로렌초를 찾아가 깊은 대화를 나누었으니까. 그리고 알렉산드로와의 거래는 성립됐다.

'피곤해 죽겠네, 정말.'

칸나는 병든 닭처럼 꾸벅꾸벅 졸다가 다 됐다는 말에 고개를 획 들어 올렸다.

거울 속에는 눈부신 신부가 있었다. 흰 면사포에 둘러싸인 그녀는 휘광을 두른 듯 아름다웠다.

"준비 중에 죄송합니다. 저, 오르시니 아디스 경이 독대를 청하셨습니다만……."

오르시니가?

칸나는 눈살을 찌푸렸다. 쫓아내고 싶었지만 쫓아낸다고 순순히 갈 녀석이 아니었다.

"잠깐 다들 나가 있어요."

시녀들을 물리자 그제야 오르시니가 걸어 들어왔다. 칸나는 거울 속으로 비추는 그의 얼굴을 보자마자 빈정거렸다.

"하루 만에 돌아왔네. 머리 좀 빗지 그래?"

오르시니가 자리에 우뚝 멈춰 섰다. 그러고는 말없이 그녀를 응시했다.

"무슨 일로 왔어? 시비 걸 생각이라면……."

"칸나."

칸나는 입을 다물었다.

처음 듣는 목소리였다. 다듬어지지 않은 날것의 음성.

칸나는 뒤를 돌아보았다. 눈이 마주친 오르시니가 눈부신 것을 보듯 눈살을 좁혔다. 그리고 습관처럼 비꼬았다.

"꼴에 드레스 입었다고 좀 봐 줄 만하군."

칸나는 그의 허세 섞인 말에 피식 웃었다.

"드레스 입어서 예쁜 게 아니란 거, 네가 제일 잘 알 텐데."

"뭐?"

"너 내 얼굴 좋아하잖아?"

다른 건 몰라도 이것 하나만은 안다. 오르시니는 자신의 외모를 아주 좋아한다.

그 말에 오르시니가 벽에 등을 기대었다. 그녀의 얼굴을 빤히 바라보다가 툭 물었다.

"내가, 네 얼굴을?"

"나한테 첫눈에 반했다고 말했던 것 기억 안 나?"

앞머리를 자르고, 추레했던 외모를 가꾸고 파티장에 나갔을 때.

오르시니는 자신이 칸나인 줄 모르고 그런 말을 지껄였었다. 새삼 생각해 보니 웃겨서 칸나는 깔깔 웃었다.

"너 의외로 여자한테 쉽게 빠지더라?"

칸나는 그를 조롱했다. 오르시니가 화내는 얼굴을 보고 싶어서. 그가 화내면 재미있으니까. 그러나 오르시니의 얼굴에는 일말의 동요도 없었다.

"그때가 처음이었다."

그녀의 눈을 똑바로 바라보며 말했다.

"그리고 마지막이었지."

칸나는 괜히 머쓱해져서 할 말을 잃었다. 시비 건 건데 왜 저렇게 진지하게 대꾸한단 말인가?

오르시니도 더는 말하지 않았다.

침묵이 이어졌다. 새하얀 아침 햇살이 그들 사이를 가로지르며 부서졌고, 고요한 적막이 그 간격을 채웠다.

"야."

그 정적 속에서 오르시니의 목소리가 낮게 울렸다.

"나랑 갈래?"

칸나는 눈을 깜빡이다가 되물었다.

"어딜?"

"어디든."

순간 칸나는 깨달았다.

맙소사. 저 멍청이가.

"너…… 가주 후계잖아?"

"그까짓 거 알 게 뭐야."

"너 지금 결혼을 앞둔 새신부한테 같이 도망가자는 거야?"

"어."

무뚝뚝하게 답한 오르시니가 손으로 입술을 쓸었다. 누가 봐도 잔뜩 긴장한 그 몸짓에, 칸나는 이를 악물었다. 웃음을 참아야 하니까.

저 녀석이 이 정도의 얼간이일 줄이야!

칸나는 입술 끝자락에 힘을 꽉 주었다. 그의 앞에서 보란 듯이 박장대소하며 모욕하고 싶었지만, 참았다. 이런 기회는 다시 오지 않을 테니까. 오르시니를 철저하게 부수고 또 부술 기회는, 이번이 마지막일 것이다.

"……사실, 더는 이곳에 있고 싶지 않기는 해."

칸나는 울적한 표정을 만들며 운을 띄웠다.

"이런 졸속 결혼, 원하지 않으니까."

"……."

"도망가면 어디로 갈 건데?"

칸나가 혹한 표정을 지으며 물었다. 당연히 그는 이런 반응을 생각하지도 못했을 것이다.

그래서일까? 오르시니의 입술이 떨렸다.

"어디든, 네가 원하는 곳이라면."

"하지만 분명 아디스에서 널 추적할 텐데."

"따돌릴 수 있다."

"그래?"

"그래."

허겁지겁, 굶주린 개처럼 달려들어 먹잇감을 덥석 물었다.

칸나는 오르시니의 얼굴이 붉게 상기하는 것을 보며 자리에서 일어났다. 풍성한 드레스 자락이 사부작거리며 부딪치는 소리가 들렸다. 천천히 다가가자 그의 가슴이 크게 부풀었다. 격하게 호흡하며 주먹을 쥐었다가 폈다.

칸나는 느꼈다. 오르시니의 모든 신경이 자신에게 집중되어 있었다.

자신의 표정, 목소리, 손짓, 움직임, 그 모든 것을 하나하나 놓치지 않고 의식하고 있었다.

"나 고생시키지 않을 거야?"

"절대."

"널 믿어도 돼?"

"믿어……."

오르시니의 목소리가 희미하게 흔들렸다. 약간 물기에 젖은 것 같기도 했다.

칸나는 입술을 깨물어 웃음을 삼켰다. 아니지. 여기서 웃으면 안 된다. 이런 기회가 다시는 오지 않을 텐데 고작 이 정도로 끝낼 수 없지.

높이 올라갈수록 추락했을 때 아픈 법이다. 그러니까 조금만, 조금만 더…….

칸나는 오르시니의 단단한 가슴팍에 얼굴을 기대었다. 그러자 그가 신음 같기도 하고 한숨 같기도 한 탄식을 내뱉었다. 그의 경련하는 손끝이 그녀의 어깨에 닿았다. 금방이라도 부서질 유리를 만지듯, 안타까울 정도로 조심스럽게 끌어안았다.

아니, 끌어안으려 했다.

그의 품 안에 안기기 직전. 칸나는 그의 가슴을 확 밀치며 뿌리쳤다.

"너 바보야?"

"……"

"또 속아?"

고개를 올리자 막 꿈에서 깨어난 듯한 초록색 눈동자와 마주쳤다. 칸나는 입꼬리를 비틀어 웃었다.

"독이 든 병과 너, 둘 중 하나를 택하라 하면 내가 뭘 택할 것 같아?"

"……"

"응? 말해 봐. 뭘 택할 것 같아?"

그는 대답하지 않았다. 다만 그의 얼굴에 맴돌던 기대감, 그 알량한 행복감에 쩌적쩌적 균열이 가기 시작했다.

칸나는 미소 지었다.

"너랑 함께하느니 차라리 독을 먹고 죽겠어."

그리고 마침내 칸나는 보았다.

그의 눈이, 마음이, 산산이 조각조각 부서지고 깨지는 것을.

'와. 이 녀석 봐.'

진짜 상처 받았네.

칸나는 웃음을 참을 수 없었다. 잔인한 쾌감이 오한처럼 밀려왔다. 이 오만하고 건방진 녀석이, 차마 숨길 수 없을 정도로 큰 상처를 받다니.

"네가 무슨 마음을 품든 네 자유지만, 그래도 상대방을 생각해 줘야지. 네가 그런 말을 하면 난 평생 악몽에 시달릴 텐데 내 배려는 조금도 하지 않는구나."

지금 자신의 혀는 칼이었다. 칸나는 그를 사정없이 베고 찔렀다. 오르시니의 눈이 통증에 젖어 가는 것을 구경하며 칸나는 계속 칼을 휘둘렀다.

"설마, 나를 진짜 좋아하기라도 해?"

차마 대답하지 못하는 그를 보며 칸나는 속이 울렁이는 표정을 지었다.

"그런 고상한 감정으로 착각하지 마. 넌 그냥 나랑 자고 싶은 거야."

"……뭐?"

마침내 그가 처음으로 반응했다. 잔뜩 갈라진 목소리였다.

"뭐라고 했냐?"

"넌 내 외모가 마음에 들잖아. 그러니까…… 그래, 욕정 같은 거지. 너 지금 나한테 어떻게 보이는 줄 알아?"

칸나는 키득 웃으며 그의 굳은 뺨을 톡톡 두드렸다.

"발정 난 개. 딱 그 정도로 보여."

"……."

"아무리 혈육이 아니어도 그렇지, 거의 한평생을 네 누이로 살아왔는데 그런 마음을 품다니…… 짐승이나 다름없잖아? 불쾌해."

사실 말과는 달리 유쾌했다. 기뻤다. 너무나도.

그가 자신을 욕정하든 사랑하든, 무슨 감정이든 관심 없다. 그저 그가 자신을 여전히 원해서 기뻤다. 그렇기에 고작 혀 놀림만으로도 그를 깨부술 수 있으니.

칸나는 예감했다.

'오르시니는 평생 이 순간을 잊지 못할 거야.'

자신이 어린 시절 그에게 괴롭힘당한 순간을 잊지 못하는 것처럼. 오르시니가 자신에게 영원한 상처이듯, 자신도 그에게 불멸의 고통이고 싶었다.

"……그래."

가시 같은 침묵 끝에 오르시니가 대답했다. 그는 손으로 얼굴을 쓸며 중얼거렸다.

"네가 뭐라고 생각하는지 잘 알겠다."

의외로 그의 목소리는 침착했다. 이 모든 비극을 예상한 듯했다.

"당연히 그렇겠지."

그러나 언제나 그렇듯, 아픔은 예측했다 하여 줄어드는 것이 아니었다.

"이걸로 끝이다, 칸나."

그는 마지막을 맺기 위해 이 자리에 왔다.

"다시는 널 찾지 않을 거다."

죽음과도 같은 고통을 끝내기 위해 그는 지옥으로 뛰어들었다. 이 순간 오르시니의 얼굴은 결연하기까지 했다.

"그러니 너도 다시는 내 앞에 나타나지 마. 그때는 널……."

그는 차마 말을 잇지 못하고 입을 다물었다. 많은 단어와 감정을 그대로 삼켰다. 안으로, 아주 깊숙한 아래로…….

다시 고개를 들어 올렸을 때 그의 얼굴은 평소대로 돌아와 있었다.

"결혼, 축하한다."

공허한 껍데기 같은 말. 그것이 마지막이었다.

오르시니는 칸나의 손을 잡아채 그녀의 손가락 위로 입술을 내렸다. 그러다 차마 그 살결에 이르지 못하고 멈추었다. 그의 뜨거운 숨결만이 그녀의 손가락 위로 닿았다. 그 이상은 없었다.

"……."

오르시니는 칸나의 손을 놓았고, 그대로 등을 돌렸다. 문을 열고 빠져나갔다.

오르시니 아디스의 퇴장이었다.

◦✤◦

"괜찮으십니까?"

오르시니가 나가자마자 어째서인지 렌이 바로 튀어 들어왔다. 그는 불쾌한 기색이었다.

"저 개자식이 또 흉포한 짓을 저지르진 않았습니까?"

"……아니."

기쁨은 짧았다. 칸나는 묘하게 가라앉은 기분이 되어 중얼거렸다.

"흉포한 짓은 내가 했지."

"예?"

"찢었거든."

"뭘요?"

글쎄. 분명히 뭔가 찢기는 했는데, 그게 정확히 뭐였을까.

아마도, 순정?

'웃겨. 오르시니한테 무슨 순정?'

칸나는 치를 떨며 즉시 그 단어를 부정했다. 순정이라니. 웃기지도 않지. 왜 그런 어울리지도 않는 단어가 떠올랐단 말인가?

'그럴 리 없지. 저 자식이 진심으로 날 좋아할 리 없어.'

칸나는 아주 효과적인 방법을 썼다. 어린 시절의 오르시니를 떠올린 것이다. 난폭하고 폭력적이었던 어린 소년. 그러자 금방 마음이 편안해졌다.

순정이라니, 그런 생각을 한 자신이 천하의 얼간이처럼 느껴졌다.

게다가 오르시니는 이런 모욕을 당해도 싸다.

'차라리 칼렌처럼 가진 모든 것을, 기억과 이름마저도 잃었다면 모를까……'

그랬더라면 조금은 인간 대접해 줬겠지.

칸나는 렌을 물끄러미 응시하다가 손을 뻗었다. 하얗게 센 머리칼은 생각보다 부드러웠다. 칸나는 아디스 가문의 혈족과 다른 이 백발이 아주 마음에 들었다.

"뭡니까? 개 쓰다듬듯 만지고. 더 만질 거면 돈 내십시오."

"안 만져."

이 지독한 용병 같으니라고. 칸나가 손을 뗐다. 렌은 그녀를 위아래로 훑어보더니 박수를 쳤다.

"아름다우십니다."

"그래?"

"예, 정말 아름다운 신부입니다. 신랑 될 남자를 찢어발겨 죽이고 싶을 정도요."

농담 한번 험악하게 하는구나. 칸나는 혀를 차며 그를 흘겨보았다.

"이봐, 용병. 말 조심해. 여긴 왕실이야. 누가 들으면 왕족 모독으로 잡혀간다고."

"하지만 진심인 걸 어쩌겠습니까? 로렌초 왕자 전하께서는 참으로 복이 많으신 분입니다. 당신을 이렇게나 손쉽게……."

웃으면서 말을 잇던 렌은 갑자기 입을 다물었다. 그러다가 곧 태연하게 웃었다.

"농담입니다. 저는 당신이 누구와 혼인하든 관심 없습니다."

"……."

"누구와 혼인하든, 그런 건······."

그때 문이 열리고 시녀들이 들어왔다. 시간이 되었으니 어서 가셔야 한다고, 호들갑을 떨며 칸나를 데리고 나갔다.

렌은 멀어지는 신부를 응시하며 미소 지었다. 그리고 작게 중얼거렸다.

"그래. 그런 건 중요하지 않지. 당신이 누구와 혼인하든······."

어떤 남자와 결혼하든.

난, 언제까지나.

당신 곁에 있을 거니까.

누님.

chapter 20

성혼 의식은 비공개로 진행됐다.

알렉세이와 아멜리아의 성혼이 진행되는 동안 칸나는 예배당의 작은 기도실에서 홀로 대기해야 했다. 성혼을 앞둔 신부의 얼굴은 누구도 볼 수 없다는 법률 때문이었다.

그녀는 멍하니 거울을 들여다보며 조금 전 있었던 일을 떠올렸다. 오르시니, 그 얼간이 같은 녀석이 한 말을.

'대체 뭔 생각으로……'

그런 말을 꺼낸 거지?

설마하니 정말로 같이 도망갈 거라고 기대한 건 아닐 테고.

'아니면 정말 끝내려고 왔든가.'

하기야 다시는 보지 않을 거라는 말을 했지.

'웃겨. 보기 싫으면 그냥 안 보면 그만이지.'

굳이 찾아와서 대차게 걷어차여야만 그만둘 수 있었던 걸까? 어리석게 구는 꼴이 정말로 자신에게 진심을 준 사람 같았다.

'만약 그런 거라면 그 녀석은 정말 염치도 없는 거야.'

칸나는 아직도 오르시니를 피해 연구실 구석에 숨어 있던 순간을 기억하고 있었다. 아마 괴롭힌 사람은 금방 잊은 모양이지만.

'나는 못 잊어.'

어린 시절에 지옥을 선물해 놓고 이제 와서 좋아한다는 게 말이 되나? 생각하면 할수록 어이가 없다.

심지어 자신은 그를 죽이려고 했는데? 설마 그녀의 손에 죽어도 상관없으니 함께 있고 싶다는 건가?

거기까지 생각하던 칸나는 곧장 고개를 털었다.

'아니, 그럴 리 없지.'

이건 과대한 망상이다. 그는 그저 한순간의 욕정에 깊이 사로잡힌 게 분명했다. 오르시니는 예전부터 본능에 충실한 짐승 같은 면이 있었으니까 욕구도 남다른 거겠지…….

잠깐만.

'내가 왜 그 자식 생각을 계속하는 거지?'

짜증 나.

불쾌해진 칸나는 곧장 그를 머릿속에서 밀어냈다. 그리고 다른 것을 생각했다. 아직 그녀의 차례가 오려면 멀었다. 조금 더 시간을 보내야 했다.

다행히 생각의 주제는 금방 바뀌었다. 알렉산드로 아디스.

어젯밤, 칸나는 그에게 아르곤에게 들었던 정보를 모두 다 말해 주었다. 유령을 본다거나, 잠을 잔 적이 없다거나 하는 낭설까지도.

"낭설이라고 생각했는데, 그렇지도 않은가 봐요. 대체 왜 그런 거죠? 혹시 그것도 제 모친이 저주한 거예요?"

거래의 대가는 대화였다.

지금까지 알렉산드로와 불가능했던 것. 늘 진실을 숨기고 회피했던 그에게 칸나는 대답을 요구했다.

알렉산드로는 그 제안을 받아들였다.

"검은 사도들에게 저주당했다."

그 소문이 사실이었다니.

그럼 이 사람은 정말 잠을 못 자는 건가? 이상한 헛것도 보이고? 그런데도 제정신으로 사는 게 가능한가?

궁금했지만 동정할 생각은 없었다. 자신과는 관련 없는 일이니까.

칸나는 잠시 고민하다가 질문했다.

"왜 날 키웠어요?"

"……"

"난 당신이 미워하는 선희의 딸이잖아요. 당신과는 피 한 방울 섞이지도 않았는데 대체 왜 키웠죠?"

칸나 아디스의 이름을 버린 지금은 딱히, 알고 싶지도 않지만. 그래도 이런 기회는 다시 오지 않을 것 같아서 예의상 물어봤다.

"약속했으니까."

하.

어젯밤, 그의 대답을 떠올린 칸나의 입에서 웃음이 터져 나왔다.

약속? 고작 약속 때문에? 게다가 그토록 미워한 여자와의 약속인데 그걸 지켰다고?

화가 날 정도로 허무했고, 믿기지도 않았다.

"아르곤 황자가 뭘 알고 있는지, 그걸 왜 묻는 거죠? 그동안 숨겼던 얘기를 해 줄 만큼 중요해요?"

"그래."

"왜죠?"

"그가 너에게 준 정보 중 검은 사도만이 알고 있는 것이 있다."

"그렇다면 뭐야?"

칸나는 중얼거렸다.

"검은 사도들만 아는 걸 아르곤이 알아냈다는 거잖아."

아르곤은 그걸 어떻게 알아낸 걸까?

"아르곤이 검은 사도와 내통이라도 했다는 건가?"

탁탁. 칸나는 구두 끝으로 바닥을 두드리며 생각을 파고들었다.

'아르곤.'

확실히 이상한 황자이기는 했다. 1황자인데도 황위에 관심이 없고. 방랑벽 때문에 황실에 붙어 있지도 않고.

'혹시 단순한 방랑벽이 아니라면?'

황위보다도 더 중요한 것이 밖에 있는 거라면?

평범한 사람이라면, 보통 황족이라면 황위보다 귀중한 것이 있을리 없다. 하지만 아르곤이 일반 사람이 아니라면, 독특한 신념을 가진 사람이라면, 예를 들어……

'검은 사도라면.'

순간 심장이 덜컹 내려앉았다.

아니, 이건 아니지. 이거야말로 너무 멀리 나갔다. 그저 자유를 사랑하는 사람일 수도 있지 않은가?

그때였다. 문이 벌컥 열렸다.

"아, 여기 있었네."

순간 칸나의 머리가 얼어붙었다. 지금 머릿속에서 상상하고 있던 얼굴이 나타난 것이다.

아르곤 황자가 웃으면서 기도실 안으로 들어왔다.

"한참 찾았잖아."

탁. 문을 닫는다.

찰칵. 걸쇠를 잠근다.

몸을 돌려 그녀를 훑어보았다.

"정말 예쁘다, 칸나. 약탈해 가고 싶을 정도인데."

아르곤은 붉은 장미 꽃다발을 그녀에게 내밀었다.

"선물이야."

받지 않자, 꽃다발을 그녀의 무릎 위에 올려놓았다. 그러고는 그녀의 앞에 한쪽 무릎을 꿇고 앉았다.

"있잖아, 할 말이 있어."

그가 그녀를 올려다본다. 테레사 귀비와 쏙 빼닮은 봄날의 햇살 같은 머리칼에 자줏빛의 눈동자. 값진 비스크 인형처럼 아름다운 생김새였다.

"아무래도 난 네가 좀 좋은 것 같아."

"그래요?"

"응."

"그래서요?"

감흥 없는 대답에 아르곤은 미간을 좁혔다.

"그래서라니? 그게 다야?"

"그런 사람이 좀 많아서요. 특별 취급해 드리긴 어렵겠네요."

웃기지도 않은 소리. 날 좋아한다고? 저거야말로 오르시니의 헛소리보다도 더 터무니없는 개소리였다.

"밖의 기사들은요?"

"못 들어가게 막기에, 잠시……."

그 순간, 칸나는 면사포에 꽂아 넣었던 머리 장식을 뽑아 휘둘렀다.

"이크."

손을 베인 아르곤이 재빨리 뒤로 물러났다. 놀라서 중얼거렸다.

"지금 뭐지? 무슨 일이 일어난 거지? 새신부가 머리에 꽂고 있던 무기로 날 갑자기 공격한 건가?"

"맞아요."

칸나는 머리핀을 그에게 겨누었다.

"마음 편하게 살기엔 제가 적이 많아서요."

갑작스러운 공격이었다. 그러나 그는 갑자기 왜 이러냐고 묻지 않았다. 정신 나갔냐고 비난하지 않았다. 그저 가소로운 듯 피식 웃었다.

"그래 봤자 고작 이거야."

그가 손을 내밀었다. 살짝 베인 생채기. 흐르는 피 한 줄기가 전부였다.

"그런 무기로는 고작 이 정도 상처밖에 못 입혀."

"독이 발라져 있다면 말이 다르겠죠."

그 말에 아르곤의 얼굴에서 웃음이 싹 사라졌다. 이번에는 칸나가 웃었다.

"늦어도 한 시간, 그 안에 당신은 죽어요."

침묵이 내려앉았다. 아르곤은 입을 꾹 다물고 그녀를 응시하다가 투덜거렸다.

"하여간. 어머니 말씀이 다 맞지."

"테레사 귀비께서 뭐라 말씀하셨는데요?"

"불길할 만큼 미색이 짙은 여자는 조심해야 한다고 했어. 이놈이고 저놈이고 다 꺾으려 들 테니, 스스로를 지키기 위해 가시 하나쯤은 가지고 있을 거라고 하셨지."

그때였다. 문밖에서 비명이 울려 퍼졌다. 그와 동시에 건물이 무너지고 땅이 흔들리는 굉음이 울렸다.

칸나는 흠칫 놀라 창밖을 응시했다.

'저게 뭐야?'

창밖으로 보이는 정원, 검은 안개가 밀려오고 있었다!

"시작됐네."

그러나 아르곤의 얼굴은 태연했다.

"이 방에서 나갈 생각 하지 마, 칸나. 검은 안개가 얄덴의 왕실을 뒤덮고 있으니까."

그 말에 심장이 쿵 떨어져 내렸다. 여러 얼굴들이 빠르게 머리를 스쳐 지나갔다.

로렌초. 요안나. 아멜리아. 예카테리나 여왕, 그리고…….

라파엘.

'그래, 라파엘이 있어.'

요동치던 마음이 단숨에 가라앉았다. 라파엘뿐만이 아니다. 오르시니도, 실비엔도, 심지어 알렉산드로도.

성기사의 후손들이 집결해 있다. 그러니까, 괜찮을 것이다.

"쓰레기 같은 짓을 하는군요. 당신이 그러고도 명예를 아는 황족이에요?"

"내가 한 일 아니야."

아르곤이 딱 잘라 말했다.

"난 그저 정보를 미리 입수하고 널 지키려고 온 거니까. 나랑 있는 이상 이 방은 안전해."

그러고는 자랑스럽게 웃었다.

"널 납치할 계획이었던 검은 사도들도 내가 슬쩍 잠재웠어. 잘했지?"

칸나는 코웃음을 쳤다. 그가 하는 말을 다 믿을 만큼 바보는 아니었다.

"무슨 짓을 벌이는 거죠? 말하지 않으면 해독제를……."

"해독제, 있어."

그 말을 끝으로 아르곤은 품에서 작은 유리병을 꺼냈다.

"주화가 만들어 준 거야."

주화가?

'그 계집애가.'

내 지식을 이용해서!

화가 치밀었다. 그러나 칸나는 곧 마음속 아주 차가운 공간으로 감정을 가라앉혔다. 차분하게 생각했다.

마침내, 결론을 내렸다.

"당신, 처음에 나를 벤 것도 고의였군요."

오래전, 첫 만남에 에스코트를 거절했다는 이유로 검을 들이댄 아르곤.

그저 미친 황자라고 생각했다. 아니다. 아니었다. 우연도 아니고, 그의 미친 성미 때문도 아니었다. 그가…….

"맞아. 네 피가 필요했어."

그가 검은 사도였기 때문에.

"칸나, 네가 다시 돌아온 게 맞는지 확인해야 했거든."

아르곤은 아무렇지도 않게 인정했다.

"그 몸에 주화의 혼이 들어가 있을 때는, 네 피가 영 쓸모없었어. 몸과 영혼이 어긋나 있어서 그랬던 것 같아."

그래서다. 그래서 자신의 변화 원인을 알아내려고 집요하게 군 거다. 자신이 돌아왔는지 알아내려고!

끔찍한 깨달음에 칸나는 주먹을 꽉 말아쥐었다. 우습게도, 배신감마저 느껴졌다.

"왜 이런 얘길 해 주는 거죠?"

"너에게 도움이 될까 해서. 게다가."

아르곤이 웃으며 중얼거렸다.

"어차피 들켰거든. 아주 무서운 사람한테."

들켰다고? 누구에게?

그때 꽝음이 방 안에 터졌다. 문짝이 부서지며 파편이 튀었다. 터진 문 너머로 알렉산드로 아디스가 서 있었다.

"이런……."

아르곤의 목에서 기이한 신음이 흘렀다. 칸나조차도 순간 모든 것을 잊었다.

그 순간의 알렉산드로는 새하얀 불꽃 같았다. 그의 몸에서 활활 타오르는 찬란한 광휘에 등 뒤로 넘실거리는 검은 안개가 쓸려 나갔다.

"여기 있었군."

"맙소사, 정말 나타났네……."

아르곤은 귀신을 본 사람처럼 중얼거렸다. 그러고는 재빨리 칸나의 뒤로 숨었다. 그녀의 어깨를 붙잡고 앞으로 내밀었다.

순간 황당해졌다.

'내가 인간 방패야?'

방패도 아니고, 사람을 결계처럼 내세우다니!

그러나 어이없게도 효과가 있었다. 알렉산드로가 차마 더 다가오지 못한 것이다. 그는 그 자리에 서서 조용히 경고했다.

"제 딸에게서 물러나십시오."

누가 네 딸이야? 칸나는 이런 순간에도 기가 막혀서 알렉산드로를 노려보았다.

"그럴 수는 없지. 칸나는 공작도 못 뚫는 강력한 방패잖아?"

아르곤이 장난스럽게 웃으며 말을 이었다.

"게다가 공작에게는 황족을 즉결처분할 권한 따위 없어. 황족 시해는 3대가 멸문이라고."

잠자코 듣고 있던 알렉산드로가 고개를 기울였다.

"그렇다면 목격자가 없는 것이 다행이로군요."

목격자, 여기 있거든! 더는 못 들어 주겠다. 칸나는 머리핀으로 아르곤의 손등을 내리찍었다.

"크윽!"

손등이 완전히 꿰뚫렸다. 아르곤이 비명과 함께 뒤로 물러났다. 그러면서 키득거렸다.

"이미 늦었어, 칸나."

그것은 예고도 없이 나타났다.

칸나의 눈앞에.

검은 구멍이 뚫렸다. 허공에 찍힌 점처럼, 작은 틈 사이로 검은 안개가 피어올랐다.

"……!"

그리고 둑이 터진 듯 어둠이 쏟아져 나왔다. 온 시야를 어둑하게 물들이고 그녀의 몸을 집어삼켰다.

그 찰나에 알렉산드로가 칸나의 손을 덥석 잡았다. 맞닿은 손을 타고 그의 성력이 그녀의 몸에 옮겨붙는다. 새하얀 빛살이 그녀의 몸을 방패처럼 두르고 어둠에서 보호했다.

"도망갔군."

알렉산드로는 새카맣게 물든 방을 둘러보며 무덤덤하게 중얼거렸다.

"곤란하게 됐어."

한편, 칸나는 한발 늦게 빈틈없이 겹쳐진 손을 깨달았다. 불에 덴 사람처럼 저도 모르게 본능적으로 그를 뿌리치려 했다.

그러나 알렉산드로가 꽉 붙잡았다.

"검은 안개에 닿으면 어떻게 되는지 모르나?"

"글쎄요. 이번 기회에 실험해 보죠."

칸나는 빈정거렸다. 자신은 이물질이니까 같은 이물질인 검은 안개에 감염되지 않을 수도 있다.

"위험한 실험이군. 꿈도 꾸지 마라."

"그쪽이 상관할 일 아니니까 아르곤 황자나 쫓아가세요."

"널 두고?"

당신이 언제부터 날 신경 썼다고? 반박하려 했지만, 알렉산드로는 더는 대화할 생각이 없는 듯 고개를 획 돌렸다. 그러고는 자유로운 손을 뻗어 어두운 허공을 더듬었다.

그는 찾고 있었다. 검은 안개를 뿜어내는 검은 틈을.

곧 찾아내어, 손안에 쥐었다. 그의 주먹에서 새하얀 빛이 타올랐다.

잠시 후 검은 안개가 서서히 옅어지기 시작했다. 이윽고 어둠이 완전히 사라지자, 칸나는 알렉산드로의 손을 뿌리쳤다.

아주 잠깐이었지만, 아주 불편했다. 그 잠깐 사이에 신경이 매우 날카로워질 만큼.

"알고 있었어요?"

칸나는 크게 열린 창문을 응시하며 물었다.

"아르곤 황자가 검은 사도인 것, 알고 있었어요?"

"그래."

"언제부터요?"

"얼마 전에."

이 빌어먹을 단답형. 제발 서술형으로 말해! 칸나는 그를 한 대 치고 싶은 것을 참으며 참을성 있게 물었다.

"얼마 전이 언제죠?"

"오르시니가 죽었을 때."

뭐? 칸나의 시선이 그에게 획 날아갔다.

지금 무슨 소리를 하는 거야? 오르시니가 죽었다니?

그러나 알렉산드로의 표정은 농담이 아니었다. 애초에 농담을 모르는 남자였다.

"그것참 슬프네요. 제가 죽은 사람이랑 얘기한 줄은 몰랐군요."

"지금은 살았지. 내가 살렸으니."

알렉산드로는 아무렇지도 않게 이상한 말을 했다.

그게 무슨 말도 안 되는 소리란 말인가? 죽은 사람을 살렸다니, 신도 아니고! 아무리 그가 죽지 않는 몸을 가졌다 할지언정……. 그러고 보니, 처음으로 몇 년 정도 나이가 들어 보이는 모습이긴 한데.

설마 그것과 관련이 있는 걸까?

"제대로 설명해요."

그는 의외일 정도로 순순히 그날의 일을 말해 주었다.

브리츠크 영지, 어설픈 함정, 그리고 오르시니를 죽인 나비 가면. 누군가의 인형이었던 그 검은 사도의 가면을 벗기자 아르곤의 얼굴이 드러났다.

'거짓말.'

칸나는 도무지 그 말을 믿을 수 없었다.

아르곤의 인형 얘기가 아니라, 오르시니의 일을.

불과 며칠 전에 오르시니가 죽었다고? 그런 멍청한 함정에 빠져서, 심지어 자신을 구하려다가 죽었다고?

'말도 안 돼.'

뺨을 맞은 듯 얼굴이 얼얼했다. 알렉산드로가 거짓말을 할 사람이 아니라는 것을 알지만 그래도 거짓말 같았다.

게다가 죽은 사람을 살리다니 그게 가능한 일인가? 그런 일이 가능하다면, 그건…….

"당신, 신이에요?"

"……."

알렉산드로의 입술 끝자락이 꿈틀거렸다. 그러나 웃지는 않았다.

"순진한 말을 하는구나."

"죽은 사람을 살려 놓고 신이 아니라면 대체 뭔데요?"

"운이 좋았을 뿐이다. 두 번은 없어."

운이 좋아서 사람을 살렸다고? 그게 대체…….

'아니, 아니지.'

칸나는 충격을 억지로 눌러 삼켰다.

그가 무슨 능력을 가지고 있든 자신과는 관계없는 일이다. 칸나는 그 일을 머릿속에서 걷어차 내쫓았다. 다시 본론으로 돌아왔다.

"그래서 아르곤 황자가 뭘 알고 있는지 물은 거군요."

자신의 인형이 의도치 않게 만들어졌듯, 아르곤 역시 그러할 수 있었다. 그래서 그의 뒷조사를 했던 것이다.

"그가 검은 사도만 아는 정보를 가지고 있어서 확신했을 테고."

"그래."

"그게 뭔데요? 당근 편식?"

"……."

"빌어먹을."

욕설이 저절로 튀어나왔다. 칸나는 두 손으로 머리를 짚으며 저주했다.

'원점이야.'

멀리 왔다고 생각했는데 또 이곳이다. 결국엔 돌고 돌아서 칸나 아디스였다.

'제자리걸음이었어.'

그러나 칸나는 곧 고개를 들어 올렸다. 다시 침착한 표정이었다. 지금은 우울해할 때가 아니다.

"어쨌든, 여기서 시간 낭비 그만하고 나가 봐요. 왕실이 검은 안개로 뒤덮였으니 어서……."

말을 이으면 이을수록 복도를 점령한 검은 안개가 옅어졌다. 지켜보던 알렉산드로가 말했다.

"누군가가 틈을 찾아 부쉈나 보군."

그럴 수 있는 사람들이 한둘이 아니었으니. 칸나는 더는 거리낄 것 없이 방을 달려 나갔다. 긴 드레스 자락을 움켜쥐고 전속력으로 달렸다.

'제발, 모두 무사하길.'

가장 먼저 마주친 것은 로렌초였다.

"타티아나!"

그의 얼굴이 눈물로 젖어 있었다.

"무사했구나. 다행이야!"

"왕자님……."

왜 우세요? 설마 무서워서 우는 건 아니실 테고. 로렌초가 눈물을 툭, 흘리며 중얼거렸다.

"어머니가……."

피해는 생각보다 크지 않았다. 단 7명의 사상자만이 발생했다. 검은 안개와 모여 있던 사람의 규모를 생각하면 비교적 적은 숫자였다.

그러나 그 안에, 예카테리나 프리드리히 여왕이 속해 있었다.

여왕이 죽었다.

성혼 의식이 치러질 예정이었던 대예배당은 장례식장으로 바뀌었다.

여왕의 관은 수많은 조문객이 두고 간 백합에 둘러싸였다. 요안나와 로렌초는 아주 많이 울었다. 알렉세이는 핼쑥해진 얼굴로 관을 지켰다. 여왕의 시신을 내려다보는 그는 모종의 결심을 한 사람처럼 보였다.

그리고……. 그리고 그녀는.

'나 때문이야.'

칸나는 표정 잃은 얼굴로 예카테리나 여왕을 내려다보았다.

얄덴 역사상 가장 위대했던 왕. 가족이 되자고, 지켜 주겠다고 말했던 여자가 차가운 시신이 되어 누워 있다. 눈물조차 나오지 않았다.

"가족이 돼 주세요. 타티아나. 그대를 지키게 해 주세요."

"가여워라. 그동안 혼자서 얼마나 힘들었을까?"

그녀가 한 말이 떠오르자 칸나는 울음 같은 한숨을 내쉬었다.

'아뇨.'

당신은 저를 내쳤어야 했어요. 처음부터 받아 주지 말았어야 했어요. 가족이 되자고 손을 내밀지 말았어야 했어요. 아니. 아니.

'애초에 내가 도망치지 않았더라면.'

아무리 지옥 같은 삶이어도 그곳에서 버텼더라면, 내게 주어진 운명으로부터 도망치지 않았더라면.

그랬더라면 여왕이 죽을 일도 없었을 텐데.

⊶✺⊷

"괜찮으십니까?"

예배당을 빠져나와 호숫가에 섰다. 멀거니 호수를 내려다보고 있는 와중 렌이 다가왔다.

칸나는 그를 응시했다. 이마 위로 흩어진 눈송이 같은 백발. 그 새하얀 머리칼을 바라보다가 그의 눈을 들여다보았다.

"괜찮아."

그는 품에서 궐련을 꺼내 그녀에게 내밀었다.

"피우시겠습니까?"

칸나는 고민하다가 입에 물었다.

렌이 성냥으로 불을 붙여 주었다. 호흡을 한 번 빨아들이자 쓰디쓴 향이 입안을 가득 채운다. 칸나는 미간을 좁혔다.

"맛없어."

"그럼 주십시오."

퉷 뱉으려고 했으나, 렌이 손을 뻗어 궐련을 집었다. 그러고는 그대로 제 입으로 가져가 물었다.

"……"

칸나는 자신의 입에 있던 궐련을 아무렇지도 않게 빠는 그를 응시했다.

"왜요?"

시선을 느낀 건지, 렌이 그녀를 내려다본다. 그의 초록색 눈동자가 희뿌연 연기에 흐릿하게 가려졌다.

칸나는 그의 입에서 궐련을 빼내었다. 그대로 나무 벤치에 지져 불씨를 끈 후, 그에게 꽁초를 내밀었다.

렌이 무심코 받아 드는 찰나. 칸나는 손을 뻗어 그의 뺨 위에 올렸다.

"칼렌."

다음 순간, 손아귀 아래에 감싸인 그의 턱이 얼어붙었다. 그 미세한 반응에 칸나는 마침내 확신했다.

역시, 그였구나.

지금껏 몇 번이나 칸나는 칼렌을 느꼈다.

나무 위에서 궐련을 피울 때. 그와 두 번째로 키스했을 때. 마지막으로 오늘 오전, 드레스를 입은 자신을 보고 박수를 쳤을 때.

그때마다 칼렌 아디스와 눈이 마주쳤다.

그녀는 추측했다. 아마도 칼렌의 기억이 잠시 돌아왔다가 사라지기를 반복하는 게 아닐까. 칼렌의 기억이 돌아온 순간을 렌은 기억하지 못하는 것 같기도 했다. 왜냐하면 렌일 때는 연기를 하는 게 아니었으니까.

"칼렌."

순간 그의 초록색 눈동자가 흔들렸다. 거친 파도처럼 일렁였다. 그러나 곧 천천히 가라앉았다.

단정하게, 정갈하게, 반듯하게…….

다음 순간 그가 예의 바르게 웃었다.

"부르셨습니까, 누님."

칼렌 아디스가 대답했다.

"잘 선택했어."

칸나는 차갑게 빈정거렸다.

"만약 날 속이려 했으면 널 다시는 보지 않았을 거야."

"누님께서 알아차린 이상 속여 봤자 의미 없지요."

칼렌이 희미하게 웃었다.

"언제부터 눈치채셨습니까?"

"확신한 것은, 지금."

그의 턱 근육이 굳는 것을 느끼고 확신했다.

"수상하다고 생각한 건 나무 위에서 네가 궐련을 피울 때부터."

그 말에 칼렌이 혀를 쯧 찼다.

"그 빌어먹을 개자식이 감히 누님을 안았을 때 말이지요."

"……."

'렌' 시절의 경험이 섞여 있어서일까? 칼렌임에도 불구하고 그의 말투는 한층 거칠어져 있었다. 그가 못마땅한 어투로 말했다.

"그래요, 그때 잠시나마 기억이 돌아왔었죠."

"내 돈은 네가 훔쳤니?"

그렇게 물으며 손을 내리려고 했으나 그가 빠르게 잡아챘다. 그러고는 그녀의 손에 제 얼굴을 기대었다. 주인의 손길을 즐기는 짐승 같았다.

"맞습니다."

칼렌은 그녀를 똑바로 바라보며 말했다.

"제가 훔쳤습니다."

"뻔뻔하네. 그러고는 대가를 요구해?"

"어떻게든 누님의 곁에 있고 싶어서요. 하지만 렌은 맹세코 결백합니다. 그러니 그 녀석까지 내치지는 말아 주십시오."

칸나는 물끄러미 그를 올려다보았다. 자신보다 한참은 큰 녀석이 그녀의 손에 얼굴을 기대고 맹목적인 시선을 보내고 있다.

칼렌. 첨탑에 떨어져서 죽는 것을 택했던 칼렌 아디스.

"칼렌, 넌 내가 죽으라면 죽을 거니?"

물음이 떨어지는 즉시 칼렌이 고개를 끄덕였다.

"물론입니다. 누님이 원하는 순간 누님이 원하는 형태로 죽겠습니다. 그러니…….."

"옆에 있게 해 달라고?"

"잘 아시는군요, 누님."

그렇게 말하는 칼렌의 눈에는 희망과 절망이 동시에 뒤섞여 있었다. 그녀가 허락해 주길 바라면서도 그런 일이 일어나지 않을 것을 알고 있었던 것이다. 그는 칸나를 아주 잘 아니까.

그의 추측이 옳았다. 어제까지의 자신이라면 분명히 거절했을 것이다. 오로지 자신만의 행복을 추구했던 삶이었더라면.

칸나는 말없이 미소 지었다. 그리고 마음속에서 그 여자를 찾아냈다.

타티아나. 내 행복의 상징. 평화에 젖어 배때기가 부른 그녀.

그녀를 잡아내어, 죽였다. 숨통을 끊었다.

"칼렌."

"예."

"네가 예전에 왜 널 용서하지 못하냐고, 왜 어린 시절의 일에 사로잡혀 있냐고 물은 적이 있지?"

칼렌의 입매가 굳었다. 그가 서둘러 변명했다.

"용서하십시오. 제 오만이었습니다."

"나는 네가 싫어. 네가 아무리 내게 잘해 주고 사과해도 이 마음이 좀처럼 바뀌지 않아. 네 사과도 바라지 않아. 그저 평생 널 안 보고 살았으면 좋겠어."

바라는 것은 오로지 그것뿐이었다.

딱히 복수를 바라지도 않았다. 그저 그들에게서 벗어나고 싶었다. 그러나 아디스는 끈질기게 그녀를 쫓고 또 쫓았고, 칸나는 그들을 강제로 떨쳐 내기 위해 발악했다.

"그걸 인내하고 널 내 곁에 있게 해 주면, 말 잘 들을 거야?"

"예."

"내가 하라는 건 뭐든 할 거야?"

"뭐든지."

그가 말했다.

"누님이 원하는 일이라면 뭐든 할 겁니다."

바라던 대답이었다. 칸나는 웃었다.

"이리 와, 칼렌."

칸나는 그의 뺨에 대었던 손을 내렸다. 그러고는 두 팔을 벌렸다. 칼렌은 멍하니 그 모습을 지켜보았다. 꿈을 꾸는 듯한 얼굴이었다.

"화해하자."

칼렌이 주춤거리다가, 한 걸음 가까이 다가왔다. 조심스럽게 그녀의 팔 안으로 기어들어 왔다.

칸나는 잡아 물듯 그를 낚아채 끌어안았다.

"용서해 줘. 나도 용서할게."

공허한 말이었다. 건드리는 순간 날아갈 먼지 같은 무게.

칼렌도 알았을 것이다. 거짓인 것을. 그저 몇이라는 것을.

그럼에도 불구하고 칼렌의 몸이 환희로 경련했다. 이것은 그가 꿈에서도 바라던 일이었다.

"받아 주셔서 감사합니다, 누님."

진심이었다. 모조리 다 진심이었다.

그 증거로 칼렌의 심장이 빠르게 뛰었다. 그 맥박을 살결 너머로 고스란히 느끼며 칸나가 고백했다.

"사실은 거짓말이야. 앞으로 하는 일에 네가 쓸모 있을 것 같아서 이러는 거야."

"알고 있습니다."

칼렌이 그녀를 끌어안으며 속삭였다. 감격에 겨워 떨리는 음성이었다.

"상관없습니다, 그게 뭐든⋯⋯."

칸나는 눈을 감으며 그의 가슴팍에 얼굴을 기대었다. 그리고 여왕을 떠올렸다. 어리석게도 자신을 품으려 했던 여자를. 그로 인해 죽게 된 여자를.

'죄송해요.'

영원히 그녀에게 닿지 못할 사과였다.

'하지만 걱정하지 마세요. 제가⋯⋯.'

당신의 복수를 할 테니까.

"세상에는 개인의 힘으로는 극복할 수 없는 일도 있습니다."

"그대 혼자만의 힘으로는 역부족인 순간이 올 거예요."

그래요, 여왕 전하. 당신의 말이 옳아요. 저 혼자서는 그 거대한 집단을 어찌할 수 없어요. 그래서 당신의 가르침을 따르려고 해요.

칸나는 다시 눈을 떴다. 인위적으로 만들어진 분홍색 눈동자에 어둠이 내려앉는다.

그녀는 결심했다. 이 세상에 존재하는 모든 검은 사도의 씨를 박멸할 것이다. 그것이 황제든 황후든, 혹은 주화라 할지언정 예외는 없다. 그러기 위해서는 뭐든 할 것이다.

지금 이 순간, 칼렌을 품에 안은 것처럼. 거짓된 화해의 포옹을 나누는 것처럼. 누구와도 이럴 수 있다. 상대가 오르시니든, 실비엔이든, 알렉산드로든.

이용할 수 있는 것은 모조리 이용할 거다. 자신의 몸뚱이와 목숨조차 필요하다면 도구처럼 쓸 것이다.

칸나는 다시 눈을 감았다. 문득 울고 싶다는 생각이 들었으나, 참았다. 여왕을 위한 눈물은 모든 일이 끝났을 때. 그때 흘리기로 했다.

❧

며칠간의 장례식이 끝난 후, 칸나는 얄덴을 떠나겠다고 선언했다.

"뭐?"

눈이 퉁퉁 부은 로렌초가 깜짝 놀라 만류했다.

"어딜 가겠다는 거야, 타티아나?"

"그래, 타티아나. 다시 한번 생각해 봐."

요안나까지 그녀를 잡았다. 칸나는 그저 인형처럼 웃어 주었다.

"죄송해요. 제 생각은 바뀌지 않아요."

"하지만."

요안나의 눈시울이 붉어졌다.

"안 그래도 어머니도 안 계신데, 너까지 없으면……."

아, 이 가여운 사람들. 정말 날 가족이라고 여기고 있어. 칸나는 그것이 안쓰러웠다.

로렌초와 요안나뿐만이 아니지. 여왕도 그러했다. 그래서 자신을 품으려 했지. 그래서 죽었지.

"타티아나, 가지 마. 나와 혼인하는 게 싫으면 하지 않아도 좋아. 응?"

로렌초도 절박하게 그녀를 붙잡았다.

"……."

오로지 알렉세이만이 입을 다물며 침묵했다.

여왕의 죽음 이후, 알렉세이는 급격히 말수가 줄어들었다. 애타는 눈으로 칸나를 응시하지도 않았다. 마치 다른 사람이 된 것 같았다.

그녀를 사랑하기 전처럼. 그들이 처음 만났을 때처럼.

'정말 바보는 아니었구나.'

알렉세이의 그런 변화는 바람직했다.

"제가 칸나 아디스인 것은 아시죠?"

칸나의 말에 로렌초와 요안나가 입을 다물었다. 그 이름을 언급한 것은 타티아나가 된 이후로 처음이었다.

"일전에도 말한 적 있지만 검은 사도들이 저를 노리고 있어요. 그리고 이번 사건은 그 일과 무관하지 않을 겁니다."

자신 때문에 여왕이 죽었다. 칸나는 그렇게 말하고 있었다. 하지만 칸나는 이 바보 같은 사람들이 어떻게 나올지 알고 있었다.

"그건 네 잘못이 아니야."

로렌초의 말에 칸나는 옅은 웃음을 흘렸다. 이럴 줄 알았지.

요안나가 재빨리 덧붙였다.

"그런 이유로 죄책감 가질 필요 없어. 나쁜 건 검은 사도지, 네가 아니야."

이런 사람들이니까 지난 3년간 지독하게 행복했던 거다. 가시로 가득했던 밤송이 같은 마음이 꽤 둥글둥글해질 만큼.

"국왕 전하, 부디 선왕 전하와는 다른 판단을 내려 주세요."

그러나 칸나는 단호하게 말했다. 여왕의 뒤를 이어 왕이 된 사내에게 호소했다.

"저는 아디스로 돌아가겠습니다."

"……."

"그곳에 있는 것이 모두에게 안전한 일이에요."

알렉세이가 마침내 칸나를 응시했다. 무감정한 눈이었다.

"그래."

솟구치는 감정을 억지로 짓눌러 절제된 목소리를 뱉어 냈다.

"그대의 뜻대로 해."

로렌초와 요안나가 발끈하는 듯했으나, 어쩔 수 없이 입을 다물어야 했다.

상대는 더는 편히 대할 수 있는 형과 오라비가 아니었다. 이 왕실을, 그리고 얄덴이라는 나라를 어깨에 짊어진 국왕이었다.

"그동안 정말 감사했습니다."

칸나는 알렉세이를 바라보았다. 그는 입술을 깨물며 시선을 돌렸다. 요안나와 로렌초의 눈가에는 눈물이 고여 가고 있었다.

칸나는 그들에게 인사했다.

"정말로 감사했어요. 함께할 수 있어 행복했습니다."

"기다려!"

복도를 걷는데, 누군가가 따라 나왔다.

로렌초였다. 그가 눈물 젖은 얼굴로 그녀를 응시했다.

설마 잡으려고 하는 걸까? 칸나가 물끄러미 바라보자 그가 떨리는 입술을 끌어 올려 미소 지었다.

"칸나."

로렌초가 천천히, 아주 천천히 그녀의 이름을 발음했다.

"네 진짜 이름, 정말 예뻐. 꼭 한 번은 불러 보고 싶었어. 왜냐하면 나는."

그의 뺨 위로 눈물 한 방울이 타고 내렸다.

"그래도 어제 하루만큼은 네 남편이 될 사람이었잖아."

역시 아직 어린 왕자님이라니까.

칸나는 그에게 다가가 눈물을 닦아 주고 싶었다. 지난 3년간 그러 했듯 어깨를 두드리며 위로해 주고 싶었다. 그리고 엄살 피우지 말라 고 놀리고 싶었다.

그러나 그러지 않았다.

"우리 언젠가 다시 만날 수 있을까?"

그럼요. 그렇게 말해 주고 싶었다.

그러나 이번에도 차마 대답하지 못하고 그저 미소 지었다. 지킬 수 없는 약속은 하고 싶지 않았다. 그녀는 정중하게 허리를 숙인 후 그 대로 돌아섰다.

"안녕, 칸나. 널 정말 좋아했어."

뒤에서 물기 어린 로렌초의 목소리가 들렸으나 멈추지 않았다. 그 저 앞을 향해 묵묵히 걸어갔다. 앞으로, 앞으로.

이제 더는 돌아갈 곳이 없는 길이었다.

⟡

본래는 바로 아디스로 돌아갈 생각이었지만, 계획이 바뀌었다.

"선희의 자료가 대신전에 남아 있다고?"
"예."

라파엘에게서 생각지도 못한 말을 들은 것이다.

"옛 신령이 보관해 놓고 있었습니다."

옛 신령, 즉 자신의 친부. 그가 선희의 흔적을 보관한 모양이었다.
'하긴 아버지도 선희의 편지를 남겨 놓았지.'
검은 사도. 자신을 끈질기게 따라붙는 그들에게서 더는 도망가지 않기로 결심했다. 그러기 위해서는 직면해야 하는 문제가 있다.
선희.
'선희는 검은 사도였으니까.'
그녀에 대해 알아야만 했다. 어쩌다가 이 세계에 오게 됐는지, 누가 이 세계로 부른 것인지, 그 목적이 무엇인지.
아마도 주화를 이 세계로 끌어들인 자와 동일인일 테니까.
그러니 일단 대신전으로 가서 선희의 자료를 확보한 후, 아디스로 돌아간다. 칸나는 그렇게 순서를 정했다.

'그런데 아디스로 돌아갈 수 있을까?'

생각해 보니 며칠 전 오르시니가 절연을 선언하지 않았던가?

"다시는 널 보지 않을 거다."

아주 대단한 결심이라도 말하듯 내뱉고 사라졌지, 그 멍청이가.

'근데 그 녀석이 나 때문에 죽음을 택했다고?'

알렉산드로가 한 말이 스쳤다. 정말일까? 만약 그게 정말이라면 오르시니는…….

'아니지.'

칸나는 고개를 획획 저었다. 지금은 그런 쓸데없는 잡념에 사로잡힐 때가 아니다.

어쨌든 오르시니는 다시는 자신을 보지 않겠노라 말했다. 그러니 어쩌면 그녀가 아디스로 오는 것을 거부할지도 모른다.

'하지만 다행히 나에게는 칼렌이 있지.'

"오셨습니까, 누님."

방으로 돌아가자 기다리고 있던 칼렌이 몸을 일으켰다.

새하얗게 세어 버린 백발을 제외하면 옛날의 칼렌이었다. 말끔하게 쓸어 넘긴 머리칼에 완벽하게 맨 크라바트. 누가 봐도 귀족 중의 귀족이었다.

"렌이었다는 게 안 믿기네……."

그 중얼거림에 칼렌이 눈썹을 슬쩍 들어 올렸다. 그러고는 고개를 비스듬히 기울이며 말했다.

"그래서, 아쉬워요?"

순간 칸나는 깜짝 놀랐다. 칼렌의 얼굴이 순식간에 뒤바뀐 것이다.

"렌이 더 취향입니까?"

다른 가면을 쓴 것처럼 칼렌이 사라지고 렌이 올라왔다. 렌이 빈정거렸다.

"거친 남자를 좋아하시나 보네, 의뢰인님은."

칸나의 말문이 막혔다. 한 톨의 흐트러짐 없는 번듯한 차림으로 저렇게 삐딱하게 말해서일까, 기분이 묘했다.

"둘 다 접니다. 다만 지금 당신께 필요한 사람이 칼렌 아디스인 듯하여 그렇게 행동하고 있을 뿐이죠."

그는 꽉 조이는 크라바트를 톡톡 두드렸다.

"렌과 칼렌, 당신이 원하는 상대를 골라 주시면 그에 맞춰서 행동하겠습니다."

"그게 바로 되니? 참 편리하네."

"복 받은 줄 아십시오. 제가 당신을 지루하게 만들 일은 없을 테니까, 특히나……."

렌은 노골적인 의미를 담아 야릇하게 웃었다.

"밤에는 아주 흥미로울걸요."

"……."

"궁금하시면 보여 드리고."

"칼렌."

순간 그의 얼굴에서 불손한 장난기가 후두둑 떨어졌다. 다시금 정갈한 칼렌 아디스가 돌아와 예의 바르게 웃었다.

"예, 누님."

"……."

"무례했다면 사과드리겠습니다. 부디 용서를."

미친놈.

장난이 아니라, 진짜 미쳐 버리고 말았다.

'좀 딱한 것 같기도 하고.'

그러고 보니 이 녀석, 첨탑에서 떨어지기 전부터 조금 미쳐 있었다지. 그때부터 반쯤 돌아서 자신의 환상을 봤다고 했다.

'하기야 충격 받을 만했지.'

그의 눈앞에서 자결했으니까.

그때 이미 살짝 맛이 갔고, 첨탑에서 몸을 던져 죽다 살아나며 더 맛이 가 버렸다. 그리하여 결국 이중인격이나 다름없는 정신을 가지게 된 것이다.

'이곳엔 정신과 의사도 없을 텐데.'

그러게 왜 나를 섬에 가두려는 미친 짓을 해서는.

이게 다 자업자득이다. 그렇게 생각하면서도, 칼렌이 상응하는 대가를 치렀음을 인정할 수밖에 없었다.

"네 말대로 지금 나에게 필요한 것은 칼렌 아디스야. 당분간 렌은 넣어 둬."

"예, 누님."

"말했다시피 나는 아디스로 돌아갈 거야."

"예, 저도 돌아가겠습니다."

"너 먼저 가."

"······예?"

"나는 대신전에 들렀다가 갈 거야. 너부터 아디스로 돌아가 있어."

칼렌의 얼굴이 싹 굳었다. 웃음기 한 줌 없는 무표정이 드러났다.

"그건 안 되죠, 누님."

그가 상냥하게 말했다. 그러나 눈은 들짐승처럼 매섭게 번뜩였다.

"저는 누님을 숭배하지만 믿지는 않습니다. 누님이 아디스로 돌아온다는 보장이 없지 않습니까?"

"······."

"누님은 제게 곁을 허락하셨습니다. 그 대가로 저는 누님의 말이라면 오물도 핥아먹을 개가 된 거고."

부드러운 어조였지만, 어째서인지 위협적으로 들렸다.

"짐승에게는 먹이를 줘야죠, 누님. 개가 굶주리면 어떻게 되는 줄 아십니까?"

당연히 이럴 줄 알았지. 예상한 반응인지라 딱히 놀랍지도 않았다.

'물론 예전보다는 나아졌겠지.'

더는 섬에 가두려는 미친 짓은 하지 않겠지만, 그의 남다른 집착이 사라질 리 없었다.

칸나는 다행히 이 미친놈을 다스리는 법을 알고 있었다.

"칼렌."

"네, 누님. 말씀하세요."

칼렌이 사근사근 답했다. 위험한 대사를 내뱉었다고는 믿기지 않을 만큼 순종적인 얼굴이었다.

"나 피곤한데."

"뭐가 필요하십니까?"

"발 마사지 좀 해 줄래?"

침묵이 흘렀다. 잠시 후 칼렌이 빠르게 대답했다.

"물론입니다. 물을 받아 올 테니 이곳에서 기다리십시오."

소파에 앉아 와인 한 잔을 마시는 동안 칼렌이 대야에 따뜻한 물을 받아 왔다. 그는 칸나의 앞에 무릎을 꿇고 앉았다.

"구두를 벗기겠습니다, 누님."

"그래."

칸나는 대충 대답하며 소파 등받이에 몸을 기댔다. 그리고 여유롭게 그를 구경했다.

지금 당장 귀족 회의에 참석해도 될 만큼 완벽한 정장 차림새를 한 칼렌 아디스가, 하인처럼 무릎을 꿇고 그녀의 구두를 벗기는 장면은 꽤 신기한 광경이었다. 칸나는 꽉 맞는 셔츠 아래로 드러난 그의 너른 어깨를 응시하며 충고했다.

"셔츠 소매 걷어야지. 젖겠다."

"조언 감사합니다."

칼렌이 진지하게 답하며 소매 단추를 툭 풀었다. 셔츠를 팔꿈치까지 걷어 올리자 단단한 근육이 갈라진 팔뚝이 드러났다.

그리고 그는 그녀의 발을 뜨거운 물에 담가 씻었다. 그러고는 발등 위로 장미 향을 풍기는 오일을 두세 방울 떨어뜨린 후 손바닥으로 펴 발랐다.

"누님은 발도 참…… 예뻐요."

칼렌은 오일을 발라 매끈해진 그녀의 발을 영롱한 보석 다루듯 어루만졌다.

"하긴 누님은 머리부터 발끝까지 안 예쁜 구석이 없죠."

굳은살 박인 손가락이 그녀의 발등을 누르며 지압하다가 발목까지 쭉 타고 올라왔다. 손가락이 지나간 자리로 붉은 손자국이 남는다. 그 흔적을 뚫어지게 응시하며, 칼렌이 물었다.

"누님, 기분 좋아요?"

"나쁘지 않네."

칸나는 심드렁하게 대꾸했다.

"이제 좀 알겠니? 이게 칼렌, 네 역할이야."

대꾸하는 대신 칼렌은 엄지로 그녀의 분홍색 발톱을 살며시 쓸었다. 홀린 듯 감탄했다.

"누님 발톱은 복숭아 꽃잎 같습니다. 너무 예뻐요."

"내 말 듣고 있어?"

"예, 물론입니다. 누님이 옳습니다. 이게 제 역할이죠."

"내가 널 곁에 두는 이유는, 내 발이나 닦는 일을 시키기 위해서야."

"아주 마음에 드는 역할입니다. 허락하신다면 평생 누님의 발을 씻어 드리고 싶습니다."

"입안의 혀처럼 굴지 마, 칼렌. 그래 봤자 네 혀는 거짓말만 하잖아?"

"그럴 리가요."

"증명해 봐."

칸나가 발등을 들어 올리자 그가 기다렸다는 듯 냉큼 고개를 숙였다. 순간 그의 더운 숨결이 발 위로 떨어져 소름이 돋아 올랐다.

간지러워서, 먼저 내민 주제에 칸나는 반사적으로 발을 뒤로 뺐다. 그러나 발목을 꽉 틀어잡은 그의 손아귀에 꼼짝도 할 수 없었다.

다음 순간 곧장 내려오는 뜨뜻한 감촉.

발끝에서 시작하여 발등을 기어올라 발목까지, 느릿느릿 올라오는 촉촉한 살결을 느끼며 칸나는 태연하게 말했다.

"그래, 잘하네. 그렇게 쓰는 거야. 내 의견에 토를 다는 데 쓰지 말고, 내 발이나 닦는 데 사용해."

툭, 발가락으로 그의 턱을 가볍게 치자 칼렌이 고개를 들어 올렸다. 시선이 마주쳤다. 그가 바짝 마른 입술을 혀로 핥았다.

"잘못했습니다."

"그렇지?"

"용서해 주십시오. 다시는 그러지 않겠습니다."

"이제라도 깨달았다니 다행이야."

칸나는 다시 발을 뜨거운 물 안으로 참방 담갔다.

"늦어도 일주일 안으로 아디스로 돌아갈 테니 먼저 가 있어."

"예. 누님을 믿고 기다리겠습니다."

"만약 오르시니가 내가 오는 것을 막는다면……."

"죽이겠습니다."

"……아니, 그렇게까지 할 필요는 없고. 네가 책임지고 설득해."

"알겠습니다, 누님."

그렇지. 그거지. 칸나는 마침내 원하는 대답을 얻어 냈다.

'하여간, 이 미친놈. 상대하려면 나도 미친 짓을 해야 하니.'

그대가 심연을 들여다보는 동안 심연도 그대를 들여다본다. 아주 오래된 명언을 떠올리며 칸나는 자조적으로 웃었다.

'하긴 이제 나도 똑같지.'

칸나는 소파에 편히 기대어 눈을 감았다.

칼렌을 통제했으니, 이제는 속 편하게 발 마사지나 받을 생각이었다. 다만 치마 끝자락이 물에 젖어 가고 있어서 살짝 걷어 올렸다.

'와, 시원해.'

칼렌의 마사지 실력은 꽤 수준급이라 뭉친 근육이 쫙 풀리며 몸이 나른해지고 있었다. 칸나는 몽롱해진 목소리로 덧붙였다.

"그리고 그동안 테레사 귀비에 대해 조사해 놔. 상세하게."

"예, 누님."

"근데 너 진짜 잘한다. 손 잘 쓰네."

"칭찬 감사합니다. 많이 피곤하십니까?"

"응."

"한숨 주무십시오. 제가 피로를 풀어 드리겠습니다."

"응……."

그렇게 말했지만 잘 생각은 없었다. 그저 어둠 속에서 쉬고 싶었다. 다시 눈을 뜨면 이렇게 마음 편하게 쉬지 못할 테니까.

칸나는 눈을 스르륵 감았다. 그렇게 얼마나 지났을까.

"누님, 제발……."

칼렌이 타들어 가는 듯한 음성으로 무언가를 속삭였다. 칸나는 대답하는 대신, 눈을 감은 채 침묵했다.

칼렌의 손은 정말 기분 좋았다.

칸나는 대신전에 도착하자마자 선희의 자료를 요구했다.

"따라오십시오."

라파엘은 곧장 그녀를 안내했다. 지하 감옥으로.

'왜 이런 곳에 엄마의 자료가 있는 거지?'

라파엘은 지하 감옥 가장 깊숙한 곳에 위치한 철창으로 그녀를 안내했다.

침대, 침대맡 벽에 걸린 깨진 거울, 낡은 책상, 그 위에 쌓인 수북한 책과 종이들……. 그리고 쇠사슬이 길게 이어진 수갑을 본 순간, 충격에 머리가 새하얘졌다.

'설마 엄마가 이곳에서 지낸 거야?'

이건 죄수만도 못한 취급이지 않은가!

"원하신다면 자료를 방으로 옮겨 드리겠습니다."

"아니야. 이곳에서 볼게."

못마땅해하는 라파엘을 내보낸 후, 낡은 의자에 앉아 종이를 한 장한 장 살피기 시작했다.

대부분 고대 연금술에 관한 자료들과 술법진들이었다. 하나하나 읽고 있자니 점점 기가 막히기 시작했다.

고대 연금술 책에서 보았던 지식은 이것에 비하면 아무것도 아니었다.

'이런 게 가능하다고?'

고대 연금술이 대단한 건 알고 있었다. 새로운 물질을 창조하거나 기존의 물질을 아예 다른 성분으로 바꾸는, 인과율을 벗어난 기적 같은 힘이지 않은가?

그런데 그 힘은 물질에 국한되지 않았다. 보이지 않는 무형의 개념역시 주무를 수 있었다.

이를테면, 시간이라든가.

'시간을 건드리는 것도 가능하단 말이야?'

검은 사도들이 왜 그렇게 연금술에 환장하는지 알 것 같았다.

'이런 힘을 손에 넣으면 신이 되는 거나 마찬가지지.'

같은 생각을 했는지, 중간중간 선희의 생각들이 적혀 있었다.

<아마도 신은 최초의 연금술사이자 가장 위대한 연금술사였을 거다. 연금술은 신의 비밀, 신이 세계를 만든 창조의 힘이겠지.>

그리고 뒤이어 휘갈겨져 있는 욕설들.

<죽여 버린다 죽어 죽어 다들 죽여 버릴 테다. 가만두지 않을 테야.>

가슴이 섬뜩해졌다. 종이를 붙잡은 손끝이 미세하게 떨리기 시작했다.

<돌아가고 싶어. 내 딸. 내 남편. 보고 싶어. 보고 싶어.>
<신령 개자식, 죽여 버릴 테다.>

칸나는 차마 더 읽지 못하고 눈을 질끈 감았다.
이로써 확실해졌다.
'옛 신령이 엄마를 감금한 거야.'
친부를 처음 본 순간이 선명했다.
너무나도 아름다운데, 비현실적으로 자신과 닮았는데. 그런데도 믿음이 가지 않았다.
어쩌면 직감했는지 모른다. 애초부터 믿을 수 있는 사람이 아니라는 것을.

<신령의 아이를 임신했다.>

<신령이 이 아이를 이용해서 미친 짓을 벌이려고 한다. 이 아이는 절대 태어나서는 안 돼.>

자신을 이용해서 미친 짓을 벌일 거라고?
'그게 뭐지?'
칸나는 초조하게 종이를 뒤로 넘겼다. 그러나 이어지는 사설은 없었다. 서둘러 다른 자료를 뒤지다가, 작은 가죽 수첩을 발견했다.
첫 장을 넘기자마자 거칠게 휘갈긴 문장이 보였다.

<누군가 내 몸에 빙의했다.>

이건 무슨 소리지?

<드디어 대신전을 탈출했다.>
<그런데 탈출 과정이 기억이 나질 않는다.>
<지난 며칠의 기억이 아예 없다.>
<그 며칠 동안 누군가가 빙의해서 내 몸을 쓴 것 같다.>
<내 몸에 들어온 누군가가, 저 재수 없는 빨간 머리의 도움을 받아 대신전에서 탈출한 것이다.>
<지금도 대신전 사제들이 나를 추적하고 있다. 부디 무사히 벗어날 수 있길.>

이건 무슨 말일까? 누군가가 선희의 몸에 빙의해서 대신전에서 탈출했단 말인가?

불가능한 일도 아니다. 자신의 몸에 주화가 빙의한 적도 있으니까.

그 이후로는 또 기록이 끊겼다. 아마도 도망가는 과정에서 수첩을 분실했고, 대신전의 추격자가 주워 이곳에 보관한 듯했다.

'그래서 신령이 날 이용해서 벌이려는 그 '미친 짓'이 대체 뭔데?'

가장 중요한 사실은 여전히 장막 너머로 가려져 있었다.

놀랍게도 라파엘은 옛 신령의 일을 듣고도 동요하지 않았다.

"설마 알고 있었어?"

"예."

"그런데 왜⋯⋯."

왜 말하지 않았어?

그러나 칸나는 차마 말을 끝맺지 못했다. 말했더라면? 대신전의 신령이 검은 사도라고 말했더라면? 파계 사제의 말을 누가 믿어 주기라도 했을까?

"옛 신령뿐만 아니라 수많은 사제가 연금술에 혈안이 된 검은 사도였습니다. 하지만 지금은."

라파엘이 짧게 말을 끊었다가, 이었다.

"깨끗해졌습니다. 적어도 지금의 대신전에는 검은 사도가 없으니 안심하시길."

칸나는 그제야 깨달았다. 그가 사제의 절반 이상을 죽인 일.

라파엘은 대신전을 손에 넣으며 검은 사도를 청소한 거였다.

"옛 신령은 무엇을 원해서 이런 짓을 벌인 거지?"

"그건 그와 선희만이 알겠죠."

그렇겠지. 칸나는 한숨을 내쉬었다. 선희가 이 자리에 있다면 물어볼 수 있을 텐데…….

'……선희가 이곳에 있다면.'

하지만 선희는 다른 세계에 있다. 세계를 넘나드는 술법도 가능한 듯했지만, 그 자료는 남아 있지 않았다. 그건 분명 옛 신령이 가지고 있을 것이다.

'그래, 그러니까 주화를 이곳으로 데려올 수 있었던 거겠지.'

순간 머릿속에 미친 생각이 스치고 지나갔다.

"라파엘."

"예."

"자료 중, 시간을 거스르는 술법진이 있었어. 그걸 이용하면 선희를 만나고 올 수 있어."

라파엘은 대답하지 않았다. 무표정한 얼굴로 그녀를 응시하다가 입술을 열었다.

"선희가 어떻게 지냈는지 들어 알고 있습니다. 그녀는 짐승만도 못한 취급을 받았습니다."

라파엘의 눈이 음산하게 가라앉았다.

"쇠사슬 보셨습니까? 연금술을 하지 못하도록, 도망가지 못하도록 묶어 놓은 겁니다."

말로 듣자 속이 울렁거렸다.

"책을 읽거나 종이에 기록을 남기는 것은 집행관들의 감시하에나 가능했습니다. 그 외에는 늘 개처럼 묶여 살았죠."

"위험한 건 알아. 하지만……."

"당신을."

라파엘이 드물게도 그녀의 말을 끊었다.

"당신을 짓누르고, 사슬을 채워서."

그의 시선이 그녀의 가느다란 목을 느리게 스쳤다.

칸나는 저도 모르게 숨을 멈추었다.

"짐승처럼 묶어 사육하는 것이 어려운 일 같습니까?"

더없이 공손한 어조로, 묻는다.

"그것이 어려울 것 같습니까?"

어째서인지 더는 말이 나오지 않았다. 말문이 꽉 틀어 막힌 그녀를 보며 라파엘은 천천히 말을 이었다.

"누군가에게는 마음만 먹으면 언제든 할 수 있는, 아주 쉬운 일입니다."

방 안에 무거운 적막이 내려왔다. 라파엘은 어느덧 좁아진 미간을 손끝으로 누르며 중얼거렸다.

"과거에서 옛 신령과 마주친다면 그는 분명히 그렇게 할 겁니다."

"……."

"제가 그의 목을 가져오겠습니다. 그것으로는 부족합니까?"

칸나는 대답하지 않았다. 부족했으니까.

"라파엘. 옛 신령이 어디에 있는지 알아?"

"예."

"아슬란 제국의 황실에 있지?"

"예."

역시나, 예상대로였다.

어지럽게 흐트러진 퍼즐이 하나로 모였다. 검은 사도. 아르곤. 황실

의원이 된 주화. 미쳐 버린 황제와 황후. 그리고 국정을 돌보는 테레사.

사건이 일어나면 가장 이득을 본 사람이 범인이라는 말이 있다.

"황실은 이미 검은 사도에게 지배당하고 있어."

지금 황실을, 황제를 통제하는 것은 테레사다. 테레사는 분명 검은 사도겠지.

"옛 신령을 제거하기 위해서는 황실과 싸워야 할 거야."

"시간문제입니다."

"그래, 결국 시간이 문제야. 분명한 건 하루 이틀로 끝날 일이 아니라는 거지."

그것이 1년이 될지 5년이 될지는 아무도 모른다. 어떻게 자신을 이용할지 모르니까 항상 두려움에 질려 살아야겠지.

"옛 신령이 죽든가, 그의 목표가 밝혀지기 전까지 나는 불안에 떨어야 해. 그러다가 일이 잘못되면, 정말로 이용을 당하겠지."

실제로 그러했다. 아무것도 모르고, 대신전에 들어갈 때 순진하게 피를 바치지 않았던가?

"더는 가만히 두 손 놓고 있지 않을 거야. 난 내가 할 수 있는 것을 하겠어."

칸나는 결정을 내렸다.

"선희를 만나고 올게."

라파엘은 침묵했다. 잠시 후, 입을 열었다.

"적당한 장소가 있으니 따라오십시오."

그는 칸나를 세계수가 있는 정원으로 이끌었다.

햇빛이 쨍한 대낮이기 때문일까? 세계수는 그 거대한 모습을 적나라하게 드러냈다. 불에 탄 것처럼 시커먼 기둥, 그 위로 비늘처럼 빼곡하게 박혀 있는 검은 마석까지.

전에는 어두워서 몰랐는데 이렇게 보니 끔찍한 흉물이다.

"여기로 들어가십시오."

라파엘은 세계수의 굵직한 뿌리 사이로 난 커다란 구멍을 가리켰다.

'저길 들어가라고?'

라파엘은 부연 설명을 하는 대신 먼저 행동했다. 허리를 바짝 굽혀 구멍 안으로 들어간 것이다.

'대체 나무뿌리 안으로는 왜 들어가는 거지?'

그러나 안으로 들어간 칸나는 어안이 벙벙해졌다.

"여기가 어디야?"

개울물이 흐르는 풀밭, 분홍색 꽃을 활짝 피운 복숭아나무가 사위를 가득 채우고 있었다.

이곳은 나무뿌리 안인데? 이렇게 넓은 정원이 있다고? 심지어 파란 하늘도 보이는데?

"세계수가 만들어 낸 이공간입니다. 바깥과는 분리된 공간이죠."

라파엘이 태연하게 설명했다.

"이곳은 안전합니다. 설령 세상이 멸망해도 이 공간만큼은 무사할 겁니다."

"확실히 다른 사람에게 방해받을 일은 없어 보이네."

칸나는 심호흡한 후, 단번에 단검으로 손바닥을 그었다.

'으, 아파.'

철철 흐르는 피로 땅 위에 술법진을 그리기 시작했다. 완성해 갈 때 즈음 라파엘이 말했다.

"저는 이곳에서 당신을 기다리겠습니다."

이 술법진이 있어야만 돌아올 수 있다.

즉, 누군가가 이 진을 파괴하면 칸나는 과거에 갇히게 되는 거였다.

고맙게도 라파엘이 그녀가 돌아올 때까지 지켜 주기로 했다.

"고마워."

술법진을 완성한 칸나는 심호흡을 했다.

안으로 들어가면, 과거로 돌아가게 된다. 선희가 이 대신전에 있던 시절로, 자신이 태어나기 전으로, 30년 전으로.

"몇 시간만 얘기하고 올게. 금방 돌아올 테니까 기다려."

"기다리겠습니다."

라파엘이 맹세했다.

"당신이 돌아오실 때까지."

〈누군가 내 몸에 빙의했다〉 4권에서 계속